宝琴文化
LUTE MEDIA

乌洛帕之歌

吴博谦 著

SONG of UROPA

宁波出版社
NINGBO PUBLISHING HOUSE

自序

一个真实的故事，致所有曾经孤独而迷惘的灵魂

我想讲一个真实的故事。

我十三岁的时候，初一下学期，学校里来了一个叫 Jimmy 的美国年轻人。班主任说这是我们的新外教，他第一次来中国，希望家里有条件的同学能招待他住几天，让他了解一下北京的生活，同时锻炼我们的英语口语水平。

全班四十个同学，只有我和寥寥几人举了手。

我想不起来自己为什么要这么做。我家里确实有空房间，有招待人的条件，但我刚上初中的时候很叛逆，绝不会在老师面前出头，也不想提升什么口语水平。

而更让我想不通的是，为什么班主任会从举手的几个人里选我，因为除我以外，剩下几个举手的人都是温顺好学的乖学生，在接待客人这种事上，绝对是更好的选择。

你也产生过这样的感觉吧？明明是一个影响了自己一生的选择，多年后却怎么也搞不懂它为什么会发生。

总之，我在征得了家长的同意后将Jimmy带回家里，我妈做了丰盛的饭菜招待他。饭桌上都聊了什么，我已经完全忘记，只记得饭后，Jimmy问我，你的梦想是什么？

很平常的话题吧？你肯定也被问过。想必很多人都享受对自己的梦想侃侃而谈，但我十三岁的时候却非常害怕这个话题。

当然，我是有梦想的，我的梦想就是写小说，当作家。我刚上小学的时候，在寄宿学校里被人欺负，在大人监管不到的地方，许多隐秘、恶劣而难以想象的事在孩子之间发生，而六七岁的孩子，很多时候也根本没有向大人揭发这些事的意识，只是沉默地忍受——霸凌不是这个故事的重点。重点是，在我最孤独而无助的两年里，几本没有拼音的故事书给我提供了仅有的容身之所。现实世界有多丑陋而险恶，文字中的世界就有多美丽而宽容。

从那时起，我就有梦想了，我的梦想，自然就是写出同样感人的故事，给其他像我一样曾经孤独而无助的人提供容身之所。

我觉得这是个值得骄傲的梦想，但当我离开寄宿学校后，当我一次次自豪地告诉别人之后，当我热情地把自己洋洋洒洒写了四万字的小说拿给大人看之后，得到的却只有批评、轻蔑和不以为意。被他们这么说，好像所有我看过的那些感人的、美丽的、有趣的故事都一起变得一文不值了，因为我自己的小说就是以它们为标准而写的呀！

"什么年龄就该有什么年龄的样子，一个学生的任务就是学习。"

"你有写小说的时间不如把成绩搞上去。"

"你怎么不懂呢？像J.K.罗琳那样的人世界上只有几个，你怎么能成得了呢？"

"这两年写写就行了，以后还是要找一个能养家糊口的工作。"

当一个十三岁的小孩（实际上还不满十三）天天听的都是这种话，怎么还会想跟别人谈自己的梦想呢？反而，这个孩子会变得敏感、叛逆，对成年人缺乏信任，这就是当年的我。而我唯一庆幸的就是，我对文字的感情那么真挚而虔诚，而大人越否定我，书里的世界就越显得崇高而理想。我并没有因为得不到支持而放弃写作，只是从此把它当成自己的秘密，当成一个太过贵重而不应该给别人展示的珍宝，再不提自己有所梦想。

所以，当Jimmy问起我时，我本应像搪塞其他大人那样搪塞过去的。

我究竟为什么坦诚地告诉了他呢？

或许没有那么多为什么，有的时候，你就是能从一个人身上感受到一种可以对他敞开心扉的气场。

"我喜欢写故事，我想当作家。"

其实在我说出口的时候我就后悔了。我责备自己，你怎么能指望眼前这个穿短裤、背登山包，一看就嘻嘻哈哈，不稳重，不爱读书的外国人给你什么鼓励呢？他能说什么？不是打击人的话就不错了。

然而，Jimmy说出的，却是让我无论如何都想不到的一句话。

他说，我希望有一天能在美国的书店里看到你的书。

"我希望能在书店里看到你的书。"

这句话很难说出口吗？根本不。太简单了。多么简单、多么自然的一句鼓励啊，甚至不需要付诸任何实际行动，却从来、从来没有任何人对我说过。

我写的故事竟然可以出版成书，可以摆在书店里卖，还可以翻译成外语，被别的民族、别的国家的人阅读。这对于十三岁的我而言，是根本就没有过的概念。

那一刻，我的世界彻底改变了，它变得无比宽阔而广大，充满无穷的可能性。

小孩子的热情是很简单的，可以被一句漫不经心的批评而浇灭，也可以被一句再简单不过的鼓励而重新点燃。Jimmy的话让我坚定了一个信念，那就是，哪怕我现在不知道，但只要这个世界上有一个人想看我的故事，我也要为了这种可能性写下去。因为，谁知道呢，或许我的故事对那个人而言就是Jimmy对我的鼓励，是能重新点燃他梦想的机会。

初一的暑假结束之后，Jimmy并没有像他承诺的那样回来，我们的外教变成了一个从没见过的鹰钩鼻大叔。

在严苛拘谨的学校里，没有人会主动问老师这种问题，只有各种谣言在放学后的回家路上私密地流传。有人说Jimmy还没大学毕业，他回去上学了；有人说Jimmy本来就不是正式聘用的老师，学校的外教一直就是鹰钩鼻大叔；有人说Jimmy的签证出了问题，没法回来了……

但是Jimmy回不回来都没有关系，我想，我一定要写出优秀到足以被翻译成英语的故事，那一天，我的书会出现在美国的书架上，那一天，我要再次见到Jimmy。那时候我要感谢他，我要告诉世人，对于天真懵懂的孩子们而言，一点善意的鼓励，往往比苦口训诫，更受用不尽。

这本身就是多么棒的一个故事啊！

然而，世界上也存在许多故事，它们的剧情是残忍而蛮不讲理的。

比如一个月之后，班主任突然在班会上告诉我们，Jimmy不会回来了，暑假的时候，他在美国参加一个在河边举行的户外活动，结果有人不幸落水，Jimmy因为跳进河中救人而不幸牺牲。

听起来很像三流小说里的廉价悲剧，一定要在读者认为结局皆大欢喜的时候，残忍而毫无征兆地夺走整本书里最无辜、对主角影响最大的那个人。

我也希望这只是小说里的剧情，但我从一开始就说了，这是一个真实的故事。

这是一段真实的经历，而我和Jimmy，是两个真实存在的人。

尼尔·盖曼说，每个故事都是一面镜子，我们用它来向自己解释这个世界运行的规律。那一天，获悉Jimmy去世的那一天，我终于明白，美丽的、动人的、伤感的是这个真实世界，只是我不幸没有亲自看到，而是通过无数个作为镜子的故事，得以窥探到这些风景。

残忍而冷酷的也不是作者，而是这个世界。

在那之后，我彷徨了许久，低迷了许久。

因为既然Jimmy，唯一说希望看到我的书的人已经不在了，我的故事又该为了谁而写呢？

我一度想放弃，但当我看向自己的书柜，看向那一本本让我为之感动、为之震撼、为之惊奇、为之坚强的书时，我突然意识到，这些书的作者们，我也都素未谋面啊！他们有的生活在大洋彼岸，有的生活在几个世纪前，有的与我肤色不同，我们相隔着无法跨越的距离、时间、种族上的鸿沟，他们的文字却依然能像Jimmy的话一样，给予我力量，以及面对复杂世界的勇气。而他们，也一定被像Jimmy那样的人打动过。

或许那一刻，这个世界上确实不存在一个人想看我的故事，但这不代表未来永远不会存在。那一刻我认定，我要做的，不是为已经相识的人而写，而是为了所有素未谋面的人而写，只要存在能打动到他们、鼓励到他们的可能性。

亲爱的读者们，人类是孤独的。在我们所知的范围内，地球是唯一具有生命的星球，而在地球上，我们又是唯一具有智慧的种族。同样，我们每个人也都是孤独的；在一段完整的生命历程中，我们会有家人、朋友、伴侣，但那个能从一而终陪伴我们、永不离席的，也只有我们自己。

可即便如此，我们仍然能跨越时代、地理、种族，影响别的人，乃至别的生命体做出宿命的选择。这本书，讲的就是这些故事。其中所描绘的，不是一场场心血来潮的幻想，而是一段段存在于现实世界中的、人与人宿命的牵连。

比如伊璐嘉尔和五角鱼的故事，这是关于世界上最后一个人，一个注定孤独的人类，被一头长着五根角的怪鱼指引，最后寻找到自己命运归宿的故事。当我写完它后，我看着自己创造的两个角色，原来，这就是我和 Jimmy 的故事。

我相信，很多人的一生中都会有这样的经历，像我，被一个人的一句不经意的话深深打动到、鼓励到；或者像 Jimmy，出于善意的本能，对一个素未谋面的陌生人伸出行善、援助之手。当然，很多情况会比这复杂而深刻得多，我们人类的命运如此被牵系起来，如同涟漪扩散开来，交织在一起。

人的命运究竟是怎样的？这是从文明诞生之初，我们的祖先就开始思考的问题。从洪水退去到信息时代，没有人能给出确切的答案，我只能说，我真挚地相信着，正是依靠我们人与人之间微妙却深刻的牵系，才谱写了整个人类波澜壮阔的历史与英雄史诗。

目录

无名歌　1

第一卷　伊璐嘉尔之卷　9
序　11
第一节　母亲　13
第二节　五角怪鱼　20
第三节　生者　26
第四节　逝者们　43
第五节　下潜者　60
第六节　另一个人　80
第七节　伊璐嘉尔　107

第二卷　帕宇之卷　129
序　131
第一节　暴君　133
第二节　小王子　140
第三节　无姓之人　149
第四节　女智者　158
第五节　不死者们　188
第六节　鱼　203

第七节　贤王　218

第三卷　卢瑙与卢雅之卷　231
序　233
第一节　父子　235
第二节　旅人　245
第三节　智者　256
第四节　先知　270
第五节　女王　300
第六节　流民　315
第七节　鲸骑士　326

第四卷　安珀伊图之卷　341
序　343
第一节　安吉尔　345
第二节　努辛克　360
第三节　海珊　375
第四节　流萨伊　393
第五节　马哈尔　406
第六节　阿苏加　420
第七节　蒂格尼斯　433

附　录　446

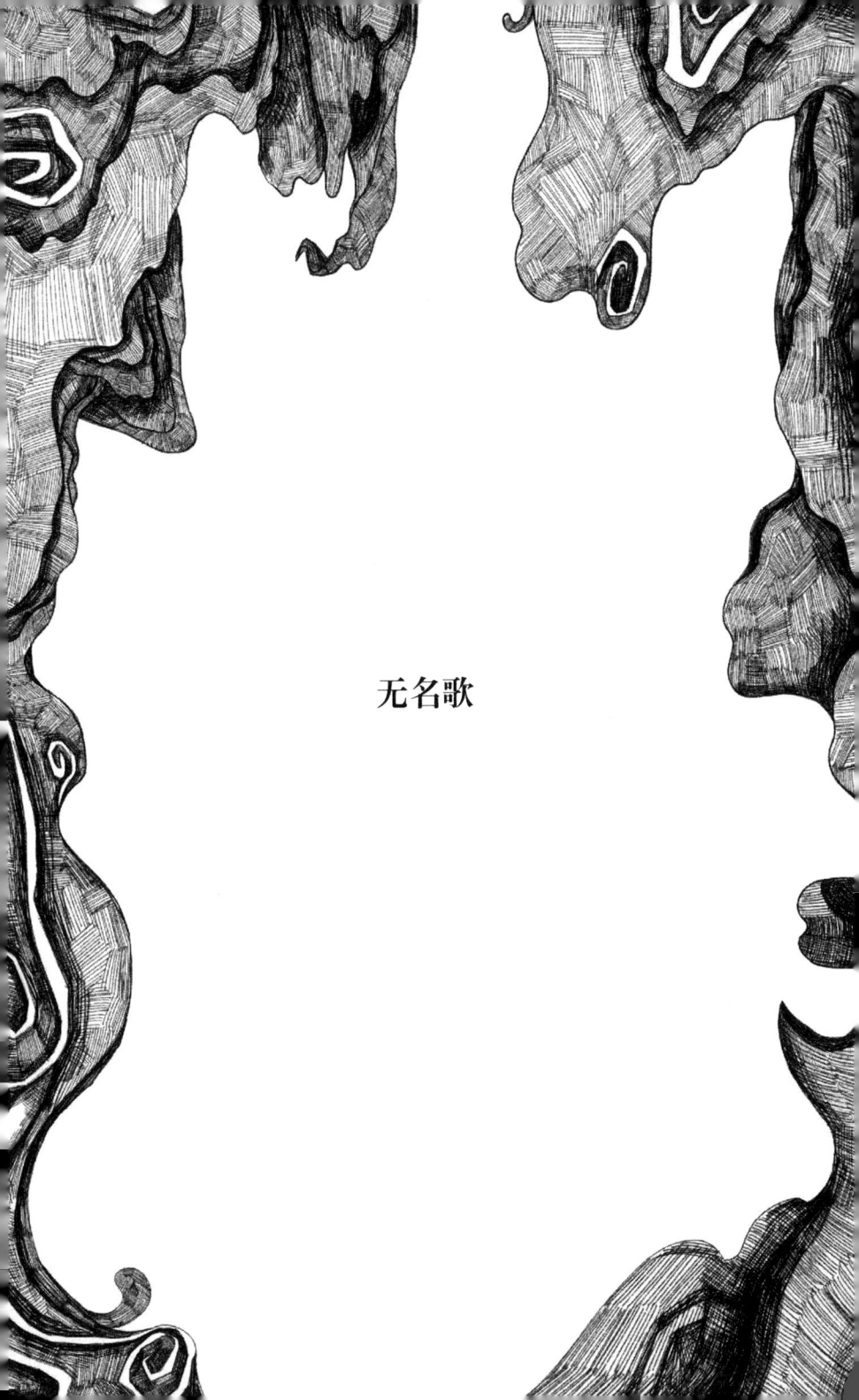

无名歌

它没有名字，不会说话，什么都不懂。

它不知道自己从哪里来，更不知道自己要到哪里去。就像一只巨大的海螺，它和自己的壳一起，跟随着潮汐的牵引，在汪洋上随波逐流着。

自己到底是什么呢？虽然不会说话，也不会思考，但每每望向自己在水中的倒影，它都会产生一种异样的感觉，不同于饥饿，不同于寒冷，不同于困倦。

那是一种困惑，一种怀疑。

它不知道自己究竟是什么，但它能看得出，自己和所有其他的东西长得都不太一样。虽然能游泳，但它没有尾巴，不是水里游的鱼或鲸；虽然能跃出水面，在空中滑翔，但它没有翅膀，不是天上飞的虫或鸟；虽然住在一个壳里，但它没有十条腿，不是可以背着壳走的寄居蟹。

它曾经追过洄游的鱼群，跟着鸟迁徙。它学它们叫，模仿它们的方法捕食。但无论怎样努力，它最终意识到，自己，跟它们是不一样的。

广阔的汪洋似乎永远没有尽头，就像它对自己的疑惑一样，似乎永远都找不到答案。

只有天上的月亮让它感到亲近。在闪耀的群星间，它就和月亮一样，那么寂寞而与众不同。

它漫无目的地漂着，一个昼夜又一个昼夜。

直到有一天，它漂流到了一片壮观的珊瑚群。它见过许多珊瑚群，却没见过这么庞大、震撼的。在这片"珊瑚群"里，它找到了一些跟自己长得很像的东西。它们圆圆的脑袋上长着浓密的须却没有鳞片，它们的身体像鲸一样光滑却没有尾巴，它们的躯干两边有一对小翅膀却飞不起来，它们凭借修长的腿把身体支撑起来却不像螃蟹有那么多条。

它长得和它们太像了，某一瞬间，它确信自己终于找到了自己的种族，从此，它终于可以像鲸鱼和飞鸟一样有自己的队伍了。但是，它又立马绝望地发现，和自己不一样的是，这些东西都没有壳，而且一动不动的，坚硬得好像石头。

它们是没有生命的死物。

原来，不是自己生得与众不同，而是，自己的种族早就已经不复存在了。

后来，它离开了那座珊瑚群，带着自己的壳，孤独而彷徨。

它仍然不知道自己是什么，但它总算知道了，自己要去找什么。

她是父亲捡来的。

父亲没有别的孩子，所以父亲死的时候，她继承了他全部的遗产。

父亲临终前告诉她，这座城市是你的，你继承它，就像我从我的父亲那里继承它一样。你继承这座雄伟的都城，这座古老的神庙，这些书、经卷和成堆的珠宝，还有人类的语言、文字和信仰。

父亲说，你是世界上最后一个人，这座城市，则是人类文明最后的孤舟。当你也死去的那一刻，人类文明的大船将永远地沉没在汪洋里。这是不可避免的，女儿。

汪洋就是时间的洪流，它带来一切，又将带走一切。

她从来没离开过这座城市，没见过其他人。哪怕父亲的离去将她推进孤独的深渊。

她从不幻想能遇见另一个人，因为从上万卷古书的记载以及父亲绘声绘色的描述里，她感到自己已经经历了所有伟大的王朝，见过所有英雄和被汪洋淹没的古代奇观。

她以为自己懂得关于人类的一切，直到那一艘破旧的潜水艇出现在她居住的神庙前。

潜水艇里有一个男人。

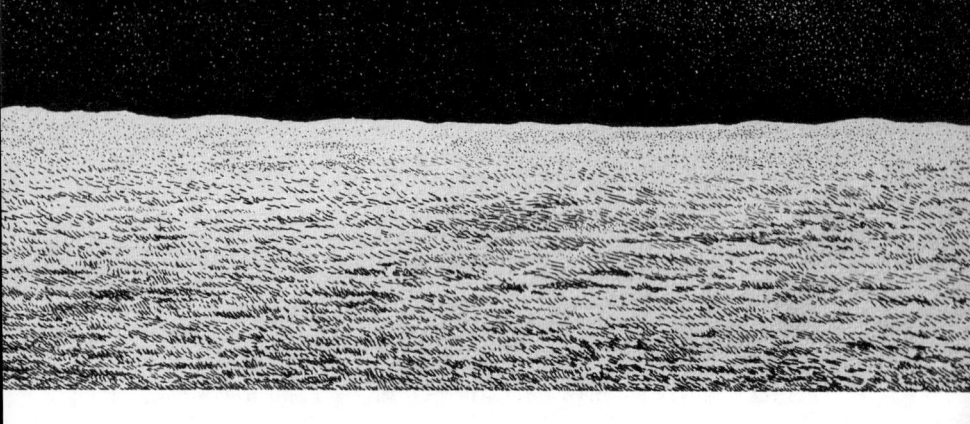

  一度,她不确定那是不是个男人。她的父亲虽然是个男人,但自她有记忆起,他就是个垂暮之年的老人了。而潜水艇里的这个人,他和父亲那么不一样,他像是神庙壁画里的人物,年轻,挺拔,且满头黑发。

  它开始新的漂流。

  它让自己逆着洋流前行,这一路上,它见过海豚围猎远古巨兽,见过红色的星星陨落进大海,见过能吸走一切的巨大漩涡,见过鲸鱼乘着海啸飞上天空,它见过无数海上奇迹,但所有的奇迹都不如她来得震撼。
  她出现在它的面前,跟它那么像,却又那么不一样。
  它看着她,张开了嘴。
  第一次,它想发出一段有意义的音节。
  它,不,他想要说话,像所有人类那样。但他不会,没有人教他如何张嘴说话。

而她看着他，多想说什么。她想给他分享一首歌颂诸神的歌，她想给他讲述所有的古代王朝的历史，她想跟他说所有人类都会跟人类说的话。但最后，她却哑口无言，好像变成了一块木讷的石头。

在这个男人面前，她继承的所有关于人类的知识都显得虚幻、缥缈而不着边际。

他们凝视彼此的眼睛，不同于冷血动物和飞鸟那色彩绚丽却冷酷的眼珠，他们的眼睛漆黑而充满波动，那里也是一片汪洋，只不过充满的不是冰凉的海水，而是炙热的情感。

汹涌澎湃。

她看着他的眼睛，仿佛看到了他那不可思议的漂流。

他看着她的眼睛，仿佛看到了那些跌宕起伏的人类传说。

他们对视的那一瞬间被如此无限拉长，足以衡量人类文明的兴亡，又仿佛，整个人类文明的兴亡史被缩得无限短，足以发生在他们对视的这一瞬间里。

终于，她说话了。

她告诉了他自己的名字。

因为父亲说过，当一个人遇见另一个人时，他们首先应该进行自我介绍。

多么重要的事情，她却一度忘记。

他蹩脚地模仿了一遍。那个简单的名字，一串再普通不过的音节，比他听过的所有动物的鸣叫、所有神秘的海中异响都要惊奇、动听，让他费解却又为之振奋。

这就是世界上最后一个男人和最后一个女人相遇的故事。

好吧,曾经的最后一对男人和女人。

因为他是我的父亲;而她,则是我的母亲。

第一卷 伊璐嘉尔之卷

末世？年

乌洛帕被大水淹没六百年后

序

大水淹没了上都阿希坦，淹没了乌洛帕，淹没了整个世界。正如母亲所说，大水就好似时间的洪流，它带来了一切，又将带走一切。

上都阿希坦，这座曾经最壮观的陆上之城已变成海里的一片废墟，除了它，人类还有过其他伟大的首都：乌洛帕克、乌尔港、宁泊、圣城安临都。古代的传说和歌谣里充满这些名字，和缔造它们的七个伟大王朝一起，曾经被无数次地传颂，现如今却和上都阿希坦一样，湮没在了时间的洪流里。这座凝聚着人类梦想的雄伟都城，由泛光的金属和凝胶材料在汪洋里垒筑而成，亿万人流在过往的几千年里，如潮汐般涌进又退去。它一度是人类最坚不可摧的理想，是闪耀在海里的明星，现在颓败成一具落寞的空壳,里面只剩下我一个居民。

我叫伊璐嘉尔,我母亲给我起的名字,意思是"被神守护"。我独自栖身于上都阿希坦的废墟之中,是这里的最后一个人。

我是乌洛帕的最后一个人、世界上的最后一个人。

第一节 母亲

在我的家人们仍未离我而去时,我母亲说:"孩子,别担心,我年轻时就曾认为自己是世界上的最后一个人,但最后,我还是遇见了你父亲。所以不用担心,我的女儿,命运自有安排。"

曾经,我和我的家人们住在乌塔天神庙的遗址里,乌塔天神庙是乌洛帕人最重要的神庙,它建于古老的乌尔王朝,供奉着天空之神安淖和他的配偶南沐,并收藏着大量的珍贵典籍。神庙整体呈尖锥形,想要到达神像所在的主厅,朝拜者必须爬上六百级台阶,象征着六百位不同的神,同时古人也认为这是对信徒的考验,只有有耐力爬到顶层的人,才有资格受到安淖的祈福。因此在神庙刚建成时,它一度是陆地上最高的建筑,传说登上主厅后便能看到世界的尽头,这当然是无稽之谈,但它如山一般高的基座的确令它在不断上涨的海水中幸免于难。

  我的母亲是名智者,她既是我的母亲,也是我的老师。我刚开始牙牙学语的时候,她便为我朗读乌塔天神庙里的远古残卷;而当我会说话时,早已将淖雅的《大史诗》中所描绘的种种远古传说记得滚瓜烂熟了。小的时候,父亲和哥哥们忙于海猎、维持生计,而母亲则必须补衣、漫游,四处捡拾仍未朽坏的古代高科技机械(我们很早便失去了生产这种物件的资源和能力)。虽然有家人,我却总是形单影只,不过末世人的小孩都这样,我没什么可抱怨的,世世代代,我们的童年里没有玩伴,古书、废墟、苔藓和各种各样的古代遗迹就是我们的青梅竹马,我们最亲密无间的好友,它们伴我们出生,伴我们成长,伴我们死亡。我母亲总说:"为了建造这些奇迹,数以万计的古人耗尽他们的一生却终究无暇欣赏。让它们与我们为伴,是诸神对末世人的眷顾。"随着时间的推移,我对母亲的这番话愈加赞同。

  母亲鼓励我去见识乌洛帕克废墟里的各种古代遗迹,却有一处,她禁止我前往,那是整座上都的废墟里最为庞大而壮观的建筑,叫做奇亚加阁,意思是"禁地"。不知何原因,也不知从何时起,乌洛帕人开始坚定地相信这座山一般雄伟的建筑里沉睡着某些"禁物"。关于这个"禁物",有所考据、并听起来较为可信的说法,那是恐怖的变异物种或高危的生化武器;也有一些暧昧的说法,将那里描述成"一切灾厄的源头",似乎正是它的存在导致了人类的锐减。我的先人们如此坚信着,并极力阻

止一切人进入此处，唯恐不慎将里面所囚之"禁物"解放出来，造成不可逆转的灾难。我的母亲仍在世时，作为智者，自然是谨慎遵循祖先们的警告，严令禁止一家人靠近。我也就乖乖听母亲的话，不曾靠近一步。

"奇亚加阁"并非建筑的本名，关于它的本名已无处可寻参考，但根据乌塔天神庙里的古代手抄本，我能确定这座建筑早在五百年前就已经被人们如此称呼了，那是乌洛帕刚衰退不久，我的祖先们刚开始自称"末世人"的年代。建筑的建造用处不明，建造的时间也不明，但仅仅是根据其巍峨的身姿也可判断，这座建筑只有六百年前，万禧王朝末年的科技水平才建造的出，也就是"疯女王"海珊所统治的时期。手抄本里明确指出，在海珊女王自杀、自由军们攻入上都阿希坦后曾对城市里的所有建筑进行清点、调查和记录，可却找不到一星半点的资料能说明这座建筑的用处和建造年代，难道自由军们对这座庞然大物熟视无睹？还是说对于如此重要的信息，自由军们只保存了电子数据，而未做任何纸质档案备份？这些都说不通。

我母亲说："自由军们一定知道奇亚加阁的用处。自由军们有机会摧毁它，就像他们摧毁阿希坦宫一样；然而对于奇亚加阁，他们并没有这么做。阿希坦宫是象征性的建筑，它象征的是万禧王朝的统治权，只有摧毁了这座旧政权的象征性建筑，自由军才能更好地巩固自己的新政权。自由军们没有摧毁奇亚加阁，说明这座建筑对他们的新政权构不成什么威胁。"

"可是既然造不成威胁，他们又为什么对奇亚加阁的用处只字不提呢？"我问。

"我也觉得很奇怪，他们虽然没有摧毁它，但也没有曝光它，而是秘密地保护了起来。我想，也许奇亚加阁里有着能让自称'意志坚定的'自由军们也拿不定主意的东西。"母亲说，"伊璐嘉尔，虽然连我也想不明白里面到底有什么，但既然我们的祖先将其称为禁区，那么里面绝对没有任何善物，你一定得离它远些。"

我觉得母亲分析得很有道理，毕竟只要是发生过的事情，她总能分析得明白。我认为她已经足够聪慧，但她是我认识的唯一的智者，所以我也不晓得其他智者是怎样的。传说中，拥有"真理之眼"的淖雅以及"神赋者"希杜丽丝可以通过已发生之事推测出未来，而他们所能预见之事甚至比本就有预言天赋的先知们更明细百倍。我的母亲显然没有这种能力。过去之事，她总想得明白，可未来之事，她却怎么都预料不到。她经常调侃道："如果我不是智者而是先知，那该多好。发生过的事，看得再清楚又有什么用呢？一切都无从改变。能预见的未来固然也无法改变，但能将其预知，总不至于在彷徨与自我怀疑中虚度一生。"我母亲的故事放在古代大概能写一出悲剧吧，她梦想生为先知，却成了智者，而她的智慧却也不足以让她预见未来，如此还不如不让她拥有智慧。然而最为悲哀的是，对于他人的未来，我母亲从未预见过，而对于自己的未来，她却如此轻易地言中了。

七岁的时候，我的父亲和大哥决定驾着我们最后的水艇前去寻找陆地，本来被指定留守在神庙的二哥却在半夜偷偷追上他们，弃我们母女而去。

他们会走,是因为神庙古卷里记载的一个有关遥远东方的故事。传说,在所有船只都无法到达的东海,有一个长着牛角的古神。他不但掌管着太阳,还发明了草药、耕具和器皿,所以信奉他的人们都尊称他为神农。神农有一个年幼的女儿叫女娃,生性活泼要强。有一天,女娃划船出海要去太阳升起之地寻找自己的父亲,结果不幸遭遇海啸。女娃的船被巨浪掀翻,她自己也沉入了海底,从此香消玉殒。神农听闻此噩耗后悲痛万分,但太阳神的力量也有无法抵达黑暗的深渊。找不到遗体,就算是神农也没法让心爱的孩子复活。然而,女娃的灵魂却没有就此消散,她的意志化为一只白嘴红爪的神鸟,名叫精卫。精卫鸟发誓要填平那片淹死自己的海,于是不辞辛苦地从西方的山上衔走树枝、泥巴和石子来填海,从此往后,夜以继日,永不停歇。

我母亲说,"精卫填海"只是某个古代祭司杜撰出来的寓言故事,因为纵观神庙里的所有经卷,有关东方诸神的仅此一篇,比起有据可考的、从海外流传而来的异族传说,它更像是根据乌洛帕的经典传说虚构出的一个镜像世界。她说,这个故事有可能创作于海平面上涨之初,那时有许多船出海去寻找新高地,这个故事反映了创作者希望人们能找到新大陆的美好愿景。

与母亲正好相反,我的父亲、哥哥们却对"精卫填海"的故事深信不疑,尤其是我的父亲。他相信自己能在汪洋里找到精卫大陆,就像他当年在汪洋里找到了我的母亲一样。他一生中见过太多不可思议的海上奇观,许许多多古书中所谓的传说,在他眼里是再普通不过的事。对他而言,飞鸟能用树枝填出陆地并不是什么匪夷所思的事，相反，他能跟母亲生下我们这三个孩子，才是不可思议呢。

然而，父亲和哥哥们都一去不返，所以母亲直到去世都因此事而深深地陷入对家人的怀疑和对未来的迷惘之中。他们是否在远方找到了新大陆而抛弃我们？还是出了意外无奈客死他乡？我们母女二人的未来又会怎样？这些问题，作为智者而不是先知的母亲永远都不可能知道。我想她到死也没有任何答案，毕竟，她自己的死亡也是她不曾预料到的。

我母亲的死很突然，在父亲和哥哥们离开六年后，有一回，她独自下海捕鱼，结果却被一条长着五只犄角的丑陋怪鱼咬死了。不过幸好我及时发现，事发地点又在神庙旁，所以我连忙用一把可放电的长枪赶走了怪鱼，最终保住了她的尸首，未让它落入鱼口。

第二节 五角怪鱼

母亲死后,我将她的遗体带去了安息礼堂火化,据说,我外祖父和外祖母的遗体都是在这里被处理掉的。上都阿希坦虽早已是一座海中废墟,但仍有些许设施逃过了战争的摧残和大水的侵蚀,完好保存至今,这座安息礼堂就是其中之一。虽然设施完好,但由于缺乏燃料,所以我必须自己收集引燃物来火化遗体。

听说在远古时期,我的祖先们一度将逝者的遗体埋葬在新鲜的泥土之下,对于连陆地都未曾见过的我,那简直是最令人神往的结局。而自从大水淹没了乌洛帕,我的祖先们便开始火化尸体,他们认为将尸体掷入海中是远海蛮人的行为(对于活在陆地上的古人们而言,这种行为大概无异于抛尸荒野吧）。

处理完母亲的遗体，我开始了独自一人的生活。我不再有闲暇在古建筑群的遗迹里嬉戏，取而代之的是必须努力寻找食物、生活用具和各种消耗品。夜晚，我总是疲倦地睡去，梦里，父亲和哥哥们开着水艇归来，他们将我从梦中唤醒，告诉我他们在远方找到了精卫大陆；有时我也会梦见母亲并未死去，她回到我的身旁，为我讲述一段段我尚未知晓的属于远古的往事，而后我会真正地醒来，在清冷而寂静的神庙里，无可奈何地意识到美梦终归不是现实，父亲和哥哥们再不会归来，母亲也不会复活，我已是乌洛帕的最后一人。

这样的生活持续了一段时间。期间，我第一次感到自己的身体发生了某种奇异的改变，我仿佛不再是一个人，而是一只濒临灭绝的动物。起先，我对自己的现状还感到几分抗拒，不甘做乌洛帕的最后一个人。我为了活着而活，漫无目的地孤守着乌塔天神庙、上都阿希坦的废墟、乌洛帕最后的血脉，还有寂寞。可是渐渐地，这一切都不再那么重要。我的思维开始变得迟缓，记忆也变得模糊，早上醒来时，我只知道今天要做什么，而不记得昨天发生过什么。而后，我的语言能力开始退化，醒着的时候也像是在做梦，支配我的不再是自我意识或情绪，而是身体和感官。我再也体会不到喜怒哀乐，只能感到或痛或痒、或臭或香，我的身体只会对这些感受做出反应。在这段日子里，我吃东西是为了活着，睡觉是为了不被累死，无事可做时就呆望着天际，直到下一种感觉，也许是饥饿，也许是困意，支配我的身体去做其他事。

在古代，乌洛帕人认为人类之所以能区别于动物，是因为神给了他们"我"的概念，这让他们感到自己的存在富有意义，他们因此产生智慧，并学会语言。而感到自己存在的价值，也让他们在繁衍生息的同时，更有别于动物地创造了文明。母亲说，人类并不掌握真理，他们的语言、文字、道德和规则无非是在比较和划分，而人类也正是在比较和划分中感受到"你"和"他"这样不同于"我"的概念，并由此巩固了自我的存在。

我想，如果按照母亲的理论，现在的我，作为世界上的最后一个人，就是因为失去了与其他人作比较，才会渐渐丧失了自我，退化成了一头曾经拥有智慧的野兽。现在回想起来，如果不发生那件事，我大概会这样混沌地活着，直到死亡将我带走与家人团聚。

和母亲的死一样，那件事也发生得很突然。一天，未知的诱惑布下罗网，五角怪鱼——我的弑母仇人——继上次行凶之后竟然再次现身水面，它吓人的五只犄角将绸幕般的海面划出五道可怖的裂缝，我一眼便认出。那一刻，犹如某种魔咒在我身上猝然失效，我的意识、记忆和种种情绪在一瞬间内苏醒过来。首先苏醒的，是恨意。我多恨它，就是它夺走了我唯一的家人，我的一切。突然，我又感到了快乐——我记起了快乐，那是被它所摧毁的属于往昔的所有欢声笑语、幸福和温馨的瞬间，随后我开始惆怅、委屈、懊悔，为什么那天母亲独自一人前去海猎？她可知道是她抛弃了我？而我又为何没能赶在怪鱼杀害她前将她救下？无数念头在我脑海中回闪，如果母亲没死，如果父亲和哥哥们没离我们而去，如果这条怪鱼不曾存在……最后，恨意再次取代了一切。我只剩下恨，它将我支配，我要杀死它，杀死这个怪物，为母亲复仇。我怒不可遏，甚至感到这就是我活着的唯一目的，如果我杀不了它，那还不如死。

不能叫这孽畜逃掉！想到这，我连忙提上鱼枪，连氧气罩都不戴，直接跳入水中，逐它而去，殊不知自己的鲁莽会把我的命运引上怎样的歧途。

在水中，我第一次看清了这怪物的真面目。它简直比从高处俯视还要丑陋百倍，它的皮肤蜡黄、布满褶皱，好似熏干后蜷缩起的鱼皮，长满凹凸不平的倒刺；它的尾巴似鲸，但却左右摇摆而非上下拍打，形状畸形又笨拙；它的腹部隆起，上面沾满不知死活的贝类，在那之下，隐隐约约是六条半退化的腿，正以一系列令人极其不适的猥琐动作辅助划水。无论是现实中还是从古卷中的图画上，我都从未见过如此丑陋且恶心的鱼类，我甚至从未见过任何长相与它类似的生物，虽说几百年前的海水污染导致大量鱼类产生变异甚至畸形，但这条怪鱼的长相如此可憎，早已超出了变异或畸形的范围，仿佛是谁用高科技手段编辑基因或以类似的手法拼凑而成，以创造出一种最丑陋的怪物。我不禁怀疑，这个世界上真的存在能自然演化出这种怪物的种族吗……

霎时，我感到毛骨悚然，一些古怪的念头在我脑海中浮现：这条怪鱼它真的存在吗？它是否只是我脑海中的某种臆想？也许我的母亲并非死于怪物之口，而是某种普通的疾病，甚至是因我的失误才命丧黄泉，而我却不愿接受这个事实，于是编造出一个仇人，将生老病死的不可抗力嫁祸于它，以减轻自己的痛苦。这一系列恐怖的怀疑将我擒住，我无法克制自己不去想它，且越想越感到后怕。但母亲的遗体已被我销毁，我也无从寻找证据去证明或推翻自己的猜想。

而后，诡异的事发生了，也不知是我思考得太过专注而走神跟丢了猎物，还是那条五角怪鱼果真是我脑中的幻想，总之，当我再次将注意力集中在海面上时，它已经消失得无影无踪，水面或水底都再找不到它的踪迹，只有一堵高墙挡在我的面前。我定睛一看，这哪里是高墙，只见敦厚如山的基座上，由泛着微光的银色金属打造而成的完美几何形体，组成层

层叠叠的空中楼阁……不知何时,我已被那怪鱼引进了乌洛帕末世人传说中的雄伟禁区——奇亚加阁。

我顺着没入水中的台阶爬上一座六边形石台,在古代,它也许是飞行器的停港,或水艇的停靠码头。只见石台上镶嵌着一大片用铁黑色海铜浇筑的神圣几何花纹,这种合金拥有奇异的特性,当我踩上去的时候,涟漪般的反光以我的脚心为圆点,在花纹上顺势漫开,仿若踏入了一片水塘。眼前望去,一条宽阔的走道笔直地铺开,通往奇亚加阁的核心。

我站在石台上,犹豫了好一会儿要不要走进去。我想起母亲的警告,想起一些古卷上对此地的描述,并由此幻想出种种可能隐藏其中的危险……最后,对未知的好奇战胜了一切,因为我早已无依无靠,对未来更是没有任何寄托。与其回到神庙,在日复一日的寂寞和孤独里,苦苦等待着可能早已死去的人归来,或者根本不存在的人到来,将希望寄付于这些不定因素,还不如凭借自己的意志做出选择,走进这座奇亚加阁,看看里面到底有什么。

第三节 生者

迎宾道很快就走到了尽头，一道高耸的三角形门洞出现在我面前。门廊前堆着一些坍塌建筑的碎片，阻碍我继续探索的视线。我小心翼翼地爬过这些巨大的石块，来到门廊内部。这里的内部结构保存得还算完好，宽阔的迎宾道在我眼前继续向前延伸，和刚才不一样的是，内部的迎宾道浮在一座巨大的水池上，而且水池里的水仍在流动着。我在阿希坦宫的遗址里也见过这样的流水夹道，但那里的早已枯竭了，只剩下走道两侧两条下沉的沟壑。这里的水流系统仍在工作，是否意味着海水淡化系统也完好无损呢？想到这里，我连忙将手伸进水中尝试。水清冽而冰凉，感觉和海水不太一样，我舔舐了一下，却失望至极，并非淡水，而是同样咸涩的海水。

我继续向前走去，只见水流夹道的左右两面金属打造的空花墙向上延伸，最后交汇在一起，形成一道和三角形门洞形状相同的走廊。等等，乍一看是两面墙组成的完整走廊，实际却是无数个三角形廊框紧密地罗列在一起，组成了一道走廊。我在原地停留了一会儿，便观察到这些三角形廊框正在磁动机的作用下十分缓慢地进行着螺旋运动，千年如一日。阳光穿过空花墙上无数的镂空几何图案，投射在静止的迎宾道和波动的水面上，随着其缓慢的旋转，图案也千变万化，形成一道绝美的人工景致——万花筒，我不禁想到这个词。我曾在一本古书上读到过，它被描述成一种奇妙的光学玩具，其利用光的反射，令简单的几何图案在狭小空间内瞬息万变。虽然没见过实物，但我自信我现在正行走在一个巨型万花筒里。无论如何，我为眼前这幅光影迷离的景象深深着迷，其实以前我也在阿希坦宫或其他古代建筑群沉没的废墟里见过类似的设计，但大部分都已经彻底损坏，只能看得出雏形，像这般保存相当完好的还是头一回见。如果我能活在海珊时期就好了，那样就能见证这些雄伟艺术品最崭新、最完整的时刻。可转念一想，若我果真出生在海珊时代，若非"疯女王"海珊本人，又怎会有资格独自在这座建筑内闲庭信步呢？母亲说得没错，能与这些难以置信的人类奇迹独处，是末世人不幸中的万幸。

我在这条廊道里徘徊许久，留恋不已，但最终还是来到了它的尽头。走廊的尽头处没有被任何坍塌物遮盖，外界的强光令我不禁眯起了眼睛，而后我走出廊道，站在天光之下——

我浑身颤抖着伫立在原地。

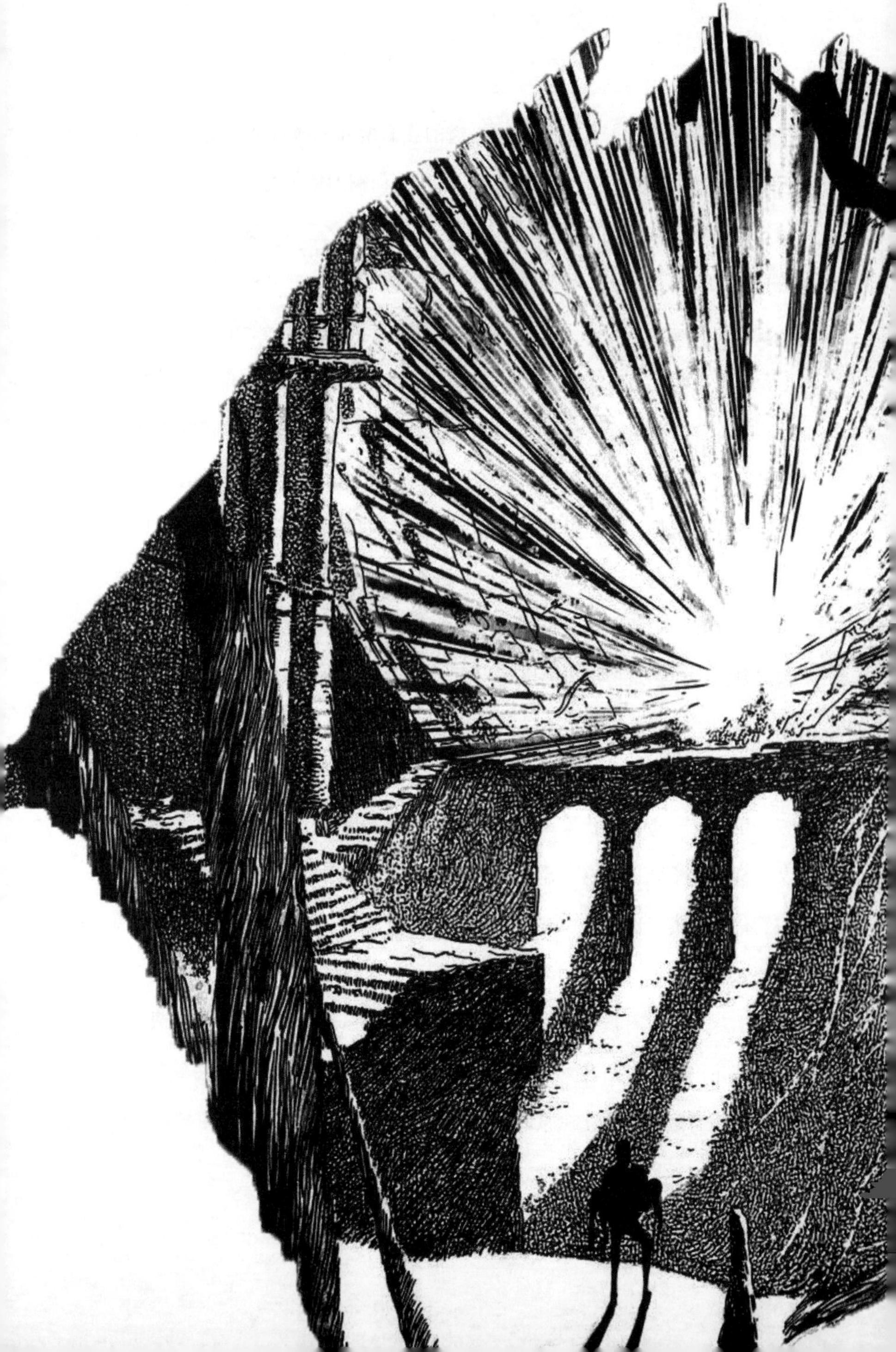

眼前的景象令我震惊万分。我在视力恢复的一瞬被彻底震撼，甚至忘记了如何发声，只有嘴巴不由自主地张大。我可身在梦境中？不，我连在梦里都未曾见过这样的景象，正因我只见过荒芜的废墟与海洋，所以我的梦中也只有一片荒漠。可是这里呢？这里，是一片森林。

我正在俯视一座森林般壮观的庭院，仿佛是一盆被种在巨碗里的盆栽，而我则站在这个巨碗的边缘。一种我从没闻过的奇异香味充满鼻腔，它多么浓烈、活跃而沁心。后来我才知道，这种有别于鱼腥的味道，是各种树木、蕨类植物和花草所散发出来的。我振奋地大口呼吸着，恨不得把整座庭院都吞进肚里。激动了一会儿后，我冷静了下来，开始观察四周。我顺着整个庭院的碗状边缘环视一圈，最后回到脚下，那有一条平坦、开阔而没有扶手的白色石阶，直直地通入庭院的核心地带。同样的楼梯在我正对面也有一条，它们如植物的根茎一般，在迤逦而下的途中不规则地分出几条岔路，这些岔路有的悬在空中，形成几面弧形的墙壁，将庭院分割成几部分；有的则顺着庭院的围墙蜿蜒而上，通到上层的建筑里。眯起眼睛看去，整座庭院又好像是一块镶嵌着许多银边的翡翠石。

在整座庭院的中心，一道狭长的磁悬浮电梯像一根被抻得笔直的银线，从茂密的植被间延伸出来，直通入上方镂空的天花板之中，想必庭院的上层还有更庞大而复杂的空间。为何明明在建筑底部，光照还能如此强烈呢？答案似乎就在那些镂空的天花板之中。我眯起眼睛，发现那些天花板乍一看是镂空的，只能看到一道道银色金属框架拼接在一起，形成无数个几何图案，以那部狭长的磁悬浮电梯为中心，涟漪一般、有规律地向外扩散开来。但实际上，在框架与框架之间镶嵌着一层层透明的玻璃。那是玻璃吗？我不敢肯定，也许它们是某种能发光的人造晶体，也有可能建造者通过特殊的排列令它们将户外的天光反射于此。总之，这无数层透明的建筑材料正随着我视线的晃动闪烁出数不尽的光点，为这座壮观的花园带来绮丽的人造光源。

我顺着楼梯继续向下，越往下走，生命的气息便越充盈。它将我包裹、挤压，甚至令我眩晕且伴着几分窒息。我想起在年幼时刚学习下潜，只要潜至水下三四米深就会产生同感。我知道这并非我的生理反应，只是我的感官不知何时已经变得和这个垂暮的世界一样年迈而腐朽，一缕新鲜的气息能令我振奋，但若它从四面八方向我涌来，则会让我感到心悸难忍。

我调整呼吸和步伐，渐渐去适应这种感觉。

下到庭院底部，我发现这里的地面填充的并不是泥土，而是一块块镶嵌银边、色泽光滑的"方砖"。我不知道这种"方砖"是由什么材料制成，用脚踩上去的部分会稍微塌陷并有水珠渗出，待脚离开后又会恢复原样，树木的根直接扎入"方砖"里，仿佛那就是泥土。在此之前，我对这样的材料闻所未闻。我并非没见过泥土，我的父亲和母亲各有一小瓶装在透明容器里的泥土，那是祖辈们传给他们的，虽不具有实用价值，但对我们而言是珍贵的遗物。末世人基本都用水培器栽培植物，因为泥土太耗水，而我们所能获得的淡水本来就十分有限。我们所能栽培的植物品种也很有限，植物的果实更是在重要日子里才能享用到的顶级奢侈品。

我蹲下身来，试图将这种神奇的"泥土"挖一小块出来，它摸起来软软的,有点像苔藓,在离开"方砖"的瞬间便化作水,从我的指缝中流得一干二净。我想这是一种记忆性材料,不但能最大限度地避免淡水的蒸发与流失,还能调控区域的湿度与温度,为不同植物营造最合适的生长环境,让庭院能在无人照料的情况下繁茂依旧。看来这种材料并不能随便搬运,制造方法也早已失传,否则末世人也不会为栽培植物而发愁了。

这里面会不会藏着什么危险的野兽呢?庭院的建造时间距今至少有几百年,再凶猛的野兽也该化成了骸骨。但既然这里的植物能在无人照料的情况下依旧繁茂生长几百年,那么野兽的后代也能在这座庭院里繁衍生息吧?我开始小心翼翼地进行确认,在隐藏自己足迹的同时,检查附近是否有野兽留下的痕迹。从小到大海猎、拾荒的生活让我精通此道,只要是活物,就会留下生活痕迹,或是粪便,或是脚印,或是毛发、鳞片。可这里什么都没有,没有野兽的踪迹,没有声音,没有警戒的古代机器,只有层层叠叠的植物寂静地生长着。

在确认没有危险后,我壮起胆子在庭院里探索,发现其间景色竟比从上方俯瞰更令人震撼。在被树木遮蔽的地方,雪白大理石修砌着一条条仿古的小径、矮廊,它们彼此连接着几座凉亭,有些凉亭已经坍塌,有些还完好无损地立在那里。这些凉亭的造型瘦长而高挑,立在参天古树下,仿若一颗颗狭长的子弹头。藤蔓和苔藓顺着凉亭的柱子肆意攀爬、垂落,还有一簇簇叫不上名字的小花掺杂其中。一座座小池塘或落在凉亭旁,或藏在繁丛的花簇后,这些池塘的大小、形状不一,但边缘都被设计成整齐的矩形,池塘中任意插着一些长方体,上面长满柔软的藓类,可以赤脚踩踏在上,欣赏池水中的倒影。

这些池塘看起来无比洁净,池壁一定是用某种具有吸附净化能力的材料铺成。池塘里面既没有鱼也没有任何观赏性的机械装置,但几片池塘旁边设有人造瀑布。瀑布的设计和池塘一样简单却又无比巧妙,几乎就是一面质感厚重而毫无装饰的金属墙,最上方有一排出水孔,水流从这些孔中涌出,顺着金属墙倾泻进池塘里,森林景致倒映在光滑的金属墙上,与水幕融为一体。从瀑布正面看去,仿佛水流从半空中涌出,而从背面看,则只能听到水声,因为金属墙遮住了水流和池塘,而在镜面的反光下,它自身的存在也被隐匿进了生机盎然的植株间。

我在一片池塘前驻足许久不愿离去,这流水的速度似乎也经过精心设计,水珠坠入池塘时产生的声音是那样富有节奏和韵律,悦耳又扣人心弦,让我忘记一切烦恼和忧愁。闭上眼睛,只听到水声,仿佛远离海洋,身处一座茂密、幽静而潮湿的远古密林中,没有死亡,没有疾病,没有离别,在汩汩涌出淡水的山泉边上,和参天的古树、繁茂的花草一起,寂静地生长……

淡水?

想到淡水,我突然从遥远的幻想中惊醒。我感到口渴难耐,为了追逐那条诡异的五角怪鱼，徒手在海中游了很长一段时间，而在进入奇亚加阁后，我又是攀废墟，又是走长廊，被各种新奇的事物吸引，精神一直处于高度紧张状态，注意力完全集中在外界，所以即便体内的水分已经被代谢得差不多，身体发出的信号也被我忽略了。而刚刚，池塘的水声令我的思绪彻底地平静了下来，"渴"这个感觉立马席卷了全身。不只喉咙渴，联想到远古的森林和甘甜的山泉，我甚至浑身上下的每一寸皮肤都开始渴。

虽然之前那段迎宾道里的水是普通的海水，但直觉告诉我，这里的水就是淡水。

想到这里，我迫不及待地将嘴凑近人造瀑布的水流。瞬间，一种我从未体验过的清凉感将我包围。我一口气咕咚咕咚喝了十几口。这里的水不

仅是淡水，而且味道与我平日喝的海水蒸馏后的水完全不一样。蒸馏水是没有任何味道的，可能是我平日都用海水来清洗喝水的器皿，所以它喝起来仍有一股挥之不去的腥咸味。但这里的水呢？不仅没有一点海水味，反而有股淡淡的甜味。

甜对末世人来说是最奢侈的一种味觉，咸味与其他苦涩的味道充斥着我们的生活。用水培器栽培了几株番茄，得经过一个季度，我才能吃上几枚，给身体补给少量维生素。只有这么偶尔几次，我才能品尝到甜和酸的味道。这在古代也许是难以想象的，但几百年的繁衍已经让生活在海里的末世人适应了这样少量的需求。

我一口气喝了十几口，仍然不过瘾，于是直接跳进了池塘里。我用这洁净的淡水清洗我浑身上下的每一寸肌肤，洗净十几年来沉积在上面、从来没机会用淡水洗干净的黏黏的盐渍，又洗净因总是泡在海水中而变得又乱又硬的头发。我让洁净、甘甜的淡水浸入每一寸肌肤，最后满意地爬上岸，躺在柔软的草丛里将自己晾干。

这里哪是什么禁区？根本就是天堂！这里储存的淡水取之不尽，灌溉系统也尚未损坏；当然更不用水培器种植蔬菜和水果，这里充满新鲜的泥土和果实！为什么没能早点来到这里呢？霎时，喜悦与悔恨同时交织在我的心头。早知道这座建筑里是这般情形，也许末世人就不会落到只剩我一人的地步。就算是父亲和母亲带着我们一家进入了这里也好，那样父亲很可能就不会去寻找新大陆，大哥和二哥更不会与其一同离去，母亲也不会被怪鱼咬死……

但现在想这些已经无济于事，我从草丛里爬起身，继续探索庭院。

我来到庭院中心，打算乘坐磁悬浮电梯装置抵达上面的楼层，然而我来到此处后才发现电梯已经无法使用了，磁悬浮轨道在靠近地面的地方彻底断裂，电梯虽然损坏，但在它周围有两道旋转在一起、蜿蜒而上、造型犹如DNA双螺旋结构的楼梯通往上层。它的下方是一个巨大的洞，我站在洞的边缘小心翼翼地向下望去，发现里面竟然是人工修砌的电梯甬道，虽然洞的边缘已经长满绿藓和花草，但仍然能隐约看到泛着银光的磁悬浮轨道正向下延伸。看来这座碗形庭院并非整个奇亚加阁的最底层，在庭院之下、海面之下，甚至地表之下，还有很大一部分，必须通过这架已经损坏的电梯，或者其他我仍未发现的入口才能到达。

在靠近这部磁悬浮电梯的地方，我还发现了一些有趣的东西。那是几堵装饰用的墙面，大多已经坍塌，藤蔓、苔藓和一些叫不上名字的植物的枝叶遍布其上，我随意拨开一部分，只见被绿植覆盖的墙面上竟绘满精美而保存完整的海特达特。海特达特是一种早已失传的古代工艺，通常被绘制在墙壁或天花板上，用来描绘众神、诸王或重要的历史事件。古书上说，海特达特的颜料全部取自贝壳或矿石，其颜色艳丽、细腻且保存时间长，因此十分稀有昂贵。海特达特的绘师必须是神职人员，其出现的地点也只能是寺庙、圣地或其他重要的宗教场所。海特达特绘制完成后要进行一道特殊的烘干程序，让颜料渗透进墙壁，使颜色千年不褪，最后以金箔、银箔将玛瑙、玳瑁、砗磲的碎片等镶嵌其上。乌塔天神庙的墙面上有许多幅海特达特，但均已或多或少受损，大部分只能隐约分辨出其所绘内容，并无珠宝镶嵌，母亲说这些神庙里的海特达特都是在自由军攻入上都阿希坦时被人为损坏的。我以前在阿希坦宫的圣坛遗址以及其他神庙的海中遗址里也见过海特达特，但还是头一回见到如此完整的。

我被这绝美的工艺品深深震撼，这幅海特达特描绘的主人公是一个姿态如神般的女人，她的头发呈银紫色，一半在头顶盘成长方形的高髻，另一半披散下来，上面装饰着黑曜石、云母、冰长石、紫龙晶以及其他一些我叫不上名字的宝石。她穿着一条同样银紫色的长裙，裙子的质地让我无法形容，它看起来具有贝壳的纹理，但又柔软飘逸如丝绸，我认为这是一种早已失落的高科技面料。女人的皮肤里也镶嵌着宝石，并且在头颅、脊椎和手指上都能明显看出植入了许多凸起的小"角"，这是典型的万禧王朝流行的"超人类"审美，在皮肤中植入大量奇形怪状的假体，以达到一种超越普通人类形象的威慑感，像是诸神或拥有更高文明和智慧的外星物种。然而植入过多假体势必造成行动不便，所以植入得越多，身份越是显赫。因常年被植株覆盖，这幅海特达特上还残留着许多露水，在微光映射下，这些露水反射出奇异的光芒，与镶嵌在墙面上的种种宝石混为一体，仿若神迹。

在这面墙附近，还有几面墙没有完全坍塌，在植被覆盖处同样露出了类似的海特达特，画面的主人公是同一位女性，但场景却不一样。我很确定其中一幅是加冕图，因为里面还有一位大祭司模样的老人，正将手放在女人头上，代替天空之神安淖承认她的统治权。另外一幅似乎是在某个雄伟项目的建筑工地上，画中女性背对着观众，她所面向的地方停放着几架巨型航母。这个建筑工地大概是水神宇宙母舰基地，我的两个哥哥曾带我去过那里，虽然基地已成海底废墟，且实际规模比画中小不少，但我想不出除了那里，还有哪个地方能停放巨型母舰。到此，我想我已经猜到画中女人的身份了，她既不是神，也不是传说中的角色，她是真真正正存在过的人，乌洛帕的末代统治者——"疯女王"海珊，而这座庭院，根据海特达特上所传达的信息，大概也是在她统治年间所建。除了上述的三幅海特达特外，还有一幅保存得最完整，上面画着海珊和一棵结着红果实的树，它与其他三面墙形成一个不闭合的正方形。

海特达特的出现是否意味着这里是一处宗教场所呢？欣赏完这几幅海特达特后，我思考了起来，然而除了有海特达特外，这里没有一点像是宗教场所。这座庞大的建筑群虽然无法从外观上推测其用途，但无论如何与寺庙都相差甚远，如果说是科研基地或古代的综合类高级社区，还尚且能令人信服。这个下沉式的花园也不像圣坛，圣坛必须是在高台之上且设有祭坛，这里不仅是下沉的，而且没有任何类似祭坛的设施。

那为什么这里会出现海特达特呢？我一时想不出合理的解释，于是将这个问题抛于脑后，向上层建筑走去。

环绕磁悬浮轨道的两道楼梯，在快要抵达天花板的时候也出现了断裂，这导致我不得不跳到磁悬浮轨道上继续向上爬。几经周折过后，总算到达了上层，可一离开电梯的甬道，我就被吓了一跳。起先我只是感到头顶被一片阴影笼罩，抬头时才发现，在我的正上方，竟有一座小山向下压来。

我吓得连忙离开这片阴影，又往外多跑了一段距离，才发现那根本不是什么小山，而是一座已经坠落的巨型磁悬浮岛。这座浮岛成环状，大体呈椭圆形，上面长满巨型岩石和各类植物，中间有一个天井。磁悬浮电梯的电梯间则被设置在一个如山峦般雄伟的锥体里，这个锥体又尖又长，至少有三十臂 那么高。我认为这个锥体是磁悬浮岛的底座，因为它正巧在浮岛的正下方。这样就不难推测，这座人造小岛曾一度靠着十分强大的磁力悬浮在空中，可某一日，它的磁悬浮装置被损毁，失去磁力后便如同陨石般从空中坠落，摔在锥形的底座上。幸运的是，浮岛下落得那样垂直，位于它正下方的锥形底座也就直直地戳进了浮岛中心的天井里，而并未与它相撞。虽然无数道危险的裂缝沿着浮岛中心张开、蔓延，但不至于让它彻底粉碎，加之锥形底座的支撑，生长其上的植物根茎、藤蔓也在漫长的岁月里彼此牵拉，令它较为完整地保存至今，并呈现于我面前，说是末世奇迹也毫不为过。

这样看来，处于锥形底座正下方的磁悬浮轨道和楼梯会部分断裂，以及下层庭院里靠近磁悬浮电梯的几面海特达特会倒塌，大概也是这座巨型浮岛的突然坠落所导致的。

浮岛之上设有水流，水源为旁边两座超高的引水渠，它们被设计成类似装饰用的石墙，上面也攀爬着藤蔓。在浮岛尚未陨落时，水从渠中倾泻下来，灌溉浮岛上的植被，最后从四周那些巨大岩石的缝隙间流淌而出，在磁悬浮电梯间和锥体基座的四周形成一层水幕。如今，由于浮岛陨落，重心偏移，所以水流也全部倾斜去了一侧，那里水势很大，犹

如喷涌而出的山泉。

我顺着这股水流向远处看去，眼中所见同样是一座曼妙的阁中庭院。和下层庭院不同，上层庭院的地势整体平坦，树木较少，视野更开阔。这层没有天花板，碧蓝的苍穹之下，喷泉、池塘里漂浮着云的远影，以及种种我说不上名字的花卉，流水的夹道两边是被树根缠绕的岩石、长满苔藓的巨像、挂满藤花的高墙和石柱，道路和走廊错综复杂，时而悬在空中，时而沉进水里。除了正中央那座已经坠落的巨型浮岛，上层庭院里还设置了大量其他悬浮景观，大大小小的悬浮岛有些从空中坠落，插进柔软的青苔或铺满浮萍的水池里，也有些仍然虚弱地浮在半空。如果用地上散落的碎石块去砸一些体态较小的悬浮岛，它们便会中心不稳地打转。

顺着庭院里悬空的廊道可以走进庭院的外围区域，同庭院内部相比，外围建筑保存得并不好，很多地方都像之前进入庭院前经过的那条走道，多有裂缝、建筑碎片，损坏严重的地方甚至直接坍塌，在没有机器帮助的情况下，根本无法前行。建筑的断裂处看起来年代久远，应该就是在自由军攻打上都阿希坦前后造成的。除此之外，我还发现了许多不同种类的警示牌，它们大部分已经腐朽，或散落在建筑群外围的露天桥梁上，或蔫蔫地浮在建筑群周遭的海域里，我仔细辨认才能勉强读出上面印的字句，有的是：

军事重地，无关人员禁止入内，逾规后果自负。

还有的是：

生化基地，高危场所，擅闯或有生命危险。

是这些警示牌让我的祖先们认为奇亚加阁是禁区吗？经过刚才的探索，我虽仍无法断言这座建筑群里是否有危险存在，但它显然不是什么军事重地或生化基地。那么，是谁留下这些标牌，误导了我的祖先们？又为什么要这样做呢？是海珊女王吗？多半不是。她在自己统治的年代里建造出如此壮美的花园，还令神官制作了许多以她本人为主角的海特达特，并放置在花园中，她四处夸耀还来不及，又怎会将它封锁？再者说，上都阿希坦在海珊时代前就已经大范围用全息技术取代了实体标牌，而我面前这些以合成材料制作的标牌工艺粗劣，根本不像海珊时代的产物。

突然，我想起母亲的话："自由军有机会摧毁奇亚加阁，就像他们摧毁阿希坦宫一样，但他们并没有这么做，反而秘密地将它保护了起来。"

这么说来，散布虚假信息的是自由军？不过细想之下，自由军的科技水平的确远不如万禧王朝统治下的乌洛帕，用实体标牌也合情合理，而这些腐朽的警示牌也的确烂在那里几百年了，不像是末世人所为。但自由军为什么要这么做？他们明知道这座建筑里只有一座庭院，其中象征旧王朝的也就只有那几座画着海珊的海特达特，如果只是将那几座海特达特拆除，然后将庭院开放给普通百姓，难道不是件大好事吗？不过，自由军刚刚赢得战争的时期也非常混乱，如果贸然开放庭院也许会给它带来难以补救的破坏。

到此，结合已有的发现，我给奇亚加阁空缺的历史补充上了一个猜想：这座庞大的庭院最初由万禧王朝末年的海珊女王所建，后来自由军推翻了万禧王朝的政权，控制了上都阿希坦。自由军为了巩固自己的政权，摧毁了具有深刻象征意义的阿希坦宫，他们本来也想摧毁这座庭院，并且已经进行了一半（建筑外围有严重的人为损坏，内部却没有），但突然接到上级的通知，要停止这项行动，因为自由军的领导者们发现建筑群内部是一座具有极高科研价值的"植物园"。他们本应修复不幸已遭破坏的建筑外围，但当时的生产力根本无法支持他们完成这项工程，而民间四起的谣言也难以平息，于是只好用这种略显极端的方式去保护它。谁料几年后自由军政府倒台，混乱四起，人口直线式下滑，人类面临灭绝危机，没人再去守护这座建筑。幸运的是，由于自由军政府制造的谣言，它在世界被大水逐渐侵吞的几百年里安然沉睡，从未被人类打扰，直到我的光顾。

现在想想，那时的我简直太天真，想当然地编出这一系列毫无考据的故事，其目的是达到欺骗自己的效果，找个理由反驳祖先们的训诫，踏踏实实地搬进充满淡水和花果的庭院，享受能和古人媲美的逍遥生活。那时的我只想着赶快摆脱孤苦的现状，又怎会想到，在庭院的下面，海平面的下面，地表的下面，只有那部磁悬浮电梯才能带我到达的地方，竟然存在着那些东西，而命运的陷阱也暗伏在那里，等着我自投罗网。

第四节 逝者们

回到乌塔天神庙后,我的心久久不能平静,但那天实在发生了太多事,我的身体和大脑都疲倦无比,所以倒在床上后很快就睡着了。

那天晚上我做了一个梦,在乌塔天神庙里,一切装潢都恢宏而崭新,大祭司正诵读祷辞,高台下千万人在膜拜。祭司的声音回荡在寂静的大厅里,空灵而威严,仿若天空之神安淖亲口谕旨。掌管图书的文司在书阁里进进出出,他们脸上遮着白纱,以免凡世的俗尘玷污他们的双瞳……

早上醒来后,我像平常一样,先将昨天蒸馏好的淡水倒进储水箱里,再将新的海水灌进太阳能蒸馏机里。昨晚的梦在我脑海里挥之不去,我平生第一次梦见这么多人。从前,我的梦里大部分都是和家人的日常生活,因为除了家人外我从没见过其他人，不知道其他人的样子，自然也不会梦见他们。偶尔我会梦见母亲给我讲的那些远古史诗，梦见那些远古的英雄们，他们长得和神庙里的神像如出一辙，高大、健壮而俊美，他们的神情也都如神像一般肃穆。这回我梦见的那些人，他们的长相丑美不一，既有气质庄严者，也有姿态卑微者，面容里无不饱含复杂情感，和神庙里的石像不同，他们简直就是真实存在的人类。我想着这个梦，想着梦里出现的那一个个人，根本无法集中精力做手头上的工作。一种前所未有的孤独感将我笼罩，曾经朝拜者络绎不绝的神庙如今只剩我一人，我多想回到过去，不做祭司也不做圣童，只做那芸芸众生里最普通的一个。我知道这只是我的幻想，但我沉溺其中无法自拔，而且幻想中的人越多，现实中的我就越孤独。这份孤独感将我侵蚀，逐渐从精神层面上升到物理层面。现实里的我，非但精神上无人陪伴，而且连个干活帮手都没有，再繁重的工作都只能一人承担。换水这种负重的工作从前都是大哥来做，他能端起蒸馏机的水槽，一口气将里面的水倒进又高又笨的储水箱里，父亲带着哥哥们离去后，我和母亲二人也能勉强胜任这份工作，可自从母亲去世后，我只能将蒸馏机的水槽挪到储水箱旁，然后搭起一个高架，再用一只水瓢慢慢地将淡水舀进去。

想到自己的生活是如此孤独和艰辛，我手上的活儿也越做越不起劲。就在这时，奇亚加阁的模样突然出现在我的脑海中，还有其中的流水、浮岛和凉亭。这些景象将一切负面的情感全部冲垮。对啊，有了奇亚加阁，我还用什么太阳能蒸馏机？那里充满淡水和植物，如果只有我一个人的

话，简直一辈子都用不完。

　　这个想法一旦出现在脑子里就挥之不去，我打算再去一趟奇亚加阁。这回我有所准备，虽然昨天已经确认庭院里没有危险，但保险起见，我还是带了一支防身用的电枪，除此之外我还带了绳索和一只大水囊。此行不再是徒手游泳，我划了家里最后一只小舟，这舟做工简易，是我外祖父留给我母亲的遗产,我最后一次用它是将母亲的遗体运往安息礼堂。我带好工具,划着小舟前往奇亚加阁,将它停在了我昨天登陆的石台旁。

我重复着昨天的路线,进入了奇亚加阁的内部,虽然昨天已经见识过这一处处惊人的景观,但再见仍无法减轻内心的震撼。下层庭院里无比寂静,只能听见隐隐约约的水声,和昨日无二,我大概检查了一下,确认只有我昨天留下的痕迹后,前往上层。从损坏的电梯甬道出来,坠落的磁悬浮岛的影子仍然压在我的头顶。今天我之所以带了绳索,就是为了爬上这座巨型磁悬浮岛,看看上面的情形。我用一个小型的攀岩辅助工具,轻松地将绳索抡到半空,让其一端绕过插进浮岛中心的巨型锥体后,回到我手中。在用此工具将绳索固定在地上后,我开始小心翼翼地攀住绳子向上爬行。这项运动对我来说还比较得心应手,因为大哥曾带我用这种方法爬上了许多废墟的顶部,所以没一会儿工夫我就到达了磁悬浮岛的边缘。这里有许多巨石,我扒住其中一块,轻松地翻了上去。

磁悬浮岛之上也是一片花草繁茂的乐园情景,只有一点与庭院不同——上层庭院和下层庭院里都种着许多树,但那些树都不结果,可这座岛上的树都结着一种红色果实。这种果实和我拳头差不多大,颜色像成熟的番茄,但表皮并不光滑,而是有一层细细的绒毛。由于我家常年食用番茄补充维生素,所以我很确定这不是番茄。等等,我似乎在哪里见过这种植物。——对了,是下层庭院里四幅海特达特中的一幅,上面画着海珊和一种红色果实。

为什么这种果实会出现在具有宗教意义的海特达特上呢?它是某种

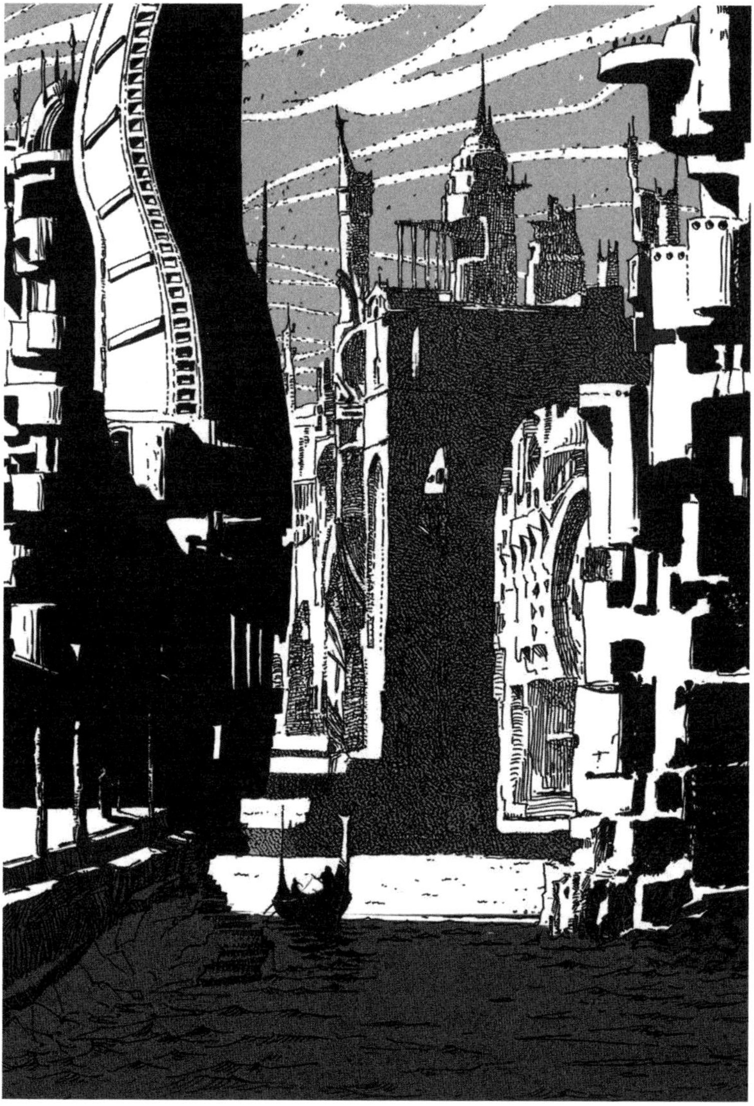

已经灭绝、但在古代很常见的果实，还是这座"植物园"培育的新品种？在乌塔天神庙的古书里，苹果总是被描述成神赐的智慧果实，而古书上也说，成熟的苹果是红色的。如果是象征神赐智慧的苹果，和海珊女王一同出现在海特达特里也就没什么奇怪的了。但那真的是苹果吗？我不敢肯定，因为苹果很早就灭绝了，没见过苹果的我不敢妄下定论，于是带着这个疑问先离开了此处。

我用随身携带的水囊在上层庭院里灌取了大量淡水，然后回到了乌塔天神庙。之后的几天，我往返于神庙与奇亚加阁间。我对庭院的结构越来越熟悉，并放弃了用太阳能蒸馏机淡化海水，完全饮用庭院内的淡水。我把大量时间花在探索庭院上，无暇海猎，以前储存的鱼干很快就吃完了，自此我致力于在庭院内寻找新的食物。对照着乌塔天神庙里的古代典籍，我识别出了庭院内种植的大部分植物，包括它们的习性、药用价值，以及可食用的部分。我最好奇的还是巨型磁悬浮岛上的红色果实，为了方便攀爬那座岛屿，我砍了一些杉树的枝丫，做成软梯，固定在浮岛旁边。遗憾的是，经过比对，这种红色果实并不是苹果，而我也没从古书上找到类似的果实。

红色果实闻起来非常甜美，我多想尝尝它的味道，但它也许是祭祀用的香料原料。在古代，香料是祭祀时的重要材料，大部分香料原料并不可食用，有些还有剧毒。为了测试它的可食用性，我决定让海中的鱼先试吃。我摘了一枚红色果实来到小舟的停靠点，正巧一条凸目鱼从旁边经过，我将果实掷向它。凸目鱼被果实的气味吸引，向它的方向游来，但在它的鱼喙即将碰到果实的那一刻,一个巨型的身影突然从海底冲出,连果实带凸目鱼一起,吞进了它的巨型大口里。

是杀死我母亲的五角怪鱼!

这怪物,我一度怀疑它是我脑内的幻想,自它将我引来奇亚加阁后消失多日,现在又再度出现在我面前。它虽身体笨重,行动却相当敏捷,吞下了凸目鱼和红果实后,它在海面上欢快地畅游了一圈,最后回到我面前,兴奋地发出鲸一般的鸣叫。我望着我的弑母仇人,与它丑陋的眼睛对视,心中五味杂陈。这可怜的生物啊,它一定和我一样孤独而无助。也许它看我,和我看它一样古怪,我们都是各自种族的遗孤,是这个世界里的异类。其实,没有哪种生物的长相真的比其他生物奇怪,生物和生物的长相千差万别,只因我们是唯一的,所以必然是怪异的。

这一刻,我的心中充满了无尽悲哀,在这个垂暮的世界里,曾经兴旺的种族也难逃绝灭之日,也许我上个季度猎到的,就是那个种族的最后一条鱼,在来到奇亚加阁前,如果我不海猎就不能活命。这条五角鱼也像我一样,必须依靠猎杀其他种族来活命,它无意谋杀我的母亲,只是在觅食罢了。而现在,它望着我,一边鸣叫一边用尾巴拍水,似乎正感谢我喂它那枚红色的果实。我心中的恨意消失殆尽,只剩下对它的同情。冷静下来想想,它未必是杀害母亲的凶手,我只看到它衔着母亲的尸体,并没有看到它行凶的一幕。但现在想这些也没什么意义了,母亲的遗体早已火化,她的死亡更是无法逆转,杀死五角鱼也无法改变这个事实。那就让它活下去吧,也许在海水吞没我最后的居所前,它还能在汪洋里找到自己同族的伙伴。

此后的日子里，五角鱼时不时就现身水面，鸣叫着向我打招呼，似乎已经把我当成了朋友，面对我这个唯一的人类，它是否也感到惺惺相惜呢？我无从得知。说回红色果实，五角鱼吃下它后并无异样，我也就认定这种果实无毒，大胆地吃了起来。这种果实无核，多汁而饱满，味道甘甜而富有清香，几乎没有酸味，饱腹感很强，让人越吃越不想碰咸腥的鱼肉。每天早上，我划着小舟前往庭院，采一枚果实，砍两根芦荟的茎，再灌一缸淡水回来，这些就能满足我一天的饮食需求。在这样的生活持续了十几天后，我打算直接搬去庭院居住。我对乌塔天神庙已经毫无眷恋，虽然在这里长到了十四岁，它已然成了我的家，但没了家人，我一个人在哪里都一样。乌塔天神庙就是一座石头废墟，除了里面堆积的大量古书外，没太多有使用价值的东西，反观庭院里，充满淡水、植物和人造光源，在那里，我能轻松地生存下去。

我带了大量古书、母亲的首饰和其他一些生活用品。临行前，我心中仍怀抱一丝希望，也许某日父亲和哥哥们会开着水艇回来接我，于是便用刀子在地上刻了字：

妈妈走了，我去了奇亚加阁，那里充满淡水和泥土，没有危险。

奇亚加阁，这座先人们打造的末日奇观，一度被当作可怕的禁区，如今成了我一个人的乐园。我在下层庭院的一座凉亭里铺上地毯和织物，又在垂落的藤蔓间挂上纱帘，让这座凉亭成为我密闭的寝所。

我的生活发生了翻天覆地的变化。曾经我的主食是鱼肉和藻类，搬来庭院后，由于日常工作锐减，所以每天消耗的体力也减少了许多，我基本只吃红色果实和植物的根茎。

不用再下海捕鱼，我开始放任我的头发疯长。母亲告诉我，在古代，无论男女都留一头乌黑的长发，他们认为头发是神赐之物，是长在身上的锦缎，比丝绸更昂贵，所以古人对头发的养护尤为重视。小的时候，我经常会嘲笑乌塔天神庙里那些留着长发的雕像，我觉得人留长头发的样子十分滑稽，这也难怪，因为末世人都只留很短的短发——长发既不方便海猎，沾水后也很难晾干。我们一家人的头发长得都很快，从前每到换季的第一天，父亲就会为一家人剪发。那时候的我很喜欢剪发，因为那是我少数能和父亲相处的时光，他总是忙于海猎，大部分时间也都跟我两个哥哥在一起。自从不再剪发，很快我的头发便长得跟那些石像人物的头发一样长了。照着古书里写的方法，我榨出橄榄的油抹在上面，日复一日，很快它就变得像庭院里那些静止的水潭般平滑。除此之外，我还学着古书里所写，将自己的指甲打磨得如卵石般光滑，并用花卉的汁液染上颜色。每天夜晚我都在瀑布下用淡水清洗身体，清晨时对着池塘里的倒影编起发辫。告别了末世人粗野的生活方式，渐渐地，我也忘记了自己是个孤独的末世人。

无聊的时候，我就像小时候那样，在庭院的废墟中到处奔跑，或在由永动机运转的人造景观里嬉戏。那些几十尺高的巨像，或歪倒在断裂的石柱上，或一半沉在浮满残荷的水塘里。没有任何信息能表明这些人像的

51

身份，也许它们的模样来源于某位逝去的统治者或祭司吧。不知其由来更好，因为我很享受给他们编故事的时光。于我而言，他们全部是无名的逝者。母亲告诉我，如果一名逝者连名字都丢了，那么便和不存在没有任何区别。既然不存在，就和幻想别无两样，我说是什么就是什么。我凭借他们的表情、衣着、配饰，为他们编出性格、身份、年龄。我给他们编出一段段人生，让他们成为我的朋友。有时候，他们在我的梦里化身成活人，与我一起辩论、攀谈，一切都那么祥和友善，我多希望他们在世时也是如此。母亲总说古代的许多人都利欲熏心，为了争夺权力甚至互相残杀，人多了就会拉帮结派，彼此争斗，人少时反而才能团结一心。

有时候我也思考，为什么拥有如此发达科技的乌洛帕人会沦落到这个地步呢？对于末世人而言，这是个不可解答的谜。截至海珊时代，海水上涨导致绿植锐减，造纸变成了一件十分奢侈的事情，所以古人通常都将重要文件保存为电子数据而不付之于印刷。这些电子数据在这几百年中因种种原因，随着储存它们的硬件设备被一同销毁，能留存下来的纸质备份少之又少，而这些纸质文件，除了那些相当珍贵的精装读物、远古手抄本、寺庙经文以及巨型仪器的说明书外，大部分也因为一次次的使用，或报废，或让人完全无法了解记录在它们上面的内容。由于无法找到详尽的历史记录，也就难以推测乌洛帕人近乎灭绝的原因。

有一个有趣的说法从我父亲的祖辈那里流传下来：海珊女王并没有自杀，在她统治的时代，人们建造出了一艘巨大的航空母舰，女王带领她的追随者们，乘坐这艘如城池一样巨大的交通工具离开了地面，也许前往了外太空，也许至今仍在无人的海上漂浮，而也正是女王的离开才最终让自由军获得了胜利，我们这些末世人正是当时遗留的乌洛帕人以及自由军的后代。此说法最好的铁证就是水神母舰基地遗址，它已经被水完全淹没，我的哥哥们曾开着水艇带我去看过。然而令人费解的是，基地里仍然停靠着一艘航母，而且基地的规模也比庭院里海特达特上所绘的小许多。如果女王真的带着她的追随者们驾驶航母逃往了太空，那么停在遗址里的那个庞然大物又是什么呢？我大哥说女王在母舰建成前就被自由军打败了，那时母舰并未完全建成，而自由军的科研团队又没有能力将它完善，所以它就烂在了那里；我二哥则说女王一定是建了两艘母舰，然而发射母舰需要的能源实在太多，他们在发射了第一艘后就没法发射第二艘了。

我母亲相信乌洛帕人的灭亡源于海水上涨，她说海水上涨本身不是什么问题，但凭借海珊时代的科技水平，乌洛帕人想要建造出可以投入使用的宇宙航母还是有些难度，不过建造一座巨大的悬浮城，前往水下甚至地下生活是没有难度的。真正的问题在于海水上涨带来的那些难以攻克的麻烦：环境和生态的突然改变，生物链发生断裂，这直接导致了饥荒肆虐、人口锐减；新的细菌或病毒也可能因此诞生，一场恐怖的传染病席卷大陆，人类在与疾病漫长的斗争中最终败下阵来；更有可能，无论饥荒也好，病毒也罢，其实根本灭绝不了人类，只不过因为统治阶层里产生了矛盾，乌洛帕人彼此争斗，从而作茧自缚，最终毁灭了自己。当然也有很多别的可能，毕竟环境和生态的突然改变带来的影响是绝对深远且巨大的。

虽然我觉得母亲说得很有道理，但我从不相信乌洛帕人是因为这些原因而灭亡。很多时候我从自身血脉里所感受到的，并非祖先们面对大水时的强烈求生欲，而是一种虚脱的绝望、一种面对命运的无力感。毕竟在远古传说里，人类就曾被大水毁灭过一次。根据《大史诗》的第一部《洪水》所述，人类的荒淫无度惹怒了天空之神安淖，所以他降下一场大雨，雨下了整整七年，海平面也随之上升，淹没了所有的陆地和城市，只让仍纯洁的孩童活了下来。就如母亲所说，大水像时间的洪流，它带来了一切，又将带走一切。乌洛帕人知道自己逃不过大水，就像凡人逃不过死亡，时间最终会摧毁一切，任何种族都会迎来灭绝，然后新的种族诞生，周而复始，这就是世界的规律，与其反抗，不如束手就擒。海平面的上涨，只不过是让乌洛帕人看到了自己的极限，他们已经在世界上繁衍了几千年，现在他们累了，繁衍的意志渐渐消退，人口自然就越来越少，跟科技水平的高低一点儿关系也没有。

我一边这样笃定地认为并理解先人们的选择，另一边又为乌洛帕人的灭绝感到深深惋惜。我的孤独开始具有两面性，回想起和家人在一起的旧时光，我仍然寂寞得发慌，但想到如果家人还在，我就没机会来到奇亚加阁，只能继续在乌塔天神庙里过着末世人的辛苦生活，我又开始庆幸自己是最后一个人。这种庆幸随着时间的推移愈发明显，起初我还会希望哥哥们回来接我，或者遇见另一个人，但日复一日，我开始希望自己永远是一个人。我希望自己能独占庭院。也就是这时，我的身体发生了第二次改变。也许是那种红色果实具有一定的催眠作用，我的睡眠时间越来越长，我的梦越来越多，内容也越来越丰富而热闹。我梦见从未到过的地方，草原、森林、山脉、岛屿；我梦见尚未被大水淹没的乌洛帕，纵横交错的街道上人声鼎沸，高塔的宝珠和宫殿的金顶在阳光下熠熠生辉；我还梦见一张张陌生的面孔，与他们相爱或成为朋友；我甚至梦见"精卫大陆"，梦见父亲的水艇在那里搁浅，信仰神农的东方人热情地将他挽留，听他讲述乌洛帕的故事……梦醒时分我总是失落无比，为了继续梦里的"生活"，我即便睡得浑身酸痛也不愿醒来。虽然我不分昼夜地睡，想让梦境继续下去，但梦总要结束，当不得不醒来时，我的身体总是硬如磐石，头颅好像灌了重金属一样沉，四肢也使不上力。

我知道这样下去我的身体会越来越差，可我却无法制止这种生活方式，我就像是古书里写的那些"瘾君子"。直到有一回，我做了一个古怪的梦。

我梦见我独自在阿希坦宫的回廊里漫游，这里不再是荒芜的海中废墟，而是荣光依旧的雄伟王宫。我似乎在寻找谁，急匆匆地穿过一排排浮在半空的楼梯、一段段沉入水下的廊道，两边或是十几尺高的巨像，或是声悬浮装置的隔断，无数粒水珠在半空中上下浮动，组合成变幻莫测的神圣符号……

我在寻找谁？我明明就是世界上的最后一个人了，更不认识那些曾经居住在此的先王们。突然，我看到了一个影子。她身形高挑、纤瘦，身着的衣裙仿若层层叠叠的云母片，随着她匆匆离去的脚步，这些"云母片"无不簌簌地抖动、摇晃，又好似在海水中摇曳的海藻，变幻出奇异的色彩。

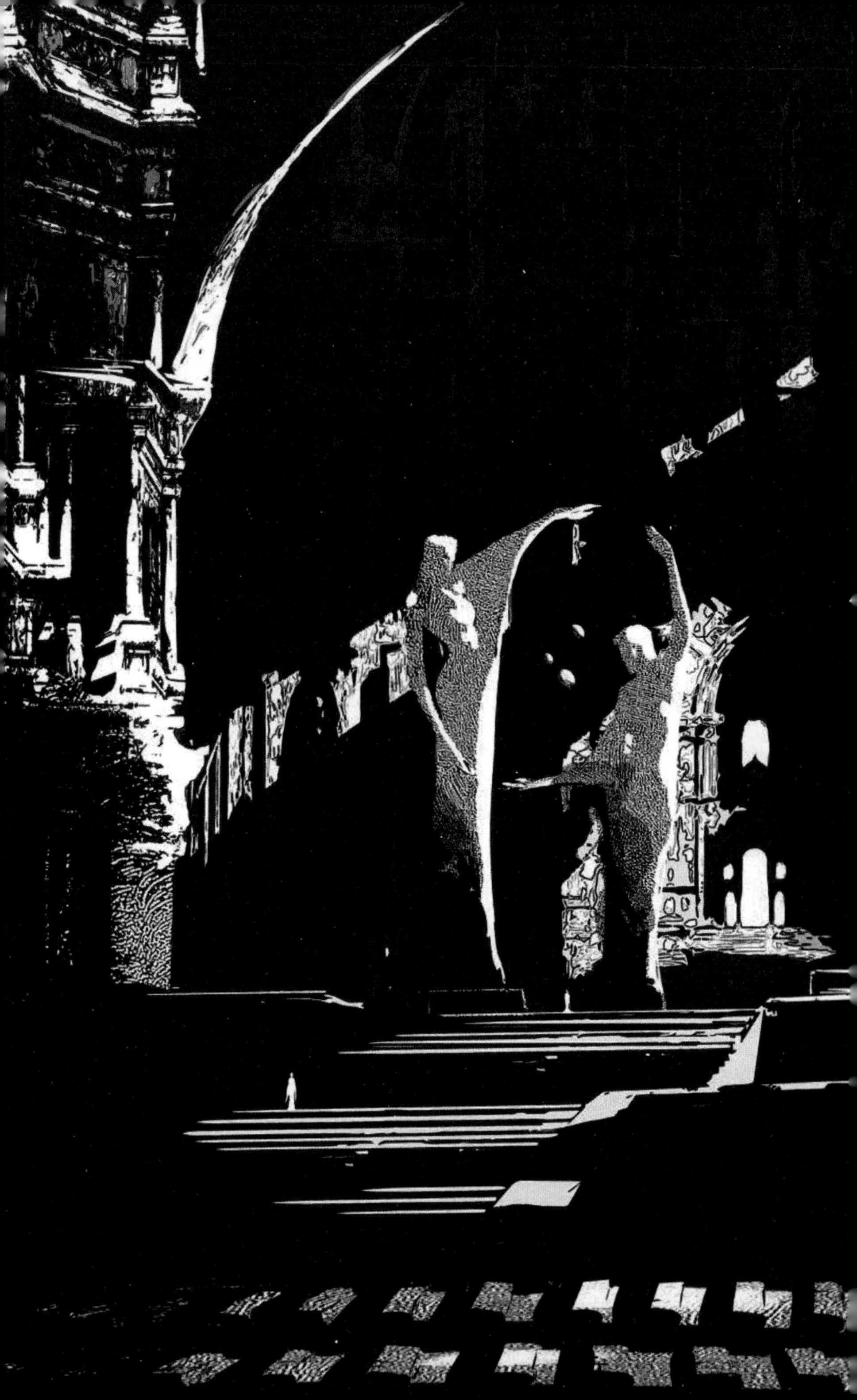

"海珊女王！"我叫住她，她就是我要找的人。

她停下脚步，转过身，姿态如神，容貌比海特达特上所绘的更美更鲜活。这样的女性，究竟做了什么事，才会被后人称为"疯子"呢？

"伊璐嘉尔。"海珊呼唤我的名字，声音徘徊在空荡的大厅里，好像穿越时间从远古而来，比起我梦中的造物，她更像是几百年前那个真正的海珊，正通过梦境，跨越时空与我对话。

我问她："为什么你们要离去？为什么不活下来？为什么不克服这大水？能建出如此雄伟的奇亚加阁的乌洛帕女王，你所拥有的成就能令你成神，能令整片大陆成为神之土，为什么要选择死亡？为什么要令无数技术与知识湮没在时间的洪流里？"

"我们并没有离开。"海珊说，"你以为我们离开了，放弃了远大的荣光与梦想，在去与留的抉择间落败给死亡。你错了，伊璐嘉尔。我们从不曾离去，因为我们根本就未存在过。我们不曾存在，上都阿希坦不曾存在，乌洛帕不曾存在，陆地更不曾存在，一切都是你的幻想，你看到雄伟的海中废墟，便幻想出璀璨的陆上文明；就像你看到一幅美丽的海特达特，便在脑海中幻化出我的模样。"

醒来后的我对这番话感到毛骨悚然，但梦中的我却只是恼怒于她那番说辞，于是我辩驳道："如果乌洛帕不曾存在，那么奇亚加阁又是为谁所建？这座上都阿希坦的海中废墟，难道是从海水里长出来的吗？"

听到我的话，女王笑说："除了奇亚加阁，一切都是你梦里的产物，乌洛帕是，你的家人们是，整个世界都是，全部是你的幻想，你能看见、感受到它们，不过是因为你相信它们存在罢了。——你就是这个世界的创造者，这个世界的神，伊璐嘉尔，从始至终你都是孤身一人。没有其他人，你说什么就是什么。"

我从这个梦里挣扎出来，庭院和平时别无二致，我却被吓得浑身打战。不知不觉间，我已经成为奇亚加阁的囚徒！自从搬进这里的那天起，我就不曾离开过。红色的果实让我陷入漫长的睡眠，我甚至忘记了计算日子，一时间想不起自己到底在这里居住了多久，而乌塔天神庙的生活也像是一段不真实的梦。就如梦中海珊所说，外面的世界真的存在吗？乌洛帕的废墟、乌塔天神庙、五角鱼……如果我还有同伴，我只需询问他就能确认这些存在的真实性，然而如今世界上只剩我一人，没有他人作为参考，我又如何分辨自己的记忆与幻想呢？

奇亚加阁，这座庭院似乎拥有自己的意志，它吸引我，蛊惑我，将我禁锢其中。

"那里是一片禁区……"

"不许靠近奇亚加阁……"

"那里是一切灾厄的源头……"

无数我早已抛至脑后的古老训诫再次从我的脑海里浮现出来。难道说这座建筑具有怪异的磁场，或者被人为地设置了某种电波装置，会影响进入者的精神，让他们陷进美好的幻想，最终渐渐发疯吗？不，也许罪魁祸首是那红色果实，它里面含有奇异的物质，长期食用会让人患上嗜睡症，甚至产生幻觉……

我胡思乱想着，拖着沉重的身体从地上爬起来。无论如何，猜想是没用的，我现在必须去外面确认一下，海洋、废墟、乌塔天神庙，还有我和家人们在那里生活过的痕迹，是否真的存在。

第五节 下潜者

我奔出奇亚加阁，跃入海水之中。在建筑形成的巨大阴影里，一群海鸟被我激起的浪花惊动，扑闪着翅膀四散而去。我浮上海面，冰冷而黏稠的海水让我彻底清醒过来。望着四周这颓败却又真实的一切，我不禁觉得自己很可笑。我根本就没患什么嗜睡症，更没产生幻觉，只是独自一人在相对密闭的环境里待了太久，缺乏运动、盐分和蛋白质，导致我的精神状况不佳，身体机能也大不如前。我兴奋又紧张，一口气游回了乌塔天神庙，许久不下水，长时间的游泳让我的肌肉又酸又痛，我拖着疲惫的身体爬上乌塔天神庙浸没在海水里的台阶，大喘着粗气。

这个我一度无比熟悉的地方，现在看起来却恍若隔世。神庙的主厅和先前一样寂静空旷，也许是在生机盎然的庭院里生活太久，这里显得比记忆里更加陈旧、阴冷而破败。这里根本就是一座废墟，自己曾经在这样的地方生活了十几年，真是不可思议。

离开前刻下的字还在原地，环顾四周，丝毫没有父亲和哥哥们回来过的痕迹。

我在神庙里游走，将自己的记忆与这里的场景一一对接，寻找它们属于现实的证据，极力否认梦中海珊的话。我在乌塔天神庙里生活了十四年，这不是幻想，而是现实。它的每个角落对我来说都再熟悉不过了，祭坛旁搁置着储水箱，曾经大厅里摆满我们一家人的生活用品，自从母亲死后，我便将它们全部堆到了储水箱旁，令神庙恢复最原始的空旷状态。放眼望去，首先看到的就是几百根细长的立柱，它们撑起神庙高耸而狭长的顶，同时也是小时候哥哥们教我攀爬的训练道具。立柱我可以随便攀爬，神像却不行，那是亵渎诸神的事。虽然末世人都不信神，但母亲说只要是人形的雕像我们都不能乱爬，因为能被雕刻成石像的人，都是我们祖先所敬重的形象，作为后辈，我们也要敬畏这些形象，了解他们的故事，把他们当作真人对待，不能随意攀爬。所以我只好呆呆地望着这些神像，想象他们动起来，和我说话。在祭台上俯视众生的天空之神安淖，以及在他左右手边列队站立的众神，我都熟悉极了，他们的故事我背得滚瓜烂熟，他们的性格我也熟稔于心。这两条长长的队列分别由左侧的"陆地之神"伊亚，以及右侧的"深渊之神"伊卜苏带领，他们两个是双胞胎，安淖和南沐的长子。在古代，前来朝拜的人们必须在诸神的注视下穿越又长又高的厅廊，最终才能到达祭台，人们的每一次朝拜都是对自我的考验，只有能在诸神的凝视下心安理得地走到祭台的人，才称得上虔诚的信徒。

突然，奇亚加阁的身影再次出现在我的脑海中，打断我的臆想。那个

犹如神之花园的地方，里面虽耸立着海特达特，却没有一尊神像。它既像宗教场所，又像高级植物园，虽然我已经走遍了它的每一处角落，却还是觉得它藏满了秘密。

等等……我以为自己走遍了它的每一个角落，实际上，有一个地方我还从未涉足，那就是庭院的下面。

在我第一次进入奇亚加阁时，我在下层庭院里发现了磁悬浮电梯的残骸，这台电梯连接地面的轨道部分完全断裂了，只留下一个向下垂直的隧道口，告知来者它曾经可以带人去往建筑群的深处。由于害怕不慎跌入隧道的黑洞里，在庭院居住期间我制作了简易的护栏将洞口围住。虽然庭院里走廊众多，却没有一条是通往庭院之下的。也就是说，能通往庭院下方的方法只有一个，就是沿着那条漆黑的隧道向下攀爬。根据建筑群庞大的体量判断，在庭院的下方势必还有一大部分区域，那里一定存在着解开奇亚加阁之谜的关键线索。

一个令我亢奋的想法冒了出来，为何不进入电梯甬道，看看在奇亚加阁的深处究竟还有些什么呢？也许在庭院之下藏着秘密的宗教圣地，几千年来被人们以恐怖的谣言保护起来；也有可能，就如那些古老的谣言所说，上面的庭院只是障眼法，在那之下沉睡着的，是可怕的生化武器或凶恶的变异物种，贸然进入电梯甬道可能会令我命丧黄泉。不过我已不再在乎这些，作为世界上的最后一个人，现在死去或者未来死去都不会有任何区别。我已不受古代社会人生观的束缚，生命对我而言就剩下那么一点价值，与其等它缓慢地耗尽，还不如现在就放手一搏，去探寻奇亚加阁的真相。

想到这里，我立马跑到祭坛旁，在储水箱旁的杂物间仔细翻找，不一会儿就找到一盏古旧的自发电灯，想要进入漆黑无比的电梯甬道就必须用到它。除此之外，我还找出了一些绳索和护具。虽然来的时候没有划小舟，但所幸东西不多，我便找了一只防水背包，将它们全部塞了进去。

我离开乌塔天神庙，打算先回庭院，再做更细致的准备。我跳进海里，将背包的锁链挂在腰上。这种背包里灌有气体，可以自行浮起，只要将上面的锁链挂在身上就能轻松移动，方便人在没有船只时也能运输少量物品。由于长期缺乏脂肪和蛋白质，我的体力大不如前，早先从庭院游到神庙已经消耗了大量体力，现在腰上又有重物负荷，游起水来明显力不从心。我艰难地游着，累了就抱着背包休息一会儿，却不知危险即将降临。

游到一半时我突然注意到，不远的地方，一头齿鲸正在接近我。我上次见到齿鲸还是六岁时，父亲和哥哥们没有离开的时候。那年大哥已经十七岁，他在海猎时注意到，有一头齿鲸徘徊在神庙附近的海域里。齿鲸对末世人而言是重要的补给品，它的肉可以吃，脂肪可以熬成灯油，皮可以做成衣服，骨头可以打磨成工具。所以在大哥发现了那头齿鲸后，我们立即开始拟定猎捕它的计划。齿鲸体形庞大，性格凶恶，仅凭我们家的人，想正面攻击并战胜它是根本不可能的。为了捕捉齿鲸，母亲在查阅了大量古籍后，模仿古代工业捕鲸的方法，设计了一张巨大的捕鲸网，第二天由父亲和哥哥作诱饵，将齿鲸引入网中，令它在里面挣扎至死。虽然没有正面进攻，父亲还是在这场猎捕中不慎被齿鲸撞到了背部，他伤得很

重，休息了整整一个季度才能再次出海，并且留下了后遗症。

我太大意了，竟然空手遇上齿鲸，因为是在熟悉的海域，所以没带驱逐枪。现在的我已经体力不支，就算将重物抛卸，也远远比不上齿鲸的速度。难道就像母亲多年前一样，因为一时的疏忽，今天我也要丧生鱼口之中吗？

无暇想这些了，我急忙卸掉重物，向奇亚加阁的停港游去。我拼命地游，可是我游得越快，四肢就越酸痛，这条熟悉的水路变得无比漫长，眼看停港已经在不远处，但齿鲸已经追上我了。它张开大嘴，露出里面层层叠叠的尖牙，下一秒就能咬断我的腿。

突然，一个令我意想不到的身影冲了出来，在齿鲸要对我痛下杀手前，直直地撞了上去——是五角鱼。只见它的五根犄角刺进齿鲸的身体里，就像五把利刃，周遭的海水在一瞬间变成了紫红色。齿鲸挣扎出来，撞向五角鱼，两头巨兽厮打在一起。我见状，连忙游回停港，从小舟里找出鱼枪，回去帮助五角鱼，此时齿鲸已经渐渐落了下风。与齿鲸相比，五角鱼的体形虽然较小，但也比人类要庞大许多，加之它的皮很厚，上面又长满倒刺，齿鲸的牙再锋利也无从下口，只好恼怒地四处乱撞。齿鲸被五角鱼缠住，无暇注意我的动态。我趁机在不远处举起鱼枪，向它连发十枪。正常情况下，这几枪并不会对齿鲸造成很大的伤害，反而会激怒齿鲸，令我成为齿鲸的主要攻击对象。但现在，在五角鱼的攻击下，齿鲸已经伤痕累累，晕头转向，这十枪对它而言是致命伤害。

中枪的齿鲸痛苦地抽搐了几下，便再也不动弹。

我惊魂未定，屏住呼吸停在水中，望着齿鲸的尸体缓缓下沉，最后跌落在一座废弃的玻璃建筑上。这座建筑已经断成了两半，一半坍塌在海底，另一半仍然岌岌可危地耸立着，露出断裂的金属骨架，直直地戳进齿鲸的尸体之中。我定下心来，将目光移向我的救命恩人——五角鱼。我同它四目相对，它的眼睛小而混沌，里面读不出任何情感。这是当然，我们属于两个完全不同的种族，理解情感的方式也大相径庭。但因为读不出任何感情，所以有那么一瞬间，我觉得它会冲上来咬我，就像它咬死我的母亲那样。在人类眼中，它刚才的行为是施恩的善举，但于它而言，可能只是为了能多一顿美餐。或许我不该信任它，把它当成朋友，还在它与齿鲸的搏斗中帮助它。当然，五角鱼并没有咬我，似乎是在确认我安然无恙。它看了我一会儿后便离开了。

我浮上水面，身处奇亚加阁形成的巨大阴影里，一群海鸟落在不远处的停港台上，"咿——咿——"地鸣叫着，刚才的惊魂一幕仿若是场白日梦。我拖着疲倦不堪的身体爬上停港台，稍作休息后便带着工具再次回到了海上。我必须赶快处理齿鲸的尸体，以防被别的生物抢走。虽然丢掉了自发电灯，但如果能用鲸脂炼出灯油，得到的光源将更稳定也更耐久。而割下的鲸皮也能做一副新的护具，耐磨且方便攀爬。

我划着小舟到附近的海域里，背上渔网，拿上切割枪，跳进海里。经过几百年的训练与衍化，末世人的肺活量是古人的四五倍，在浅海域里，我可以连续屏息10—15分钟。我缓缓地下潜着，奇亚加阁附近的海域比我想象中还要深一些，但水很清，一眼便能望到海底。只见正午刺眼的阳光穿过海水，折射进层楼累榭的玻璃建筑中，这些古代的大厦大都已经坍塌、断裂，露出金属或碳纤维的骨架，好像一束束矿石晶簇，经过阳光折射，令整座上都阿希坦的废墟即便只剩下一具骸骨，也仍然在海底熠熠生辉，如星般耀眼。

在水下，我头一回看清了奇亚加阁的全貌，这座建筑群没在水中的部分，竟然比暴露在外的部分更加庞大而壮观，远看去好像一座银色巨型山丘，深深地扎根在海底的砂砾之中。在它周围，所有建筑的残骸都显得像树苗一样娇小而脆弱。光是在海面之下就有如此巨大的部分，更别提地表之下了。如此看来，我居住的庭院只是这座建筑的一小部分，在它下方还有非常庞大的区域，等待着我去探索。

我加快了速度，来到齿鲸的尸体旁边。它看起来比活着的时候更大，虽然伤痕累累，但相对完整。要想将它整个搬走不太现实，我只好将鱼枪发射的子弹全部回收，然后又从它的脊背附近取了一部分尸体，

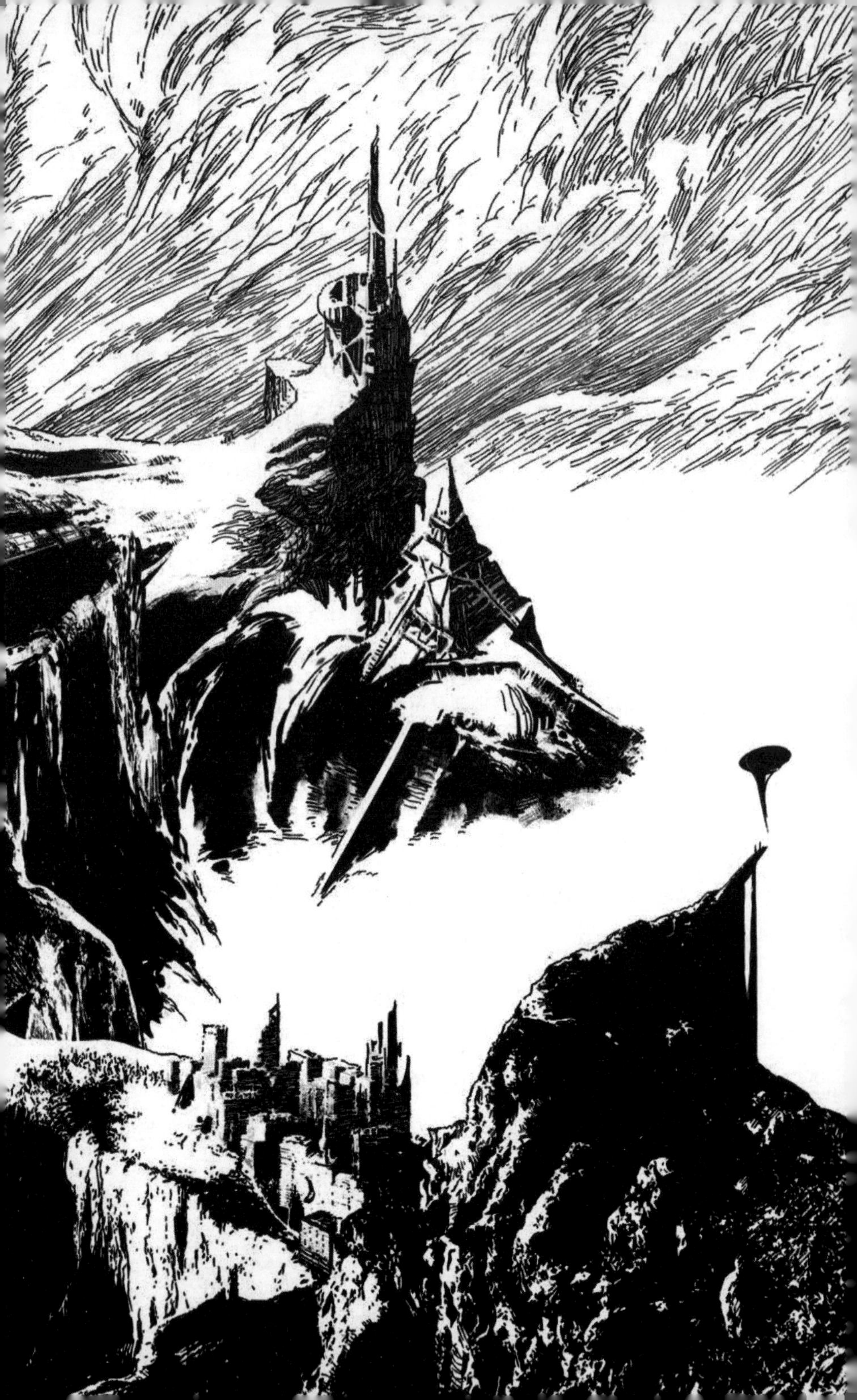

分批运回庭院。

接下来的几天，我一边着手准备下潜电梯甬道的工具，一边进行大量运动，鲸肉为我提供了足够的脂肪和蛋白质，加之红色果实为我提供的糖分，我的身体机能很快就恢复了，甚至超越了之前的水平。我从乌塔天神庙搬来一架磁力发电机，为电动武器充能。四天后，我认为已经准备周全，便拆除了电梯甬道旁的护栏，将绳索固定在磁悬浮电梯的轨道上。为了方便攀爬，我换了一身厚实耐磨的衣服，又戴了鲸皮缝制的手套。我把鲸脂熬出油来灌进一盏机械燃油灯里，绑在腰间，最后把自己的身体挂在绳索上，背上一把电动枪弩，向电梯甬道深处下潜。

我紧靠电梯的轨道缓慢地向下爬行。虽然奇亚加阁里的大部分设施都在正常运转，但这条甬道里却漆黑无比，我想照明系统应该被设置在了磁悬浮电梯上，而伴随着磁悬浮电梯的毁坏，照明系统也无法再使用了。幸好我带了机械探照灯，所以即便甬道里没有光源也不成问题。甬道靠近地表的部分长满了苔藓，滑溜又潮湿，但往下潜行大概五臂之后又变得很干燥了。我想甬道建成之初应该设置有新风系统来驱散湿气，以便电梯内的乘客在途经这条狭长的甬道时感到舒适。

大约往下爬行十臂的距离，我到达了甬道的尽头，这里的空间突然变得十分开阔。虽然甬道结束了，但磁悬浮电梯的轨道仍继续向下延伸。根据在海下所见奇亚加阁的全貌推测，这里差不多是整座建筑的中部。这个空间开阔却十分昏暗，正当我打算调亮机械灯的光照时，突然，也许是我的某个动作惊动了感应照明系统，一排灯亮了起来。待双眼适应了强光后，眼前的景象令我无比震惊。这里竟然是一个巨型的球体空间，刚离开甬道的我好像匍匐在球体内壁上。这个球体的垂直径大概有一棵杉树那么高，墙壁上排列着许多大小不一的隔间，这些隔间里充满大型的精密仪器或投影设备的残骸。这里显然是一间间实验室，但已经全部遭到了严重的人为破坏，墙面和设施上都布满弹孔、划痕、切口，有的甚至直接开裂成两半。磁悬浮电梯的轨道垂直贯穿整个球体空间，指引来者去往更下方的区域。在球心处有一座平台作为电梯停港，那里如蛛网般连接着许多条悬空的走道，通往球体周围的不同隔间，这些桥梁般的走道也都遭到了损坏，大多已弯折、断裂，球体底部散落着许多它们的碎片。

这太奇怪了，整座奇亚加阁都保存完好，照明系统、通风系统和海水净化系统无一不正常运转着，它的内部研究所却遭到了严重的破坏。这里没有任何的权力象征物，为什么自由军保护了奇亚加阁，却又唯独对这个地方如此仇恨呢？按照我以前的猜想，奇亚加阁是一座珍贵的植物园，那么这座处于庭院之下的研究所，其目的多半就是研究新型的栽培方式。这样听起来很合理，却实在无法解释为什么自由军会对一座研究植物栽培的科研中心如此仇恨，栽培技术作为应对海水上涨的核心技术之一，自由军非但不该仇恨，还应该更加细心地维护才对。难道说这里曾经进行的不是植物栽培研究，而是什么惨无人道的生化实验？可既然如此，海珊女王又为什么要把实验室安置在一座壮美的人造庭院之下呢？为了掩盖她的恶行？这也说不通。

为了寻找答案，我稍稍松开绳索，顺着垂直的轨道向下滑去，直到球体中部的平台，而后又通过那些蛛网一样的桥梁，抵达了挂在弧形墙壁上的隔间。我关上了机械灯，解开绳索，在这些充满金属、玻璃和热熔性材料碎片的隔间里小心翼翼地探索着，企图找到一些能说明这个研究所用途以及它被毁原因的证据。我本来不抱太大希望，因为纸在海珊末年已经成为造价高昂的奢侈品，能通过电子媒体编辑、传播的信息，人们都不会特意打印出来，即便打印出来，在付印的信息报废后，人们也会以最快的速度处理掉这些废纸，进行回收再利用。这个地方遭到了如此彻底的毁坏，即便有纸质文件残留，多半也被自由军回收利用了。

但作为末世人，我有我的优势。在废墟里寻找尚未朽坏的古代设备本就是末世人的日常工作，在找东西这点上，我显然要比自由军细致、敏锐得多。在对整座研究所进行了地毯式搜寻后，我最终在一架被激光枪切成两半的凝浆循环造纸机里，发现了一本"项目日志"。这本日志被卡在机器碎纸口的铡刀处，似乎是机器工作到一半突然就遭到了毁灭性的破坏，才使得这沓纸幸免于难。这台碎纸机的功能是直接将废纸铰成纸浆，然后自动洗涤、筛选、漂白，生产出新的环保纸，它的纸浆槽里已经空了，说明自由军在破坏了研究所后，也掏干净了所有碎纸机里能用的纸浆。这本项目日志因为没人想到铡刀里会卡着半本书而幸免于难，最终被我发现，真可谓不幸中的万幸了。

我十分小心地将这本六百多年前的古书从铡刀里拿出来，它被铡刀铰得只剩下了上面一半，纸脆得好像飞蛾的翅膀，封面上写着：

项目个人日志：
宏帆王陵挖掘——班图卡图建造计划

姓名：宁丹·古达

日期：万禧 377 年下半年洪水 16 日——
万禧 378 年下半年收谷 8 日

看来这本日志并非出自官方之手，而是一名叫作宁丹·古达的研究员自己写的，记载了他从万禧377年到万禧378年的工作状况，那正是自由军攻入上都阿希坦、万禧王朝彻底覆灭的前不久。另外，"班图卡图"多半就是奇亚加阁的本名，"班图卡图"是"巨型堡垒"的意思，符合这座建筑的外观，这些都很好解释，但"宏帆王陵挖掘"这几个字却不禁让我皱起了眉头。宏帆王陵是乌洛帕的古代王陵，里面安葬着整个宏帆王朝的十九位统治者，那个时代乌洛帕尚未被大水淹没，人们还遵守将遗体埋进地下的古老传统。"某某王与世长辞，遗体葬在宏帆王陵"这样的句子可以轻易地在任何一本历史典籍里找到，但它的位置却从来没有被记载。原因很简单，王陵里除了国王们的遗体外还随葬有大量的奇珍异宝，尤其是重商主义盛行的宏帆王朝，国王们都热衷于敛财和收集传说里的无价之宝，王陵里随葬的珍奇异宝一定堆积如山，其所在位置也就必然是秘密中的秘密了。传说在古代，为了不透露王陵的位置，建造王陵的工人全部要和王埋葬在一起，他们的身份通常是死刑犯或愿意用生命给家人换取大额酬金的苦工。王陵入口的位置仅由一种叫"引路人"的职业代代传承，"引路人"生来就要被割断舌头和双手，这样他们永远都不能将王陵的位置说出或画出。新的"引路人"在接过这个身份之时会被上一任"引路人"带去王陵，并记住这条路，直到下一任国王下葬之时，一辈子都不得离开王宫。虽然以海珊时代的科技水平想要找到并开启宏帆王陵并不是难事，但开王陵是对先王们大不敬的事，即便海珊女王对前朝的王们毫无敬意，也不敢随意开启宏帆王陵。所以，这个项目又为什么会跟奇亚加阁的建设写在一起呢?

抱着数不清的疑问,我翻开了这部残缺的项目日志:

洪水 16 日

研究所竣工已经一个季度了,今天才正式搬进来。这里是我的鉴定科室,一切设备都崭新而洁净。最让人开心的就属能有一台凝浆造纸机了,它特供且全新,打开机盖还能闻到一股淡淡的石墨味,感觉可真好。王陵的封顶刚刚被打开,尚且没有任何文物被挖掘出来,所以我暂时也没有什么工作。最忙的当然是挖掘组,研究所的正下方就是他们作业的位置,我想当初将研究所这么建造的原因就是为了方便清理文物。没什么事我就去给挖掘组帮忙了,当然我也干不了什么,无非是端茶送水的工作,重要的是能找个借口亲眼见证这一历史性的时刻……

这本书被碎纸器剪得每一页只剩下这么些内容,无可奈何,我只好翻到下一页:

……全是层层叠叠的人骨头。虽然早知道宏帆王朝的造墓工人和负责下葬的伙夫最后都会陪葬,但谁都没想到竟然会有这么多人。所有人都激动了起来,毫无疑问,大家都希望王陵里能出土配得上让这么多人被活埋的随葬品。

洪水 19 日

人骨已经彻底清理完毕了,挖掘组继续向下进行作业。下午,发生了一件有点奇怪的事，勘探组说在二十多臂深的地下检测出了生物的心跳声。那个位置在王陵的下面，所以不清理出王陵也没办法往下挖掘。队里的小姑娘都觉得恐怖，我看没准……

下一页：

月亮2日

爸爸突发心肌梗死，幸好顺利地抢救了过来。因为还没什么工作，所以就在医院里陪了他几天。今天刚刚回来上班，王陵里的沙土竟然已经被清理了大半。挖掘组的效率真是太高了，中午他们休息的时候我被允许进入现场，看到一座刚刚被打开的棺椁暴露在那里，棺椁周围和里面全是混杂着各种金银玉珠的淤泥，尸首被这些珠宝掩埋在下面，根本看不出形态，估计还要花费一段时间才能清理出这些，我的工作也快来了。团队的所有人都对这些珠宝感到兴奋，因为这次挖掘是抢救性的，在王陵开启之初，大家都做好了多数文物已失窃的准备……

再下一页：

……研究所里来了许多人。其中有我的三个助手，一个是阿希坦大学专攻考古挖掘的研究生，另外两个是我以前研究所里的同事。剩下的人都是为了建造班图卡图而来，他们中的大部分人是种植科技方面的专家，跟他们聊天得知在研究所的上方将建成一座室内森林,为了能达到这个目的,他们开发了一种新型的智能土壤,而这项研究要在这里继续进行。

月亮5日

今天分配到我科室的是一具完整的湿尸,它整个被满嵌珠宝的卡纳克包裹,我们的任务是将衣物和尸身完全分离,而后对尸体的性别、年龄……

看到这里,我先前的疑问已经被解答得差不多了。没错,宏帆王陵不在别处,就在奇亚加阁的地下,或者应该说,是海珊女王将奇亚加阁建在了王陵的上面,为的是方便对王陵内出土的文物进行化验和清点。而海珊女王开启王陵的原因也相当合理,因为王陵遭到了破坏,所以宁丹·古达才会在日记里写"这次挖掘是抢救性的"。研究员并没有写王陵的破坏究竟是天灾还是人为,但根据奇亚加阁建在了王陵之上这点,我推测,它是在人们为了建设前者在此地做考察,或者打地基时被意外破坏的。

不过,还有一个关键的问题没得到解答,如果研究所只是为王陵的挖掘和庭院的建设服务,为什么自由军要毁坏这里呢?

我没有耐心翻完整本日志,于是直接翻到了最后一页,只见上面如此写道:

收谷8日

宏帆王陵的挖掘彻底结束了,在这个长达419天的项目里我一共出勤了387天,也算是对这个项目有些感情了。明天我就要回到以前的研究所里了，说起来还有点恋恋不舍，不过因为神骸的出现，研究所的用途也将彻底发生变化，那个项目进行着严格的保密措施，不可能在其他地方进行，这也没有办法，我们这些干考古的只能将位置让出来。我的私人物品都已经打包好了，最后将我的日志打印出来，我在这里的工作就算彻底结束了，希望在这座能抵抗一切洪水的堡垒建成之时，我能作为居民再次回到这里吧！

神骸？

按照宁丹·古达所记的最后一篇日志的说法，奇亚加阁最初被建造的目标就是一座能抵御海水上涨的超高级社区，而研究所最初也是为建造这座社区服务的，直到一个叫作"神骸"的东西出现，研究所的用途就突然发生了变化。而实际上，结合日志的内容以及我在奇亚加阁里的实际所见，应该连这整座建筑的用途都因为"神骸"的出现而发生了变化。但这个"神骸"是什么东西？我从没在古代的典籍或经文里见到过这个名字，项目日志的开头也根本没有它存在的迹象。

我连忙翻回前面的篇章寻找这个字眼，它被用特殊的字体加重，非常显眼，甚至不用看清楚其他的内容就能轻易找出来：

……他们正式将那具躯体命名为**神骸**，这似乎也得到了大祭司的认可。我不知道他们在对它进行怎样的研究，因为那完全是保密的，连对我们这些其他科室的研究人员也同样保密。

再往前：

……大家都想见一见**神骸**，据说她的头发被剪干净之后露出了一张十分美丽的面孔，可专项组当然不允许。所有人都对那东西十分好奇，但碍着那笔大额的封口费，这件事也不好再三请求，我们只能私底下讨论讨论。

再往前：

……根据保密协议，我们不能在研究所以外的任何地方提起神骸。专员解释说，**神骸**的体内具有一种前所未闻的放射物质，被用作军事武器的研究，所以我们才必须对此保密。但我总觉得，他们在掩盖某个真相……

再往前：

东风6日

今天一上班就感到挖掘现场十分热闹，我进到工地里，听见人们都在说什么"**神骸**"。打听后才知道，原来去年勘探组说的那个地底下的活物终于被挖出来了，去年我一直以为他们搞错了，也没把这件事情放在心上。现场被人围得水泄不通，我挤进去看了一眼，只看到一大坨头发，混杂在淤泥里，而后挖掘组的负责人就过来把大家都赶走了，嘱咐说这事暂时不要宣扬。隔壁科室的研究员说下午大祭司和女王都要过来看它……

这是第一次出现"神骸"这个词，再往前就没有相关段落了。我合上这本日志，闭上眼，将所有的已知信息整合明白，所有疑问便如此全部获得了解答，奇亚加阁原本是为抵抗海水上涨而建造的高级社区，这个项目由海珊女王主持，由于前期施工时不小心破坏了位于地下的宏帆王陵，女王在奇亚加阁先建起了一个考古研究所，为的是抢救王陵。挖掘顺利地进行着，直到发生了一件转折性的事。一天，考古队从王陵的下面挖出了一具躯体，这具躯体有心跳和一张"美丽的面孔"，它被人秘密地保护并研究，被称为"神骸"。"神骸"的出现令整个项目的目的和奇亚加阁的用处都发生了翻天覆地的变化。因为它的出现，奇亚加阁从高级社区突然变成了被秘密保护的圣地，而研究所的科研方向（此处我大胆猜测）也就变成了某种可怕的禁忌，并最终令自由军将这个场所彻底破坏、封锁了起来。这样看来，奇亚加阁的那些谣言也许是真的，只不过从头到尾都说的是这座研究所，而不是上方的庭院。

但是，虽然这样的推测没有逻辑上的漏洞，却始终无法解释到底什么是"神骸"，它究竟又是怎样转变了人类早已拟定好的计划的？

我想，如果想要解答这些问题，我就必须继续下潜，很有可能在更深的地方，"神骸"仍然沉睡在那里，而它的存在，也许就是万禧王朝陨落，甚至人类逐渐走向灭亡的原因。

第六节 另一个人

　　做出了这样的决定后，我将手掌大小的日志残本塞进了衣服口袋，回到磁悬浮电梯的轨道上，重新挂上绳索，继续下潜。离开了球形研究所，我进入了一条新的甬道，和我爬过的第一条甬道一样，这条甬道里也黑得伸手不见五指，我重新打开机械探照灯。大概向下爬了十臂，甬道和电梯轨道同时到头了，但空间继续向下延伸。我让身体离开甬道，放松绳索，一点一点地向下滑落。
　　不一会儿，就像在球形研究所里一样，伴随着我发出的细微声响，冷色调的光缓慢地亮起来。按照日志里的内容，我本以为会看到宏帆王陵的遗址，实际出现的场景却超乎我的想象。

我首先看到，在正下方的地板上有一座电梯的停港，可以推测出，如果磁悬浮电梯没有损坏，在此处便会和我的状态类似，离开黑暗的甬道后，依靠逐渐减弱的磁力，缓慢地降落在这座停港里。而后我向周边看去，发现这里竟然是一座保存得十分完好、近似崭新的穹形大厅。大厅的穹顶高而圆，我好像身处一枚蛋壳之中。发光的是大厅的墙壁，流线形的墙面上没有一丝缝隙，也看不到具体的光源，只是通体发散出柔和的光，完美而没有一丝压迫感。我下到这层的底部，跳到冰冷的金属地板上，解开绳索。一层光晕顺着我的脚如涟漪般蔓延开去。我顺着它们看向大厅的墙壁，起初上面空空如也，什么都没有，但随着那层光晕从我的脚下蔓延到地板尽头，仿佛触控了某个开关，原本光滑的墙面上渐渐地浮现出了几条漆黑的线。

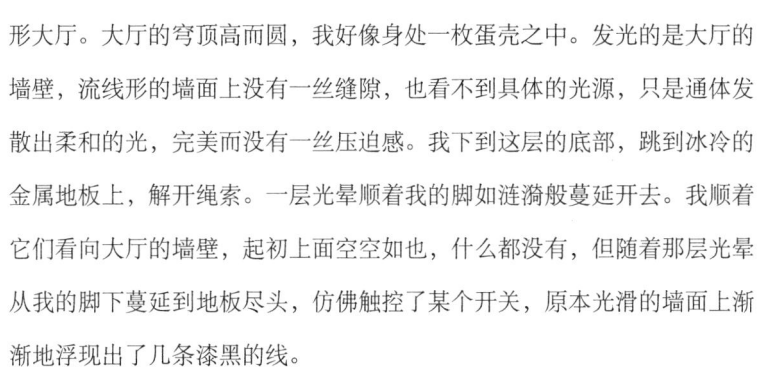

这几条线越来越清晰，最后组合在一起，形成三扇巨大的门。同时，在我的脚下，两行密密麻麻的文字逐渐显现了出来。我蹲下身去阅读那两行经文一样文法古朴的小字，只见左边写的是：

古时未有宇宙，混沌如羊肠水，其狀似汪洋，此乃万物之母体，名为南沐也。

南沐有精元，名图拉与塔拉，一日天地开辟，精元分离，清者图拉上为天,浊者塔拉下为洋。

万物化生成形,有形态者有名,有名者亦有形态。

天者,南沐与图拉之子,名曰安淖;洋者,南沐与塔拉之子,名曰安基……

右边写的则是:

安淖降王权于人,王权降于安临都,此乃人类之首都。

阿卢是国王,其父为陆地之神伊亚,其母为林塔·皮加之女伊特洛特。

安淖说:阿卢,汝为众王之王,汝将聚众人类于安临都,统治他们九个萨尔又两个纳尔……

  是《神之典》和《王之典》。这两部被乌洛帕人称为"旧经"的古经,对应的是淖雅所创作的《大史诗》,也就是人称的"新经"。《大史诗》共五部,从第一部《洪水》到第五部《新年》,以诗歌的形式讲述了从"天空之神"安淖降下大洪水毁灭旧人类,直到淖雅时代所发生的大事。而《神之典》和《王之典》则诞生于连纸和笔都没有的古老年代,其作者不详,被远古时期的人们以石刻的方式记载在岩洞的墙壁上,代代相传。

  《神之典》和《王之典》讲述的是大洪水降临之前的事,自然万物从南沐的身体里演化而出,他们就是众神,其中"天空之神"安淖从众神里脱颖而出,成为他们的首领,娶妻后,诞下更多的神,这些神各司其职,各有各的故事,这就是《神之典》所讲的事。后来众神创造了人类,目的是辅佐他们。在那个时候,许多人具有神的血统,这些人也被称为混血。"天空之神"安淖模仿众神的社会,给予一名人类混血以王的权力,让他成为所有人类的首领和神的代理者,统治整个万物众生,这也就是《王之典》所讲述的事。按照《王之典》中所说,安淖降下王权给人类混血,决定他们的命运和统治时长,而在混血王的统治下,人类的目的就是繁衍生息,并建造更多的神庙供奉诸神。每一位混血王的统治时间由萨尔(三千六百年)、纳尔(六百年)、雅尔(三百六十年)和巴尔(六十年)四个单位组成,《王之典》中记载的九位混血王的统治时间换算成十进制全部超过一万年。可以说,"人类的命运完全由神掌控"是两部"旧经"的核心主旨。在《神之典》的结尾,最后一位混血王恩杜姆的生活荒淫无度,他领导下的人类不再供奉诸神、修缮神庙,而他的统治时间更是超过了安淖规定的期限。人类忤逆诸神,这也就成为安淖降下大洪水淹没、毁灭人类的理由。而之后的故事就如《大史诗》的第一部《洪水》里所述,大水淹没了所有的陆地和城市,毁灭了人类,只留下仍纯洁的儿童。洪水退去后,新的陆地出现,安淖唤醒这些孩童,命他们去寻找一棵柚木,并围绕着柚木建立新的文明。

乌洛帕人的历史也就以此来划分,大洪水前被称为"旧经时代",大洪水后被称作"新经时代",《大史诗》之后被称为"史记时代",而乌洛帕灭亡至今则被称为"末世时代"。

回到眼前,会将《神之典》和《王之典》这两部至高无上的经典刻在地板上,这里无疑是一座圣堂。但是这里空荡荡的,没有"神骸"也没有祭坛或其他类似设施。我抬起头,将注意力再次放到墙壁上显现出的三扇巨门之上,这时我突然发现,门上又多了些新的东西——每一扇巨门前都显现出了一个发光的全息投影符号,正在以一个肉眼可观测的转速,缓慢旋转着:

"零(0),

一一(11),

一零一(101)。"

我配合着符号的转速,以同样的节奏将它们默念而出。

是至圣数符号,我浑身上下的汗毛都立了起来。

从远古时期开始,数字便具有非常强烈的宗教含义。人们认为二进制是神圣、和谐、优美的计数制;其次是《王之典》里用的六十进制和能规整历法、整除圆周的十二进制;十进制最低级,它残疾而丑陋,是只有没受过教育的人才掰着手指算的进制。古人的这种观念导致在很漫长的一段岁月里,他们记载的时间都是毫无根据的,因为能上书面的数字必须是个十二进制的整数位,所以即便是一位国王的统治时间未满十二周年,史官也会这么写。为了歌颂贤王的丰功伟业,他的统治时间可以被史官写成六百年甚至一千二百年;而为了讽刺暴君的昏庸无能,他统治的时间无论多久史官都只写十二年。这个状况一直持续到宏帆王朝初期,人称"精明王"的穆督大力推行了十进制的使用，虽然后世的史学家都认为这跟宏帆王朝的重商主义有很大关系，不过它确实也让后来的历史都对上号了。

且不论其他进制的应用如何在历史的变迁中进退，二进制的神圣地位都从未受到过质疑。人们相信，诸神的真名和万物真理皆可由二进制书写。二进制里1和0的排列顺序也因此大量被应用在绘画和图案花纹的设计当中，二进制符号就是一个典型的代表。最原始的二进制符号用线段代表1，用闭合的正方形代表零，由此组成的图案也被称作"超越语言的存在"或者"神的文字"。二进制的所有数字里，1和0完全对称排列的那些被称为"神圣数"，由神圣数绘制而成的图案也就被称作"圣数符号"，每一个圣数符号都代表着一位神，比如1001的符号代表"天空之神"安淖，11011的符号则代表"汪洋之神"安基等，通常符号越简单，神的地位便越高。人们将圣数符号装饰在神庙之外的地方，代替神像和祭坛，以求得神对这些场所的庇护。

再回到眼前，三扇巨门前旋转的0、11和101符号显然不同于普通的圣数符号，因为它们本就是所有二进制符号里最至高无上的三个。它们的含义分别是"生""转运"和"轮回"，同时分别代表着图拉、塔拉和南沐这三位原初女神。

和可以随意使用的圣数符号不同，这三个至圣数符号只能出现在特定的场所，并且需要经过乌塔天神庙大祭司的亲自批准。其中，"生"的符号和"转运"的符号相对常见，综合医院、大型交易所或科研中心的遗址里都可以找到。"轮回"的符号非常稀有，除了这里之外，我只在一个地方见过,那就是安息礼堂。在此之前,我从未见过甚至听说过三个至圣数符号在同一个地方出现的情况。

所以我定在原地,汗毛直竖。地板上逐渐显现出的人类圣典、至圣数符号、日志里所谓的"神骸"、自由军不合常理的保护和隐瞒……一切迹象似乎都在警示,在这座古人凝结所有智慧建造起的圣所里,我正在靠近一个十分危险的秘密,而它的危险程度,很可能不仅仅是令我受伤或者失去生命这么简单。

突然,一种恐怖的直觉在我心底油然而生,它超越了原始的欲望,甚至是最本能的求生欲,站在决定整个人类族群命运的制高点,唤起我作为最后一个人类应肩负的全部责任。它严厉地警告我:

不要再前进了。

但是,我闭上双眼,用内心深处最恳切的意志反驳它:

为什么?

凭什么?

我所有的祖先们,传说里的六千亿亿亡灵,他们留给我的是什么?是一座汪洋里的废墟和无尽的孤独。古代的社会学家们认为,富商和贵族的财富并不在于他们的金钱和社会地位,而在于他们多于普通人的选择。古人们的一生中充满无数选择的机会，在他们所创造的繁荣年代里，从事怎样的工作，扮演怎样的社会角色，与谁相爱，组建怎样的家庭，即便生为最穷困的平民，这些也是他们与生俱来的权利。

我什么都没有，我是最后一个人类，甚至连作为一只动物最基本的权利——生育的可能都没有。

现在，去解开奇亚加阁的秘密，是我想做的选择，这就是我唯一的权利，我生命的意义。

所以我下定决心，做出了这个艰难的选择。然后我再次睁开眼，面对三扇巨门。

0、11和101，某些时候它们也象征着远古传说里的三个宇宙："众灵的宇宙""众生的宇宙"和"诸神的宇宙"。按照《神之典》里的描述，这三个宇宙重叠在一起，组成我们所见的世界。众灵的宇宙由"冥府之神"伊勒斯掌管，所有未生的灵魂和已死的灵魂都在那里，那里既是开始又是结束；众生的宇宙由"天空之神"安淖掌管，他创造了众生，并安排他们的命运；诸神的宇宙无人掌控，那里是不朽、无限而自由的；三个宇宙合一就是南沐的本体。众灵和诸神的宇宙永生不朽，众生的宇宙却有终极的一天——众生的宇宙将彻底被名为时间的汪洋所淹没，而后图拉将它吃下去，塔拉再吐出来，众生的宇宙由此重生，这也就是轮回。

现在，如果按照这个逻辑就可以推测，0之门象征的是"众灵"，应该通往宏帆王陵的遗址；101之门象征的是"诸神"，应该通往日志里所说的神骸；而象征"众生"的11之门，里面又会有些什么呢？无论如何，不向前走就永远不会知道。于是我迈开双腿，仿佛通往一切谜题的答案，走向众生的 11 之门。

伴随着我前进的脚步，11 之门缓缓开启，一条狭长、高挑而宽阔的走廊出现在我脚下，并向前延伸，通往一处幽蓝色的宽敞空间。我走着走着，两边的墙体开始逐渐出现空隙，这些空隙越来越大，最后彻底消失，使我暴露在开放的空间之中。我站在原地，周围的光线非常昏暗，只有几盏微弱的应急灯星星点点地亮着。我打开机械燃油灯，将灯光向远处伸去，这才能勉强看清周遭的样子。

这似乎是一处尚未竣工的工地，机械灯的光照不了太远，所以我说不上这个空间究竟有多大，在光线能照到的范围内，由凝胶材料浇筑金属骨架而成的地面直接暴露在外，我的脚边堆着许多损坏的枪械、弹药，以及写满各种警示语的牌子，和我最早探索奇亚加阁时看到的那些散落在海水里的塑料牌一样。看来这里曾经被自由军当作仓库使用。

我继续向前走去。没走两步，路突然消失不见了，眼前只有一片漆黑的深渊，我连忙收脚，差一点就跌下了悬崖。等后退到安全的地方后，我举起机械灯将身子小心翼翼地探进前方的黑暗里，这才发现，原来我所处的位置只有这个空间纵高的一半，我站立的地方是一处平台，在它之下是一个深坑，似乎刚完成初步的建设就因自由军的入侵而荒废掉了，在坑洞的中央倒着一具尸骨。

我在平台上转了一圈，发现其实在平台的左侧有一架简易的缓步楼梯，似乎是为了施工而临时搭建的，没有配护栏和夜灯，因而难以发现。

我沿着楼梯下到深坑的底部，走到那具尸骨旁。它头朝下趴在地上，在通风、凉爽而洁净的环境里已经变成干尸，身上还穿着肮脏而残破的化纤类衣物，乍一看好像是一个倒在地上的活人。

我捡起掉落在尸体一旁的一杆枪，将覆盖在尸体脸部的头发撩开，只见一张因为缩水而干瘪的男人的脸，脸上有细微的皱纹，像是四十多岁的中年人。凭借他穿着的化纤类衣物（这种需要工业生产的织物在万禧王朝陨落后就逐渐消失了）和剪短的头发，我判断他是生活在距今四百多年前的末世人，他一定和我一样怀抱着探秘的心走进了奇亚加阁，却最终因为防护不周，在黑暗中不慎跌落而亡。

在这具尸体旁，还有一本精美的海特达特鉴赏图册，里面的书页已经被翻得七零八落了，看来他生前对这本书爱不释手，才会将它翻看成这样。这也难怪，母亲说大部分末世人都不识字，一本画册就是最奢侈的消遣品了。

我为这个人感到悲哀而可怜，不禁又想起久久未归的父亲和哥哥们，他们是否也已经像这个人一样，不幸死在了对未知的探索里呢？而我自己的命运，是否也会迎来这样的结局呢？

我没有能力将这个坠亡者的尸骸运去安息礼堂，但并不想就这么把他丢在这里。于是我捡来了许多废弃的枪械，模仿古书里面的图画，给他堆了个冢，把他和他心爱的画册葬在了一起。我不知道他的名字和身世，便挑了些通用的祷辞，算是为他举行了简单的葬礼。

做完这一切后，我开始探索这个昏暗的深坑。我不知道这下面是否还有更深的悬崖，保险起见，我从废弃的工地里找了一根细长的碳纤维管，当作在黑暗里探路的盲杖。我沿着深坑的边缘行走，每走几步就试探一下，看看机械灯照不到的地方是否有下陷的痕迹，这样还可以同时丈量距离，十分方便。我这般谨慎地前行着，结果没探出新的悬崖，却探出了意想不到的惊喜。走到一半，我突然感到碳纤维管好像探进了某个下陷的地方，我以为是新的悬崖，便将管子顺势往下捅去，好丈量悬崖的纵深，结果却戳到了一个奇怪的硬物，而后我身靠的墙面竟然凹出一扇门来。它缓缓地开启，露出一条已经修缮完毕的走廊。

走廊里的光源和 11 之门外的圣堂一样，直接从墙体里透出，只不过这里的色调很暖，让人感到舒适而温馨。我将信将疑地把碳纤维管伸进走廊里，试探这里是否还有别的机关，结果什么都没有发生，好像是我太多疑了。我走进这条走廊，它呈弧形，最高处只有三臂左右，属于古代正常居住区的层高，整体感觉和恢宏的奇亚加阁非常不搭。

走廊里一共有七扇门，每扇门旁边都有小型的虹膜扫描设备，用来给房间上锁，虽说如此，却没有一扇门是锁上的。我逐个推开它们，发现里面全部是设施完备的睡仓，每一间里都配有可收放的单人床、座椅、固定电子终端和设备齐全的微型洗漱室。虽然是完全的密室，房间里的光源却是模拟自然光的，可以模拟出从早上到夜晚，甚至阴天、晴天等不同时间、不同环境下的光。电子终端也可以使用，但很可惜，只能访问离线空间，里面除了几个最基本的绘图和文字编辑软件外，没有其他任何有用的信息。

走廊正中的房间里有人使用过的痕迹，但却哪里都找不到尸骨，我想那个曾经在这里居住过的人可能已经离开了。我打开房间里的电子终端，希望能找到他留下的电子日记，果然有一篇，是这么写的：

难以想象自己已经在这里住了一年多了，这得益于我是班图卡图的设计者之一，才能从通风系统的管道里偷偷溜进来。刚开始我相信这是正确的选择，因为我对建筑内部的结构了如指掌，这七间睡仓本来是为女王的视察所修建的样板间，通过一扇隐形门和居住区的工地相连接，反叛军并没有发现隐形门的存在，他们做事本就粗枝大叶，而自从我进来后，就卡住了隐形门的开关，这样一来，即便他们意外碰到了开关，也不会发现样板间的存在。我自认聪明，却没有想过，这样做实则是把我自己锁在了里面。我不敢出去，样板间里的电子终端也无法联网，我完全与外界隔离了，每天都百无聊赖，又担心反叛军在通风系统里投毒或者将整座建筑炸毁，果然就如我的好友所说，这不是避难，而是一场孤独的自罚。

从隐形门的这边，我能听到那边的动静，反叛军似乎把这个废弃的工地当作了仓库，因此我每天都能听见外面的人来来回回搬东西的声音（偶尔也有从很遥远的地方传来的爆炸声）。奇怪的是，最近这些声音都消失了，不知是他们最终撤离了军队还是怎么回事。我打算出去看看，更何况这里储存的应急食品也已经被我吃得差不多了，我不得不离开了。

我很可能不会再回来，留下这篇日志是证明我在这居住过。

我打开了样板间卡住的机关，为了能让后人有机会找到这里。

能读到这篇日志的后来者,不管你们是战争里的哪一方,我希望你们是班图卡图的正式居民。

流萨伊·林胡

我翻阅了这台电子终端里的所有离线文件,结果只有这一篇是文字信息,剩下的都是内容难以理解的图画,似乎是流萨伊·林胡用来打发时间的速写。作为海珊时代六百多年后的人,我知道自由军(也就是林胡所说的"反叛军")虽然推翻了万禧王朝的政权,却也没有统治很久,很快他们就起了内讧,首领也被暗杀。加之他们落后的科研水平和生产技术,也引来了普通百姓的不满。我想林胡的这份电子文件,应该是写于自由军的领袖达力古尔被暗杀后不久,大概正是因为那时整个上都阿希坦都乱作一团,没人有余力看守这座巨型建筑,所以他才说门外没有什么动静。而根据工地里没有他的尸体,以及隐形门的开关也没有被卡住这两点来看,他一定是安全地逃出去了。即便如此,我还是为他感到可惜,因为他参与设计的班图卡图永远都不会等到完工的那一天了。

我关上电子终端,离开了密室。我不打算再往更深的黑暗里探索,因为我已经知道了这个区域的用处。根据流萨伊·林胡的文件所写,他所避难的密室本是"居住区的样板间",再结合宁丹·古达的日志和"11"对应"众生"的古代教义,我十分确定这里是一处设计给活人的居住区,也许这里有单独的通道能直达上方的庭院,结果尚未完工就遭到了自由军的侵占，由此便荒废了，直到现在。唯一奇怪的地方是，如果说"神骸"的出现让奇亚加阁的用途发生了翻天覆地的变化，那么为什么施工方仍然保留了居住区呢？流萨伊·林胡也明确写道"希望这里会有'正式居民'"，这说明直到海珊女王的政权倒台，居住区的设计都没有发生改变。神骸的发现是万禧378年，万禧王朝倒台则是四年后的事，作为设计者，建筑的用途如果发生改变，流萨伊·林胡一定是全程参与其中的，他会这么写，就说明这里一定是居住区，也一定是用来给人居住的。

看来不探索完建筑里的所有区域是不会搞明白这个问题的。我回到了密室外面，将方才探路的碳纤维管留在了原地以作标记，而后便顺着来的路回到了大厅里，进入了象征"众灵"的0之门。

按照我最初的预想，0之门的背后应该是宏帆王陵的遗址，结果却完全出乎我的意料。刚进入0之门时，我说不太上来这个区域的用途，它虽然已经建设完毕，也没有遭到任何损坏，却没有任何标志性的设备能体现出其主要功能。我只看到一座十分开阔而敞亮的大厅，里面罗列着无数巨型金属柜，好像古书里画的图书馆。我随便走到一排柜子前面，发现上面没有一本书，取而代之的是一排排竖直排列的隐藏式反弹抽屉，密密麻麻地排满整个柜体，乍一看的确像是摆满书籍的书架。我靠近这些抽屉，发现每一个上面都有一个小小的电子屏幕，上面显示着三行字。

比如：

0

阿希南

230974823

或者:

0

塔努达阿希南

230974821

"阿希南"是水稻的古称,但"塔努达阿希南"是什么意思?我有些猜不明白这其中的含义,于是又换了另外一排柜子上的抽屉:

1

督努特·卡美因(卢特)

409378853

我越来越一头雾水了,如果说刚才屏幕最上方一行的"0"代表的是0之门,那么为什么这里又变成了"1"?"卢特"是男性的意思,"督努特·卡美因"又指什么?

我接着看向旁边的抽屉,这个抽屉的屏幕上显示着:

1

流萨伊·林胡（卢特）
409378834

　　流萨伊·林胡？我愣了一下，他不是我刚刚读过的那篇电子日记的作者吗？为什么这里会出现他的名字？难道这里面装的是他的个人档案？我随即摁开了这个写着"流萨伊·林胡（卢特）"的抽屉，抽屉缓缓弹开，里面装的不是任何纸质的文件，而是一个小巧的金属罐。

　　我将金属罐从抽屉里取出，它呈规则的圆柱形，和我的小臂差不多长，通体银灰，上面刻着双螺旋形的花纹，好像下层庭院里环绕磁悬浮电梯轨道的双螺旋楼梯……突然，我明白了，这是一个储存基因样本的迷你液氮罐，这也就代表着，这个区域其实是一座巨型基因库！我刚才看到的"阿希南"是水稻的古称，也是它的学名，"塔努达阿希南"则大概是水稻的一个亚种。而我手里拿的这个罐子所储存的，根据显示屏上的标记，则是流萨伊·林胡的基因片段。最后一排是方便查询的编号，开头的 0 和 1 与二进制或十进制里的数字都没有任何关系，只不过是在区分基因分子链的两大类别，0 代表的是单链的核糖核酸，1 代表的是双链的脱氧核糖核酸。金属管上雕刻的花纹就是根据分子链的形状而设计的。为了确认这一点，我回到了最先看到的那个抽屉前，摁开它，取出里面的金属罐，果然，上面的花纹只有一条，并非呈螺旋状，而是水稻基因分子链的三叶草结构。这样想逻辑就全通了，毕竟基因也可被形象地理解为"尚未出生，并等待转生的众灵"，这不就是 0 所代表的世界吗？

这本应是一件令人激动无比的事情，我却感到十分哀伤，虽然有这么多的基因样本，我却没有培育它们的能力。即便我通过乌塔天神庙里的古籍学习并掌握了基因克隆技术，但基因库上方的实验室已经完全被毁坏。面对人类以及其他上千种生物的灭绝，我无能为力。

在基因库的尽头还有一扇普通大小的门。我进入这扇门，走过一条短短的走廊后，一部完好的电梯出现在我面前，我乘上这部电梯，它带我向下又行驶了七八臂，我才终于抵达了宏帆王陵。

这座气势恢宏的地宫由成千上万块白色巨石垒砌而成，由于躲过了大水的侵蚀和自由军的破坏，它保存得十分完好，看上去竟比阿希坦宫的废墟还要气派许多。镶满宝石的玉柱林立着，撑起穹形的顶，三十六盏长明灯将珠宝的光辉反射得到处都是，让人仿若置身一片星河中，每一块筑墙的巨石上都雕琢着复杂而精美的纹样，以最浮夸的方式彰显着宏帆王朝的财力。在红玛瑙和砗磲碎片铺就的地板上，古代君王们的棺椁整齐地排列着，棺椁内部已被清空，每个棺椁旁都架设着水晶棺，里面陈列着君王的尸身和随葬的衣物。

我依次审视这些国王们的尸骨。在没有通风系统的古代，埋在地宫里的遗体并不会风化成干尸，而是会腐烂、分解。现在他们的尸体早已腐烂得只剩下几块骨头，被考古人员清理干净后，整齐地罗列在水晶棺里，而包裹尸身的卡纳克则被用纳米技术修复，每一件都美如刚织好的锦缎，单独展示在一旁。

有两位国王的水晶棺引起了我的注意，他们分别是中兴宏帆王朝的"专制王"阿祖和他的独子"叛逆王"帕宇。这两位宏帆王朝里最重要的国王竟然没有留下任何骸骨。帕宇王的水晶棺里空空如也,阿祖王的水晶棺里也没有尸骨,取而代之的是一株植物,它只有一片叶子和一根断掉的茎。在缺乏土壤、水分和光照的情况下,按理说它应该已经枯萎了几千年,而此时却新鲜无比,在昏暗的地宫里焕发着翠绿的光芒,仿佛由顶级的橄榄石雕刻而成。我的视线不禁被它牢牢锁住,无法移开。我看着它,心底情不自禁地涌现出一种关于生的喜悦和渴望,不知不觉就失了心神,想要打开水晶棺吃下它,仿佛这样就能摆脱死亡的纠扰,获得永生的权利……

我被这种情感蛊惑,回过神来时,竟然已经用一旁摆放的灭火器砸碎了水晶棺,将植物握在了手中。

水晶棺的碎片划伤了我的手掌,虽然没有流血,但疼痛令我清醒了过来。我看着手里这根蛊惑人心的植物,一个传说中的名字不禁闪现在我的脑海里——基海的仙草。

《大史诗》的第四部《不朽》讲述了这样一个故事:乌尔王朝的第二位国王基海在位期间出现了一个凶猛的海怪——洪巴,洪巴四处掀起海啸,残害了无数平民的生命。基海决定为民除害,携其胞弟恩海前往洪巴出没的海域,两人一起杀死了洪巴。谁料洪巴本是天神安淖的宠物,基海此举并未过问乌塔天神庙的大祭司,这惹恼了安淖,他因此降怒于恩海,夺走了后者的生命。基海悲痛不已,弟弟的死给了他太大的打击,他就此抛弃了国王的身份,成为一个旅人,踏上了寻找复生之方的道路。他走遍海陆皆不果,终于有一天,他来到了世界尽头,那里居住着轮回之外的不死者乌特淖和他的妻子波雅。基海向乌特淖讨教生与死的奥秘，乌特淖说这是诸神的秘密，他不能向凡人透露一毫。失落的基海正将离去，波雅却可怜他，偷偷告诉他在海底有一仙草可令人起死回生、长生不老，但路途艰辛遥远，遍布死亡的危险。基海不甚在意，历经千辛万苦终于采得仙草，却因疏忽落入蛇口，从此再也无处可寻。失落的基海只好返回乌洛帕，统治王国，了此一生。

虽然大部分人都把《大史诗》里的内容当成虚构的寓言，但后世仍有不少人在寻找仙草以及那条吃了仙草的蛇……回到现在，难道说我手里握着的不是他物，就是传说中能令凡人获得永生的仙草吗？而这一稀世珍宝的存在，难道就是自由军封锁奇亚加阁的真正原因吗？

可是我想不通，如果阿祖王确实找到了仙草，这样的丰功伟绩，为什么史书里无人记载？如果这不是仙草，又究竟是什么植物，才能拥有这样不死的魔力？而阿祖王的遗体又去了何处呢？

也许宁丹·古达的日志里有写。

想到这里，我立马从衣服的口袋里掏出那本只剩下一半的项目日志，仔细地翻找起来，在找神骸的相关信息时，我跳得太快，直接翻找黑体字，并没有关注其他的内容。果然，这么重要的事被详尽地记了下来，虽然每页只剩下了上面一半，但还是占了不小的篇幅：

……有两个棺椁里竟然没有尸骨。一个是"专制王"阿祖的棺椁，另一个则是他的独子"叛逆王"帕宇的棺椁。更奇怪的是一件在阿祖王的棺椁里出土的随葬品,那是一株被单独放在迷你水晶棺里的植物。植物像是宝石雕刻成的,闪闪发光,但确实是一棵双子叶植物,而且新鲜无比……

下一页:

……《大史诗》里所写的仙草竟然真的存在,而且就在我们眼前。这让所有人都感到既激动又困惑。激动的是不死之草真的存在,困惑也就随之而来,仙草既然葬在阿祖王的墓里,说明这是他生前的遗物,其中一根茎只剩下一半,是否可证明是阿祖王吃了它呢?可如果阿祖王吃了仙草,获得了永生,那么他又去哪了?虽然棺椁里确实没有他的尸体,但如果他获得了永生,哪还轮得到帕宇王即位呢?同事们开起可怕的玩笑,说阿祖王一直活着,直到现在,他就混在我们这些人中间听我们说他的事呢!这玩笑太恐怖了……

两页之后:

……结果就是所谓的仙草是一种理论上无法存在的剧毒,而帕宇王正是用它杀害了自己的父亲阿祖王。这种结果实在无法令人信服。但我们都看到了实验白鼠在吃下仙草切片后整体分解的恐怖场景,也就不得不相信这个事实。根据检验科的报告,剧毒物质存在于仙草的叶脉之中,由于被厚实的叶肉组织包裹,所以触碰表皮并无大碍。剧毒物质似乎也是仙草永不枯萎的关键,这样说的话,仙草也确实是不死草吧,只不过是它自己不死罢了。生化科的人正尝试从仙草的剧毒素里提炼出抗衰老的物质,我觉得这个项目没有什么前景可言,毕竟……

再往后就没有关于仙草的内容了,我合上日志本,心中就如宁丹·古达所写,既激动又困惑。

实验白鼠在吃下仙草切片后整体分解了,这就是"专制王"阿祖没有留下尸骨的原因吗?且不论怎样的剧毒才能令生物整体分解,"叛逆王"帕宇的尸身又去了哪里?难道他也吃下仙草整体分解了吗?这株仙草又是

被谁种植出来，或是被谁带来的呢？

按照正史里的记载，帕宇的王族身份早年被阿祖废黜，他在地方游历的同时收揽了民心，又囤积了兵力，最后率兵攻入当时的国都乌尔港，杀死了阿祖，夺取了他的王权，史称"帕宇兵变"，帕宇也因此被称为"叛逆王"。由于阿祖是著名的暴君，所以虽然帕宇弑君夺权，人们却拥护、爱戴他，他也成了后世人尊敬的明君。

但也有不少野史里说，帕宇早就串通了地方贵族和神庙里的祭司要夺权篡位，最后的兵变不过是一场表演，乌尔港的城门从一开始就是对军队开启的，"专制王"阿祖也不是被帕宇正大光明地刺死，而是被暗中毒杀。难道说帕宇就是用这株仙草作为引诱，毒杀了阿祖吗？这倒是讲得通，因为阿祖沉迷于长生不老之术，会相信这株毒草就是传说里的仙草也就不奇怪了。

无论如何，现在我已经找不到其他人来探讨历史的真相，更不能用这株仙草复活列位国王，向他们讨教个说法。我将仙草夹在日志中，把它们一起揣进了口袋，暂时离开了宏帆王陵的地宫。我返回了连接三扇门的圣堂，最后一步就是进入象征众神宇宙的101之门，去看看"神骸"到底是什么。

事到如今，我已经没什么好害怕或顾虑的了，我坦然地走向101之门。大门随着我前进的步伐缓缓开启，里面空空如也，只有一座开放式的磁悬浮电梯停在走廊的尽头。

我乘上电梯后它便开始下潜，在垂直而狭长的电梯甬道里，我不知道它究竟下潜了多少臂。

最后,大概是经过了三四十秒,电梯总算停下了。我感到自己身处地表之下,隔绝了一切声音和生命的迹象,这里寂静而肃穆。我从电梯间里走出来,面前是一座雄伟的大厅。大厅通体铁黑,没有任何装饰,四处漫散的点光源稀疏而微弱地亮着,好像身处陌生的外太空,周遭飘浮着许多无名的星体。我向前走去,我的脚步声被地板吸附,我大气也不敢出,只听到自己剧烈的心跳声,既像是走向遥远的宇宙,又像是走进自己的意识深处。

走了许久后眼前突然出现了一些东西。先是十二幅围成开放式圆弧形的海特达特,每一幅都尺寸巨大、保存相当完好,给人以震撼的威慑力。这个被海特达特包围的空间被雪白的灯光照得如同白昼,仿佛目的是让这里成为宇宙里最明亮的那颗星。在空间的正中央,有一根贯穿整个大厅纵高、形似水族箱的透明圆柱。其实我难以说明它到底是水族箱,还是玻璃做成的中空圆柱体,或者是一块超高清的全息圆柱体屏幕,因为它看起来与三者都像。不过重要的不是这根透明柱体的制作材料,而是它里面的东西。

是头发。

数不尽的发丝层层叠叠地几乎填满整个圆柱体,在类似真空或无气泡的液体中,以微乎其微的幅度上下鼓动着,只从几丝空隙里露出四肢。

我不禁想起宁丹·古达在日志中所写的:

……现场被人围得水泄不通,我挤进去看了一眼,只看到一大坨头发,混杂在淤泥里……

看来这就是"神骸"了。

他的样子远不如我想象中那么怪异。从大体身形来看,他就是一个普通的人,只不过一直活着、沉睡着,在六百多年的时间里无人照料,所以任由头发疯长,导致现如今已经填满了整个空间。

我凑上前去,在一团团鲸须一样浓密的头发间寻找他的脸。

不一会儿,我总算找到了一个合适的角度。我用力敲击透明的柱壁,使其产生振动,头发也就随之浮动开。而后,一张女性的面孔露了出来,她闭着双眼,神情宁静而肃穆,容貌和普通人无二,并没有宁丹·古达所写的那样绝美,只不过比起其他从地底下挖出来的东西,肯定是美丽多了。我这么想着,渐渐地,一种奇怪的感觉却油然而生——

这张脸,十分眼熟。

我为自己的这种想法感到一丝毛骨悚然,却无法克制地思索起来,这张脸究竟在哪里见过呢?这太诡异了,因为我生命里只出现过四个活人,他们分别是我的父亲、母亲、大哥和二哥。我不可能把他们的脸跟"神骸"搞混,更不会出现古人所谓的"脸盲症"。

那么是乌塔天神庙里的神像吗?

不太对,那些神像的脸都被雕刻得成熟而威严,棱角分明而健美。"神骸"的脸虽然不能说像幼童,但还尚存着些稚嫩,肌肉线条也比较圆

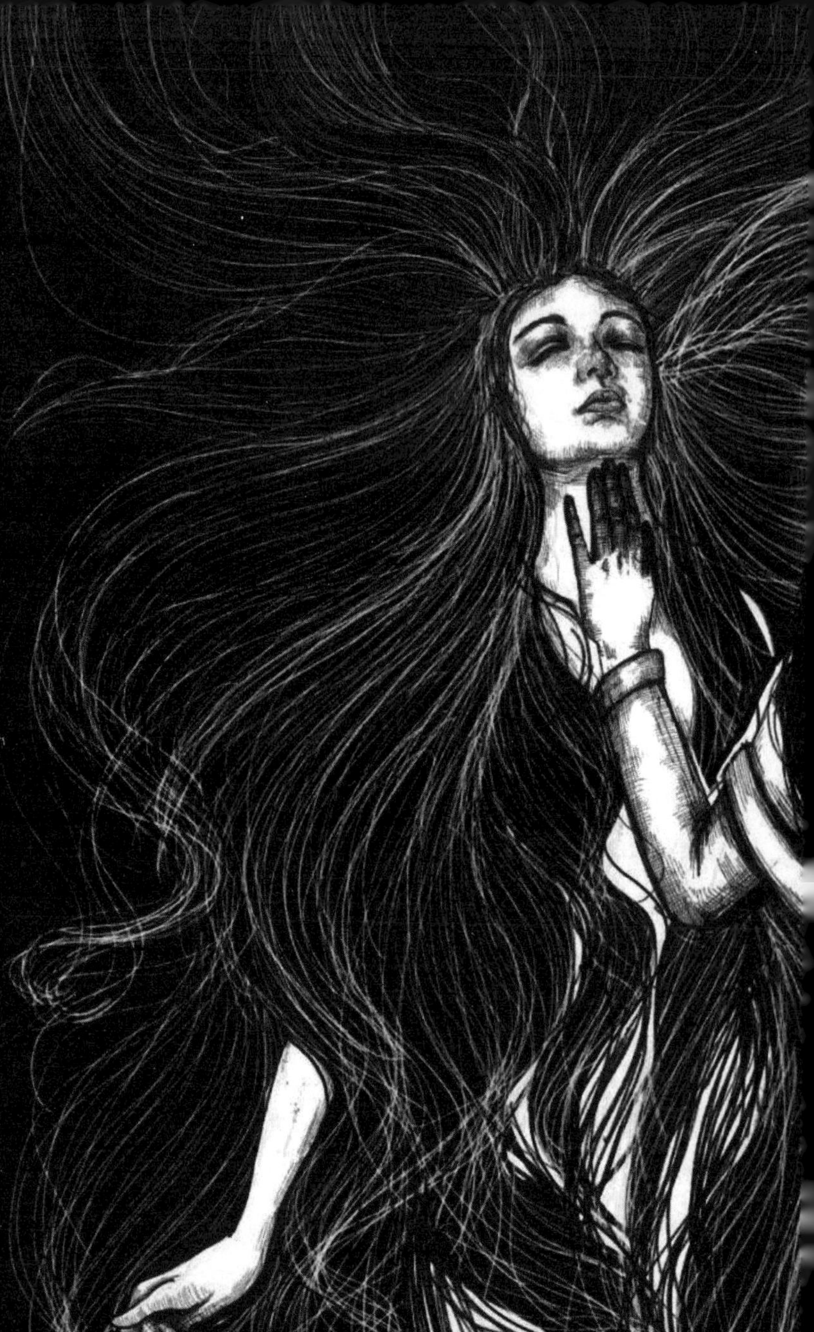

滑,毫无威慑可言。

那么,是某幅海特达特上的人物吗?

也不太像,海特达特中的脸都经过高度的艺术加工,其形态完全没法与真人的脸相提并论。

我想不通,只好凑近"神骸"的脸,在明晃晃的射灯之下,我甚至看到自己的脸倒映在透明柱体的玻璃上。我挪动脚下的位置,试图从不同的方向去看神骸的脸,不知不觉中,我的倒影便与"神骸"的脸重叠在了一起。

严丝合缝地,没有一个地方对不上,好像组成了一段完整的基因。

我终于意识了过来,"神骸"——

长着我的脸。

第七节 伊璐嘉尔

"神骸"长得和我一模一样!

发现这个事实的时候,我吓得张开嘴大叫,但却因为太过震惊,竟一时忘记了如何发声。所以只是大张着嘴,嘶哑地喘息。

我竟然费了那么长时间才意识到这个事实,不过也难怪,我只在水中见过自己的倒影,并不知道自己闭着眼睛时是什么样。更何况,谁又会想到,几百年前被人挖掘出来的不死之躯,竟然长得跟自己一模一样呢?

我想不明白。先前本已厘清的逻辑又彻底混乱了。难道真如梦中海珊所说,奇亚加阁只是我的幻想,我沉溺于其中太久以至于无法苏醒过来?

但这没有任何道理,我为什么要幻想出一座庞大的末世建筑,在里面孤独地探索，并最终让自己在其中遇见一个和我长得一模一样的人呢？幻想应该是用来自我满足的才对，如果真的是幻想，那么为了满足我自己，奇亚加阁里就应该还有别人，比如爸爸和哥哥们终于回来了，我们一家人在庭院里幸福地生活，没有通往下层建筑的磁悬浮电梯，更没有研究室、圣堂和这诡异的一切，那才算是满足的状况。

难道说，我是"神骸"的克隆体？这更不可能！我分明就是父亲和母亲以自然方式孕育出来的。我是末世人的孩子，我的母亲是智者，她教会我关于乌洛帕的一切，我还有两个哥哥，我和他们一起在乌塔天神庙长大，如果他们仍然活着，那么现在都已经二十多岁了⋯⋯

我来到这座奇亚加阁不过短短的两个季度，怎么可能是"神骸"的克隆体呢？

那么，也许"神骸"具有某种能力，能让所有见到他的人都看到自己的脸？但这种能力有什么用？让他人感到恐惧并以此产生敬畏感吗？这根本就讲不通。更何况，如果"神骸"真的有这种能力，宁丹·古达的日志里也应该会有所体现才对。

也许我还缺乏某些关键的信息。可我已经走遍了奇亚加阁里的每一个空间，如果真的还有某些关键的信息，那么就只会在研究室的电子设备里了。可研究室已经被彻底损毁，我也无从得知。

我陷入了死胡同，思绪乱作一团，眼前的事实让我感到恐怖无比。我想不出答案，更找不到线索，这种无解的未知将我逼得喘不过气来，种种惊悚的幻想也下意识地浮现出来。我不禁开始想象，自己其实是某个更高文明种族的试验品，人类早就已经灭亡了几千年，从世界上消失得无影无踪。但某一日，一个拥有发达文明的外星种族来到了人类的星球。它们看到了被汪洋淹没的上都阿希坦，这座城市的遗迹和人类的文明无不令它们赞叹不已，它们多么好奇，想看看人类是怎样的生物，无奈人类已经灭亡，它们只好独自在废墟里探索着。一天，它们进入了奇亚加阁的深处，发现了这里的基因库和"神骸"，它们惊喜无比，便从基因库里挑选了四个人的基因，加上神骸的基因，用这五段基因克隆出五个人类，再篡改他们的记忆，让他们认为彼此是一个家庭里的成员。外星种族观察着这个它们创造的人类家庭，甚至创造出一条五角怪鱼来扰乱它们的生活，给这个故事增加一些矛盾，并让五角鱼引诱伊璐嘉尔，"神骸"的克隆人，也就是我，进入奇亚加阁……

　　当我这么想的时候，浑身上下的血液仿佛都倒流了。我紧紧抱住自己，抚平皮肤上竖起的汗毛，我惊恐地来回张望，仿佛自己正在被谁观察着。

　　不对，这些胡思乱想根本就毫无道理。即便真的有外星物种存在，也不会按照人类的逻辑行事，所以我用人类的逻辑揣测外星物种的行为根本就是空穴来风的臆想。冷静，冷静下来。"神骸"不过是一个人，他除了不会死亡以外和其他人并没有什么区别，更何况他和我长得一模一样，不是凶猛的齿鲸，更不是任何鸿蒙深渊里的巨怪，他只是在那里沉睡着，不会对我造成任何伤害，我不应该怕他。

　　动动脑子，一定还有哪里藏着更多的线索。

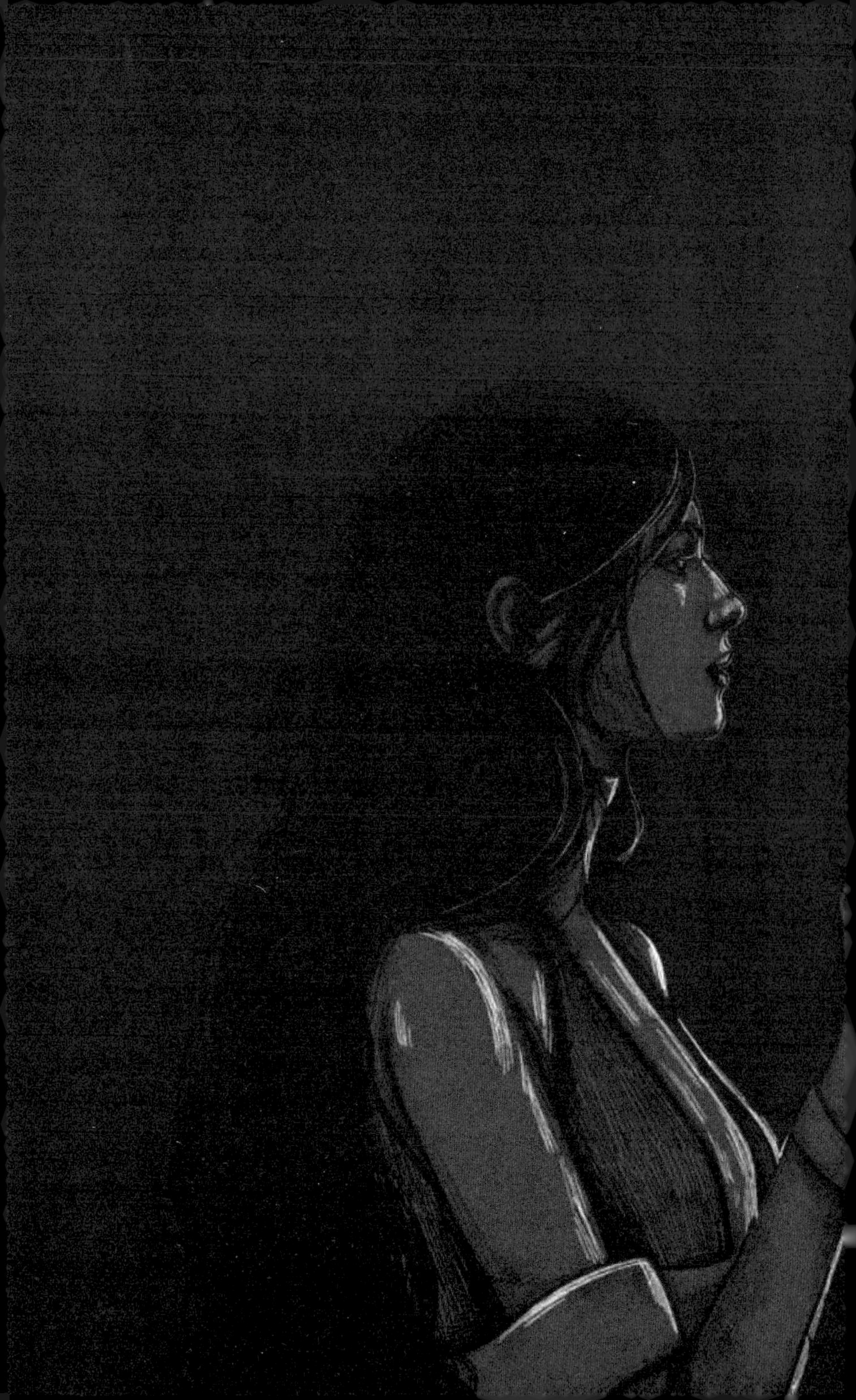

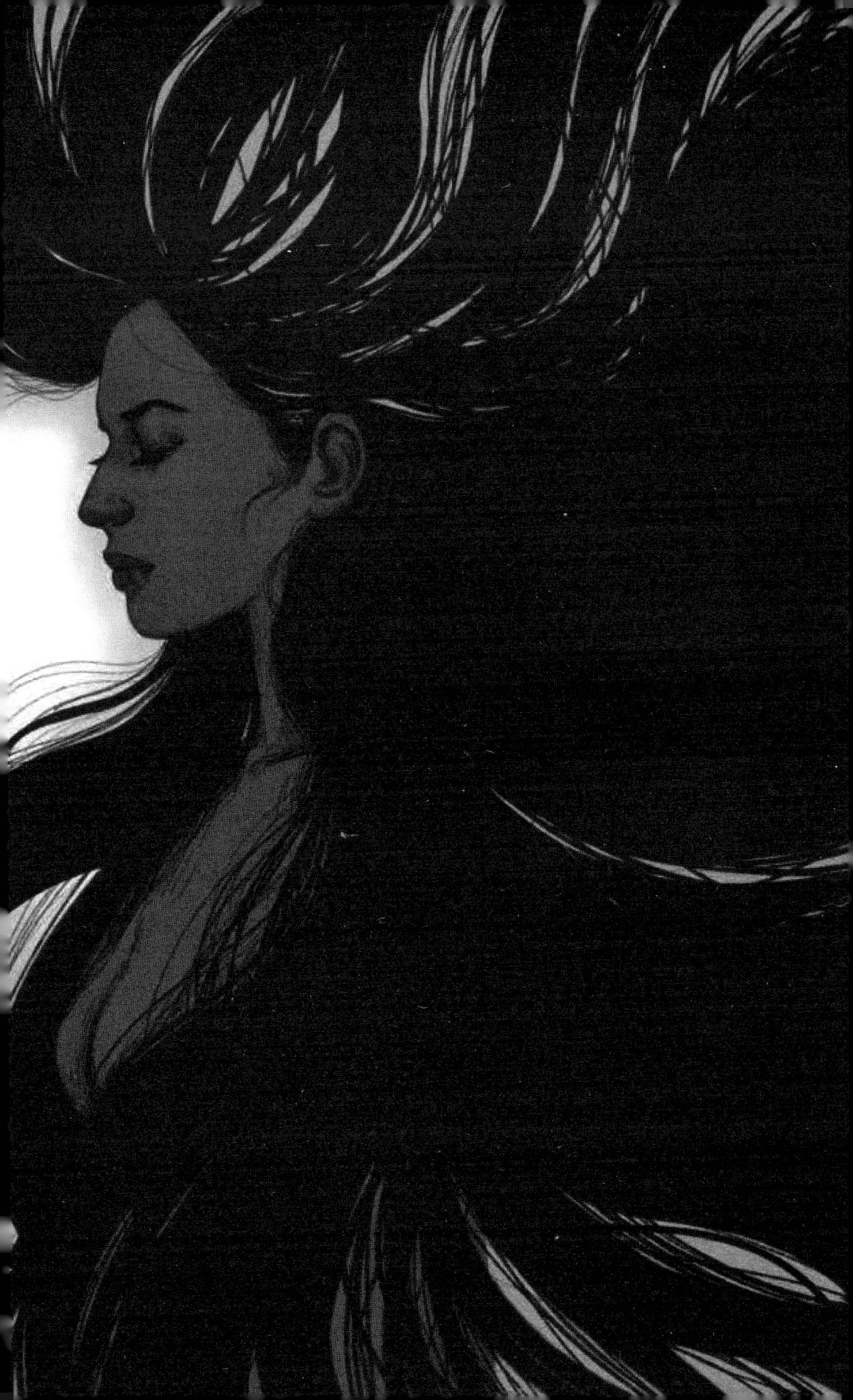

我靠在安置"神骸"的透明柱体旁让自己逐渐冷静下来，人在焦躁难安的时候根本没法理智地思考。柱体冰冷的触感让我的心神趋近平稳，我的思维也逐渐变得清晰。我想起来，在我周围，还有十二幅海特达特环抱着"神骸"，形成一个开阔的圆。刚来的时候我急切地想看"神骸"的样子，根本没有关注这些海特达特。我离开透明柱体，逐一查看这些海特达特的内容，发现它们拼凑在一起讲了一个完整的事件。前两幅描绘的内容我已经知道：海珊女王的团队在开启宏帆王陵期间发现王陵下方埋藏着活物，人们将活物挖出来，并在大祭司的许可之下将其命名为"神骸"……

突然，我恍然醒悟，这些海特达特虽没有文字，却是破解所有谜团的关键！

自古人类就用海特达特来记述最重要的事件，而环绕"神骸"的这十二幅海特达特，正是"神骸"的解释说明，从人们发现他、研究他，最后将他安置在这里，这个过程里最重要的那些事全部被仔细地描绘在了这些海特达特上。

我竟然在惊慌中错过了最重要的线索，好在我最终还是注意到了它们。

我来到第三幅海特达特前，从这幅开始，上面的内容就不知所云了，这也就意味着，从这幅开始的内容就是我所不知道的新信息。我仔细地观摩这幅海特达特，推测其想要表达的含义。

第三幅海特达特上画着一个穿大祭司袍的年轻人，第二幅中也有他的出现，我猜测他就是乌塔天神庙的最后一位大祭司，安珀伊图，宁丹·古达的日志里也有提起他。除了大祭司以外,"神骸"也在这幅海特达特里,他和我长得一模一样。看到自己的脸出现在古人的壁画上实在是奇怪极了,绘图的神官们捕捉住了我脸上最与众不同的那些特质,将它们尽可能地夸张,不足的那些地方则尽量美化,让我的脸看起来既与众不同又完美无瑕。大祭司的左脸和"神骸"的右脸重叠在一起,没有重叠在一起的那两只眼紧闭,重叠在一起的则微微张开。这乍一看让人感到莫名其妙,但我知道,这种人脸和神脸半重叠的主题内容有个特定的名字——"天启",它代表神庙的大祭司从神那里获得了口谕。只不过这幅"天启"还有一点特别,就是大祭司和"神骸"的头部用许多金属线连接在一起,这是普通的"天启"图所没有的。我推断这是运用了某种科技手段令大祭司和"神骸"的意识共享,因为"神骸"具有实体。

第四幅海特达特描绘了人们在建造一座雄伟的建筑,我认出这是奇亚加阁,大祭司安珀伊图也在其中。也就是说,这两幅海特达特连在一起,讲述的是大祭司获得"神骸"的口谕,由此建造了这座奇亚加阁。此处有一个时间上的冲突:根据宁丹·古达的日志,是海珊女王先决定开启宏帆王陵并建造奇亚加阁,而后人们才发现了"神骸"。但根据我先前的推理,人们在发现"神骸"后曾经更改过奇亚加阁的用途,也就是说,这两幅海特达特上所描述的,应该是人们在获得了"神骸"的口谕后,对建筑进行重新设计,最终变成了眼下我所见的模样。

第五幅海特达特描绘的是人们对"神骸"的研究。在这幅画中,海珊的科研团队从"神骸"中提取了某种物质,并用其培育出了一棵转基

因的矮树。看到这里,我首先想到的是口袋里的仙草以及项目日志里的一段描述:

> ……剧毒物质似乎也是仙草永不枯萎的关键,这样说的话,仙草也确实是不死草吧,只不过是它自己不死罢了。生化科的人正尝试从仙草的剧毒素里提炼出抗衰老的物质……

看来自从人们挖出"神骸"后,就把提取抗衰老物的目标,从仙草转移到"神骸"上了。从这时起,研究所的用途也就从化验宏帆王陵的陪葬品变成研究"神骸"了,而其目的,多半就是种植出能让人永生的、真正的仙草。所以当我把目光放在第六幅海特达特上时,上面的内容让我吃惊不已:

人们将转基因矮树移植到了庭院的一座悬浮岛上,它结出了一种红色的果实,看起来像番茄,却长着细细的绒毛。

这不正是我一直以来食用的红色果实吗?!

我的大脑飞速旋转,几个一度无解的问题因此得到了答案。首先,这解释清楚了为什么红色果实会和海珊女王一起出现在下层庭院的海特达特里,以及它为何会被单独种植在庭院最上层的悬浮岛上。这样一来就全部说得通了,这种红色果实如此重要,因为它正是整个研究项目的终极成果。但是,更多难以解答的问题也就随之出现。

这种果实究竟具有什么功效?它真的能让人永生吗?如果它真的能让

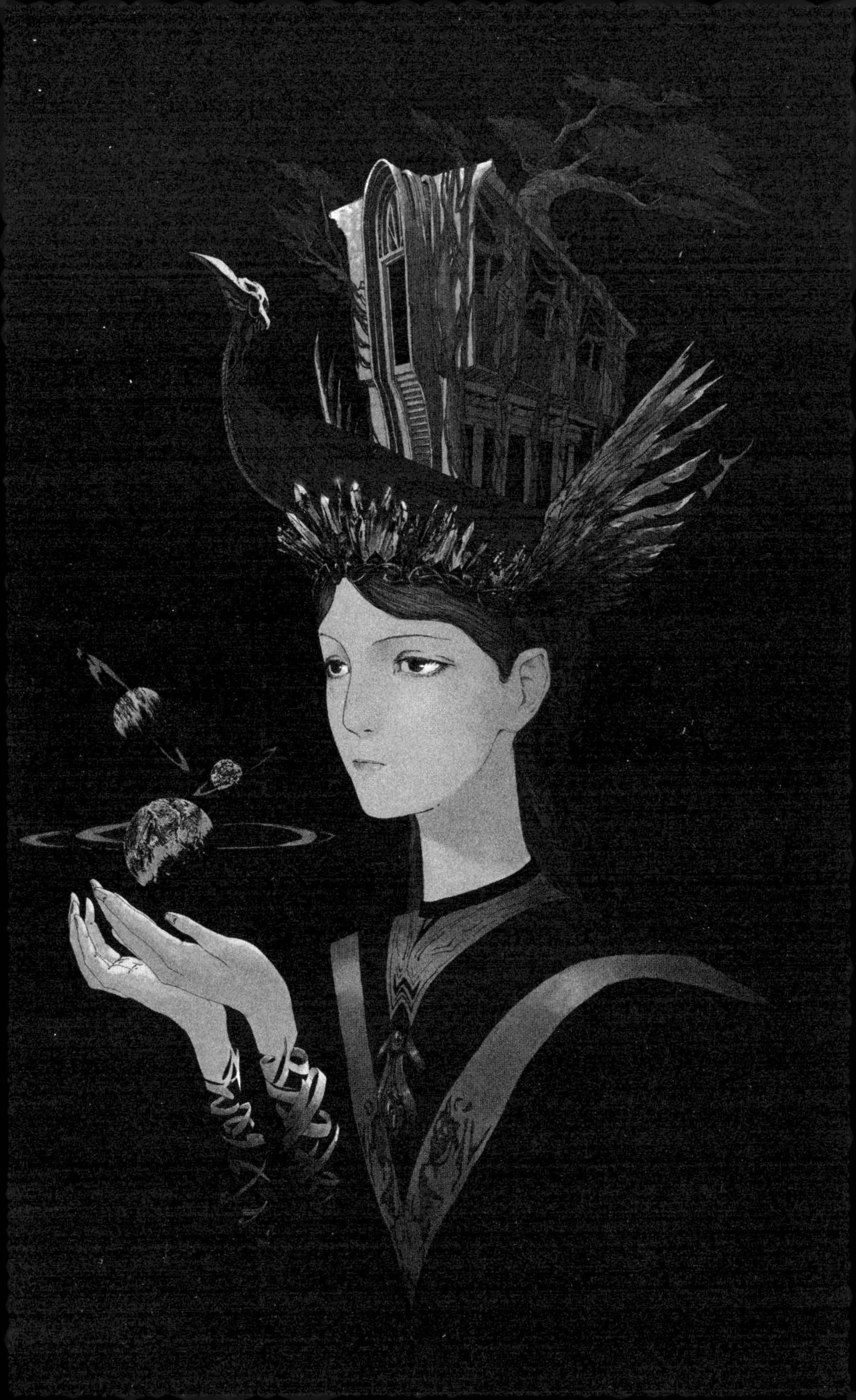

人永生，难道我已经拥有了长生不老的能力？可如果它真是永生果，为什么万禧王朝还会灭亡呢？自由军又为什么把这里伪装成禁区，不把果实分享给其他人？自由军想独吞它们？但是自由军也很快就倒台了，结果是人类在漫长的斗争中最后走向了灭绝啊！如果有永生果存在，人类怎可能灭绝？难道说，这种植物的生长需要一个漫长的周期，其果实是在人类灭亡后才结出来的……

我强制自己终止这样混乱而无用的思考，继续向下看去。

第七幅和第八幅海特达特描绘了一个我感到十分熟悉的场景，虽然画的是一个陌生人，但她却和我一样，犹如一个探索者那样走进了奇亚加阁，并在庭院最上层的浮岛上吃下了红色果实，唯一不同的是，海特达特中的浮岛并没有像现实中那样坠落。

然后是最后四幅：第一个吃下了红色果实的人，脑后出现了圆光，这本应是神的象征，表示他们的威仪；她将红色果实陆续分发给其他人，这些人吃下红色果实，脑后同样出现了圆光；人们（或者说神们）建起一座座比上都阿希坦更雄伟的城市，用基因库里的数据克隆出所有因海水的上涨而灭绝的生物，带领他们在城市中生活。最后一幅海特达特描绘了《神之典》中所说的三个宇宙：众灵的宇宙、诸神的宇宙以及众生的宇宙，它们好像三个星球，并排在一起，这也是一种特定的主题，叫作"世界"。在普通的"世界"图里，众灵的宇宙和诸神的宇宙上方是代表永生的无限符号，众生的宇宙上方则是圆形符号，代表"必将迎来毁灭和重生的轮回"。但在这幅"世界"图里，三个宇宙的上方全部是无限符号。

这四幅海特达特串联在一起展现出了一个不可能实现的愿景：人类吃下红色果实，获得了永生的权利，成了"神"；这些成了"神"的人类建造起更加雄伟的城市，其能抵抗一切大水的侵袭和时间的磨灭；人类带领其他生物生活在这些城市里，他们的命运不再受死亡束缚，他们永远不会迎来毁灭，像诸神一样获得了绝对的自由，众生的宇宙也由此变得像其他宇宙那样永生不朽。

让必死的人类成为永垂不朽的诸神，这是一个多么疯狂而荒谬的愿望啊。但是，海特达特从古至今都不是用来记述愿望的，它只记述已经发生过的事，或者必将发生的事。

也就是说，海特达特上所描绘的这些事，虽然实际并未发生，但在六百年前，人们确实是如此坚信的。而奇亚加阁的真实用途，就是守护能令人类获得永生的红色果实。从某种意义上讲，这里的确是人类最秘密而宝贵的圣所，它虽然有海特达特和圣数符号，却没有祭坛和神像，因为它的功能本就不是供奉诸神，而是让人类成为诸神。

换而言之，这是一座人类为自己建造的圣所。

我再次环视这十二幅海特达特，人类最后的岁月便如同一段震撼的全息投影，在我的面前事无巨细地演绎开来：

万禧王朝末年，在闪耀的上都阿希坦，数不清的雄伟建筑从海底拔地而起，一部分人生活在其中，他们享受的是人类千万年来智慧的结晶，海水的上涨与他们毫无瓜葛，上都阿希坦之外的事也同样如此。海珊女王登基，生活在上都里的人观摩了这场隆重的典礼，在阿希坦宫壮观的王座厅里，乌塔天神庙的倒数第二位大祭司——安吉尔为女王加冕，一如庭院里的海特达特所描绘的那样，阳光和巍峨的大厅让一切都变得如梦如幻，若临神迹。此情此景之中，到场的来宾无不认为自己已经来到最伟大的时代，而在新君主的带领下，他们应当走向一次涅槃，走向一次超乎想象的进化。于是他们投资建设起永不沉没的奇亚加阁，又规划起水神基地和两艘宇宙母舰。"神骸"的出土则让他们更加坚信，从"人类的命运完全被神掌控"的《神之典》，到"人类对自我命运发出审问和探究"的《大史诗》，再到这个能建设出上都阿希坦的荣耀年代，解放人类命运的时刻终于到来，所以他们用"神骸"的基因培育出永生果，他们要用它来挫败死亡、突破生命的极限，以此成为传说里的诸神，获得真正的自由。

但是，想改写自己命运、获得真正自由的不只是上都阿希坦里的人。就在上都的外围和那些正在慢慢沉入海底的偏远城市里，一批批穷苦的百姓集结在一起，计划要推翻腐朽的王朝和统治者，他们根本不在乎人类是否能成为神，他们甚至不知道这个计划，他们在乎的只是自己能否吃得上下一顿饭罢了。所以他们拿起枪来改变自己的命运，不管装备多简陋，最终仍然凭借着无畏牺牲的意志打赢了战争。海珊女王选择自我了结，奇亚加阁的建设中断，永生树尚未结出果实。研究所是自由军破坏的吗？也许。当他们进入奇亚加阁时，和我一样被海珊女王的成神计划震撼得哑口无言，面对着这样的构想，他们中一定有人动摇了自己的意志，所以自由军的首领达力古尔才要这么做，破坏掉研究所，断掉这个念想，自由军之所以拿起枪来反抗正是因为他们要帮助穷苦的百姓，如果他们也动用人力、物力在这个疯狂的成神计划上,而置百姓于不顾,那他们跟旧王朝的统治者又有什么区别呢?

所以达力古尔破坏了研究所,又封锁起了整个奇亚加阁,将这里谣传成恐怖的生化基地。一旦海珊的成神计划被公之于众,只会加剧社会的分裂和动荡不安。即便不这么做,自由军里也没有能够继续此研究的科学家。达力古尔肯定明白,事已至此,与其破釜沉舟,不如死守这个进退两难的秘密,直到有一天战后重建完毕,社会安定了,到那时再公开此事,或者培养一批新的科研人员继续这个计划才是上策。毕竟奇亚加阁里有的不仅仅是成神计划,还有一整座庞大的基因库和应对海水上涨的核心技术。从长远角度来看,这些东西都是值得保护的。然而自由军并没有等到那一天,很快就自取灭亡了。上都阿希坦和整个乌洛帕都陷入连年的动乱,没人在乎奇亚加阁里究竟有什么,更没人愿意冒着毁灭世界的风险进去看一眼,水神基地里的航母从未起航,陆地成了一个梦。然后发生了什么更可怕的事吗?陨石降临,疾病蔓延,自相残杀,也许都没有,只是人类疲倦了而已。在社会动乱、朝代更替以及永无止境的对命运和未来的探索里,人类终于累得不想再继续了。

从某种层面上讲,人类输了,输得一败涂地,他们没有抵达终点就停止了脚步,放弃了探索。但从另一方面来看,这场探索根本就没有终点,或者说,它就像是一个圈,处处都是终点。虽然人类一直在追逐命运的掌握权,但实际上,从人类做出选择的那一刻起,他们就已经将自己的命运握在了手里,无论是否吃下永生果,他们都实现了真正的自由。对于人类而言，真正的自由并不在于是否能永生，而在于是否有选择的权利。在古代，人们之所以认为"永生"能令人称神，正是因为面对死亡，人类并无第二个选择，但诸神可以选择不死，所以他们比人类更自由。但是当人类创造出永生果的时候，这个无奈的结局就有了转机，人类也可以像诸神那样选择不死了。当然，拥有永生果的人类也可以选择不吃它，拥抱死亡。虽然结果不同，但选择却是平等的。

人类明白自己的诉求，拥有选择的权利，并果敢地做出了抉择。海珊女王是，建设奇亚加阁的人们是，自由军是，那些放弃生育的人们是，选择繁衍下去的人们是，进入奇亚加阁探秘的我也是。

既不是海水上涨，更不是传染病或自相残杀，人类灭亡了，因为他们选择如此。

而"神骸"的真相也就呼之欲出了。

其实当我看到第六幅海特达特上画着红色果实时，就已经差不多明白了。但那时我抗拒它，不愿接受那个恐怖的答案。

现在，参透了真相的我感到无比平静，所以我沉着地将一直背在身后的电动枪弩取下，这个武器是我下潜之前带来防身用的，没想到最后却要用在自己身上。我坐在地上，从枪弩里取出箭，深吸一口气，狠狠地将箭刺向自己的掌心。

虽早有心理准备，但剧痛还是让我大叫出声。鲜血汩汩涌出，却没有形成血流，而是在伤口处涌动了一会儿后又退了回去。我看着自己飞速愈合的伤口，浑身颤抖。我已经完全明白了。我，伊璐嘉尔，不是长得和

"神骸"一模一样,而是——

我就是"神骸"。

意外中吃下永生果的我,已经获得了永生的权利。我虽然获得了永生,却成不了神。即便身体永生不朽,意志也总有消亡之日。那一天,生灵灭绝,时间的洪流将上都阿希坦的废墟也碾成齑粉,人类生活的星球彻底陷入死寂,直到众生的宇宙也步入老年,最后萎缩、坍塌至一个点,我的肉体却仍然不死,无数个轮回的我被挤压在一起,成为一个伊璐嘉尔,依旧不灭不朽,直到下个轮回的到来,被建造奇亚加阁的人们从地底挖出来,成为这具"神骸",同下个轮回的自己相遇。

母亲,你总说我不会是世界上的最后一个人,我只是需要一点时间。现在,我终于在奇亚加阁里找到了另外一个人,但这个人却是上个轮回的我自己。

"真相就是这样吗?"

我愣愣地环顾四周,自言自语地说出声来。

我的话语在空洞的大厅里盘旋,向远方的黑暗里飘去,最后被稀释、湮灭在无边的寂静之中,就仿佛死在了无法传声的外太空里。没有人回答我的问题,我是人类语言最后的继承者。

我满心绝望,又回到"神骸"的面前,凝望玻璃那边的自己被头发包裹的身躯。

我问她:"这就是结局吗?我还有别的选择吗?人类还有别的选

择吗？"

她沉默不语，眼睑紧紧地闭着，表情既谈不上愉悦也不能说悲伤，似乎真的是冷若冰霜的神。我看着她，看着这个孤独的自己。眼角溢出了泪水。我不知道自己为什么哭，似乎是在同情自己，又在同情所有的人类。我们孤独的命运如出一辙，除了我，这个星球上再没有别的人类；而除了人类，这个星球上也再没有别的智慧种族。我的眼泪从脸颊上滑落，最后落在衣服上，一滴一滴，濡湿了我放在口袋里的项目日志。

我将项目日志从口袋里拿出，用手抹去上面的泪水。突然，一个碧绿色的东西从日志里掉了出来。

是阿祖王的仙草，我离开宏帆王陵的时候顺手将它夹在了宁丹·古达的项目日志里。

仙草静静地躺在地上，泛着流动的翠绿微光，好似宣召着什么新的转机。

我忍不住倒吸了一口冷气。

仙草。

仙草就是我的选择！

根据宁丹·古达的日志，阿祖王的仙草虽然无法令人起死回生，但拥有能分解一切生物组织的剧毒。如果是这样的话，只要我吃下仙草，让自己完全分解，就能破除这个无解的轮回了！

等等，只让我吃下显然是不够的。即便我消失了，"神骸"仍旧存在，庭院里的永生果也依旧存在。所以正确的顺序应该是：吃掉所有的永生果，摧毁永生树，给"神骸"吃下仙草，最后留下一点给我自己。我可以穷尽一生在奇亚加阁的庭院里漫游，或者划着小舟去往遥远的海外寻找陆地和其他人，反正我的肉体已经不朽，怎样的风浪和猛兽都奈何不了我。等到我终于活累的那一天，就吃下仙草，终结这个闭合的圆。

我拾起仙草，为这个发现感到兴奋不已，好像所有的古朽都化为神奇，世界即将迎来重生。

但是不对，还是有问题。

既然这个轮回的我能想到这个方法，那么上个轮回的我就一定也想到了。但显然，上个轮回的我并没有破解不死的诅咒，因为"神骸"就在我眼前，这是个悖论。

那么问题出在哪呢？

要不是仙草也无法分解永生果的基因，要不就是，无论哪个轮回的伊璐嘉尔，都没有吃下仙草。

是这样吗？

仙草就在我的手中，不可能因为意外丢失，更不可能像传说里那样落入蛇口。难道真的是我空欢喜一场，仙草根本就没法破解永生的诅咒吗？

再等一等，仙草的存在真的能带来什么改变吗？无论"神骸"是否存在，人类都会建起奇亚加阁；无论人类是否挖出"神骸"，都改写不了他们灭绝的命运；无论海珊的团队是否能用"神骸"培育出永生果，都阻止不了他们对永生的探究。如果没有"神骸"，研究人员们大概率也能从仙草的剧毒里提取出另一种永生的基因，达力古尔的自由军仍然会取得战争胜利,奇亚加阁仍然会被封锁,人类逐渐衰亡,直到伊璐嘉尔成为世界上最后一个人,被五角鱼引诱进奇亚加阁。我以为我能决定人类的命运,但实际上,想要改写人类的命运,仅凭我自己做出不同的选择是根本不够的,必须有更多人做出不同的选择才行。无论我怎样选择,如果其他人的选择保持不变,历史就会自动修正。所以实际上,我能改变的只有我自己的命运,而这部分改变却微乎其微。

仔细想想,"神骸"的肉体虽然不朽,意识却会消亡,对于人类而言,意识一旦消亡也就和死了没什么区别。"神骸"的意识一定消亡得一干二净,那十二幅错误的海特达特就是证据。如果"神骸"的意识还有一点存留,大祭司安珀伊图就会在跟他连通意识的时候看到我的经历,看到有一天种植红色果实的浮岛会坠落,而那时,第一个吃红色果实的人还尚未到来,人类成神的计划不过是一场白日梦。他正是什么都没看到,所以海特达特上的内容才跟现实不符,那一切不过是他编造出来搪塞海珊女王和其他人的空想罢了。

我所面对的选择,也不过是两种不同的死法而已。

在意识消亡前吃掉仙草自杀,或者等待意识自己消亡的那天到来。

一瞬间,我的内心变得前所未有的平静,所有惊人的真理都变成再普通不过的常识,对于奇亚加阁的探险也在这一刻彻底化为了一场散步。

我站在原地休息了一会儿,然后收起仙草和其他东西,泰然自若地离开了这个"命运的场所",我在庭院的下方奔走了许久,已经累了,现在只想回到凉亭的寝所里,舒服地睡个觉。

我缓步离开101之门,回到圣堂里,又疲惫地挂上绳索,一点点顺着来时的路向上升去。

起先我聚精会神地向上攀爬,但是隐隐约约地,我又开始觉得哪里不对劲,这种感觉越来越强烈,最后衍化得诡异无比,甚至还要胜过我刚刚看到"神骸"时的惊恐感。

虽然我已经拼凑出了全部的真相,但在整件事的前因后果里,似乎仍然有一个点没有对上,我一定把什么很关键的事给忘记了。但所有的可能性都已经梳理清楚,还能有什么事呢?

我心不在焉地回到庭院里时,天色已过晌午了,午后毒辣的阳光透过下层庭院的天花板,放肆地灼烧着,在这片金色的光耀之下,我犹如置身于诸神的花园,树叶像是琥珀,巨石像是红玛瑙,池塘里的水像是流动的黄金。

我眯起眼睛,在这模糊的美景之中,不禁回忆起了第一天进入庭院时的激动心情⋯⋯

对了,我想起来了,有个很微妙的问题。

五角鱼去哪儿了?

五角鱼也吃了永生果,而且它是在我之前第一个吃下永生果的生物,也就是说,除了我以外,它也获得了永生的能力。五角鱼应该和"神骸"一样,肉体虽能不朽,意识却不能,总有一日会陷入永久的沉睡。平日里陪伴在我身边的五角鱼,因为它有意识,所以必然是这个轮回的五角鱼。那么上个轮回的五角鱼在哪里呢?由于"神骸"只有一具,也就意味着随着宇宙坍塌回一个点，无数个轮回的我都会被这个点压缩在一起，如果五角鱼也和我一样永生不死，那么它应该会被和我压缩在一起才对。对比体形，五角鱼要比我庞大许多，即便我没有被压进它的体内，也应该跟它离得很近，但人们却只挖出了"神骸"，没有挖出五角鱼。

这意味着，五角鱼用某种方法破解了不死的诅咒，我却没有。

用什么方法？难道说每个轮回的我都仗义地把仙草让给了五角鱼？出于什么？怜悯还是同情？这两个理由光是想一想就不可置信，根本不可能成为我做出选择的动力。

话说回来，我究竟是怎样做出选择的呢？既然我将吃或不吃仙草的选择置于平等的地位，就好像我把一个球放在了完全水平的天平上，那么到底是什么原因，让我把球推向了其中的一边呢？

我再次从口袋里掏出仙草。

这株充满谜团的植物，究竟为何被人谣传为永生的灵药，又是被谁带回乌洛帕、藏进了阿祖王的棺椁里？是谁赋予了我这个选择的机会？如果没有仙草，我也就根本不会困于这样进退两难的境地……

突然，我惊呼了出来。

我知道了，我终于明白了！

我紧紧握住仙草，一路狂奔，直到来到奇亚加阁的外围。它就在那里！我命运的知己，它杀害我的母亲，成为我的仇人；它将我引来奇亚加阁，成为我的向导；它日常伴我左右，成为我的同伴；它又将我从齿鲸口中救下，成为我的恩人。

我冲它挥手，它就向我游来。

然后我伸出手，将仙草丢进了海里。

我让给五角鱼的，从来都不是死亡的权利，而是选择的机会！

五角鱼很快游到我面前，它张开口，吞下了仙草。

只见五角鱼吞下仙草后就开始抽搐，口中吐出紫红色的血，将海水染成一片紫色。它浑身溃烂，短短几秒间便化作白骨，最后连骨头也腐蚀得不剩，只剩下一摊血，缓缓地沉进了海底，仿佛它从来没存在过。

泪水噙满我的眼眶，不是因为我谋害了自己唯一的同伴，恰好相反，在五角鱼选择吃下仙草的这一刻，我们为彼此改写了孤独的命运。

远方的天际边，紫色的夕阳将海水染成血的颜色，好像新鲜的胎盘，狰狞却温暖，在寂静之中默默地孕育着下个轮回的新生。

我叫伊璐嘉尔，我父母给我起的名字，意思是"被神守护"。我独自栖身于奇亚加阁之中，是这里的最后一个人。

我是乌洛帕的最后一个人、世界上的最后一个人。

我选择如此，所以现在是，也将永远是。

第二卷 帕宇之卷

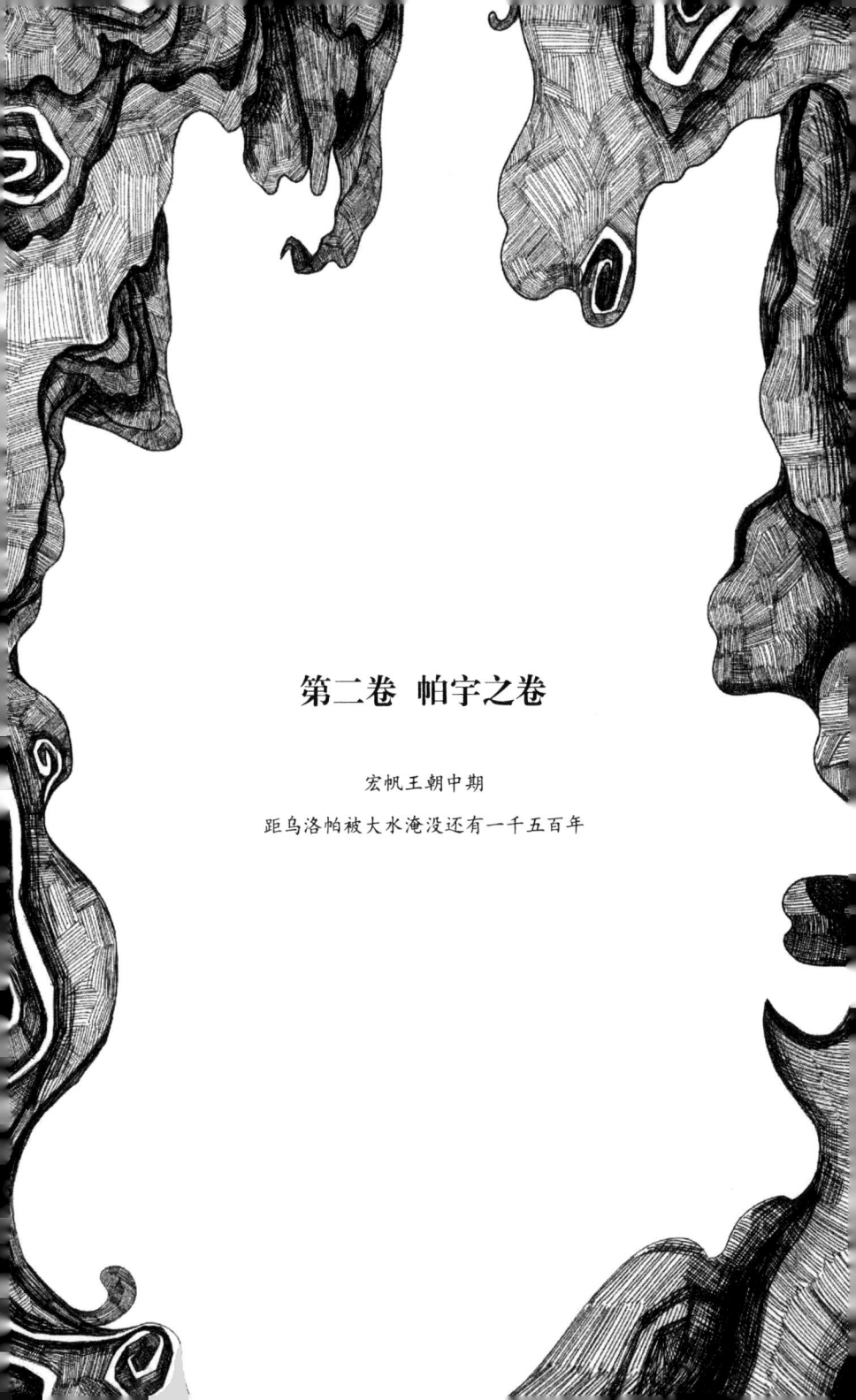

宏帆王朝中期

距乌洛帕被大水淹没还有一千五百年

序

如今我就要死了。

大水淹没了乌洛帕克,人们建起了乌尔港,终有一天大水也将淹没乌尔港,人们将建起新的都城。

我仍年轻的时候,便有预言说乌洛帕终有一天会被大水淹没。那时人们将这当作笑话,当作遥远陆地传来的谣言。我无心高调反驳多数人的看法,但我相信这一天终将来临。

因为我知道,就如同世界尽头的不死者们告诉我的那样,这淹没乌洛帕的水,正如同乌洛帕人的命运——它尚未到来,却必会到来;它虽会枯竭,却又永流不息。

我叫帕宇,"恶枭"阿祖是我的父亲。

第一节 暴君

阿祖自称乌洛帕最伟大的国王，除了《王之典》里的九位混血王，连"征服王"卢加班达和"英雄王"基海也不能同他相提并论。这话许多人当然不敢苟同，但在他统治的年代里，却无人敢提出反驳。

阿祖身形高大，体格结实强壮，就如同他的名字，本是雄鹰之意。他年轻时赶走了高山上的野兽，屠杀了深海里的怪物，平息了南部低谷的叛乱，又击败了远方蛮族的船队，取得了威望。但他生性多疑，为人暴戾，最终用残酷的手法谋害了他的九个兄弟和他的父亲，才取得了王位。谁敢忤逆他，他就杀死谁，连神庙里的祭司与圣童也不例外，大家都怕他，久而久之，"雄鹰"也就变成了"恶枭"。

阿祖一共有过九十九个妻子，但九十九个都死了。一旦他的妻子被发现怀了孕，就会被他亲手处死。阿祖在这点上非常矛盾，一来他害怕自己有孩子，因为他认为孩子会谋害他并夺走他的王位，就像他对他父亲做的那样。但同时，他也很害怕自己没有孩子，或者，与其说他害怕自己没有孩子，不如说他害怕自己无子而终，让他所统治的乌洛帕落入外人手里。

我的母亲伊莎沐苏便是阿祖的第九十九个妻子，她是阿祖最爱的妻子，阿祖称她为"太阳王后"。

不知从何时起，民间开始盛传一个关于东方大陆的神秘传说。它讲在太阳初升的东方海域，漂浮着一座神鸟衔沙堆砌出的大陆。大陆丰饶无比，有两条大河自西向东贯穿而过，两河以北是跑满牛羊的肥沃草原，两河以南是长满珍奇草药的深谷，两河中间则是适合开垦的大片荒原。

阿祖对东方大陆的传说无比钟情，他把自己的王后比作太阳，认定自己的领土应当延伸到太阳初升的远东。

阿祖六十九岁那一年，乌洛帕迎来了一个安定而富足的时代，于是他决定亲自率领船队出海去征服遥远的东方大陆。正是那一年，我母亲怀了孕。阿祖带着船队离开了乌洛帕整整七年，她才有机会偷偷生下我，并将我哺育长大。第七年，阿祖回来了，他没找到传说里的东方大陆，倒是征服了七座偏远的东海孤岛。这些岛上的居民或是远离大陆的蛮人，或是古代王朝的流放者。他们在这些岛上建起聚落，各自称王。虽然没找到东方大陆，但阿祖的船队还是风光无限地回到了乌尔港，带着七颗酋长的头颅、上百号奴隶，以及各种各样来自远海的奇珍异宝。

母亲得知此事后，迅速将我偷偷送出乌尔港，并藏进了一座叫浪涛屿的小岛上，委托居住在那里的先知照顾我。母亲向阿祖隐瞒了我出生的事情，这是欺君大罪，但不仅是接生我的产婆、喂我奶吃的嬷嬷，王宫里的所有人都可怜我们母子，统统缄口不语。但好景不长，远征军从七座孤岛带回了可怕的传染病。我的母亲不幸感染了这种病，她很快病入膏肓，命垂一线，阿祖心急如焚，传命四方最德高望重的那些医生前来乌尔港，为我母亲诊断治疗。但我母亲命数已定，所以他砍了九十九个医生的头也没能救活她。

"伊莎沐苏，你就要死了。"阿祖在她临终前紧紧握住她的双手。

"我想是的。"我母亲奄奄一息地说，"我昨晚梦见海水漫上了乌尔港宫殿的高台，很快它就将带走我的灵魂。"

"我不想你死，伊莎沐苏。"阿祖说，"我憎恨死亡，我能轻易召唤死亡，却无法阻止死亡来临，叫我手足无措地看着我最爱的人死去就是向死亡低头，这将成为我生命中最大的羞辱。如果有办法能阻止这一切，我将拼尽全力。"

"骄傲的阿祖，你无法阻止死亡，即便你是陆地上最强大、最有权势的男人，我们既生而为人，就无法避免死亡的到来。但请不要为我难过，因为我饱受病痛折磨，死亡对我而言不是疼痛，而是永久的安眠。"我母亲说，"但我只有一事相求，如果你能答应我这件事，我才能安心地死去，我的灵魂也才能永不受打扰，直至下个轮回到来。到那时，伟大的阿祖，我仍愿意做你的妻子。"

"那是什么事，我最爱的伊莎沐苏？"阿祖问，他的眼角闪现出泪花，除了我的母亲，他不曾对任何人哭泣，"我发誓将实现你的一切愿望。尽管说吧，我最爱的伊莎沐苏，如果我违背这个誓言，那么便是撕弃了我唯一的信仰和爱，诸神将降下惩罚于我，忠臣将背叛我，至亲之人将杀害我。"

"阿祖，我大限将至。"我母亲气若游丝地说，"在浪涛屿的山洞里有个七岁的男孩儿，他叫帕宇。答应我，阿祖，不要杀害他，也不要流放他，带他回宫殿，像个父亲那样爱他、抚养他，他是我们的儿子。"

而后不等阿祖回应，我母亲便死了。

第二天，阿祖带着军队前往浪涛屿寻找我的下落。但我母亲将我藏得太深，他们寻遍了整个岛屿都未曾发现一点踪迹。阿祖下令让部队将柴火点燃堆在各个洞穴的前面，希望能将我熏出来，但谁料浪涛屿那样潮湿，柴火烧不了多久便会自行熄灭。

阿祖气急败坏，他下令谁能找出小王子就赏黄金六鼓，若是找不出，就取将军的首级。军队无能，就杀将领以儆效尤。

将军听到这个消息后吓坏了，他连忙将这个消息带回了乌尔港。听到奖赏黄金，很快有个叫波海的大臣出来谏言，他说："陛下，王后一定将小王子藏在了隐蔽之所，偌大的岛屿，我们这样盲目搜寻，只可谓水中捞月，徒劳无功。不妨叫来一个宫女，让其模仿伊莎沐苏王后生前的声音，在岛屿各处呼唤小王子的名字，我们仅需提前设下埋伏，待他自投罗网便好。"

"波海？"阿祖问。

"什么事？陛下。"

"你期冀我的黄金吗？"

"是的陛下，望陛下恩典。"波海诚实地回答。

"如果你的方法果真奏效，我就按约定赏你六鼓黄金。"阿祖说，"但如果我连个人影都没见到，就砍了你的脑袋。"

波海听闻后吓得跪地求饶，但已经为时太晚。他被士兵押走，脑袋按在一块巨大的礁石上，引颈受戮。而后阿祖叫人回宫传信，说谁能模仿王后陛下的声音就赏珍珠六鼓，玛瑙九食。

听到这个消息，很快有个叫辛娜的侍女站了出来。

"你果真能模仿王后的声音？"她被带到阿祖面前，阿祖问她。

"不是我自吹自擂,陛下。"辛娜是我母亲生前的贴身侍女,她说,"王后生前时常叫我模仿她的声音,毫无二致我不敢说,但至少称得上惟妙惟肖。"

"那么请吧,辛娜,快让我见识这奇迹。"阿祖平静地回复,并当即传命让士兵埋伏起来,以便抓捕我。

当一切安排妥当后,阿祖下令叫辛娜站在一片空地中间。她手里拿着号角,为了能让她的声音到达足够远的地方:"帕宇——帕宇——帕宇——我的孩子——你在哪里?"

那天早上,先知曾告知我不要走出山洞,否则就会有不幸降临,而后就外出了。但她学得那么像,连阿祖都赞叹宛然如生,犹如王后再世。还不知母亲去世的我,更是信以为真,忘记了先知的警醒,循声而去。一走出山洞,我便被众士兵逮个正着。我被五花大绑送到了阿祖面前,严峻而可怖的阿祖,巨人一样耸立在我面前。他打量我的眼神,至今回想起,仍令我脊背发凉。他一定犹豫了许久,他一定握住了剑柄,直至手心发汗,才最终选择了向与我母亲的约定妥协。那时的我既不理解,也不明白,"伟大的阿祖"为何没有一剑砍死我——也许是出于人性的怜悯,也许是出于对无后而终的恐惧,也许二者皆有。他将我带回了乌尔港。

但是其他人却并未同我一样受到命运的庇护。抚养我长大的先知就此失踪了,再没人见过他。阿祖按约定释放了波海,并赏赐了他令人垂涎的大笔黄金。而至于宫女辛娜,阿祖则问她:"王后还在世的时候,你就经常这样模仿她吗?"

"是的，陛下。"辛娜回答。

"你也期冀我的珍珠和玛瑙吗？"

"是——是的，陛下。"辛娜当然期冀珍珠和玛瑙，但阿祖的一番明知故问却使她心头升起了恐怖的预兆。

"辛娜，既然你经常模仿王后的声音，是不是也曾代王后回复过我的话呢？"阿祖用平静的声音质问道。

辛娜却不敢回答，我想她的确这样做过，所以无论她在此回答"是"或"不是"，都会因为犯下了"欺骗君主"的罪名而被斩首。

"砍了她的头。"阿祖说。

没有人为她求情，更没有人为她辩护。辛娜被处死在了浪涛屿的一块无名岩石上，她的尸体和珍珠玛瑙一起埋葬在了这块岩石的旁边。我即位后，为了缅怀这名无辜的宫女，我将这块岩石命名为"辛娜岩"。不过浪涛屿在几年前被上涨的海水彻底淹没了，所以除了我，再没人会记得她的名字。

第二节 小王子

　　我和阿祖坐在同一台华轿上回到了乌尔港宫殿，回程的队伍声势极其浩大，仪仗队、礼乐队、王宫的护卫队，还有一同来岛上抓我的军队前后簇拥着华轿，引来了半个城的人驻足观望，甚至有许多人放下了手头的工作，就为了挤进人群里看我一眼。人们议论纷纷，比起我本人，民众们更在乎我的命运。有的人将希望寄托在我身上，盼望有生之年能看到我结果阿祖这暴力而专制的政权；有的人为我感到忧愁和无奈，他们仿佛从我的身上看到了自己那同样被强权操控的命运；有的人认为我会变成和阿祖一样的暴君；有的人觉得我会在阿祖的阴影下度过短暂而优柔寡断的一生；有人担心我比阿祖更早去世，让这可悲的黄金城落入贵族争权的动荡之中；也有人只是看看热闹，看看这个大难不死的小王子到底长什么样，他们更在乎潮汐的涨落、粮食的收成以及买卖的盈亏，乌尔港宫里的纠纷与他们无关。

我也看着这些人，但我感到恐惧。我只有七岁，但我已经意识到，我生命中最亲密的人——我的母亲，她已经死了。而这些数不清的、吵吵嚷嚷的、素不相识的人，却关系到我未来的命运。想到这一切，年幼的我不禁感到十分委屈和无助，大哭了起来。

见到我哭，阿祖露出暴躁的神情，他连眼都不眨一下，直接夺过护卫手中的剑，用剑柄狠狠地敲在了我的额头上。我的左眉上方就此留下了一个伤疤，往后的二十年里我都没再哭过。

我住进乌尔港宫殿，正式成为这个国家的王子。我住进了阿祖年轻时曾住过的房间里，王宫的御用智者督姆海当我的老师。督姆海教我读书，我什么书都读，从淖雅所著的《大史诗》到辛库宁的歌谣戏剧。其实有很多书我并不需要读，可我享受读书的时刻，因为我母亲喜欢阅读，我年幼时她也时常朗读给我听，阅读的时候我常常感觉她仍在我身边，所以我尽我所能地读。可显然，阿祖不喜欢我读书，因为他的儿子当然要成为一个强大的战士。他尽可能地训练我。刚开始，他委任王宫的护卫队队长尼姆洛特做我的老师，可我总是逃课去阅读，王宫里的其他人都不敢拿我怎么办，所以他开始亲自"教导"我。

阿祖作为一个老师，可谓十分严苛，我十二岁的时候，见我训练无所成效，他一气之下强迫我徒手杀死一头刚刚成年的豹子。按照他的指示，王宫里的人们为我举办了一场特殊的比赛。人们将豹子激怒,并将我和它放在同一封闭的训练场里。

起初我害怕那只豹子,我害怕它野性十足的皮毛和它那没有一点人性的眼睛。它一定一下就能将我扑倒,然后用尖牙咬断我的肋骨,用利爪抓破我的肚子。

我与那只豹子面面相觑。它长着一双金黄色的眼睛,好像太阳,叫人怵于直视。我张开双臂,做出各种龇牙咧嘴的表情,试图恐吓它、威胁它。面对我的挑衅,它的鼻子缩成一团,张开嘴,冲我低吼。突然,我觉得它和我一样可怜,我们都是阿祖圈养的宠物,只要他还活着,我们的命运就永远由不得自己。我望向高台,看到被贵族们簇拥在正中的阿祖,他昂着头,垂视着训练场中的一切,仿佛他正是操控人生死的天神安渾。那一刻,我对他恨之入骨,我头一回产生了杀死他的念头。

我脑海中随即妄想出无数谋杀他的方法,但就在那一瞬间的空隙,我走神了,豹子趁机冲我扑来,将我压倒在地,眼看就要咬我的脑袋。我用双手扯住它张开的大嘴,但同时我的手也被它的利齿刺破,鲜血汩汩涌出。我听到远处高台上的贵族们惊呼着,但那一切很快都离我远去,我感到眩晕。我绝望,因为我连这只豹子都对付不了,竟然还妄想着去杀死阿祖。我这辈子都只能受他摆布了,与其这样,还不如一死。想到这,我双手一松,希望能赶快离开这个世界,与母亲在伊勒斯的冥府重逢。但是突然,尼姆洛特的身影出现在我的视野里,他冲进训练场,用他的铁锤砸向豹子的头颅,然后将我救下。

受惊的我瘫倒在尼姆洛特的怀里。高台上，被贵族和侍从们簇拥的阿祖失望地离去，从此之后他认定我是个懦夫。

阿祖放弃了对我的"亲自指导"，将我丢回尼姆洛特那里。我对斗兽事件心有余悸，害怕什么时候阿祖又心血来潮，将我丢进老虎笼或鲨鱼池里，于是我开始刻苦训练，再不逃课。尼姆洛特是名很好的老师，在他的教导下，我从一个孱弱无力的男孩成长为一名勇敢、壮实而强健的少年。少年时代的我已经饱读经书、满腹学识。我同时继承了阿祖的高大体格和母亲的俊美容貌，许多贵族少女和宫中女官都对我爱慕不已，加之我性格温顺又谦和，待人甚具怜悯之心，所以人们虽然口头上不敢说，私下却无一不希望我赶快取代阿祖，成为国家的新王。

而阿祖呢，他自然不会容许这种事情的发生。起先他的确遵守与我母亲的誓言，虽然待我颇为严厉，但从不威胁我，也不虐待我。但是随着我逐渐长大，看到我如此健康而活力十足的样子，感受到乌尔港宫殿里的人心之所向，他多年前的顾虑又涌上了心头。

一天早上，我去乌塔天神庙吟诵圣诗，听到神庙里的祭司们又在高声歌颂：年迈的阿祖将成为乌洛帕历史上最伟大的国王，这些说辞究竟是奉承抑或献媚，我不知道。但他确实已经是乌洛帕历史上最长寿的国王了。他已经足够老了，却还想更老。他愈老，我就愈成为他眼里的沙子，他看我又年轻又健康，就仿佛看见了自己的死亡，看见了终有一天我会"夺"走他的一切。

那时我才十六岁，本是勇敢而无所畏惧的年纪，但我却像个罪犯一样愈发坐立不安，我生怕某日，神的责罚将降临于他，他将遗忘母亲对他的种种眷顾与恩惠，杀害我。

当今的百姓把我评述成伟大的君王，而几百年后的史书则将把我描绘为传说中的英雄。但我清楚地明白，至少在我十六岁那年，我既不是伟人，也不是英雄，我甚至不能被称为一个正派而英勇的好人。虽然我看起来的确像个威风凛凛、仪表堂堂的年轻王子，但那时的我其实既不甘于奉献，也没有胆量去反抗父亲的暴行。我甚至不去思考如何才能成为一个好国王，十六岁的我每天绞尽脑汁所想的，全是怎样才能逃离这伴君如伴虎的乌尔港王宫。

终于，我想到一个可行的主意。

翌日清晨，我来到阿祖的面前，向他请命做一个旅者，离开乌尔港几年，去看看外面的世界。我这样做的原因有三：首先，让我去做旅者，意味着我不会再有机会夺权篡位，我要展现对他的诚意，我威胁不到他，希望他也能放我一条生路；其次，我离去的这几年很可能会让他对"自己的王国后继无人"的恐惧战胜对"被我夺权篡位"的后怕，从而在我回归后改变对我的态度；最后，显然当旅者跟被流放是不等同的，加之是我主动请命，所以也不算违背与我母亲的誓言。阿祖虽然可以活得很老，但他终归是个凡人。他已年近九十，也许他能再活十年，但他不可能再活过半个纳尔。最坏的结果是在我离开的这段日子里有其他人篡位，或者夺走我的继承权，但无论如何，只要等他奄奄一息，甚至干脆等他死后再回乌尔港，哪怕是隐姓埋名，我至少可以保命。

我自认这个算盘打得很好，却没想到阿祖听罢训斥我说："旅者？乖张狂妄的愚儿，你自认为读了几本蠢书，就看透了整个宇宙。"

"儿臣从没有这样认为过，伟大的父亲。"

"真是满嘴胡诌。"阿祖却说，"趁我恼怒前赶快滚开，用着我的国库，住着我的王宫，非但不想着感谢我，还在我眼前碍事。"

"愚儿这就退下，伟大的父亲。"

我感到沮丧，甚至绝望，但我无计可施，年幼的我胆小、懦弱而见识短浅，我只是他圈养的儿子。然而当我退出他的房间时，看似无情的命运却降下转机，垂怜于我。

"帕宇。"阿祖叫住我。

"是的，伟大的父亲。"

"你想去看外面的世界？"

"是的，望陛下恩准。"

"那么你便去吧，独自一人，别指望我会为保护你而派遣军队。"

"是，陛下的抉择是如此高明。"

我心中暗喜，本已打算退下，却听他用一贯冷漠而残酷的声音继续下令道："另外，为了报答我对你的养育之恩，你必须为我带一样东西回来。如果你带不回来，就别再叫我看见你这张没用的脸。"

"那是什么东西呢？伟大的父亲。"

"蠢货，你比弄臣更没用，他们至少能琢磨出我的想法。"

"陛下，您愚蠢的儿子认为随意揣测您——世界上最伟大的国王的想法实乃无礼而轻蔑的行为。"

"哼,满口奉承话的马屁精。叫你读那么多书,知识懂得不多,阿谀献媚的技巧倒是学了不少。你可记得:

"勇敢的基海,你历尽千险来到这里;

你空手而来,却不能空手而归;

作为礼物,我将告诉你一个秘密。

我将透露给你一个诸神的秘密,

那是一种草,它看起来像荆棘,

它比翡翠更绿,比月光更耀眼,

它的刺若蔷薇,会刺伤你的手,

但不必害怕,尽管去摘它……"

是《大史诗》。我怎么可能不记得?《大史诗》是督姆海教我读的第一本书,其为创世以来最伟大的智者和先知淖雅所著,以诗歌的形式记述了从大洪水来临到淖雅时代一切重要的传说。而阿祖所背诵的这一段则选自其中的第四部《不朽》,这部记述了国王基海为了复活其胞弟恩海,前往世界尽头向不死之人乌特淖和他的妻子波雅讨教"生死之奥秘"的故事。按照《不朽》中所写,基海从当时的国都乌洛帕克出发,独自一人跨越了整座大陆。他游过了死亡之海,又赢得了与太阳的赛跑,才终于抵达了世界的尽头。可是在那里,他却并没有得到"生死之奥秘"的答案。基海本想就此离去,但波雅却怜悯他，偷偷告诉他在海底之下的深渊里藏着一株仙草，可令死物回生，令活物长生。虽然他们无法向他透露"生死之奥秘"，但这株仙草可令他与胞弟跨越生死的阻隔，再次重逢……

可是，为什么阿祖要背诵这一段呢？

突然，我反应了过来，阿祖想要不死者们的仙草！我惊得说不出话。但我却又立刻接受了这个事实，因为我早该猜到的，阿祖——我"伟大"的父亲，他已经不满足于当一个长寿的凡人了，他想当一个永生的不死者！而且他一定是想疯了，才会将这根本不可能完成的任务交付给我。那创世传说中的植物，基海虽有幸采得，却不幸令其落入蛇口，最终只得独自返回乌洛帕，终老一生。

起死回生？说到底那不过是人类的奢望。然而，凡人虽终不能习得永生，但他们的灵魂仍能不朽，靠的不是仙草，而是他们创造的语言、文字、音乐、诗歌，他们建造的城市、开垦的荒地、口口相传的故事。这难道不是淖雅想通过这部《不朽》传达给世人的吗？《大史诗》是淖雅写给世人的寓言，仙草或许根本就不存在，只是他创造的隐喻之物，即便它真的存在，几千年来无数人都寻而不得，我又怎可能找得到呢？阿祖这样做无异于放逐我，难道我真的要在荒野中漫游直到他死去才能回归故里吗？——不对，失去了王子身份的我能在野外活到那时候吗？

"听懂了吗，你这木头？"阿祖的声音犹如一把巨斧，斩断我的思绪。

"我听懂了。"我只得俯首应答。

"我不想看你空手而归，你明白我的意思吗？"

"当然明白,陛下。"

"那就去为我带回仙草吧,帕宇。"阿祖说,"待你携传说之物归来之时,你的名字会被记载进新的史诗,在未来的几个萨尔里都被人传唱。"

第三节 无姓之人

在乌洛帕，有三类人只有名字而没有姓。第一类人是王族，王族没有姓，因为在这个国家里，所有人的姓都是王族所赐，所以王族不需要姓；即便是通过篡位而获得实权的统治者，或者本来有姓氏而后来与王族通婚的人，在成为王族后也会请祭司去除自己原来的姓氏。第二类人是神职人员，乌洛帕的寺庙每年都会从全国各地选出来一些所谓有"神之象"的纯洁孩童，这些孩子的年龄通常在三到六岁，身份从贵族的孩子到孤儿都有，他们会被寺庙收养，而后寺庙的大祭司会根据神谕为他们重新命名，因为是根据神谕所命名，所以他们也不需要姓。第三类人则是罪犯和被放逐者，罪犯和被放逐者都没有姓，原因很简单——他们的家族不想因为他们而蒙受耻辱。

我，帕宇，从王子到被放逐者，一直是个无姓之人。

在向阿祖请命后的第二天，我将自己蓄了十六年的长发剪短，脱下平日在宫廷里穿着的卡纳克，换上质地粗糙的阿尔瑙。没有人敢为我送行，更没人为我祈求平安，我如一个被放逐者一样，独自一人离开了王宫，踏上了流浪的旅途。

我再不能自称帕宇，我给自己起了个新名字，涛诺特，在乌洛帕的沿海地区，这是个比较流行的名字。

离开了宫殿，我也不愿在乌尔港过多逗留。失去了王子身份的保护衣，我必须直面这座城市最丑陋、肮脏的一面。这座表面浮华的城市，正如同镀金的棺椁那样，一旦剥下外表华丽的黄金外壳，里面全是朽烂而败坏的骸骨。人们只看到那些犹若登天的白石高台、灼眼的金塔尖，以及塔尖上如星辰般闪烁的宝珠，却不想在它们投下的阴影里，是无数吵闹、混乱的道路和街区。那里是犯罪与疾病的温床，充斥着乞丐、妓女、逃犯与肮脏的畜生，他们苟活在乌塔天神庙巍峨神圣的身姿之下，永不见天日；或者是充满大起大落的交易所，其同时为商人和投机者的天堂或地狱，那由无数数字和幻梦堆砌而成的金融蜃楼，比乌尔港宫的层层金顶更炫目而迷惑人心；又或者是灰暗而冗闹的居民区，每天都迎接着成千上万的移民，他们怀抱着终会破灭的梦想来到这座黄金城，而后又离去，就像潮水的涨退那样，无声无息、周而复始。

越是远离王宫和神庙的地方越是无人监管，街道被混杂在一起的垃圾、粪便、烂泥填满，流浪汉的尸体在街头腐烂而无人料理，过街者则更是满口不堪入耳的污秽之语。从王宫到城门这短短的几里路，我亲眼看见了四个人被当街毒打，他们或是被讨债者，或是挡了贵族所行之路的乞人。我不知道他们的下场如何——我害怕知道，因为那仿佛就是我的下场。我深深地感到，身为王子的我跟这些被毒打的贫民根本没有本质上的区别，面对暴力的专权，我们既没有还手的胆量，更没有还手的实力，我们就像一群被踩在脚下的虫豸，不过苟延残喘的方式不同罢了。我为自己的想法感到十分屈辱和软弱，可我又实在无能为力，只好急匆匆地逃离了乌尔港，仿佛这样就能逃离自己的命运。

离开乌尔港的那一瞬间，我感到自己的身体突然变得无比轻松。我仿若破茧而出的蝴蝶，终于长出了翅膀。只要我远离阿祖和他的国都，那么这广阔的天地间便再没有谁能将我管制。仙草？反正那种东西根本不可能存在，找也是白费力气，还不如当个自由自在的流浪汉。——那时的我如此想到。

乌尔港坐落在大陆的东南海岸，所以我只得向西北行去。出城以后，我跟随商团和旅队一路往西，第二天便到达了基洪河沿岸。基洪河是乌洛帕人的母亲河。按照淖雅的《大史诗》里所述，很久很久很久以前，人类荒淫无度的生活惹怒了众神，所以天神安淖便降下一场大雨，大雨下了整整九年，海平面也随之上升，淹没了所有的陆地。大水带走了所有负罪的成年人，只让仍纯洁的孩童活了下来，安淖令他们沉睡，并消除了他们的记忆。海水退去后，平原和丘陵又露了出来，然而一切城市和文明都不复存在。安淖唤醒这些散落在世界各地的孩童,并告诉他们要动身去找到一棵长在大河旁的柚木,围绕着柚木,在河的两旁建立新的国家。这条传说中的大河便是眼前的基洪河,它的名字经常出现在各种历史与地理典籍中,我对它的名字再熟悉不过,然而这却是第一次看见它的真容。

在《大史诗》的第二部《萌芽》里,智者淖雅将基洪河的两岸描绘成藏满珍珠和玛瑙的黄金之地,乌洛帕最早的都城乌洛帕克就是建在基洪河的沿岸。虽然乌洛帕克随着地理的变迁和朝代的更替而成为历史,人们又在东南方的海岸建起了乌尔港,但基洪河的两岸永远富庶而丰饶,气候宜人,适合耕种。只见大河的水势开阔而平缓,红褐色的河面波光粼粼地闪烁着、涌动着,既不死气沉沉,也不过于汹涌,正如同三十岁的壮年人,浑身都盈溢着稳健的力量。河流沿岸建有许多村落和农庄,时值午后,许多村民正在近处的田地里务农,远处的丘陵上还有牧人在放羊。

在阿祖统治年间,除了小时候在浪涛屿躲命的那段日子,我从没离开过乌尔港城。站在山坡上眺望基洪河的这一刻,我为眼前这真实而广阔的景象深深震撼,这凭借文字、绘画与音乐永远无法复刻的大自然的壮美将我的灵魂彻底从被记忆与经历镣铐的枷锁中解脱,那一段段被专制恐吓、担惊受怕的岁月再不能奴役我。我欣喜若狂,感到自己的生命重新焕发出无限可能。什么仙草、王位,那都是阿祖和这个国家腐朽的阶级制度用来控制并蛊惑人心的毒虫。现在我是个自由人了,我要按照自己的意愿生活。

当晚,我在基洪河旁一个叫作古石的村庄留宿。第二天,吃过早餐后，我坐在山坡上的田野里，一边遥望宽阔波动的基洪河以及大道上往来的商队，一边思考接下来的打算。我原本是计划做一个旅者，去往遥远西方的谷地和荒野，但现在看来，我的选择不止如此。正当我为此发愁时，一位身材佝偻的瘦小老人来到了我面前。

"对不起，是我打扰了你工作吗？"我连忙从花甸里爬起来，我对乌尔港城外的生活方式所知甚少，也许我无意间闯进了别人家的田地里。

"并没有，孩子，你不用道歉。"老人说，"我叫图尔加，是这村的村长。我从昨天就注意到了你，你不是我们大河两岸的人，但也没像商人那样结伴而行，不像游医满目沧桑，不像旅者风尘仆仆，不像诗人身携乐器，我很好奇，你是从乌尔港城里来的吗？"

"是的，我从乌尔港城来。"我回答他。"这是我第一次离开那里，见到外面的世界。"

"你姓什么呢，孩子？"图尔加问，"你虽穿着贫民的阿尔瑙，却满面荣光、仪表堂堂，宛如一名贵族。为何一名贵族少年会乔装打扮，独自离开乌尔港来到这里呢？"

"也许在你眼中如此。"我回答他，"我非但不是贵族，而且恰巧相反，我是一名被放逐者。我没有姓，我的家庭不愿因我蒙羞，不过你不妨称我为涛诺特。"

"我了解了。涛诺特，也许你被乌尔港城中的人们所驱逐，不过在我们这儿却并不是一件可耻之事。"图尔加说，"过去之事我们无力改变，但尚未发生之事我们仍有机会掌控。我不知在你身上发生过何事，也无心过问，但现在的你看起来对未来充满希望，而非挫败与彷徨。如果你愿意，我欢迎你留在我们的村庄，开始新的生活。"

"我能做什么呢？"我问，"我没有什么特长，留在这里也许只会给你们徒增麻烦。"

"你看起来很强壮，孩子。"图尔加说，"没有哪里比农村更需要劳动力了。"

我被图尔加的话打动，跟他回了家。图尔加独居，他说自己的妻子很早就去世了，而唯一的儿子早年只身前往乌尔港闯荡后，便再也没回来。虽然他没有家室，而且身形瘦小、不善劳力，但村中人们仍对他敬爱有加。他冷静、睿智而富有耐心，考虑事情仔细而周详，既如老师般严谨，又像父亲那样宽厚。村里的人都对我感到好奇，虽然我尽量避免提起乌尔港城里发生的任何事，以免暴露自己的真实身份，图尔加也劝别人不要打听，可无论我怎么努力，人们还是对我出身高贵这点坚信不疑。我也就只得默认，但并不因此就表现得高人一等，反而对所有人都虚心谦和，因此一开始就讨得了大部分村民的喜爱。就这样，我在古石落脚，成了村里的一员。我跟在图尔加身边，成了他的帮手，为他打点大小事宜。在别人看来是如此，然而实际上，与其说是我成了图尔加的帮手，不如说是图尔加成了我的老师，因为许多村里人眼中的简单常识我都不会。他教我各种农具的应用，教我如何通过鸟兽的行为来预测天气，还教我在树林里寻找那些能食用的野果以及能治病的草药。他带我进稻田里耕作，正逢播种时节，他就找人教我整地、翻土。我学不上手的事，他也不厌其烦地一遍遍指导。不得不说,跟阿祖比起来,图尔加才更像是我的父亲。他关心我,为我担忧,为我着想。他时常与我谈心,问及我跟周边人的关系,因为他不希望我被村里的年轻人排挤;他传授给我村里人与人之间的相处之道,也会询问我对此的看法,倘若我与他意见不一,他也不愠不恼。他甚至为我修补穿破的衣服,生病时也陪伴在我左右。久而久之,所有人都默认我是他的养子了。

就这样,我适应了在古石的生活。起初我只想逗留一段时间,了解外面世界的处事方式和生活习惯,过两个季度就离开,可我最终却在这里居住了一年多。我享受这种安逸、简单而平静的生活,虽然粗糙且辛苦,但充实无比,一旦干起农活儿来,我就能完完全全将阿祖以及仙草的事忘在脑后。只要是力气活儿,我总能以一当十,加之我不埋怨、闲话少、学东西快,所以没过多久就在村中树立了威望。村民们认为这样下去我会继图尔加之后,担任新的村长,图尔加似乎也正有此意,有几次都在谈话中如此向我暗示,甚至有一些人已经在琢磨着如何把女儿嫁给我。闲暇时候,村子里的孩子总是跑过来教我各种各样稀奇古怪的游戏,年轻人们总叫我一起去森林里捉鸟蛋或打野兔,时不时地,我也会站在基洪河堤后的大道上等待一支歇脚的商队,跟他们打探乌尔港里的新闻。

无奈好景不长,一场流感席卷了村庄,图尔加不幸被传染。这本是小病,大部分人稍加休息便可痊愈,图尔加却一病不起。村民们四处求医,药方换了好几种,图尔加的病情却丝毫不见起色。我心急如焚,后悔曾经读的书尽是些历史哲文,从没碰过一本医药相关的典籍。最终,在我来到古石后第二年的东风季,图尔加虚弱而衰老的身体没能抵抗过一场感冒,就此与世长辞。因有我和许多人在身边照料,图尔加死得很安详。但他死亡的事实仍宛如一根带刺的粗麻绳,紧紧扼住我的喉咙。虽然六岁时就经历了母亲的死亡,但母亲去世时我毕竟不在她身边,没有真切地感受到它。现在,死亡终于与我狭路相逢,它如此强大,可以轻松地摧毁我,可它不这么做,只是威胁我、压制我,显尽它的力量与仁慈,为的就是让我恐惧它、臣服于它,让我的后半生都苟延残喘于它的阴影之下。

我终于明白了,为什么阿祖会妄信传说中的造物,执着于获取永生的特权了。死亡于阿祖,就如同他于我;我多怕他,他就多害怕死亡。我们的命运如此被死亡胁迫。不一样的是,我逃得出阿祖的乌尔港,也逃得出他所统治的乌洛帕,阿祖却逃不出死亡的手掌,哪怕他是一国之君。只要生为凡人,在死亡面前就是平等的。这份平等不在于死亡会平等地掠夺走所有人的生命,而在于它会平等地将所有人和他们的所爱之物、所爱之人拆散。再对比多年前被豹子擒住的那一刻,我就更加明白,死亡的残酷不是对于将死之人,而是对于所有健康的生者;对于将死之人,死亡反而是温柔的。

图尔加死去的那一夜,我辗转反侧无法入睡。我好像回到了乌尔港的宫殿里,仍然是那个被囚禁的小王子。但这回,囚禁我的却不是阿祖,而是生和死的奥秘,这个人类探索千年却仍不能解答的疑问。《大史诗》中描述的情节在我的脑海中不停地徘徊,小时候的我一直觉得,基海前往世界尽头寻找生死之奥秘的答案,只是为了能复活死去的弟弟,并延续自己的王朝。而阿祖也一样，如果他真的得到了仙草，大概会用它复活我母亲——他最爱的人，然后继续盘踞着王位，做专制的暴君。就算有更崇高的理由，也无非打着为了所有人的幌子来为自己获利，毕竟仙草只有一株，人类却不计其数。

但现在，当这个问题再摆在我面前时，它所关乎的早已不再是单纯的生离死别，或狂热的个人崇拜。图尔加的死亡将我个人的命运与所有人的命运连接在了一起，这一刻，无论我们是王子还是贫农，无论我们的人生是多喜还是多忧，终有一死的命运将无数个千差万别的形象重叠在了一起——我们都是必死的人类。而生死之奥秘的答案，那一天我如此坚信，也就是人类命运的答案。人类，最终能否获得永生的权利，像神话里的诸神那样不朽？还是说，终有一死的命运将永远与人类相伴，无论我们的文明能发展得多么伟大，却终归无法逃脱那个毁灭的结局？

图尔加的葬礼结束后，虽然村民们一再挽留，我还是离开了。

十七岁的我下定决心成为一个真正的旅人，前往西方的广阔世界去探寻仙草和永生的秘密。我发了疯地想探寻到问题的答案，似乎只要破解了生与死的奥秘，自己的命运和人类的命运也能一并得到解放。然而实际上，对于那时的我而言，这只是一味地想逃离自己的命运罢了。我拿"全人类"这个说辞来鼓励自己，毕竟这趟西行可不是军队保护下的微服私访，它注定是一场充满艰苦和寂寞的漫长征途。

第四节 女智者

离开古石后,我沿着基洪河一路向西北前行。偶尔加入来往的商队,给他们做搬运的下手。我一干就是一整天,听他们讲些乌尔港的新闻,并赚来微薄的工薪作为旅费。那一年我十七岁,身高已经长到两臂又半掌,肩宽三掌。我强健无比,正如同我的名字——帕宇,它的意思是"骏马"。

我在一群佝偻的搬运工间宛如一个巨人,工作起来也十分轻松。跟随着商队,我经过了许多座繁华的城市:乌兰、淞马、埃汉、巴鲁特……大都市总让我想起乌尔港,不是它的雄伟,而是它的残酷与肮脏。那个时候,整个乌洛帕的贫富差距比现在要严重许多,当贵族和富商在数不尽的纳凉别墅里堆满金银珠宝时，无家可归的流民却饱受暑病和饥饿的纠扰。流民的队伍不被允许进城，他们没有任何钱财，带着肮脏的牲畜和嗷嗷待哺的孩子，靠卖艺、拾荒甚至乞讨为生，生了病的话就只能听天由命。一路上，我见了太多这样的人，起初我还会特意攒下一点盘缠捐给他们，但他们的生活却并不会因为我那点钱而发生任何好转。一个新念头在我的脑海中悄然萌发，如果仙草真的存在于世，那么其作用也无非能救人性命，想要扭转他们悲惨的命运，就必须让整个社会结构发生改变。如果我能继承阿祖的王位，成为新的国王，就能在更大程度上改善平民的生活。可现在我已然被驱逐出乌尔港的王宫，又该怎样回去继承王位呢？

我思考着这些问题，不知不觉就来到了乌洛帕最靠近边境的城市——希什。一天，我在旅店里歇脚时听到一群人正坐在大厅里的长桌旁闲聊，其中不乏商贩和旅人，他们一边喝酒一边闲侃，交换彼此从四方带来的消息。

我坐在隔壁聆听他们的谈话。他们谈论起一名叫作希杜丽丝的女智者，认为她必将成为淖雅之后最伟大的智者。

只听一名看着像游医的老人说："我有幸见过希杜丽丝本人，那是三年前，智者从自己的村子来到希什附近的村庄，因为那里发生了多年不遇的虫灾，粮食不得丰收，人们请她过来，希望她能给出主意，帮助他们挺过灾祸。我见过很多智者，但希杜丽丝和普通的智者不一样，她似乎天生具有某种能力，当我看向她的眼睛，我仿佛正与全知的神对视。"

另一个云游者打扮的年轻人兴奋地接道："太对了。《大史诗》里说能成为智者的人,他们的智慧是神赐的一种天赋,而我只有在面对希杜丽丝的时候才能感受得到,什么叫作天赋的智慧。在希杜丽丝面前,所有其他的智者都好像是只会胡诌的骗子。"

我被他们的谈话内容所吸引,情不自禁地走过去加入他们。

"我从东南边来。"我说,"我从未听说过希杜丽丝,你们能多给我讲些她的事吗?"

"我以为希杜丽丝的名字早已响彻整片大陆了。"一个信使模样的中年人笑道。

"其实我们这些人里也只有我和这位老先生亲眼见过希杜丽丝,我叫兰冬,是一名云游艺人,这位老先生则是位游医。"云游者打扮的年轻人说,"你想听希杜丽丝的事,不妨先介绍介绍自己。"

我知道这是旅人之间的规矩,天下没有免费的新闻,想要打听到感兴趣的消息,就必须有所交换。所以我说:"我叫涛诺特,我从乌尔港附近的古石村来,我离开村子的时候正赶上帕宇王子被废黜,你们大家可听说过此事?"

"这事早就传遍了。"一个旅店的伙计凑过来说,"你能讲点新鲜的吗?比如为什么国王要废黜帕宇王子?我想不明白,他这么做不是绝后吗?"

"我听说是王子自己请命的。"还没等我回答,信使就抢过了我的话头,"我从淞马启程的时候,人们都说他是故意这么做的,为的是让阿祖放松警惕。据说他现在正在民间四处屯兵,准备谋反呢!"

"根本没那么多阴谋,阿祖只是想警告他不要存有篡位之心而已。"另一个刚刚一直沉默的厨子反驳道,"估计等阿祖快死的时候就会恢复帕宇的身份了吧。"

"可是阿祖只有帕宇这一个儿子,他一定会把王位传给他,干吗担心他谋权篡位?"

"因为阿祖自己就是靠谋害先王取得王位的啊,这就叫做贼心虚,哪怕帕宇是他唯一的儿子。"

"人们都说帕宇王子更像他的母亲,'太阳王后'伊莎沐苏。"老游医说,"那些乌尔港城里来的商人都说他性格温顺又儒雅,我看他是能成为明君的苗子。"

"我觉得帕宇的处境很危险啊。听说阿祖正四处寻找长生不老药呢,他都活了八十多岁,要是再活个八十多岁,帕宇根本就熬不到那个时候继承王位。命运真是不公,暴君总能比明君活得久……"

"人怎么可能活到一百六十岁呢?"

"别说再多活八十年,他要是能再多活十年,就算帕宇不谋权篡位,也一定会有人举兵谋反了。他在位这些年间害死太多人啦!"

"基洪河南岸的那些人都说,帕宇就是勾结地方贵族和神庙的祭司准备谋反,被阿祖发现了。阿祖本来打算斩了他的首级,但又顾及与王后的诺言,所以才放他一马,只废去了王子身份……"

我对于这些谣言实在感到无奈,但出于隐藏身份,又不好为事实的真相辩解。我趁其他人都在争论我被阿祖废黜的真实原因,将那个名叫兰冬的云游艺人拉到另一桌。我为他买了杯酒,跟他说:"你再给我讲些关于希杜丽丝的事吧!"

兰冬喝了我的酒,心情十分愉快,他说:"人们都说希杜丽丝跟淖雅一样,拥有能看透事物本质并推理出未来的能力。说白了,她比那些能预见未来的先知更厉害,先知只能告诉你未来,而且都是片段化的,不知道前因后果,希杜丽丝却能告诉你一切。只要你的心理能承担得起那个答案,她就能告诉你一切你想知道的事。"

"这中间没有夸大事实的因素吗?"我问。

"你见到希杜丽丝就知道了,我完全没有夸大事实。"兰冬笑着说,"你想去找她吗?"

"对。"我坦然地回答,"如果她果真像传闻里的那样有智慧,我就有些问题一定要问她。"

"我虽见过希杜丽丝本人,却并没有去过她的村子。"兰冬说,"关于她的村子,我也是听别的旅者说起,他们在更远的西北漫游,那里不再是乌洛帕的国土,被各种奇珍异兽和西北的蛮族占据。即便如此你还是要去吗?"

"当然要去。"我坚定地告诉他,"请你告诉我吧。"

"我知道了,那就如你所愿。"兰冬说着,拿起一把汤勺,用勺柄在桌子上比画起来,"这是希什城,也就是我们在的地方,出了希什城后,你要离开基洪河的沿岸,往正北走,起初都是些农田,没什么特别的,走过这些农田后你会遇见一座森林,那是浩尔达森林,一旦你进入这片森林,就算是正式离开乌洛帕的国土了。有一条乌尔王朝修建的古道贯穿整座森林,在进入森林前你就要找到它,然后一直沿着它走,只要不偏离这条古道,步行三天左右就会离开浩尔达森林,抵达一片叫作古尔桑的盆地。站在盆地的高处向远方俯瞰,盆地里唯一一处冒炊烟的地方就是希杜丽丝的村子了。"

"嗯,我知道了。"

"你小心为妙。"兰冬警告我说,"那条贯穿森林的古道上每隔一堤就设置了一盏长明灯,为过往的人指引道路。古时候旅人和云游者们经过森林时会跟商队结伴而行,但自从乌洛帕失去了那片领土后,浩尔达森林里就几乎是荒无人烟了,只有形单影只的旅人会偶尔经过。这几年浩尔达森林被附近的人传说得很可怕。那些西方的旅人和森林旁的村民都说,浩尔达森林里没有凶猛的野兽,却很容易令人迷失其中。甚至有传闻说里面游荡着数不清的幽魂,迷惑独行的旅人,许多人都有去无回。所以不管你在森林里遇到了什么奇怪的事,绝对不要偏离古道。"

"好的,我记住了。"我说,"谢谢你告诉我这些。"

"不用客气。你打算什么时候出发?"

"我想明天就出发。"我诚实地告诉兰冬,"我的目的就是找到希杜丽丝,当然越快越好。"

兰冬点点头:"谢谢你的酒,希望你能平安回来。"

第二天,我收拾好行装后就上路了。我按照兰冬的指示,穿越希什城外的农庄,并找到了那条乌尔王朝修建的古道。它用青白色的石条铺砌而成,即便放到现在,也是一条宽阔的大道。我沿着古道,进入浩尔达的莽森。十几臂高的参天巨树下,植物的绒絮和灰尘寂静而悠远地弥漫着,几乎没有任何鸟叫或兽鸣,似乎正如同兰冬所说,这座森林里并没有什么野兽。

我放下心来，沿着古道向古尔桑盆地前进。我走得比较快，加之没有负重，自身精力也比常人充沛，所以刚出发的第一天就走过了十三盏长明灯。为了安全起见，这天太阳落山后我就没有再前进，靠着长明灯睡了一夜。

第二天清早醒来的时候，我感到身下的衣服都湿透了，仿佛昨晚下了一场雨。我从地上爬起来，才发现大事不妙，原来我睡着的时候不小心压坏了水囊，我太重了，水囊又正好被挤在一块凸起的石头上，就这样被扎了一个裂缝出来，里面的水几乎流光了，只剩下一小口还积在远离裂缝的凹陷里。由于兰冬警告我不要离开古道，所以临行前我准备了足够多的食物和淡水，这下可好，如果我不离开古道去找水的话，直到走出浩尔达森林我都没有水可喝了。虽然人不喝水也能坚持上几天，但我昨天的速度是一个时辰走三堤，在炎热的户外，这样的疾行令我大量出汗，身体里的水分消耗得飞快，不喝水也就意味着我的速度必须放慢许多。我本来决定今天以同样的速度走上六个时辰，这样今天下午应该就能离开浩尔达森林了，如果不喝水的话就势必会多耗上一整天，而缓慢地脱水只会让身体更加虚弱。

难道要现在返回希什城重新备淡水吗？

我头痛不已，站在原地思考了一会儿后，最终还是决定继续前进。我打算寻找水源，心想如果不离古道太远，那么应该就不会迷路。浩尔达森林的植被非常茂盛，其中应该不乏水源。在古石的时候，图尔加有教过我在森林里寻找水源的方法。一是注意听声音，二是观察树木根系生长的方向，我只要放慢些脚步前进，途中听到水声后再循声前往便好。

敲定好计划后,我将水囊里残留的水一口气喝干净,重新踏上了旅途。

越深入森林的腹地,树木就生长得越高大。一些树木的树冠竟然顶入几十多臂高的半空,错综的枝丫虬结在一起,把整个森林都笼罩其中,空气相当湿热,阳光透过树叶密密麻麻的缝隙直射下来,光束交错而迷离,好像乌尔港宫里作幔帐用的金色薄纱。地面上,偶尔有一座刻着圣数符号的石碑,在层峦叠嶂中静默地伫立着,庇护往来的旅人。巨树健硕而发达的根茎顶破泥土,在灌木、苔藓和藤本植物间若隐若现,它们如此强壮,甚至时不时顶烂古道的石板,将大道截成两半。

走了两堤左右,我隐约听到了"咕嘟咕嘟"的流水声从我的右手边传来。我停下脚步,仔细地用耳朵去寻觅,闷湿的空气让我口渴难耐,现在的我不仅想要大口喝水,更想跳到池塘里洗个痛快澡。生理上的需求让我的感官变得更加敏感,流水的声音越来越清晰,我仿佛已经看到潺潺的泉水流淌在巨石的缝隙之中了……

就在东北方,不出一湾的距离,绝对有水源!

事不宜迟,我当即离开了古道,向水声的方向走去。我翻越巨树层层叠叠的根脉,在它们那擎天柱一般的树干上做下标记,循着水声,不消一会儿就来到了一个绝美的场所。巨树突然稀疏了,一个天坑洞开大地，出现在我的眼前。天坑纵深大概有五十臂，洞口也就十一二臂，整个呈倒斗形，越往下越宽。天坑陡峭的石壁上挂着一座塌败的神庙，好像直接从岩壁上雕刻而出，巨树的根顶破神庙的墙壁，肆无忌惮地蔓延，蕨类植物和各种藤花也簇拥其上。神庙两边，四方而来的溪水在这里汇集，倒灌进天坑底部的地下河里，形成大大小小十几条瀑布。流动的水势将落叶和花瓣全部冲走，所以能看见一片幽蓝的天池，在炫目的阳光之下渐变成孔雀绿。

我兴奋极了，连忙寻找下行的石阶，不一会儿就找到了一道蜿蜒的楼梯，以凿刻的方式镶嵌在天坑的岩壁上，上面布满湿滑的苔藓和地衣。我顺着这条楼梯小心翼翼地下到神庙前的平台上，天坑里的池水正好淹过神庙平台下的几层台阶，水极其清凉，简直是消暑的不二之选。我卸下行囊，愉快地跳进池水里游泳，洗去所有的汗渍和疲惫，然后又在瀑布旁大口喝从上流而来的泉水。我尽兴地喝了一会儿，突然注意到附近的石壁上有海特达特的遗迹。

这是一幅巨大的海特达特，足足有十臂那么高，上面的珠宝早已被洗劫一空，在水流近千年的冲刷下，只剩淡淡的色块，看不清细节，只能让人勉强辨别出其大体内容。

海特达特的主人公是一个征服巨兽的男人，他左手握一根断掉的尾巴，右手举剑指向远方，在他面前，一头长着巨角和翅膀的牛怪畏缩着脑袋。毫无疑问，这幅海特达特画的是"卢加班达制服天牛"。卢加班达被人称作"征服王"，传说里，他曾将整座大陆都划为麾下，他的国土一直延伸至世界的尽头,史书上记载他统治了乌洛帕整整两个纳尔。卢加班达王死后,他的二十二个儿子和七十六个孙子为了争夺统治权,发动了持续数年的战争,整个王国也因此分崩离析,在经历了整整一个巴尔的战争后,卢加班达王的三儿子杜姆迦特最终平息了战乱,并开创了新王朝。

在关于卢加班达王的众多传说里,征服天牛是比较有名的一个。传说在他尚未将整座大陆纳入麾下的时候,有一头天牛在一个叫树门提尔的地方肆虐,它专吃人类和家畜,搞得附近民不聊生。卢加班达王闻讯后便率军前往此地打算为民除害,在村民们的带领下,军队深入天牛栖息的森林,并见到了这头威风凛凛的巨兽,村民们本以为军队会对它进行围攻,卢加班达王却按兵不动,只身来到天牛面前,要求它跟自己进行一场单挑,如果天牛赢了,它就可以吃掉他和他带来的军队,但如果天牛输了,就必须离开此地,一个萨尔都不能回来打扰这里的人民。骄傲的天牛答应了卢加班达王的约定,但不承想卢加班达王在出兵的前一日曾咨询过神庙里的大祭司,大祭司通过天启得知了天牛的弱点。所以当天牛向卢加班达王冲过来的时候,他一跃跳起,抓住天牛的尾巴,用力向上提,而后踩住它的牛肩,天牛因此踉跄地磕倒在地,卢加班达王趁势拔出剑来,砍断它的尾巴。被砍了尾巴的天牛刹那间就没了气势,它不得不臣服于打败了自己的卢加班达王,并按照约定灰溜溜地离开了树门提尔。而当地的居民也因为卢加班达王降伏了天牛,归顺并效忠于他。

我从小便熟知这个有名的故事,却不知道传说里的树门提尔究竟在哪里。这幅海特达特似乎解答了我多年来的疑问。浩尔达森林里的这座天坑，也许就是两千多年前天牛的居所，卢加班达王为森林附近的居民赶走了天牛，神官们才会在这里绘制这样一幅壮观的海特达特以纪念他的功勋。而天坑岩壁上这座奇迹般的神庙，大概也是卢加班达王所建，希望用神的威严来镇住在此地丧生的无数亡灵。

阿祖想超越卢加班达，成为新的"征服王"。他的确扩张了乌洛帕的疆域，但在这遥远而广阔的北方，卢加班达王的威名一度响彻此地，他却未能征服。

我离开水池，甩干湿答答的头发。我背上行李，走进神庙的废墟，希望能在里面看到更多的海特达特。神庙主厅里的立柱已经坍塌了一半，四处都是建筑的碎片。光线昏暗，黑暗之中，竟然隐隐约约地弥漫着一股诡异的臭味。一种十分不好的预感涌上我的心头，我警惕起来，觉得此地不宜久留，正打算离开，却被一阵微弱的呼唤声留住了脚步：

"救命——"

在原始森林的古代废墟里，这句音调完全不同于鸟鸣和兽语的人话显得格外清晰。我心头一惊，顺着声音寻去，很快就在主厅坍塌的神像后看到了一名少女，她似乎是虚弱地趴在一堆建筑碎片上，浑身鲜血，伤口似乎已经开始腐烂，这是那股臭味的源头吗？神庙里的光线太过昏暗，我看不太清具体的状况，但我必须赶快救她。我俯下身去将她轻盈的身躯抱起，这才发现一个令人作呕的事实：她身下的那一堆东西并非建筑碎片，而是人体和动物的残骸！大部分都是光秃秃的骨头，但也有一些还血肉模糊地粘连在一起，这些血污染红了少女的衣物，才让我以为是她的血。

究竟是怎样凶恶的野兽，才敢在卢加班达王建起的神庙里肆意残害生灵？

想到这儿，我连忙将少女扛在肩上，快步向神庙的出口走去。当我离开神庙的主厅，打算顺着来时的路回到天坑上方时，一道巨影从天空中掠过，仿若一片不祥的云翳，降下死亡的征兆。我抬头向上看去，只见一头无比俊美的白色公牛，以桀骜的姿态盘旋而过。它长着一根断掉的尾巴和一对生猛而粗野的翅膀，犹如展翼的鸳，翅膀一拍就卷起一阵风，天坑四周的树叶都随之颤动。

传说里的天牛就在我眼前！

这怎么可能，兰冬明明说森林里没什么野兽，只是容易迷路而已。即便他对我说的是谎话，又怎么可能没有别人知道这件事呢？传说里的天牛仍然在浩尔达森林里游荡，这么可怕的事本应早就传遍了整座大陆才对！

一个恐怖却极其合理的答案在我的脑海里浮现——

所有见过天牛的人，没有一个曾活着逃了出去！

我浑身上下的汗毛都立了起来。是的，这就是森林里没什么野兽的真正原因，它们中的大部分都成了天牛的口粮！而那些失踪的旅人们，估计下场就是神庙里堆砌的白骨！也许自从乌洛帕失去这片领土后，天牛就回到了森林里，悄悄盘踞在这座为了恐吓它而建造的神庙中，猎捕那些独行的旅者，它从未失手，从未让任何一个猎物从自己的口中逃脱，自然也就没有人能将这个恐怖的消息带到外面。若不是亲眼所见，没有人会相信传说里的天牛竟然真的存在，所以无论多少人在森林里走失，人们也理所当然地觉得他们只是迷了路而已。

我不想成为天牛的食物。

我该怎么办？

天牛的尾巴已经断掉，我没法学卢加班达王的方法制服它。跳进水里逃命？这是它的巢穴，这么做无异于让它瓮中捉鳖。当我想着这一切时，天牛已经向下俯冲而来！没时间思考了，我必须和它硬碰硬！这不是十二岁时的那场斗兽，没有贵族围观，只有一名奄奄一息的少女需要我保护，在我面前的不是豹子，而是只有卢加班达王才能驯服的天牛，这次也不会有尼姆洛特前来相救，如果我疏忽大意，那么就必死无疑。但同时，我也不再是那个优柔寡断的小男孩，多年来王宫里的严苛训练我都咬着牙根坚持了下来，让自己拥有这副战士般的体魄，也许就是为了这一天。

"抓紧了！"我对少女说。

而后我毫不犹豫地伸出手臂，迈开双腿，正面抵住了天牛的冲撞。我抓住它的两根大角，一瞬间，仿若一座山的重量向我袭来，我险些支撑不住，但最后还是拼上了所有的力气，寸步不让。我想象自己是浩尔达森林里的那些巨树，死死扎根在原地。脚上穿的藤鞋和石台因此产生强烈的摩擦，蒸腾的热气从我脚跟处向上蔓延。很快我的整副身躯都因过猛发力而变得无比炙热，手臂上的青筋也随之暴起。

天牛大概完全没有意料到我能抵抗住它的进攻。它的脾气开始变得暴躁，鼻孔里冒出白烟，见自己的攻击无效，一气之下竟张开翅膀，腾空而起，将我和少女带到空中，打算让我们从高空中坠亡。

不能让它得逞。

我看准时机，先松开一只手紧紧搂住少女，再松开另一只手，从天牛的角上坠落进巨树的树冠里。我用自己坚实的身体护住少女，以防她被树枝刮伤，我俩在树木错乱的枝叶里翻了几轮后，掉在了树根间柔软的草甸上。天牛的双翼在树枝密布的森林里起不了任何作用，这是我逃跑的绝佳机会。但我彻底激怒了天牛，它绝不会放过我。我从地上爬起来，发现自己正巧落在了古道的附近，旁边的树干上还有我去天坑时做的标记。受伤的少女蜷缩在我的怀中，嘴唇颤抖，似乎在说什么。我凑上前去，只听她虚弱地呢喃着："快回古道上……"

快回古道上？

我已经惊动了天牛，也许在密林深处找一座山洞躲起来还有几分活命的胜算，主动回到视野开阔的古道上岂不是特意暴露自己的行踪？

等等，在浩尔达森林里明明不容易迷路，却被人认为容易迷路，原因是进入密林深处的人大部分都落入了牛口。虽然有天牛栖息在森林里，却又从没有人说起过，因为见过天牛的人都没有活着逃出来。而在众多穿越森林的人里，仍然有许多平安地抵达了目的地，这些人全部都没遇见过天牛。千万不要离开古道，离开古道就会迷路……

云游者兰冬的警示在我脑海中回闪。

我明白了!

天牛害怕古道上的长明灯!

这样一切就都解释清楚了。古道是卢加班达王征服天牛后修建的,他知道天牛的弱点,以防它有一日又回到森林祸害四方,便修建了这条古道,在两旁设置天牛最怕的长明灯,保护来往的旅人。果然有一天,卢加班达王的王朝宣告终结,天牛见宿敌已死,本想回到自己的老巢里重操旧业,却发现卢加班达王留了这样一手。天牛害怕的并非长明灯本身,而是其中燃烧的长明火。它很害怕长明火,根本不敢轻易靠近古道半分,只好躲在密林的阴影里,等待一个个偏离古道的旅者,将他们抓住,带回自己的巢穴慢慢享用。所以并非偏离了古道的人会迷失在浩尔达森林的深处,而是偏离了古道的人就会被天牛抓走。只要偏离了古道就会被天牛抓走,而只要待在古道上就不会见到天牛,这导致森林两边的居民误认为那些失踪者只是单纯在森林里迷了路,而没去思考天牛的存在与否。

回到古道上是最安全的做法!

我将少女背在身后,跨过树木遒劲的根系所形成的道道沟壑,艰难地朝古道奔去。

突然,从我头顶上方传来一阵巨吼,比惊天的雷更响,仿佛末日的号角,天光变暗,整座森林都随之颤抖起来。天牛发怒了。自从它回到浩尔达森林,我是第一个从它手中逃脱的人类,还抢走了它的猎物。此时的它早已不在乎自己是否会被人类发现,不在乎是否会出现第二个卢加班达来征服它,更不在乎古道上的长明火。我令它受到羞辱,它定要我命丧黄泉。

我回到古道上,向着古尔桑盆地的方向一路狂奔,古道上每一堤设置一盏长明灯,离开古道时,我距上一盏长明灯已经有半堤多的距离了,所以现在离我最近的长明灯就在这个方向。

我拼命地向前跑去,跑着跑着却觉得脚下的路面开始震动,而后越来越强烈,犹如地震的前兆。天牛朝我来了,回过头,只见它愤怒地撞开那些参天巨树,踏碎古道上千斤重的石条,翅膀暴躁地扇落藤蔓和树枝,鼻子里的白气喷飞遍地落叶,卷起狂暴的旋风,一路向我奔来。

不能怕,长明灯就在面前了!我找准时机,从地上捡起一根断掉的树干,将它伸进长明灯的烛火里,树干被刷地点燃起来。我回过身,天牛离我越来越近,四百臂、三百臂……这场角逐我已经是赢家了,一旦被无法熄灭的长明火点燃,天牛就必死无疑。我准备将燃烧的树干向它掷去,但举到半空中的手却又停了下来。

不行。

不能这么做。如果点燃了天牛,它在挣扎之际,一定会将火苗扑得到处都是,到了那时,整片浩尔达森林也会沦陷在永恒的火海之中,并波及周围的村庄,根本无力回天。

我迟疑了,和十二岁的时候一样。但十二岁的时候,面对斗兽场里的豹子,我想到的是杀死阿祖,摆脱他的控制,掌握自己的命运,最后无奈地意识到那不过是不自量力的妄想。现在,六年过去了,我终于变得足够强大,可以与天牛抗衡,我可以轻易地丢出火把,置它于死地,成为杀死天牛的英雄，我却仍然迟疑了，但这回我想到的却不仅仅是自己，还有生活在森林周围的人。

天牛近在咫尺，我却将树干插回了长明灯里。我不知道这个行为是受到道德的约束还是本能的驱使，总之我将火把插了回去，让浩尔达森林幸免于难。那一刻时光似乎变成了黏稠的糖浆，从过去缓慢地淌向未来，每一秒钟都如一个纳尔般漫长。我将少女抱到胸前，转身跑去，好似与太阳角逐的基海，跨出的每一步都像跨过一座山脉。我自知根本跑不过天牛，也已经在刚才的跨踌里错失了迎战它的最佳时机，但还是跟跄着前行。

突然，一根凸出的藤条将我绊倒在地，我下意识地将少女护在怀里。天牛就在我背后了。我闭上眼睛，顺着惯性向前摔去。各种久远的记忆在脑中飞速闪过：母亲一边为我梳头一边吟唱远古时代的歌谣，先知舒兰德在他隐居的山洞里教我一种丢骨头的小游戏，阿祖在回宫的马车上用剑柄敲伤我的额头，在尼姆洛特的训练场里和其他贵族少年模拟对战……

那一刻，我认为自己人生的戏剧已至幕终。真是一场失败的戏，我没有寻求到任何问题的答案，不过牺牲在和天牛的搏斗中，至少比被处死在阿祖的乌尔港里光荣百倍了。

那是我人生中最接近死亡的时刻。

我就站在伊勒斯的冥府面前，正打算踏进众灵的宇宙，就被一阵急促而尖锐的哨声拉了回来。

我张开眼睛，看见十几道箭影从我的面前飞过，其中几道几乎就是贴着我的身躯，却没有伤到我半分。十几名穿异族服饰的男人突然出现在我身边,他们都提着弓背着箭,似乎正是我的救命恩人。天牛发出无尽的哀号,我正打算转头,怀里的少女便有了动静。她似乎苏醒了过来,正挣扎着要摆脱我的保护。我的目光也就先被她吸引了过去。这些事都在同时飞快地进行,几乎难以让人的思绪和视线同时跟进。我不自觉地先看向少女,在明亮的天光之下,我才发现少女的面庞美得惊人,简直媲美乌塔天神庙里的神像。她苏醒过来,张开眼睛,她的双眼和普通乌洛帕人不一样,不是黑色,而是很淡的浅蓝色,好像两颗银色的星。当我看向这双眼睛时,目光就不自觉地被它们吸引。少女并没有看向我,而是扶着我的臂膀颤颤巍巍地站起身,用手指向天牛。只听她说:

天牛伊图恩,陆神伊亚的爱宠,
你生性贪婪狡猾,残害生灵无数,
你违背与卢加班达王的约定,
提前返回树门提尔,
帕宇,乌洛帕的王子让你恶行败露,
他从你口中逃脱,与你抗衡,
你本应死于不灭的长明火种,
却在他的仁慈之下,捡了活口,
现在,我族的勇士再次将你制服,
滚吧,你这刁蛮的神宠!
要么离开浩尔达,永远不要回头,

要么我叫你双目失明，跌进黑暗的鸿沟，

直到汪洋吞没众生的宇宙。

少女的声音因失血过多而颤抖，但她的气势却俨如南沐女神临世，庄重而充满威严，不容得半点忤逆。当她说话的时候，仿佛化为全知全能的神。另一边，十几支箭刺穿了天牛浑身上下的要穴，其中一支甚至射中了天牛的右眼。天牛在被少女训斥时，之前对我展露出的狂傲之气已经消失得无影无踪。它用翅膀遮住自己被射瞎的眼，低低地哀号了一会儿，随后扑闪起受伤的翅膀，腾空飞起，接着向西方飞去，直至离开浩尔达森林的边界，最后消失在朦胧的云层之中。

待天牛彻底离去后，少女似乎支撑不住，倒在了我的怀里。

"谢谢你们的救命之恩。"我对身边这十几名突然出现的勇士们说。

"不用客气。"一位首领模样的中年男人站出来回答我，他的口音很浓重，绝不是乌洛帕人，"是你救了我们古尔桑的族人。"

"你们是古尔桑人？"我惊讶地说，"我正要去古尔桑盆地见智者希杜丽丝，请问你们认得她吗？"

听到我的话，古尔桑的男人们无不大笑起来。最后他们的首领说："智者希杜丽丝，不就在你眼前吗？"

我迷惑地环顾周围的十几位勇士，但他们全部是男人啊。在我的想象中，希杜丽丝是一位慈祥而睿智的瘦弱老妇人。难道说，她其实是一位打扮中性的年轻勇士吗？我一边观察一边仔细地思考，这些人却笑得更厉害了。

我被他们的笑声搞得更加迷惑了，难不成——

想到这儿，我不禁看向怀里的少女。

难道我救下的这位少女，就是希杜丽丝吗？

对啊，这才是最合理的答案，她训斥天牛的时候，不但说出来我的真名，还知道我的身份，这些都是我根本没向她透露过的事，而她刚才的姿态，又是哪个愚笨的凡人能比拟的呢？并没有人告诉过我希杜丽丝的年龄，只说她的智慧比肩书写了《大史诗》的淖雅，所以我就想当然地以为她是年迈的老人。

才想明白答案的我感到窘迫不已，连忙将古尔桑人的智者交还给他们。

"你既是来找希杜丽丝的，不如跟我们一起回去吧！"检查了希杜丽丝的伤势后，古尔桑人的首领向我提议道，"她的伤势并不很重，主要是饿了太久才导致昏厥过去。你跟我们一起回到城寨里，等她醒来就能回答你的问题了。"

"你怎么知道我有问题想问她？"

"没有问题想问，为什么不远万里来古尔桑找我们的智者呢？"首领笑着反问。

如此，我也不再推托勇士们的好意，跟他们一起踏上了去古尔桑的路途。

我们一行人沿着古道向北方而去，我们边走边聊天，从谈话中我得知，勇士们的首领名叫涵卡，是希杜丽丝的大哥。我向涵卡讲述最近在乌洛帕发生的事，他则告诉我希杜丽丝被天牛捕获的真实原因。

"也许你会奇怪，吾妹希杜丽丝作为智者，怎么会被天牛擒走呢？其实这是她牺牲自己当诱饵的一场计谋。浩尔达森林里时不时会有人失踪，这事本不古怪，毕竟只要是森林，就保不齐有那么一两个不幸的人会在里面走失。但这几年开始，在浩尔达森林里失踪的人越来越多了，甚至有些是我们古尔桑的族人，我们古尔桑人自小在密林里长大，是绝不可能在森林里走失的。为了寻找这些失踪的人，我们族长前后派出了十几支小队进入森林搜寻，可这些小队，要不是无功而返，要不就是和他们要寻找的人一样，也消失在了森林深处。吾妹希杜丽丝天资过人，她告诉族长，多半是天牛伊图恩违背了与卢加班达王的约定，偷偷回到了浩尔达森林里。听到希杜丽丝的话，村里的人无不大惊失色，因为天牛伊图恩是古尔桑传说里最可怕的怪兽，它酷爱生吃人类和家畜，是我们祖先最大的天敌。

"虽然城寨里的人们都对天牛的回归感到惊恐万分，但希杜丽丝却临危不惧，她说天牛虽凶狠无比，又十足狡猾、难以对付，但并不是说世界上能制服它的只有卢加班达一人。天牛有一个缺点和一个弱点。它的缺点是性格暴躁而易怒，比起正大光明的决斗，它最不能敌的是激将法，当年卢加班达正是用这个方法战胜了它；而关于它的弱点，你也知道，是古道上的长明烛火。希杜丽丝说，只要妥善运用这两点，就能再次制服天牛。恰逢那时，一个消息从乌洛帕传到了古尔桑，也就是你，帕宇王子，被阿祖王驱逐出了宫殿。至于你被驱逐的原因，虽人们各有说法，但希杜丽丝却有她自己的主意。她认为时机已经成熟，因为古尔桑人虽然勇猛，但要论起来，这座大陆上只有你，阿祖王唯一的儿子，有足够强壮的体格能单挑天牛伊图恩，并激怒它，将它引到古道上来。因此，希杜丽丝算准你出发的日子，以自己为诱饵，深入浩尔达森林的腹地，被天牛擒住，带进它的老巢。希杜丽丝用言语刺激它。她对它说：'天牛伊图恩，我的族人们已经前来营救我，今天你会像三千年前，卢加班达制服你的那天一样败北。'天牛因此被激怒，它一定对她说：'我既输给人类一次，就不会再输第二次，今天来营救你的人都会被我的双蹄踏平，我踩死你们人类，就像你们人类踩死蚂蚁。'希杜丽丝则说：'如果我的族人今天无法将你制服，那么古尔桑人的本事也就如此了，你大可深入我们的城寨，那里的人都将变成你的盘中餐；可如果我的族人今天将你制服，那么，你就给我滚出树门提尔，再也不要回来。'天牛说：'如果再次败给人类，我也再没有脸面留在树门提尔了。'说完就离开了希杜丽丝，飞上天去巡查古尔桑人的下落了。"

我听完后恍然大悟："怪不得在我发现希杜丽丝的时候，天牛并不在巢穴里。"

"对，这些时间点希杜丽丝早就计算明白了。"涵卡接着说，"我们这些古尔桑的男人一直躲在古道两边，天牛在盆地和森林的上空盘旋，却找不到我们，不由得认为这其实是希杜丽丝的调虎离山之计，连忙赶回巢穴，就遇见了你。"

"所以说，你们古尔桑人其实一直埋伏在古道两边，就等我将天牛引到古道上来，此时天牛已经暴怒，它的注意力完全在我一人身上，根本就没注意到你们的存在,因此疏忽大意,才会败在普通的弓箭之下。"

"没错,要是正面进攻,人类射出的箭根本追不上天牛的速度。"涵卡肯定道,"不过有一点你说错了,普通的箭即便跟上了天牛的速度,也几乎伤不了它。我们这次用的箭头经过特殊的处理,用长明火熏了足足两个季度,射进天牛的身体里能让它痛苦万分。是十足充分的准备才让我们赢过了天牛。"

"真是场精彩绝伦的狩猎。"我感叹道,"但我还是有些疑问。这个计划中的不确定因素太多,希杜丽丝是怎么推算的呢?她怎会知道我离开的时日,还有我离开古道找水的时间呢?"

涵卡听到我的问题后笑了:"这正是希杜丽丝的能力。既然你是从乌洛帕来的,想必也听说了不少关于她的传闻。"

"我听说她跟写了《大史诗》的淖雅一样,拥有能看透事物本质并推理出未来的能力。人们都说她的智慧是神赐的天赋,而非后天能习得的技能。"我坦诚地将自己所闻的传言告诉涵卡,"起先我只当这是人们夸张的说法,现在看来确是事实。"

"淖雅究竟是否有这种天赋,我无从得知。但希杜丽丝的天赋,在她年幼之时便展现出来了。"涵卡说,"在她五岁的时候,我族的一位勇士猎到了一头雪白的雄狮,他将雄狮带回城寨,族人们为他举行了盛大的庆典。在古尔桑的传说里,猎到雪狮的人能长寿,所以大家都说他能活到一百二十岁。但希杜丽丝看了他却说,他活不到一百二十岁,因为他明年就会死去。起初我们大家都当这是无忌的童言,但勇士确实在第二年因为一场狩猎去世了，族长才予以重视。"

当涵卡给我讲完这些事的时候，我们正好离开了浩尔达森林。走出了被巨树的根系层层禁锢的森林，视野突然就开阔了起来。阴云散去了，晴朗的傍晚，一阵南风吹过，谷地里的树木都簌簌地抖动，远处，一束暖灰色的烟从树木的枝杈间腾升而出，那里就是古尔桑人的聚落了。回到眼前，古道在此处逶迤而下，深入层林叠翠之中。我们由此进入古尔桑的盆地，其间遍布奇花异草，水系密集而绵远，仿若枫树的叶脉。昆虫和野兽的鸣叫此起彼伏，整片谷地热闹而生机盎然。

"自从天牛回到了这里，浩尔达森林里的许多野兽就逃进了古尔桑。"涵卡告诉我，"浩尔达森林因此变得死气沉沉，这也是周围的许多居民误认为其中栖息着幽魂的原因。"

天空完全漆黑的时候，我们终于抵达了古尔桑人的城寨。我自认为沿着基洪河走过了整座乌洛帕，已经见过了陆地上最雄伟的那些城市，古尔桑的城寨却仍然颠覆了我的想象，让我认清了自己的无知。直到现在，我仍然愿意承认，古尔桑的城寨是大陆上最震撼的城市，乌尔港跟它相比不过是珠宝和砖石堆成的积木罢了。

古尔桑人的城寨建在十二棵巨树之上。

这十二棵树比浩尔达森林中的巨树更加粗壮而健硕，它们的树冠环抱在一起，升向几十臂的高空，根系则顶破泥土，一层层交织起来，形成一堵结实的城墙。我跟随勇士们进入城寨，在被十二棵巨树包围的陆地上，只有一片绝美的湖被草甸环绕，四周散落着一些远古的遗迹和刻有圣数符号的石碑，除此之外再无他物。

我靠近湖边，只见湖水十分清澈，色泽好似刚烧好的琉璃，但却深不见底，最深处只有一团混沌的漆黑。

"这湖好深啊。"我感叹道。

"我们叫它'淖垮'。"涵卡告诉我，"它不是湖，而是一座'冥渊'。我们古尔桑人世代守护着冥渊，它连通着海洋，随着海平面的上涨，冥渊的水面也会变宽。在古尔桑的传说中，海水终有一天会淹没所有的陆地，所以我们选择居住在树木之上。"

"可是古尔桑处在盆地之中，当海水淹没了所有的陆地时，树木即便再高，也会被淹没吧。"我诚实地说出了心中的疑惑。

"不会，因为古尔桑的十二棵巨树就是由冥渊里的水所灌溉。"涵卡一边回答我，一边带我走向最粗的那棵树，"所以海平面在上涨，古尔桑的树也在长高。"

另一群人与我们在此处分离，他们带着受伤的希杜丽丝去了另一棵树。

古尔桑人环绕着巨树粗壮的树干搭建起一条旋转的楼梯，涵卡带我走上楼梯，抵达树冠之中。我仿佛进入了一座造型独特的宫殿，以树干做框架，再用木板钉出墙壁。涵卡带我在树枝上的小径中行走，最后来到一座树权间的宽敞阳台上。阳台以带有清香的草帘做幔帐，既保证了隐私性，又维持了通风的凉快。阳台上有一张舒适的草席床，旁边摆放着用来洗漱的清水。这天发生了太多事，我累坏了，所以简单地洗漱后就倒在床上沉沉地睡了过去。

第二天早上，涵卡来到我住的阳台里，他告诉我希杜丽丝已经苏醒了过来，可以回答我的问题了。他带我离开阳台，来到冥渊旁边。

希杜丽丝坐在水边的草甸里，正折下身边的草枝编一条手链。清晨的阳光穿过巨树枝叶形成的缝隙照在她身上，在强光和暗影的对比之下，我在一瞬间产生了某种错觉，仿佛端坐在水边的正是南沐女神本尊。

我眨了眨眼，试图让这个幻象退去。等我来到她身边时，她正好完成了手链的编织，她将手链绑在我的手上，对我说："来自乌尔港的帕宇，感谢你从天牛的巢穴中将我救下。比起'天空之神'安淖，我们古尔桑人更崇敬'冥府之神'伊勒斯。这个手链按照他的圣数顺序编织，庇护你的旅途。"

"应该是我感谢你们才对,是古尔桑人从天牛的蹄下救了我的命。"我说,"关于事情的来龙去脉,昨天涵卡已经悉数告诉我了。不过我还是有个疑问,智者希杜丽丝,既然你们古尔桑人有能力征服天牛伊图恩,为何不直接杀死它,彻底断了祸根呢?"

"和卢加班达王一样,人类虽能征服天牛,却不能杀死它。"希杜丽丝回答我,"因为天牛伊图恩是'陆地之神'伊亚的宠物。古有基海杀死海怪洪巴,洪巴虽祸害一方百姓,但因为它是天神安淖所养,安淖因此降怒于基海,夺走了他胞弟的性命。贸然杀死神的宠物会受到怎样的惩罚,卢加班达王十分清楚,他只好与天牛约定,一个萨尔里都不能伤害乌洛帕的子民。"

"我明白了,所以卢加班达王只好在古道上设置长明烛火,防止天牛再回来祸害四方。"我说,"可是在漫长的岁月里,附近的居民早已忘记了天牛的存在,把它当成传说。起先天牛遵守和卢加班达王的约定,离开了浩尔达森林。但是后来,朝代更替,三千多年过去了,浩尔达森林也不再是乌洛帕的领土。虽然没到约定的期限,但卢加班达王早已经与世长辞,他的王朝也早已陨灭,天牛便回到了森林里,继续捕食人类作为美餐。可它没想到,卢加班达王竟然在森林里修建了一条古道,还设置了它最害怕的长明火,所以它不敢轻易去惊扰大道上的商队,只好偷猎那些远离大道的旅者。而因为人们早已忘记天牛的存在,掉以轻心,所以直到昨天,它的偷猎都是百发百中。"

希杜丽丝点点头:"你说的不错,帕宇王子。你能想明白人们在森林里失踪的真相,并将我从天牛口中救下,你在芸芸众生里算是聪明的,但仍然不够有智慧。因为你看不透自己的命运。"

听到女智者的话,我不由得一惊。

"我知道关于你的一切。"希杜丽丝继续说,"我知道你为什么要请命离开乌尔港,我知道你的父亲给了你怎样的任务,我知道你在古石村的经历,我也知道你为什么要离开那里,重新踏上旅途——"

"那么请你告诉我问题的答案吧!"我急切地打断女智者,"仙草究竟存在吗?人类又能否突破死亡的极限,解放命运,获得真正的自由?"

女智者并没有立马回答我,她沉默了片刻,最后开口说:"'骏马'帕宇,没有现世的凡人能解答你的疑问。街边的乞丐不能,村里的老人不能,荒野中的旅者不能,被放逐的无姓人不能,孤岛上的野蛮人不能,才华横溢的诗人不能,千里扬名的神医不能,乌塔天神庙里的祭司不能,掌管万书的圣童不能,隐居山洞里的先知不能,就连撰写《大史诗》的淖雅本人也不能。谨听我言,帕宇:

"你的答案在世界尽头,
那时间也没有的地方,
不叫陆地也不叫海洋;
三棵柚木将天空支起,
命运随树枝盘转而上,
未来和过去在此交合;

存在非存在，虚无非虚无；

那里住着乌特淖与其妻，

他们能解世上一切谜题。"

"你让我去世界的尽头找不死者乌特淖和波雅？"听完希杜丽丝的回答，我大惊道。

"没错。"希杜丽丝说，"这是我唯一能给你的指引。帕宇王子，去往世界的尽头吧，如此你人生的困惑才能得到最终的纾解。不过记住，那虽是你的命运之地，却并非旅途的终点。"

第五节 不死者们

人们都说,太阳每天从极西之地落进大海,从海底绕世界一周,再从极东的海平面上升起。而在极西之地,太阳降落的地方,也就是世界的尽头,居住着不死者乌特淖和他的妻子波雅。他们本是人,却成为超越人的存在。根据淖雅的《大史诗》所述,天神安淖降下洪水,引导幸存的孩童建起了新的国度,也就是乌洛帕。但除了这批纯洁的孩童外,还有两个成年人也躲过了大水,他们就是乌特淖和波雅。《大史诗》的第一部《洪水》里说,这一对夫妻以他们虔诚的秉性感动了天神安淖,所以被给予了永生的特权,让他们从大洪水中幸存,并可以保留洪水前的记忆。而在第四部《不朽》中,乌特淖和他的妻子波雅则双双化身为轮回之外的智者,指引基海寻得仙草。他们,就是传说里的"不死者"。

在古尔桑聚落休养了几日,我便收拾行装,离开了那里。

我向更遥远的西方行去。在途经了几座人烟稀少的异族村庄后,我很快就进入了杳无人烟的荒野,这里是地图上都没有的未知大陆。在人类文明不曾涉足的辽阔平原之上,一切都古老而质朴,似乎穿越了时空,来到世界诞生之初,见证陆地最年轻的模样。

在往后很长的一段时间里,我都在无尽的荒野中漫游。没有人,没有城市,没有文明,只有植物在灰褐色的岩石间生长,溪流迟缓地涌动着,温顺的小兽偶尔穿梭其中。在荒野里,我摒弃了所有人类的身份:王子、被放逐者、旅者、勇士……我变得前所未有的纯粹,也前所未有的自由。我化身为一匹被原始野性召唤的孤狼,忘记身为人的方向感,仅凭借大自然的指引,在荒野中肆意漫游。

只有偶尔在山洞中躲雨时,我才会回忆起自己作为一个人类时所经历的种种往事。属于我少年时代和旅途期间的记忆越来越模糊,孩童时的记忆却越来越清晰。那是在华美而如迷宫般眼花缭乱的乌尔港宫里,没有暴君的身影,只有母亲的笑靥、宫女们玎玲的脚镯声和无忧无虑的嬉闹声,所有这安宁的一切,都如同乌尔港宫殿那熠熠生辉的金顶,仿若一场前世的美梦,让人不想醒来。

我想起母亲那总也梳不完的发辫,上面缀满翡翠、玉髓与红玛瑙的头饰，她无数件由细羊毛、蛛丝和金银线织成的卡纳克总是如星空般璀璨。不知不觉我已到了记忆中她的年纪，可她温和的嗔怪、轻柔的话语仿佛仍在耳边萦绕，充满爱意而令我安心至极。回想起这一切，一段她生前常为我吟唱的古老歌谣，也不禁在我的耳边响起，最后变得清晰无比：

"女祭司咏述祷辞，
目送将逝的晨星。
圣童列队行过昏暗的走廊，
手端银盆，脚踩铜环，
镏金的托盘里，
玛瑙雕的头箍，
象牙打的发篦。

长夜已尽。
我漫步拂晓的长亭，
雾里淌着丁香花蜜的甘醇，
它黏如处女的汁液，
薄如洗涤过的记忆……"

小时候的我被歌中所描绘的场景深深吸引，却不知那究竟是个怎样的情景。现在我则非常明晰了，这段歌谣所描绘的是寺庙的清晨，女祭司和圣童侍奉大祭司起床的情形。由此，久远的认知和较为新鲜的记忆纠缠在一起，唤醒了我对故乡的思念以及某种更深沉的情感，一种只有离开那里时才会幻化出的臆想。此时距我离开乌尔港已经多年，但它的身影却以一种别样的形态，伴着这首歌一同闪现。在那里，记忆中原本喧闹而混乱的乌尔港城变得无比宏伟而辉煌，王宫的金顶被阳光渲染出琥珀的色泽，乌塔天神庙里巍峨的神像们被雕刻得栩栩如生，而绘在墙壁上的海特达特，则比王公贵族们穿的卡纳克更加华美而精致……乌尔港，这座陆地上最雄伟的城市，因为它承载了无数人的梦和信仰，所以它也注定和那些梦一样闪耀。

时而我会思考命运本身。我想起多年前收留我的先知，舒兰德。他是否早就预见了母亲的死亡以及我的未来呢？既然他生为先知，就一定对未来有所预见吧。可如果是这样，他为何还要答应母亲的请求，收留我这个本不该出生的王子呢？在我被抓住后他又去了哪儿？他逃走了，还是被暗杀了？难道说，他正是看到了自己的未来，并知晓这是他无法逃脱的结局，所以才做出了那样的选择吗？

那么我的命运呢？人类的命运呢？如果命运是既定的，那我所做的这一切抵抗岂不就是无用功？一想到这些问题，我的思考就停滞了。我思考不出人类命运的答案，便越发想去世界的尽头，似乎只要抵达世界的尽头，就可以像不死者们一样，逃脱凡人既定的命运。一想到这儿，我就充满希望，并伴着火焰安心地睡去。

再然后，不知道又走了多久，我进入了一片完全寂静的原野。这里的地势异常平坦,没有任何野兽,只有芦苇在原野和宽阔河流的沙洲上无边无际地生长。这里既不刮风也不下雨,但空气却总是新鲜而充满水分,遍地的芦苇既不会长高,也不会死。我的身体在这里也发生了同样的变化,我不再需要进食或排泄,不再感受到空气的冷暖,我的发音功能逐渐退化,直到自我意识也淡去,忘记语言的用法。从某一刻起,我甚至不再是一只动物,而是一个在天地间漫游的孤魂,我逐渐与原野融为一体,似乎不是我在走路,而是我作为原野在一具肉体的脚下移动。而我所探索的,似乎既是世界尽头的方向,也是自我命运的答案。

终于有一天,我走到了。

远远地,我看见三根柱子屹立在那里,撑开天和地之间的罅隙。我愈走愈近,才终于发现那并非什么柱子,而是三棵高大的柚木,它们仿佛还在生长,却又似乎早已枯萎了。

我生为人类的所有记忆和感官,在看到柚木的那一刻全部苏醒了过来。我想起了自己的名字、经历,以及来到世界尽头的缘由。我感到自己已经在荒野里走了整整八年,但时间似乎在我进入荒野的那一刹那就停止了,直到现在才又开始运行。

三棵柚木仿佛一道天地之门,撑开必死的凡世与永生的乐土。当我走过它们时,脚下的泥土也随之变得更加松软而湿润,宛如年轻的子宫,正准备孕育新的生命。看来我已经走过了时间的管辖之地,抵达了世界的尽头,这里的一切都无法被时间的洪流所吞没,彻底超脱于生死之外。

一座芦苇梗搭的茅屋出现在我的面前,有个看起来二十岁出头的年轻人正坐在屋旁洗衣服。我走近他，才发现他洗的并非什么衣服，而是一块巨大的白布，上面没有任何图案。

察觉到我的到来后，年轻人停下手中的活儿，抬起头看我。他长着一张美男子的脸，一副战士的身躯，所有史诗中用来描述英雄的词汇放到他身上都不为过。他一定是这里的守卫，可守卫为什么要干洗衣服这种活儿呢？那么也许是仆从吧，我猜想道。

"你好。"整整八年没开口说话，我的舌头变得十分生涩，说出来的话也生硬无比，"我叫帕宇，我来找不死者乌特淖和他的妻子波雅。尘世里的人都说他们住在这儿。"

"乌特淖，那是所有仍生之凡人对我的称呼。"年轻人放下手中的活儿，站起身说，"帕宇，我的孩子，欢迎你来到世界的尽头。"

听到年轻人的话，我呆住了。

我实在难以相信，大智者乌特淖、逃脱了轮回的不死之人，竟然比我更加年轻。虽然淖雅的《大史诗》里没有对乌特淖和波雅的容貌作任何描述，不过说起比所有凡人活得都久的不死者，确实容易让人产生一种年迈的印象。但实际上，当他们被安淖赋予永生的特权、来到世界尽头之时，就应该停止衰老了。所以说他们是身强体壮的年轻人也完全符合逻辑。

传说里的不死之人、给予"英雄王"基海指引的大智者乌特淖，这个世界上唯一能告知我答案的人，竟然就活生生地站在我面前⋯⋯不知为何，一阵难以抗拒的无力感突然席卷全身，想起八年漫游里的风餐露宿，我再也支撑不住，跪倒在地：

"伟大的乌特淖,我是乌洛帕被废黜的王子,宏帆王朝的第十四位国王阿祖是我的父亲,他梦寐以求的是传说中基海所摘取的仙草,那仙草能令活人不死,令死人复生。他委托我寻找这株仙草,寻之不得我便不能回家——永生的乌特淖,最长寿的智者,淖雅的《大史诗》中所记仙草究竟存在与否?人类是否能突破死亡的极限?我们的命运又该何去何从?一切将死之凡人皆无解的疑问,请你告知我其中的奥秘!"

听到我一连串的问题,乌特淖并没有立马回答,而是俯下身,用一双有力的臂膀将我搀扶起来:"孩子,你的问题我全都知道,我对尘世间发生的事无所不知。所以别说这些,你远道而来,先到我的茅屋里休息一会儿吧。"

乌特淖体贴得好像当年收留我的村长图尔加,话语温柔得像是我已故多年的母亲,想到图尔加和母亲的死,我再难强忍悲痛的心情,流下了委屈的泪水,这是自七岁时阿祖用剑柄砸伤我的额头之后,我第一次哭泣。

我抱着还没有我高的乌特淖,在他怀里哭得像个十岁的孩子。面对我的痛哭,乌特淖并没有说任何安慰我的话,他只是轻轻拍打我的肩膀,像哄一个婴儿入睡那样,耐心地等待我的情绪归于平静。

我哭了很久,让所有的委屈、悲痛和愤懑随着泪水流得一干二净,最后都跟着时间一起,消逝在空旷的世界尽头。

等我哭完以后,乌特淖带我来到茅屋前。他为我掀开茅屋的门帘,我弯腰走进去。这是一间非常简易的茅屋,里面仅有三件家具:一架纺车、一台织布机,还有一张蒲草铺成的床垫。乌特淖将我安置在床垫上休息,接着出去干活了。他离开之后,我观察起这个茅屋,除了床垫外,茅屋里并没有任何生活用品,那么是乌特淖并不居住在这里,还是他和波雅根本不需要生活用品呢?也许这座茅屋只是为像我这样的旅者准备的吧?我坐的这张床垫,是传说中基海曾经休憩过的吗?

在《大史诗》的记述中,基海在穿越了死亡之海并赢得了与太阳的赛跑后终于抵达了世界的尽头,他向乌特淖讨教人类战胜死亡的方法。乌特淖要求基海连续七天不睡觉,如果他能通过这项测试,就有可能战胜死亡。但是疲倦的基海根本无法战胜睡意,很快就睡着了。筋疲力尽的基海整整睡了七天,七天后他醒来,感到非常沮丧。此时乌特淖便告诉他,人类连睡意都无法战胜,就更别提死亡了。而至于生死之奥秘的答案,那是诸神的秘密,他无法向基海透露一丝一毫。

乌特淖也会要求我进行同样的试练吗?我忍不住猜想。茅屋里的纺车和织布机又是做什么用的呢?我在阴凉而干燥的茅屋里思考着这些问题,不觉间倦意全无。

这时,乌特淖回来了,他手里端着刚才洗布用的木盆,对我说:"帕宇,你可以帮我一个忙吗?"

"当然。"我殷勤地站起身,"你需要我做什么?"

"我的妻子波雅出海去了,"乌特淖说,"你来帮我把这块布拧干吧。"

我随即离开茅屋,在原野上帮助乌特淖将浸满水的白布拧干。

"你的力气很大,想必仅凭一己之力,也能将这张巨大的布拧干吧。"乌特淖一边拧布,一边对我说。

"想要拧干这样的布,光靠力气是不够的。"我说,"这是生活中的技巧,是古石村的村长图尔加教会了我如何凭巧劲儿拧干浸水的织物。"

"看来你不但拥有强健的身躯,更拥有聪慧而成熟的心智。"乌特淖评价道。

"谢谢你的夸奖,不过,这块白布究竟是做什么用的?"我好奇地问,"做衣物未免太朴素,做生活用品又未免太浪费。"

"你会知道的,孩子。"乌特淖将拧干的白布卷成一团抱在怀里,又对我说,"现在跟我来吧,我带你去看看问题的答案。"

我满心疑虑地跟着乌特淖在原野里行走,不一会儿,他便将我带到了一片视野开阔的海岸边。在由卵石和藓衣组成的灰色沙滩旁,搁浅着一条没有桅杆和风帆的大船,我无法确定它的建造年代,因为它看起来既像是刚刚被造好,又仿佛已经在那里停靠了整整一个萨尔。大船搁浅的海岸线逶迤蔓延,在不远处形成一个岬角,那里有一片棉花地和一片挂满白布的晒衣场。

乌特淖将我带到海滩前,只见大船的船底被浸泡在平静的海水中。海水没有一丝波澜,就像是一潭死水。我顺着这片汪洋向远处看去,在一片白茫茫的大雾里,隐隐约约地,我好像看到了两个太阳,但这两个太阳都显得那么虚弱而无力,它们都和那条大船一样,既像是刚刚出生,又好像即将死去。

"有两个太阳,那是我的错觉吗?"我揉揉眼睛,困惑地问。

"不，你没有看错。"乌特淖回答，"那两个都是尘世的太阳，只不过一个是昨天垂死的太阳，一个是明天新生的太阳。当这两个太阳交汇的时候，就是尘世里人们所说的，旧的一天结束、新的一天开始之时。每到这个时候，我就回到茅屋里，押一根经线在织布机上；当经线全部押完后，每到这个时候，我就拿起梭，从织布机的这边穿到那边，使一根纬线与经线交织。在世界的尽头没有时间的概念，但是我必须想点办法，去记录尘世里的时间流逝了多久。"

乌特淖说完这番话后，我再次望向那两个太阳。恍惚之间，它们的身形从大雾中浮现而出，变得炙热而灼眼，就像两块巨大的磁石，牢牢吸引住我的视线，我的身体也由此被禁锢住，动弹不得。两个太阳的形状就这样放大、再放大，越来越近，越来越热，最后穿透我的眼睛，烙印在了我的灵魂之上。那一刻，我感到自己穿越了轮回，仿佛只看了它们一瞬，又仿佛看了它们数万个萨尔。我闭上眼睛，人世间沧海桑田的幻象就在我眼前瞬息而过：大水退去，人们围绕新生的柚木建起乌洛帕；广厦高楼如春笋般破土而出；孩子出生；老人死去；朝代更替；海水上涨，大水漫过岛屿、冲垮巨塔、淹没寺庙……

我睁开眼睛。

只见两个太阳仍虚弱地挂在天边，正以肉眼可以察觉的速度慢慢重合。

"我看到乌洛帕正在被水淹没。"我喃喃道。

"这是不可避免的，孩子。"乌特淖说，"这边的海水终有一天会淹没众生的宇宙，时间的洪流会吞噬一切，在它面前，众生都是同等的。"

我以为自己已经见过世界上的种种奇观，但是，当我将目光放到海岬上的棉花地以及晒衣场的时候，我仿佛看到了人类的极限，在这些白布和乌特淖织布的茅草屋前，乌尔港里所有高大的建筑物都像是积木一样不堪一击。世界尽头的这幅景象不禁让我绝望，面对时间的洪流，我只看到自己的无力，却看不到任何能扭转命运的机会。

正当我伫立在原地怅然若失之时，一阵突然的水声打破了看似无解的境地。

一名少女从海水中站起身。她没有穿任何衣物，全凭一头茂密而厚重的黑发遮蔽住犹如黑珍珠般富有光泽的胴体。她的身份不言而喻，自然是世界上最接近神的女性，乌特淖的妻子，不死者波雅。

在我望着波雅出神的时候，乌特淖将刚刚拧干的白布披在了她的身上。波雅用它缠绕成一件衣服，就像古人那样，而后她开口对我说："帕宇，世界尽头的景象你都看到了，你是否在这幅景象里看到了问题的答案呢？"

"并没有。"我诚实地回答，"我反而感到更绝望，我只看到人类在时间面前的渺小姿态，却看不到任何生与死的答案，以及人类能扭转自我命运的机会。"

"帕宇，生与死的奥秘我无法向你揭示一丝一毫，但我可以回答你的另一个问题。"波雅说，"人类的命运确实是被决定的，但决定人类命运的并非诸神，而是人类自己。"

"什么？人类的命运是由人类决定的？"我大惊，"这怎么可能？人类的命运是由诸神决定的啊,就连你们也是,是天神安淖赋予了你们不死的权利,令你们成为超越人类的存在。"

"这是谁告诉你的?"乌特淖问。

"是淖雅的《大史诗》里所写。"

乌特淖听闻我的话后笑道:"淖雅是尘世间最有智慧的人,但人类并非他所创造,他也绝非诸神。《大史诗》记述了许多重要的历史事件,这是淖雅的一件壮举,但淖雅不是绝对公平的,他有自己的立场,所以在书写这部史诗时,他也会将阅读者引导向自己的立场,或者他认为对人类有益的方向。同样,书写《神之典》和《王之典》的也是人类,生你的阿祖和伊莎沐苏是人类,教育你的御用智者督姆海、护卫队队长尼姆洛特和村长图尔加是人类,被你救下的女智者希杜丽丝是人类,虽然她的智慧在凡世中仅次于淖雅,但仍然是人类。影响你命运的是这些人,而不是诸神;最后为你的命运做出选择的也是你自己,而不是天神安淖。我这么说你可明白?"

"但是,人类是被诸神创造的啊。"我说,"在人类被诸神创造的那一刻,诸神就决定了人类的命运,不是吗?"

"造物主确实创造了人类,并赋予其选择的能力。但是所谓决定人类命运的诸神,究竟是造物主的别名,还是人类自己的化身呢?"乌特淖反问我。

"什么意思?诸神是人类的化身⋯⋯"我彻底混乱了。虽然不死者们给了我一个答案,但不知道为什么,我却一直在反驳他们。人类的命运由人类决定，这意味着什么？意味着在漫长的历史长河中，人类只不过是在用诸神的名义为自己犯下的过失找借口吗？意味着人类明明有能力突破死亡的极限，却懦弱于付诸行动吗？

"没关系，孩子，你有很长的时间可以揣摩我们的话。"波雅随即又补充道，"让我试着用另一种方法来纾解你的疑惑吧。我和乌特淖并非出生在世界尽头，我们和你一样，都是受到命运的指引，才来到了这里。选择留在这里的是我们自己，这并非诸神给的特权，而是每个人与生俱来的选择权。每个人类都有权利选择是否来到世界的尽头，而来到世界尽头的每个人也都有权利选择是否留在这里。"

"留在世界尽头？"

"对。"波雅点点头，并从由白布包裹成的长裙中伸出手来。她的手里握着一株翠绿色的植物，这株植物散发着某种奇特的光辉和气息，我的目光不禁被它吸引，无法移开，一个与之相关的词汇也随之在我脑海中浮现——基海的仙草。

我愕然，因为它来得这般容易，又与《大史诗》中的描述那样不符，我不用到危险的深渊去采摘，它也没有荆棘般的刺。可那一定就是传说中的仙草，我却又对此坚信不疑。它灵动的姿态，凡世间的任何植物都无法媲美；它莹润的色泽，就好像生命本身那样令人期冀而向往。那能令死人复活、令活人永生的仙草，除了它还会是什么呢？

"这就是……基海的仙草。"我忍不住将心中的想法道出口。

"没错，这就是基海的仙草，你父亲想要得到的东西。"波雅说，

"我刚刚出海为你采得这株仙草，作为你到访世界尽头的礼物。你可以选择将仙草带回乌尔港，实现你父亲的心愿；或者像我们一样留在这里，成为不死者；当然，你也有权利拒绝这株仙草，回到乌洛帕开始新的生活，或者去更遥远的彼方漫游。"

"留在世界尽头成为不死者？"我思考了半晌说，"永生的智者们，虽然你们告诉我命运的决定权在自己手中，但我却做不出这个决定。十年前，在我十六岁的时候，父亲将寻找仙草的重任托付于我，我满脑子想的却都是如何以此为由逃离乌尔港的王宫。自从离开乌尔港，见识到尘世间种种苦难与不幸之后，我才终于开始发自内心地想要寻得仙草，似乎只要我找到这株不死的灵药，就能突破人类既定的命运，结束世人的苦难，并消除自己人生中的种种遗憾。但是现在，我已经和'英雄王'基海一样来到了你们面前，面对世界尽头的奇景、传说中的灵药，以及你们的答案，我却迟疑了。我并不想留在世界的尽头，因为我已经决定要去结束世人们的苦难。虽然我不知道自己能做到怎样的程度，但我至少要尽一份力。可是究竟该不该将仙草带回乌洛帕呢？我的父亲阿祖，他在对国家的外敌强硬而残忍的同时，对自己的子民也同样毫无仁慈可言。从这点来看，我若将仙草带回乌洛帕，那完全是助纣为虐。然而从另一个方面说，这株仙草无论在精神层面还是物质层面，对乌洛帕人来说意义都是重大的。既然我已得到仙草，就必须将它带回去，除非我像基海那样将它遗失。"

"别太担心，人类的命运并非你一人促成。"乌特淖说，"另外还有一件事，既然你已经提到了，那就是虽然基海曾像你一样与我们面对面交谈，但他却从始至终都没有得到过这株仙草。"

"什么？基海根本就没得到过仙草？"

"对于基海而言，问题的答案比死而复生的结果更重要，他认为人类不该得到这样的不死草，所以实际上也并未采摘到它。"波雅解释道，"但同时，基海想给自己的子民以交代，不想他们希望落空，所以编造出了仙草落于蛇口的故事。不过就像乌特淖所说，人类的命运虽由人来决定，但也并非一人就能促成，现在无论你做出怎样的选择，别人都尚有扭转的机会。所以无须怀疑，选择便是。"

波雅说完，将仙草放置在了海岸边的一块石头上，最后对我说："帕宇，我将仙草放在这里，之后的选择，由你来决定。"

第六节 鱼

将仙草放在世界尽头的海岸边后,乌特淖与波雅招待我回他们的茅屋休息,他们帮我换下褴褛的衣物,穿上干净的棉质睡衣。波雅为我刮去一脸凌乱的胡须,又洗净芦苇一样纠缠在一起的长发,它们在进入荒野后的这几年里,已经又长到了我离家出走前的长度。

多年来的风餐露宿已然让我忘记了如何安稳地入睡,但是在干稻草铺就的床榻上,我睡得那么沉,仿佛回到了乌尔港的寝宫,睡在用羊绒填充的被褥间。我做了一个古怪的梦。在梦里,世界变成了一片汪洋,而我则是这汪洋中的一条鱼。又或许,正因为我是一条鱼,才会感觉世界是一片汪洋吧。无论如何,在这片无尽的汪洋里,我感到那么孤独,这种孤独和我在荒野间漫游时所感之孤独不太一样。曾经我是主动选择进入杳无人烟的荒野，并踏上自我探寻之路的，所以如果有一天我想离开荒野，回到尘世的城市里，永远喧闹个不停的人流仍然会在那儿。可是这片汪洋不同。在这里，似乎无论我怎样努力都没有遇见其他人的可能，人类这个种族，好像根本就不曾于此存在过。

我对自己意识到的这一点感到十分恐怖，于是我不停地游，希望能在这荒芜的汪洋中找到一丝人迹。

我在这片汪洋里寻找着人的痕迹，就像之前在荒野里寻找着世界尽头的方向那样。可是很多年过去了，我却一无所获。这片汪洋是如此荒芜，除了形态原始的虾蟹外，连鱼和鲸都十分少见，即便偶尔遇见，也都和我一样形单影只，且无比丑陋。有时，这些偶然相遇的怪鱼们会对我心起歹意，将我当成食物，朝我发起猛烈的进攻。但我已经不是当年那个连豹子都制服不了的小王子了。我已经打败了天牛，又走到了世界的尽头，如今的我应付起这些怪鱼们低劣的偷袭，早已游刃有余。就这样，我一边铲除着身边的威胁，一边在荒漠般的汪洋里继续着对于他人的探寻。

终于有一天，我来到了一片海中废墟，并确定这里就是乌尔港。但它早已繁华不复，失去了我记忆中傲岸的身姿，坠落进海底的峡谷里。我在这片废墟里悲凉地徘徊着，寻找一切熟悉的场景：曾经璀璨而炫目的王宫朽烂得只剩下了金顶，也已经沾满淤泥，沦为虾蟹的寄居所。圣坛里的海特达特腐化成碎屑，水纹一波动就分解成泡沫。广场最坚硬的巨石基座也裂成碎块，丑陋的海草从缝隙里挤出来，只有从水面俯视才能勉强认出其原本的形状。连最结实的建筑物都变成了这样，更别说城市里那些普通的木质建筑，居民区、瞭望塔、军营、商业街、港口……根本就无从寻迹，我只能守着砂砾下的一片淤泥，执拗地相信这里是某个街区的遗迹。

我在荒野中漫游了十年，终于在梦中回归了故乡，然而却是这番情景。想到这儿，我不禁潸然泪下，眼泪和海水混为一体，好像整片汪洋都是我的眼泪。

然而就在我悲伤得不能自已之时，我听见了人的呼喊。起初我以为那是自身的幻觉，在这个即将湮灭的陈旧世界里，曾经被认为是亘古不朽的城市都成了一摊淤泥，自己苦苦寻找了多年的人竟然真的存在吗？但很快，我便看见远处有个影子正在水面上挣扎。

我心里又惊又喜，连忙朝那个方向游去。随着影子越来越近，我才终于看清，那里真的有个女人。她穿着一件由泛光的奇特面料所缝制的贴身衣物，手持三角戟，正跟一条凶猛而可怖的大鱼搏斗！这条大鱼至少有一头鲸那么庞大，它长着非常光滑的鳞片，远看好像是陆龟的龟壳，它的牙像鲨鱼一样外翻，却是犀牛角般的圆钝。即便我已经在这片汪洋里漫游了这么多年，期间遇到过数不清的怪鱼，也从未见到过如此异形的一条。只见这条大鱼已经用牙齿撕下了女人左腿上的一块肉，血将海水染成深紫色，可她仍在殊死挣扎。她不停地发出求救信号，又是吹口哨又是大叫，可没有任何人来帮她。

必须救她！我心想。

我冲向那条怪鱼，它显然没料到我的出现，因而疏忽了防备。我用头撞它,把角刺进它圆滚的肚子里,而后我又死死咬住它丑陋的身躯,使它不得不放弃那个可怜的女人,同我搏斗。我疯狂地撕咬它,很快,它就没了动静。我放开它,周遭的海水里充满了血沫、碎肉和鳞片,怪鱼残破的尸体在这片血污的水域里缓缓地沉进海底。

这时,我才想起那个遇险的女人。她还活着吗?我四处寻望,海平面上却已不见她的身影。于是我扎进水下,只见她的身体正和大鱼的尸体混在一起,缓缓下沉。我游到她身边,搅动海水,让血水变得清澈些,好看清她的模样。然而不幸的是,她大张着眼睛,已经失去了生命的迹象。我才发现她的脖颈几乎被那条怪鱼咬成了两段,大腿肌肉的缺失与这个相比不过是皮肉伤罢了。在脖颈断裂的状况下她是根本不可能活命的,能强撑着浮上海面呼救已经是她的极限了。我想,既然她会呼救,那么这附近一定还会有其他人,也许是她的家人,那样最好。就算只有她自己,我也不能叫她就这样沉入大海。于是我轻轻衔住她的尸体,来到海面之上。

一座巍峨的建筑突然出现在我的面前。刚才我光顾着与怪鱼搏斗,竟然都没有察觉到这座建筑的存在。这是一座有着巨型基座的雄伟寺庙,其基座呈方锥形状,由六百级台阶组成,整体几乎完全没入海水之中,只剩下一两节还暴露在天空之下。寺庙的主体部分由黄金色的柚木贴皮,在刺眼的阳光里流动着琥珀一样黏稠的光彩。这座建筑我无论如何都不会认错,它一度号称陆地上离神最近的建筑,除了供奉诸神之首安淖的乌塔天神庙外,还会是什么?

在乌尔港早已变成海底烂泥时,乌塔天神庙竟然还耸立于世。我为这个发现感到震惊又狂喜,我多想进入乌塔天神庙故地重游,重新爬一次它的六百级台阶,走上能俯视整座乌尔港的高台,在诸神雕像的注视下穿越又长又高的厅廊,来到祭台下跪坐,在绘满海特达特的立柱所形成的狭长阴影里聆听大祭司的晨祷,最后接受他替代诸神所降下的祝福……无论诸神是真的存在,还是如不死者们所说,只是人类幻化出的形象,我都不在乎,我只想重温这一熟悉的仪式,它能让我找回家的感觉。

然而,望着乌塔天神庙高傲又落寞的身姿,我的幻想结束后心中只剩下五味杂陈。作为一条鱼的我,既没有手也没有脚,想要进入神庙里朝拜也不过是痴人说梦罢了。

我绕着乌塔天神庙恋恋不舍地游了几圈,心想如果找不到其他人的踪影,就把这名逝者的遗体安放在这里吧,诸神一定会为她找个好归宿。我正这么想着,却见从神庙里跑出一个少女,她穿着奇怪的衣服,既像是铠甲,又像是睡袍,这套衣服在刺眼的天光下泛着一种我从未见过的银灰色,好像一个久远又奇异的梦。少女看起来十三四岁,她皮肤黝黑,头发很短,长度还不及脖颈,和孩童无二,而在她漆黑、凌乱的碎发间,她的眼睛则似如同黑洞一样深邃而神秘——她是一个乌洛帕人,我非常确信,却又忍不住怀疑。我确信是因为她的长相,和所有乌洛帕人别无二致;我怀疑则是因为她的穿着打扮以及眼神,有别于我认识的所有人。

即便如此,我还是欣喜若狂。我游遍整片汪洋想找的人,终于在这一刻出现了。

既然这名少女居住在乌塔天神庙里,那么多半就是祭司或圣童吧。如果是的话,她一定能妥善料理死者的后事。于是我衔住这具遗体,向她示意,希望她能明白我的意思。

可是少女见到我后却露出一种绝望而愤怒的神情,她从背后取下一把枪一样的武器,向我一指就发出雷电一样的蓝光,碰到这蓝光的皮肤立马感到烧灼一般的疼痛。她一定是把我当成了杀人凶手,才会露出那样的神情。我招架不住这种奇怪武器的迅猛连攻,只得抛下女性的遗体,迅速地离开了神庙周边,她也就不再继续追击了。

离开了乌塔天神庙后,我心里充满说不出的沮丧和懊恼。我多想告诉这名少女,我是谁,我从哪里来,以及我从另一条怪鱼口下保全了逝者遗体的事实,可我这张笨拙的鱼嘴实在是说不出人类的语言,面对少女的误解和攻击,我只得灰溜溜地逃跑。

我打算去找其他人,既然乌塔天神庙里还有人居住的话,想必在附近也能找到其他居民吧。我抱着这样的想法,在乌塔天神庙和乌尔港废墟的周围开始了细致的搜索。我向神庙的西北方而去,很快就发现了另一座被遗弃的城市。这座城市是如此壮观,虽然和乌尔港一样已经成了海中废墟,但在清澈而荒凉的海水里,其模样仍辉煌雄伟得令人叹为观止,和这座废墟相比,即便是鼎盛时期的乌尔港,也好像积木城那样渺小而微不足道。

神启之圣城安临都,我的脑海中不禁浮现出这个名字。

根据《王之典》所述,人类的王权从天而降,为天神安淖所赋予。最早的王权便降临在一个叫"安临都"的地方,那里是人类最早的城市,也被称作"神启之圣城"。在《王之典》里,圣城安临都被描述为"陆上之星",它是神之宇宙的微缩模型,它的名字承载着除诸神外最伟大的荣耀,其壮丽的姿态令所有生物为之倾倒与折服。

如果说安临都真的存在于世的话,也不过就是这个样子吧。然而,即便是这样的城市也逃不过大水的漫涨,果然就如不死者所告诉我的那样:"这边的海水终有一天会淹没众生的宇宙,时间的洪流会吞噬一切,在它面前,众生都是平等的。"

连这样雄伟的都城都已经被荒废,这个世界上怎么可能还有其他人呢?我的心里冒出绝望的念头,可即便如此,我仍然坚持不懈地在这座奇迹般的城市里游荡,寻找其他人的痕迹。和乌尔港的废墟不同,这座城市里还有一些建筑尚未被海水完全淹没,就像乌塔天神庙那样,或露出一点尖顶,或露出最顶楼的几层。我冲着这些地方鸣叫,用头冲撞其外墙,或者用脑袋上的换气孔将海水喷进去,试图将里面可能存在的居民吸引出来,然而这么做也只是枉费心机,这座城市里除了三五成群的海鸟和零星的鱼虾外,没有一点生气。

最后,我将所有的希望都放在了城市北部最庞大的一片建筑上。这片雪白色的建筑群,我第一眼看到它时,还以为自己见到了传说里的冰山。在我十三四岁的时候,王宫的御用智者督姆海曾经跟我讲过这样一个理论,如果将水放在足够冷的地方,或者对其施加足够的压力,它就能凝固成一种像水晶一样坚硬而晶莹剔透的物质,智者们将这种理想中的物质称为"冰"。督姆海还说,如果存在某个极度冷的地方,那么出现一座冰凝结成的山或者大陆也极有可能。但是乌洛帕所在的大陆一年到头都是恒温,虽然温度会有波动,但实在达不到能令水结冰的条件,而在我所生活的时代,人类也并没有创造出足够强大的机器,能将水压成冰,所以我一直都当冰山是个传说罢了。

直到我看见这座建筑。它通体雪白,大致呈圆形,体积至少是乌塔天神庙的十倍,底座稳健地屹立于海床之上,就像山那样,似乎仅凭生物的力量根本无法将其撼动。我以为这就是冰山,直到我游到它跟前,仍没有任何冰冷的感觉,当发现其外墙上规律排列的圣数符号和墙面接缝时,才恍然大悟,这样体态磅礴的奇观竟然是人类的杰作。

我幻想着这座冰山一样的建筑里可能还会有人生活,绕着它兴奋地游了三圈。我发现,虽然从海面的角度观察这座建筑,它没有任何窗户和明显的入口,但在它底座的最低端却有一些十分狭窄的通道。有的通道隔一阵子就会将海水往里吸,而另一些则隔一段时间就将水往外排。这些排出的水总是伴随着非常细小的植物碎屑和白色泡沫,我凑上前去尝了尝,惊异地发现这些排出来的水竟然是淡水!虽然我实在想不明白这座建筑究竟如何不断地抽进海水、排出淡水,但我坚信淡水和植物碎片就意味着生命,一定有人类在这座建筑里生活。这样想来,这座建筑多半就是为了抵抗海水的上涨才建成的,里面的设施一定满足了人类各种生活所需,一旦住进去,就根本无所谓外界环境的变化了。

但是,既然这座建筑就是人类为防止海水上涨所建的绿洲,为什么还有一位少女孤独地居住在乌塔天神庙里呢?难道说她是神庙的女祭司?可即便如此,她也应该隔三岔五地回到这里吧。还是说,她和我一样离家出走,或作为放逐者被建筑里的人给赶出来了?我想不明白,踌躇了几天后,还是抱着好奇的心态回到了乌塔天神庙。我在较远的海域里徘徊,偷偷地观察着少女每日的动向。

在我观察少女的十几天里,她几乎是三天才出一次门。她走出神庙不外乎是下海捕鱼,到南边远一点的海域里采摘海草,或将海水灌进一只造型独特的银色巨缸里。虽然能看见她的时间很有限,但我已经能确定,她的生活是自给自足而非依靠他人补给,并且神庙里只有她一个人。同时,我认为她也并非神庙里的祭司,因为我从未见到她在日出前进行过任何早祷仪式。看来乌塔天神庙也已经被荒废了,而这名少女并没有任何特殊的身份,只是个在此生活的普通人。那个不幸丧命鱼口的女人,也许就是她的母亲。想到这儿,我感到无比惋惜而愧疚。如果当时我早点察觉到女人的呼救,多半就能救下她了,这样我和少女之间也就不会有任何隔阂了。

我想消除和少女之间的误会,无论如何都要将我知道的讯息传达给她。

我想了一个办法,既然我说不出话,那么也可以用其他方式来表明自己的身份。我冒着被那杆会放电的枪再次伤害的风险来到神庙前,通过快速游水来组成一个南沐的圣数符号。一个大菱形里面有一个小菱形,这是最简单的圣数符号,一旦少女看懂了,就一定会明白,在这具愚钝的鱼身里,寄住着一个有智慧的灵魂。

我不厌其烦地游着,直到中午时少女才从神庙里走出来。她的脸色非常差,和我第一次见到她相比,她的神情少了几分智慧,多了几分木讷。我不知道她出门来干什么,因为她既没有带捕鱼的工具,也没有端着那只造型奇怪的银缸。她就这么走出来，站在神庙门口，以一种极其呆滞的诡异眼神盯着远方的天际线，完全没有注意到我的存在。

她怎么会变成这样？我忍不住泛起一阵心酸。这个可怜的女孩子，她跟我一样失去了母亲。但是，我的人生中不仅仅有母亲，我还有王宫里从小陪我嬉闹的玩伴、收养我的先知舒兰德、教我知识的智者督姆海、训练我体魄的护卫队队长尼姆洛特、像父亲一样体贴我的村长图尔加、许许多多我在旅途中相识的人……可这名少女不一样，她没了母亲，人生里便谁都没了。她太孤独了，没有任何伙伴，更没有任何交流的对象，她的人类意识已经逐渐退化，变成一只野兽了，就像我在荒野里漫游时那样。

必须唤醒她才行，我至少能做这个。

为了引起少女的注意力，我开始用力鸣叫，并努力用尾巴拍打出水花。终于，少女的目光开始向我这里集中，并渐渐恢复了生气。我见计划有所成效，便更加迅速地在水面上移动起来，划出南沐的圣数符号。然而我付出的努力并没有让事情往我希望的方向发展。虽然我的出现让少女找回了自己作为人类的意志和情感，但情感却战胜了她的理智，她似乎只感到对我的愤怒，而根本没有注意我精心设计的划水轨迹。

她提上那柄会放电的长枪就冲我而来，将我好不容易划出的南沐符号搅成一片白色的水花。我只得逃离乌塔天神庙，实施我的备选计划——将少女引去那座拥有淡水和植物的神秘建筑。我放缓速度，以便少女那不擅长游泳的人类四肢能追得上我。我不紧不慢地游着，直到将少女引到目的地附近。经过几日的搜索，我对这片区域的地形已熟稔于心，趁着少女失神的空隙，我立马将自己隐藏在另一座海中废墟的阴影里，暗中观察她的下一步举动。

少女会进入这座巨型建筑吗？

会有人从建筑里出来驱赶少女吗？

还是说，少女会就这样返回乌塔天神庙，令我所有的计划都前功尽弃呢？

只见少女发现自己将猎物跟丢后，先是露出沮丧的神情，她撒气般地用自己的武器拍打了一会儿水面，方才注意到自己的所在位置。她似乎为自己来到了这座建筑前感到震惊，并顺着没入海水中的楼梯爬到了一座停港台上。她在那里驻足许久，几乎是呆在了原地，直到我以为她再次陷入了那种无意识的状态，这时才突然有了下一步行动。只见她迈开双腿，向建筑内部走去。

我多想跟少女一起进入建筑的内部一看究竟，无奈我失去了双腿，只能在恶毒烈日下的荒芜海洋里，想象出一片无论存在与否，我都永远无法见到的绿洲。

我在建筑四周徘徊，苦苦地等待着，下午的时候，少女总算从建筑里出来了。她从进去的地方缓慢地踱步而出，没有人跟她一起，她仍然是孤零零的一个人。比起上午，少女的神情显得十分恍惚，但跟她之前那种丧失了自我意识的状态又不太一样，这回她更像是运动过量导致的注意力不集中。少女就这样眼神涣散地游回了神庙，甚至完全没注意到我一路都跟在她身后。第二天早上，少女仍然持续着这种状态，进入了那座巨型建筑

213

这件事,仿佛完全就没发生过。这不禁让我怀疑,那座拥有淡水和植物的巨型建筑里确实住着人,而这名生活在乌塔天神庙里的少女,由于不是他们中的一员,不能分享他们的淡水,所以在进入那座建筑后被里面的人催眠了,让她就这样离开那座绿洲,并忘掉里面的事物。

就在我几乎相信了自己的这个奇思妙想之时,少女终于再次行动了。

这回她不仅带了那柄会放电的枪,还划了一条小船。看到她的准备,我就明白了一切——那座巨型建筑里并没有其他人。昨天少女进入建筑后既然还会出来,就意味着里面没有人挽留她,在满足这种情况的条件下可以推导出三种可能,一是里面压根就没有人存在;二是里面有人存在,但这些人将少女驱赶了出来;三是里面有人存在并挽留少女,却被少女拒绝了。如此分析,如果建筑里的人是友善的,那么少女今天就不应该携带武器;而如果里面的人是不和善的,那么少女今天就是要去偷他们的物资,但绝不会这么正大光明地划着船去。排除两种不可能的情况,剩下的一种即便我不愿相信也只得接受。

我为此感到十分悲哀,而随后的几天里,少女多次往返于乌塔天神庙和巨型建筑之间,她从巨型建筑里带出了许多淡水和植物,却没带出过任何人,这更是印证了我的猜想——巨型建筑里没有任何人。紧接着,另一个更绝望的想法在我脑海里萌生:这个独自生活在乌塔天神庙里的少女,很可能就是世界上最后一个人类了。

为什么她在唯一的家人去世后没有去别的地方,而是留守在乌塔天神庙呢?人是群居动物,在这座城市里就剩下她一人的情况下,她应该去别的城市投靠或寻找其他人才对。这座城市在乌尔港的附近，从乌尔港出发，沿着当年我旅行的路线，还有许多其他雄伟的城市，那里地势相对较高，有人类存在的可能性比这里大许多，而少女却迟迟不动身，原因只有一个，那就是在她的认知里，那里根本就没有存在人类的可能。

那里没有人类，没有城市，更没有陆地。

我放弃了，无论是寻找人类，还是继续在这片汪洋里无尽地漫游。我已经来到了旅途的终点，我累了，哪怕要忍受误解，但就这么让我待在这个唯一的人类身边，直到时间的洪流也将我湮灭吧。

于是我留了下来，徘徊在少女的周围。

没过多久，少女就搬去那座拥有淡水的巨型建筑生活了。自从她搬进那里，出来的次数就越来越少了。虽然我和她见面的时间越来越短，但她对我的态度却有所改善，她不再跟我以武器相逼，看我的眼神里也少了些憎恶，多了些怜悯。很偶尔地，她还会从建筑里带出一种红色的果实喂给我吃。这种果实长得像番茄，却没有酸味，在我仍生而为人的时候，从没见过这种水果。

我想她对我的态度之所以有改观，一是因为我将她引来了这座有淡水和植物的绿洲，很大程度上改善了她从前艰苦的生活；二是因为随着时间的推移，她的心态越来越平和，再回想发现母亲遗体时的细节，也许就会意识到那时她身上的伤痕，与我的齿痕并不吻合，毕竟那条杀死她母亲的怪鱼，无论在形态上还是骨骼咬合的发育上都和我相差甚远。加之后来我又从一头齿鲸的追击中将少女救下，对她行了善举，她也就淡忘了以前那些莫须有的仇恨，对我产生了惺惺相惜的情感。

生活就这样平淡地持续了一阵子，直到有一天，少女竟然拿着那样东西出现在了我的面前。

它是多么纤细，被少女握在手里就好像一棵弱不禁风的小草。但它散发出的奇异而炫目的光泽，我永远都不会认错——那是不死者交付给我的仙草。

为什么这个生活在末日世界里的少女会拥有这株仙草？她是在现在生活的这座巨型建筑内找到的吗？人类既然拥有仙草，又怎么会走到灭绝的境地？这株仙草是我带回乌尔港并存活至今的吗？这个诡异的末日世界到底是未来，还是只是我在梦中幻化出的臆想？

无数的问题在我看到仙草的那一刻，犹如间歇泉般迸发而出，一瞬间几乎令我的大脑停止运转。但是下一秒，我的身体却再顾不上这些问题，自发地动了起来，因为少女做出了更加匪夷所思的事——她毫不犹豫地将仙草扔进了海里，就像扔一枝已经枯萎而毫不珍贵的野花那样。

难道说她根本就不知道仙草的作用吗？可是，既然她曾经生活在拥有无数古代典籍的乌塔天神庙里，又怎么可能不知道《大史诗》里的故事呢？

难道说她根本就不识字吗……

来不及想这些了，仙草散发出的浓郁的生命气息很快就会吸引来其他的鱼类，无论基海是否像不死者们告诉我的那样根本就没摘得仙草，如果放任这种事情发生，《大史诗》里写的那个让仙草落入蛇口的悲剧就会真正上演！

不行啊，不能放弃人类！哪怕只是有一丝可能性，你也要抓住它，看看结果会怎样！

我惊呼着冲向仙草。我张开嘴，但说不出人类的语言。对啊，因为我是一条鱼，怎么能说出人类的语言呢？突然，我明白了，这就是不死者们给予我的最后的启示，让我化身为这条海中巨怪，顺着时间的洪流游向未来，以旁观者的身份一探人类与自我命运最后的竞夺。

果然，就如乌特淖所说，我的选择确实决定了人类的命运，但人类的命运，也并非我一人就能促成。我选择了仙草，就是能为这个人类女孩儿提供最后的机会，但即便如此，她的选择也并非我作为一条鱼能决定的。

她既然生为世界上的最后一个人，那么她的选择就是所有人类的选择，而会让她沦落到世界上最后一个人这种境地，就是她千千万万人类祖先做出选择后，叠加产生的结果。

至于我呢？

我要带回仙草，为人类提供这个选择的机会，这就是我的选择。

第七节 贤王

我衔住少女掷于我的仙草,突然从梦中惊醒。那感觉好像在睡梦中被人从高空推下,犹如灵魂出窍。醒来的那一瞬间,我以为自己进入了一个更幽深的梦里,因为我发现自己竟躺在乌尔港王宫的台阶下,几个士兵模样的人正俯视我。

"喂,乞丐,快起来,这儿可不是你能随便睡的地方。"一个士兵用他的长矛戳我的肚子。

我坐起身,只感到身轻如燕,十年来跋涉所积攒下的倦意荡然无存,我的身体那么轻盈而灵活,甚至让我产生了一个可怕的念头:我还是十六岁,我根本就没离开过乌尔港,什么荒野漫游、世界尽头的仙草,这些全部是我做的一场梦。——但是很快，清晨时冰冷的空气就让我真正地清醒了过来。熹微的晨光穿过士兵们身体的缝隙，打在我的脸上。我环顾四周，只见乌尔港王宫的金顶虽然和十年前一样在朝阳下熠熠生辉，但与我记忆中的相比却陈旧了许多，王宫西南侧的一角，一座我没见过的建筑正在紧锣密鼓地施工。

我低头，发现自己仍穿着漫游荒野时的破烂衣服，世界尽头和乌特淖的茅草屋像是一场幻觉，莫非我真的是个做了场荒诞王子梦的乞丐吗？

但是，却仍有些地方不一样。首先是我的手腕上，那里戴着女智者希杜丽丝为我编织的手环，证明我从天牛的巢穴中救下过她的命；其次是胸襟处，那里闪烁着奇异的微光。我将手伸进衣襟中摸索，然后，我摸到了那株仙草。

确认了这一切后，我站起身，努力找回王子的姿态，对士兵们命令道："我是帕宇，你们快去为我向阿祖陛下请命，我要见他。"

士兵们听到后齐刷刷地愣住了，他们面面相觑，而后突然大笑出来。

"这个睡在王宫台阶上的乞丐竟然说自己是帕宇王子。"

"我看这个乞丐根本就还没睡醒呢。"

"我是帕宇王子，我从世界尽头归来了。"我辩解道。但我想自己的辩解毫无说服力，首先这些士兵都很年轻，在我离家出走前，他们大概还是十岁上下的小男孩，根本不认识我的样子。况且，十年的漫游一定让我的脸庞充满沧桑，我看起来大概比二十六岁老许多，而且毫无威严——我早已不是容光满面的少年王子了。

"快滚吧,马上就是陛下去神庙做早朝拜的时间了。"一个士兵狠狠地推了我一下,我踉跄了一下,险些跌倒在地,"要是被陛下撞见,你的脑袋可保不住。"

正当我苦恼下一步该怎么办的时候,听到远处传来一阵号角声,那么尖锐,犹如一把刀将空气划破。而后是此起彼伏的乐鸣声,由远及近。它唤醒了我的记忆,这是阿祖出早朝拜时的礼乐。

我不禁大喜,阿祖去乌塔天神庙做早朝拜的时候,会有许多贵族随从一起,其中不乏从小和我一起长大的玩伴、熟人,只要我能见到这支队伍,其中的人就会将我认出来。于是我立马装出一副要硬闯王宫的样子,好让士兵将我拦住,制造混乱,吸引这支朝拜队伍的注意。

"喂,这个乞丐真的把自己当王子呢。"看见我的动作,一个士兵对其他人大叫道,"快抓住他!如果他真的跑进王宫里,我们可要一起陪着掉脑袋!"

士兵们一拥而上,但由于我身材相当高大,他们必须同时抓住我的两条胳膊,其中一个正打算用长枪敲断我的腿,还有箭手站在高岗上等着射我。这些士兵的招式全是尼姆洛特训练的,对于其他人而言或许是毫无破绽的进攻,但我从小受同一人训练,又无比熟悉这里的地形,所以轻松而灵巧地躲过了他们的阻拦,奔进乌尔港王宫被高墙环绕的前院里,与阿祖的礼乐队打了个直直的照面。

队伍的阵容比我年少时还要庞大,其中有尼姆洛特、督姆海,有许多我熟识的大臣、神官,还有一些我小时候的玩伴,他们的五官未变,但已经长成大人模样，有的似是已经继承了父辈的头衔，浑身上下都是完全的贵族派头了。想必在我离家的这十年里，阿祖变得越来越衰老，随着死亡的逐渐逼近，他也变得更加虔诚，甚至虔诚得有些迷信。他一定修了许多新的寺庙，选了许多新的圣童，又扩大了朝拜队伍的阵势。他要向诸神展示自己的虔心，希望他们多留给他一些人间的时光。

我和这支队伍面面相觑，心中止不住地悸动。我回家了！不是在梦里到访那个残破的乌尔港废墟，而是双脚真真切切地踩在乌尔港王宫焕发着荣光的洁白地砖上。

尼姆洛特的手握住剑柄，似乎认为我是欲行凶的刺客，下一秒就要取我首级；而我的身后，那些全副武装的守卫们也向我追来，只消一秒就能将我完全制服。但是这一秒多么漫长，因为我正对着东方，黄金一样的晨光将我包裹其中，我的面容在这些背对太阳的人们眼中，比我在他们记忆中的任何一个时刻都更加清晰。

他们认出我来了，正如我认出了他们那样。

"尼姆洛特、督姆海、许加、杜姆沙鲁、恩加特、阿曼库尔……"我叫出在场我认识的每一个人的名字，激动地大喊道，"我回来了！"

这句话就在我的唇边打转，正当我要喊出之时，却被另一个声音抢了先。

"何人阻我路？"

这个声音从队伍中心的一台垂满纱帘的轿子里传出，它苍老而垂暮，却极富威严，在其主人开口的一刹那，所有的行动都停了下来，尼姆洛特收回了剑，侍卫们停下了脚步。在场的所有人都向这个声音的源头看去。

尼姆洛特正要开口，我却抢先一步："父王，是我，帕宇，我回来了。"

"帕宇，帕宇……"这个声音喃喃地念了一会儿我的名字，"拉开卷帘。"

两个身着卡纳克的男孩儿用两根卷帘杖，拉开这座八人抬轿的层层薄纱，露出里面的人。这人早已失去了我记忆中那雄伟而令人畏惧的身姿，萎缩成佝偻的一团，深陷在成堆的枕头里。他的头发全部白了，眼神也涣散得好像患了白内障，用惘然甚至有几分痴呆的眼神睥睨着我。

是阿祖。我这被人称为恶枭的父亲，虽然生性乖戾，年轻时却也有过英雄般的壮举：他赶走了高山上的野兽，屠杀了深海的怪物，平息了南部低谷的叛乱，又击败了远方蛮族的船队，他手里的剑虽嗜满鲜血，却也着实缔造出了宏帆王朝的黄金时代……直到他活到九十五岁，变成了一个龙钟老人，再也爬不上马背、举不起剑，只能奄奄一息地瘫痪在八人抬的高轿里。即便肉体能永恒，意识也总有消亡的一天，在洪水般的时间面前，去寻求永生不死，真的有意义吗？看着阿祖这副样子，我忍不住思索道。

"帕宇，吾子……"只听阿祖迟缓地说，"十年前，你向我请命去做个旅者，我允了你，并交付给你一个任务。现如今，十年过去，你已回到了我的王宫，却不知我交付你的任务，究竟完成没有？"

"父王，十年前我带着你的任务离开乌尔港，前往广阔的世界去寻找永生之仙草……"我开口，所有人的目光又聚焦在我身上，"我化名涛诺特，首先在基洪河岸的古石村居住，受到村长图尔加的照顾。一年后，村长图尔加去世，我也就再次踏上旅途。我沿着基洪河来到边境的希什城，那里的人指引我去寻找古尔桑的智者希杜丽丝。由此我进入浩尔达森林，在那里，我遇到了卢加班达王曾制服的天牛伊图恩，在天牛的巢穴里，我与它搏斗，并和古尔桑人一起将它驱逐。来到古尔桑人的聚落，我才知道这一切都是智者希杜丽丝的计谋，除了书写《大史诗》的淖雅外，她是现世中最有智慧的。希杜丽丝告诉我，想要得到问题的答案，就必须前往世界的尽头寻找不死者乌特淖和波雅，我也就再次踏上旅途。我在无人的荒野里行走了八年，最终抵达了世界的尽头，在那里，我见识到了人类的渺小和无力，人类似乎永远无法击败死亡，但不死者们仍然将永生的仙草递给我，让我做出选择。"

说到这儿我停顿了一下，我看到有的人在窃声议论，想必我从天牛巢穴救下希杜丽丝的故事早就传到了乌尔港，只不过这里的人们并不知道那个主人公是我而已。

"最后，我选择将它带回故乡。"我说着，将手伸进衣襟里，掏出那株不死的神草，在最富有朝气的新生的阳光里，它绽放出在灰暗的世界尽头和衰败的末日世界里从未有过的绚烂色彩，这些色彩又从我手指的缝隙间挤出万道光辉，投射在修建乌尔港王宫所用的雪白砖石和镀满黄金的屋顶之上，在这种奇异色彩的辉映之下，整个世界都显得年轻了。

"父王，这株《大史诗》里所说，被'英雄王'基海不慎落入蛇口的仙草，我带回来了。"

我语毕，阿祖突然从有华盖的轿子里爬了起来，没有人搀扶他，因为所有人的目光都被我手中的仙草吸引、禁锢，没有人再注意老国王的动向。这些人的目光，有的满是崇拜，有的满是畏惧，有的满是惊奇，有的则满是欲望。我看不懂阿祖的目光，因为他的眼睛混沌，读不出里面的情感。

阿祖手持一根黄金的宝杖，爬下华轿，穿越众人向我走来。他拄扶宝杖的手上戴满戒指与手镯，但他苍老而无力的双手已经臃肿不堪，这些原本巧夺天工的首饰就像船板上长满的藤壶一样镶嵌在他的手上，只令观者感到无比厌恶。他靠近我，伸出颤颤巍巍的手抓住我手里的仙草，仰起佝偻的脖颈直视我，我才终于看清了他的目光。

"帕宇，你名字的含义是'骏马'，与我的名字相对应。你母亲伊莎沐苏给你起的名字，她生你的时候，正赶上我率军在东海远航，所以她说'既有翱翔的雄鹰能飞越一片汪洋，也当有奔腾的骏马能驰过一座大陆'。果然，你不负她的期望，走过了一整座大陆，到达了世界的尽头，拿到了永生的仙草，又将它带回了我的王宫。'英雄王'基海未曾做到的事，你做到了，所以未来那些歌颂你的史诗，应当以此为开端……"

阿祖说这段话的时候，眼里的情绪不停地变换着。他提到我母亲的名讳时，浑浊的双眼一度变得清澈，满是纯真的爱意。我刹那间便明白了为何他有过那么多妻子，却独宠我母亲一人。因为他的权力靠威胁得来，他的一生也饱受他人的谄媚、憎恨与恐惧，只有我母亲一人真心地体谅他、宽恕他、依靠他。我终于明白，为何他称她为"太阳王后"。正因她如太阳般,将人性之善的光辉不遗余力地赠予了他,驱散了他内心的阴霾。

他不断悼念着,但是这种情绪没持续多久,很快,它们就被无奈和悲愤所取代,一如我在末日世界里所遇到的那个少女刚痛失母亲时的神情。忽然,他的眼底又闪现出一线希望,一种年轻的生气。甚至从未有过地,我从他的双眼里看到了一丝骄傲,这是我仅从将我当亲生孩子关怀、教导的图尔加眼中见过的为人父母的自豪。一刹那,阿祖曾经的种种暴君形象甚至在我面前被彻底推翻,他成了一代明君、一位慈父。沐浴在仙草的光辉之下和生的喜悦中,阿祖过往种种置人于死地的恶行似乎统统都能被宽恕和谅解,只剩下那些无法被取代的丰功伟绩,似乎正如古代的诗人们所说:"既无猛禽不啖肉,亦无枭雄不嗜血。"雄鹰与恶枭,或许本就是一体两面。而我的脑海中也因此幻化出一幅大团圆的美景,那就是阿祖用我取回的仙草复活了我的母亲伊莎沐苏,随后又召集全国上下的智者,用这株仙草培育出了一种神赐的果实,对了,它就像梦中少女喂我吃的那种红色果实,它或许不能令所有人永生,但至少可以让人们免受疾病的纠扰。而后,整座乌尔港都沐浴在荣光里,它将成为新的圣城安临都,正如我在梦中所见的那座奇迹之都,只有一点和梦中不同,那就是它将永不迎来衰落……

我沉溺在美好的愿景里,一旁,阿祖仍继续说道:"……吾子,你将成为新时代的英雄,如果你未曾犯下大逆之罪、举兵谋反。"

什么?

听到阿祖的最后一句话,我脑中的幻想突然尽数消散,笑容也凝固在嘴边。十年前我离家出走时，阿祖未配给我一兵一卒，我以被放逐者的姿态离开王宫，从未取得过兵权。而过往的八年里我又在荒野里漫游，我远离乌洛帕，更远离一切人烟，直至今日才返回家乡的我，亦没有时间去集结军队。我根本就没有能力，更没有机会举兵谋反。我以为自己听错了，微微失了神，阿祖却趁机将仙草从我的手心里抽走。

我再看向他，只见他的眼神又变了，不知何时，他双眼中的生气彻底消失了，尤其是在仙草之光的对比下。阿祖的眸瞳彻底被一阵惨白的迷雾湮没，好像完全失明的盲人，但更加阴鸷而晦暗。我不禁感到一阵恶寒——虽然方才经过了短暂的挣扎和回光返照，但阿祖所有的慈爱还是全部死掉了，正如他的太阳。他还是败给了自己的天性里恣睢的那一面。那个阴暗而多疑的声音，生自他年幼时期先王拿他与众兄弟们相形时所产生的自卑和嫉恨，终其一生都未能得到感化，最后终于占据了他的全部心智。我几乎听到这个声音对他说：" 你的儿子即是你的所属之物，他带回的仙草就是你的仙草。吃下仙草，你的统治将千秋万代，混血王们之后，你就是唯一，不，你甚至超越他们，因为他们亦不能永生，命运亦不能为自己所掌控。阿祖，吃下仙草，从此你就是光明，其他人只能在你形成的暗影里苟活；从此你就是现世之神，其他人怎样膜拜安漳，就怎样膜拜你。儿子这种东西，长大了就会有自己的主意，现在留着他，难道还要等他篡你的位、跟你唱反调吗？"

"王子犯法当与庶民同罪，我老了，挥不动剑，你们快代我拿下这叛国的逆子吧。"

阿祖说罢转身离去，声音听上去满是悲悯，但无法掩盖嘴角露出的卑劣奸笑。身后，那些年轻的卫兵们一拥而上将我制服。卫兵们只任阿祖派遣，不在乎他说的话究竟是何含义，但在场的贵族和神官们却听懂了阿祖的话中话。就像所有那些起先被阿祖当成工具，目的达成后又被他当成绊脚石的人一样，我马上就要因为一个莫须有的罪名而被斩首了。

想要杀死阿祖，只有趁这个时候了。阿祖已经将仙草放在了干瘪的唇前，要是错过了现在这个机会，让他成为永生的不死者，一切就都迟了。我在心中坚定了自己的杀意，反手一个用力，挣脱卫兵的制服，抢过他手里的长枪，向阿祖冲去。

太迟了。

在我的枪头要碰到阿祖的那一刹那，他就已经咬下了一叶仙草，咽进了喉咙里。看到这一幕，我手中的枪不争气地停下，摔落在地上。卑微的自由终究没有赢过专制强权，十二岁的我妄想杀死阿祖，二十六岁的我却妄想阿祖能变成一代贤王，我的天真败给了他的狡诈。我输了，而且输得毫不光彩。

然而同一时刻，逆转来得那么猝不及防，吃下仙草的阿祖，竟然像一具松散了的沙雕一样开始崩溃。他好似吞下了诡异的剧毒，浑身上下的皮肤脱落、渗血，骨骼和血肉也随之化掉，整个过程发生得非常快，最后，就连他剩下的那一摊血都蒸发干净，只留下一堆套成人形的卡纳克、一根黄金手杖、一堆四散的珠宝首饰，和一棵落在衣物中，被层层叠叠的丝绸锦缎掩住了光芒的"仙草"。

面对这一连串难以置信的恐怖场景，在场的所有人都和我一样，陷入了死寂。

而后，不知是谁起的头，人们突然开始高呼我的名字，他们有的叫我"叛逆王"，有的叫我"太阳王"，还有的直接拿基海的称号"英雄王"称呼我。虽然后来不乏谣言说我谋杀了自己的生父，但始终没有人站出来同我作对。人们拥护我，就像多年前他们拥护阿祖那样。

就这样不可思议却又顺理成章地，我继承了阿祖的王位，成为乌洛帕新的国王。乌塔天神庙的大祭司安尼加说，他在我回归的前一天晚上得了天启，安淖告知他，恶枭阿祖的统治即将迎来终结，而他的独子帕宇——也就是我，会带着荣耀返回乌洛帕，继承他的王位，届时，安尼加作为安淖在凡间的代言人，应当辅佐我成为贤明的君王。

我说不上这话有几分真实、几分献媚，我只是问他："安淖说我将带着荣耀返回乌洛帕。确实，从天牛伊图恩的巢穴里救下女智者希杜丽丝是我的荣耀，将仙草带回乌洛帕也是我的荣耀。但为何那株仙草并无法令人永生，反而置人于死地呢？间接地谋害先王也是我的荣耀吗？"

"吃下本应让人得永生的仙草，结果却被置于死地，这就是阿祖违背和伊莎沐苏王后的誓言应得的天罚。"安尼加义正词严地说，"陛下，先王统治年间草菅人命，这样的暴君，诸神怎会叫他得永生呢？况且，永生的秘密本就是我等凡人不应探索的，如果说'英雄王'基海误将仙草落入蛇口是神对我们的第一次训诫，那么让贪生怕死的暴君阿祖死于仙草，就是神对我们的第二次训诫。"

如此，安尼加再三强调阿祖的死是诸神的天罚，与我的所作所为无关，并建议我将仙草放进阿祖的空棺椁，下葬进绝对安全的宏帆王陵里，让它重新成为一个传说。我照做了，并在那之后，专程遣人到古石村慰问那里的村民，以及到古尔桑的聚落，向族长、希杜丽丝、涵卡等人通报我即位的喜讯。当然，女智者早就知晓我这段旅途的结局，所以并不震惊。古尔桑人为了报答我帮助他们铲除天牛的恩情，愿意再次归顺乌洛帕的统治。我娶了希杜丽丝为妻，在她的谏言下，我改善了阿祖时期的税收和土地征用制度，同时放开国库去救济穷人，对于不忠的边境势力，尽量采用贸易的方式去刺激或缓和，而非兵戎相向。我尽我所能改善乌洛帕人的生活，为每一个人都提供决定自我命运的机会。

当然，就仙草的问题，我也曾再次询问希杜丽丝。

"它确实是株永生草，只不过并不能令他人永生罢了。"我的王后告诉我，"它所吸引的，也并非每一个生者，而是那些恐惧死亡的人。对死亡越恐惧，它的诱惑就会越强大。"

"那么，能令人真正实现永生不死的仙草，到底存在吗？"

"它存在，但并不存在于现世；它存在，但并不为诸神所赐。"

"那么诸神呢？"我又问，"世界尽头的不死者们告诉我，诸神不过是人类自己的化身。倘若诸神不存在，我们的庙宇为谁而建，我们的信仰又为谁而延续呢？"

"诸神的存在和诸神是人类自己的化身，二者并不冲突。"王后说，"人类为了信仰修建庙宇，人类信仰诸神，并非信仰他们对人类命运的奴役，而是信仰他们对人类命运的引导。"

"你一直知晓这些吗，吾妻？"

"我从来都知晓。"王后回答我，"然而多年前，在古尔桑的聚落里，你向我询问之时，这个答案却不能经由我一个必死之凡人的口说出。更何况，那时你真正的问题，也并非关于仙草和诸神，不是吗？"

我笑了，因为正如女智者所说，当年我所追寻的，从来都不是生与死的奥秘，而是自我命运的答案。少年时的我不明白，不死者们却明白，所以他们给了我真正的答案。

虽然如此，但我还是不禁思索，人类究竟是否能突破死亡的极限，实现永生的大梦，不是在现在，而是在某个遥远的未来；不是靠诸神施舍的礼物，而是凭自己的智慧。

不过，去他的吧。无论是人类的大梦，还是诸神的秘密，在无尽的汪洋面前都显得荒谬而可笑。很快，大水就会将我带走，正如它将我带来一样。那时我便和它一起沉睡，以及整个垂暮的世界一起，亘古不醒。

第三卷 卢瑙与卢雅之卷

安澜王朝中后期

距乌洛帕被大水淹没还有五百年

序

  一直没有风,"金柚木号"在池塘般平静的海域里龟速前行着。我们驶入这片浓雾已经三天了,早起站在甲板上,我总能在这雾里看到宁泊的身影:上千根烟囱烧出挥之不去的滚滚浓烟,笼罩着鳞次栉比的高楼、工厂、桥梁、码头和停港,里面充斥着形形色色的人,他们出身或高贵或低贱,永远都熙攘而吵闹,不分昼夜地喧嚣、忙碌着,即便身处王宫也不得平静和安宁。我的心里升起如烟般浓厚的乡愁,即便宁泊是这样一座混乱而吵闹的城市,它的身影却也在大雾里闪烁着,如摇曳的星一般,那里是乌洛帕的心脏,是我的家。

  同世界一般年迈的乌洛帕已经落入垂暮,海水漫涨,淹没陆地和城

市，冲走人类的记忆。海水淹没了乌洛帕克，人们建起了乌尔港；海水淹没了乌尔港，人们又建起了宁泊。总有一天，海水也将淹没宁泊，那时我们将何去何从呢？

我叫卢雅，飒尔隆特王是我的父亲，卢瑙王子是我的长兄。

第一节 父子

大水浸灌了我的身体，它是我的骨髓、脑液，我的血，哺育我的乳汁，也如海水般咸涩。乌塔天神庙的大祭司安努达说，淹没乌洛帕的大水乃神的谕旨。乌洛帕的子嗣挺过这场灾难，必能在祈望中重生。

半年前，我的母亲哽咽着死在了她自己的泪水中，于是按照安努达的口谕，我的父亲需将他的长子和唯一的女儿送上大船，带着四棵新鲜的柚木苗，前往陌生的海域寻找新的陆地。

我不信安努达的话，更不信什么神谕，在我们的年代，祭司这个职务已经变得没那么重要了。虽然海平面的持续上涨让许多老年人都更加迷信，但年轻人还是更愿意相信科学。在古代，祭司是和贵族等同的头衔，而乌塔天神庙的大祭司,是天神安淖的使者,他的口谕就是安淖的旨意,地位比国王还高,放到现在这个称号仍然十分唬人,他的话连我的父亲都不能公开反驳,我也只好乖乖听从。

母亲的葬礼结束后,人们用最先进的技术造出一艘轻巧的磁轮机械船,以昂贵的金柚木打造内饰,取名为"金柚木号",作为我和卢瑙远航的出行工具。出航的前一天刮了大风,吹散了宁泊城里终年不散的烟雾,所以出航的当天晴空万里,太阳照在比天空更蓝的海水上,荡起数不清的光点,叫我睁不开眼睛。人们都说吹散烟雾的大风是安淖亲自降下的神迹,是凯旋的好兆头,所以无论是贵族还是平民百姓,都对我们的这趟旅途信心满满。停满驳船和货轮的宁泊港后,在城市里层层叠叠的桅杆、烟囱和电塔尖顶组成的背景之下,安努达带着十七名神官为"金柚木号"祈福。临行前,父亲最后亲吻了我的额头,他的眼睛泛红,小声嘱托卢瑙一定要平安地把我带回来……

"卢雅,有陆地!"正当我又靠在甲板上想入非非时,卢瑙的呼喊声将我拉回了现实。

他说着,开始调转船尾舵。我挣脱遥远的记忆,跑过去帮忙,只见大雾里飞出一群海鸟,左舷的前方,一小片陆地在浓雾中渐渐显出边廓。

"金柚木号"搁浅了,颓败的绿地病恹恹地浸泡在海水里,植物的绒絮寂静地弥漫着,在大雾和尘埃里遁入虚无。

我和卢瑙将"金柚木号"锚在岸边,背上猎枪、登山杖和淡水囊,准备在这个地方探索一番,运气好的话还能给大船做些补给。从宁泊出港到现在已经过了三十天，按照计划，第五天我们离开了熟悉的航线，进入完全陌生的海域，期间间或路过几座礁屿，这是第一回看到有土壤的陆地。

我们爬上灰白的卵石滩，灰绿色的苔藓恣意漫过棕红的土壤，又覆上青色的巨石，这里偶尔散落着几条死鱼的尸体，毫无人类涉足的痕迹。太阳的光线十分虚弱，仿佛奄奄一息，垂死在世界的尽头。天气不阴不晴的，湿润而闷热，叫人头昏脑胀。

"太糟了，这里的雾气比海上还要重！"卢瑙在石滩上转了一圈，皱着眉说。

这里的雾气确实很重，能见度大概只有不到二十臂，我紧紧地跟在卢瑙身边，生怕一不留神就迷失在大雾里。

"贸然深入太危险了，不如我们回'金柚木号'上，驾船沿着海岸线走，看看能不能回到原点。"我提议道，"这样就能确认这是座岛还是片大陆。"

"这里的水太浅了。'金柚木号'吃水深，雾又这么大，离海岸近了容易搁浅；稍远一点看不到海岸线，容易偏航。"卢瑙说。

我们走了三十天水路才终于看到一点陆地，下次见到陆地还不知道是什么时候，我并不想放过这个好机会。按照安努达的口谕，只要栽完四棵柚木苗就算完成任务，我和卢瑙也能返航回家。我巴不得赶快栽下第一棵树苗，于是说："我看这地方十分潮湿，温度也比较高，还比较适合柚木的生长。不如我们带着树苗稍微往内陆走走，也不走远，一千步到头了，如果有合适的位置我们就栽下柚木苗，没有我们就立刻回船上。"

卢瑙听到我的话后，立马明白了我的意思，他笑着问："你想赶快回家，对不对？"

"你总能猜透我的意图。"我坦白道，"但我也不会因此就将柚木苗到处乱栽，毕竟我们返航回家之后，就会有专门的探险队按着我们的航线来考察栽下柚木的这些地方，不是吗？"

"好吧，不过我们要小心，大雾天在野外迷路实在太危险了！"

卢瑙依了我的意见。作为父亲唯一的女儿，哥哥们都对我照顾有加，卢瑙作为长兄更是如此。

我们回到船上取了两盏雾灯，它们的光照能穿透大雾，令我们即便迷了路也能找到彼此，而后我们又将连着"金柚木号"的绳索挂在腰间，这样无论走到哪里都能回到原点。

"你要跟紧我。"临出发前，卢瑙再次嘱托道。

我们小心翼翼地向内陆进发，保险起见，我们还是一路上认真而仔细地用黑卵石做了道标。

这片陆地的土壤温润而蓬松，很适合树木生长，但一路走来却没看到一棵树，只有青灰色的草丛，一簇一簇茂盛地生长着，其间偶尔夹杂着些野菜或小株浆果。更奇怪的是，分明没有一棵树，空气里却飞满植物的绒絮。我本来想问问卢瑙对此的看法，但他的神情十分认真严肃，似乎全部的注意力都集中在做路标上，我也就没打扰他。

穿过两座连绵起伏的矮丘后，我们发现了一条水势柔缓的溪流。我和卢瑙都惊喜极了，淡水资源的丰富与否，是我们挑选陆地时最重要的标准

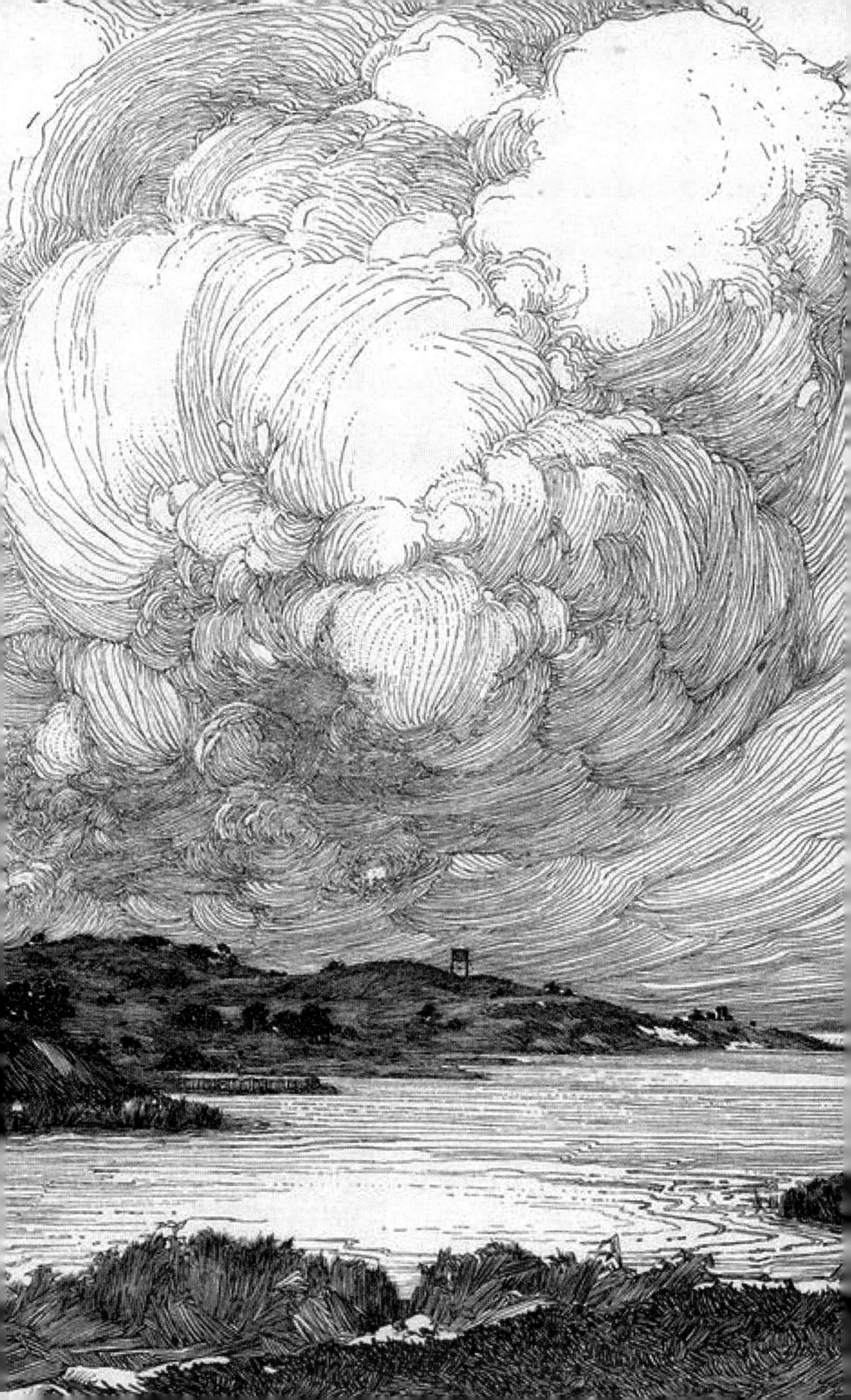

之一。卢瑙蹲下身尝了尝,他说十分好喝,便灌满了水囊,叫我也喝了许多,这溪水清冽而甘甜,十分沁人肺腑。喝饱水后,我们打算去找找这条小溪的源头,于是便逆流而上,向更深的荒野里进发。没走多远我们就遇到了一个山洞,溪水就是从这座山洞里流出来的。

我和卢瑙打开雾灯,沿着溪水向山洞里走去。这座山洞并不很深,但异常昏暗阴冷。所幸山洞里没有雾,很快我们就找到了溪水的源头,汩汩的甘泉从几块巨石的缝隙里涌出,除此之外,还有一样东西十分出乎我们的意料。在这座山洞的深处、溪流的源头旁,竟然停着一艘潜艇。说是潜艇,却比我们常见的潜艇要小巧许多,造型也不太一样。潜艇的金属外壳上粘满贝类的躯壳,玻璃罩上蒙了一层厚厚的淤泥。

我有点害怕,下意识地站到了卢瑙的身后。

"为什么这里会有潜艇呢?"我问卢瑙,"这里只有一条小溪而已,别说潜艇了,就算普通的船只也开不进小溪里。"

"也许这里曾经是在海下的。"卢瑙思考了一下后回答。

"怎么可能?海平面一直在上涨,怎么会有地方曾经在海下现在却又露出了海面呢?"

"或许是被海啸卷到陆地上来的。"卢瑙沉默了半响后说,"我们撬开潜艇的玻璃罩看看里面有什么吧。"

我虽然害怕,但也跟卢瑙一样好奇潜艇内部的状况。于是我们便用登山杖的尖头卡住玻璃罩和潜艇的接缝,试图将它撬开。也许是因为这艘潜艇已经报废了太多年,整体结构都变脆了,所以我们很轻松地就把玻璃罩撬开了。

玻璃罩打开的那一刻，一种难以形容的味道飘散了出来，这种味道十分古朽而败坏，不同于普通腐肉或霉烂的臭味。好像是腐烂得太久，带有臭味的分子都分解得差不多了，只剩下那一点朽的味道，经过多年囤积后，在被释放出的一瞬间，再次与新鲜的空气发生作用，最后形成了一种诡异十足的味道。

我和卢瑙不禁用衣物捂住口鼻，等这股味道逐渐散去后，我们向潜艇里看去。只见里面有三具尸骨，尸身已经腐烂得只剩骨头，但还粘着些皮肤和衣物的痕迹，显现出一种十足的诡异感。从他们仍挂在骨头上的软组织可以分辨出这是三个男性，一个上了年纪，另外两个很年轻，似乎是父亲带着两个儿子。奇怪的是，他们三人的头发都很短。在乌洛帕，人们自古认为头发是长在身上的锦缎，无论男女，都以留长发为美。剪短发的通常是新潮的艺术家，而将头发剪得这么短的，大部分都是囚犯。

"妹妹你看，那里好像写了什么。"卢瑙一边说，一边指向那具尸体。

我掏出随身携带的微型望远镜，向卢瑙手指的地方看去。果然，在最年轻的那具尸体旁，有一段小字被歪歪扭扭地刻在金属地板上。

"……大陆当然无法被找到。"我努力地辨识那行字并将它们念出来，"它只存在于我们寻找的过程中，正如诸神只存在于我们祈祷的过程中。为了让它存在，我们只好永无止境地寻找，当然，我们永远都找不……"

正当我读到这里时,一阵强风突然从洞外吹进来,我们的目光不禁被它吸引,向洞外看去,只见浓雾在大风里弥散开来,空气中飘的植物绒絮也混乱地飞舞着。

而后我回过头,打算继续阅读那行小字,却发现尸骨和潜艇内的一切已经在大风里消逝得无影无踪,只剩下潜艇的一具轮廓,仍然孤独地留在原地。

一层阴云不禁笼罩在我的心头。

"你还好吗?"看到我脸上露出阴郁的神情,卢瑙关切地问。

"你觉得他们是谁?"我问他,"他们是乌洛帕人吗?"

"他们使用乌洛帕的文字。"卢瑙说,"也或许他们只是捡到了一艘乌洛帕人的潜艇,地板上的话并不是他们刻的。"

"那段话我觉得好恐怖。"我说。

"我也觉得不是什么好兆头,"卢瑙说,"外面的雾正在散开,我们快离开这儿吧!"

从山洞里出来后,我们沿着小溪的流向往东南走去,不一会儿竟然出现了一条河。这条河浅而清,水势平稳,河道很宽,里面铺满灰绿色的石头。也许是因为刚才的风,大雾在逐渐散去,一缕阳光落在河面上,与绿色的水浪交织在一起,犹如刚切开的翡翠原石,焕发着耀眼的光彩。这幕景象将我心中的阴云完全驱散,我放下一直拎在手里的栽培箱,愉快地对卢瑙提议道:"这地方美极了,我们就把第一棵柚木苗栽在这里吧!"

卢瑙在河边蹲下,用手撩了撩河里的水,似乎还在想刚才的那几具尸体，他的神色仍然凝重。

卢瑙显然在思考什么，通常这种时候大家都放任他一个人想事情，等他思考完了自然会有所表示。于是我也不再打扰他，自顾自地打开栽培箱，在河滩旁一块松软的草垛里种起柚木来。果然，过了一会儿，卢瑙似乎得到了答案，从河边起身，来到我的身旁协助我栽树。

"你刚才在想什么？"我趁机问他。

"我在想，为什么安努达要让我们带着四棵柚木来寻找高地。"

"难道不是因为淖雅的《大史诗》吗？"我说，"按照《大史诗》的第一部《洪水》和第二部《萌芽》所写，《神之典》中的最后一位混血王恩杜姆昏庸无能，在他的统治下，人类荒淫无度地生活着。这样的景象惹恼了安淖，为了惩罚人类，他降下大洪水，海平面上涨，淹死了所有罪恶的成年人，只留下了仍纯洁的孩子。后来大洪水退去，新的陆地出现，安淖唤醒了这群孩子，让他们去找一棵柚木，并围绕着那里建起新的国度。第一个找到柚木的孩子成为神的使者，也就是祭司，第二个找到的成为国家的王，第三个找到的成为将军……所以说，我们带着柚木出海寻找高地就是为了这么个寓意。"

"嗯，我知道《大史诗》的故事。"卢瑙说，"但问题是，《大史诗》里只有一棵柚木，为什么我们要带四棵呢？"

"谁知道呢。"卢瑙看问题的角度总是很独特，我解答不了他的疑问，只好打趣道，"按照安努达的说法，我们带着四棵柚木独自出海，是天神安淖亲自托梦给他的旨意，也许你该去问安淖他是怎么想的。"

卢瑙被我的回答逗笑了,他调侃道:"小妹,你的话总是让人没法反驳。"

栽完了树,因为大雾有些散开,天气很好,所以我们又在河边逗留了一会儿。卢瑙从河里捉了几条淡水鱼,我则用猎枪打到了一只很肥的野兔。而后我们带着这些收获品回了"金柚木号"上。海岸边,大雾依然很浓。

"金柚木号"离岸的时候,我隐约看到了一个衣衫褴褛的小女孩儿从大雾里走来,她披散着黑色的长发,赤裸着双脚。她在灰色石滩上走着,似乎在寻找什么,并没有注意到"金柚木号"的存在。我惊得叫卢瑙来看,可当我转头再回来时,那个身影已经隐匿在了大雾中,仿佛幻觉般消失不见了。

第二节 旅人

结束了一晚的守夜后,我回到船舱里休息。

我做了一个梦。梦里我和卢瑙回到了宁泊,卢瑙成了王,安努达为他加冕,母亲还活着,她和父亲都变得很年轻。清爽的西风吹散了笼罩宁泊的雾霾,阳光在王宫的锆石穹顶和一切金属面上闪耀着,好像数不清的水晶从天国坠落后,摔碎在海平面上,溅得到处都是烁亮的碎片。

醒来的时候已经是下午了,卢瑙坐在我身旁,似乎正打算唤醒我。阳光从船舱的窗户外斜射进来,照在卢瑙的身上。他的脸一半沐浴在阳光下,原本乌黑的长发也因为阳光的折射而变得雪白,这情景就仿佛我刚才在梦中所见,如同古代诗歌里所描写的那些荣膺凯旋的时刻般美轮美奂。

"你还好吗？"他关切地说。

我有些不明所以，睡眼惺忪地问："怎么了？"

"你哭了，小妹。"卢瑙说，"做噩梦了吗？"

听到他的话，我不禁用手去摸自己的脸颊，果然，眼角有道濡湿的泪痕。

"不，我没有做噩梦。"我说，"我做了个很美丽的梦，我梦见我们回了宁泊，母亲还未去世，你继承了父亲的王位，安努达为你加冕……奇怪，明明是个好梦，我为什么哭了呢？"

"也许你想家了。"卢瑙说，"要到甲板上散散心吗？外面的景色美极了。"

西风二十一日，"金柚木号"驶出大雾已经四天了。西风气势汹汹地连着吹了两天，伴随着这阵风的势头，我们在陌生的海域里向正东疾行了五百多节。昨天下午，我们进入了一片景色绝美的奇异海域，这片广阔的浅海似乎存在某种含有剧毒的矿物质，其中没有一条鱼或一片海藻，俨然一片死海。从甲板上向下俯视，只能看到一块块凝聚在一起的赤红色砂砾，犹如旱季龟裂的泥土，裂出无数道细纹，里面长满深褐色的晶体。偶尔一片细长形的红色沙滩露出海面，连绵数十湾，上面寸草不生，只有在靠近海平面的地方，布满雪白的晶块，远看去好似一层柔软的地衣。清澈的海水如同蜡一样地覆盖在地表之上，整片海域的表面变得光滑圆润，足以媲美血红色的琥珀。我和卢瑙一致决定将这里命名为"血珀海湾"。

告别了那个思乡之梦，我抹干净眼角残留的泪痕，和卢瑙一起来到甲板上。天很晴，风却不大，加之附近海域的水都很浅，"金柚木号"在海面上缓慢地漂泊着，好似一个悠闲漫步的老人。这地方美得太惊艳，赤红色的海湾和冰蓝的天际线渐变成调和酒一样分层的色泽，无论多少次望向此景，我的心灵都会受到极大的震撼。要不是卢瑙说这片海里的矿物质可能含有剧毒，或钙化"金柚木号"龙骨的碳酸，我多希望能在"血珀海湾"里多逗留几天。

我并不是很饿，补充了一些淡水后便趴在右侧船舷的栏杆上，看着波浪如纱一样纤薄的剪影，层层叠叠地卷动，在那之下是"金柚木号"投在海底的倒影，原本应该细长的倒影被午后的阳光拉成椭圆形，就好像一片柚木的叶子。海水那么清澈，我们的大船仿佛正飘在空中，船头雕刻的"陆地之神"伊亚为我们领航。

卢瑙站在我身旁，举着望远镜聚精会神地观察附近是否有陆地。

"卢瑙，你要是累了就回船舱里休息会儿吧。"我对他说，"我想这附近即便有陆地，也跟那些红色的沙丘一样寸草不生。"

卢瑙紧盯着望远镜筒，眉头紧锁，过了半晌他迟疑地说："不是陆地，小妹。我好像看到了一个人。"

我大惊，连忙眯起眼睛向他正观测的方向看去，无奈正对着的阳光实在太强，将远处的海面照耀得好像光滑的金属片，根本没法直视。

卢瑙将望远镜递给我："你看看，我想这不是我的幻觉。"

我接过望远镜架在眼前，向天际线那边看去，左右寻找了一会儿，果然看到一条小船正向我们驶来，上面站着一个男人正在划桨。大概是因为男人逆着阳光,"金柚木号"的体积又比较大,他已经注意到了我们,现在正一边划桨一边冲我们招手呢。

我十分激动,也举起手冲他挥舞,不管他是否看得见。

"确实有个人。"我放下望远镜惊喜地对卢瑙说,"他正直直地冲我们来呢!我们待会儿把他接到船上来吧。"

卢瑙比我冷静许多,他拦住正打算去调转船舵的我,问:"你不觉得奇怪吗?在陌生的远海怎么会突然出现一个孤零零的人呢?"

"也许他是海难的幸存者吧。"我说,"我看他穿得破破烂烂的,胡子也没剃。"

"小心一点比较好,我们要保密自己的身份,先问清楚他的来历。"卢瑙说。

"好吧,大哥。"我悻悻地答应道。

我们调转船舵,朝着西南方向驶去,不一会儿我们两条船就相遇了。小船比从远处看去要更小、更破旧。里面伫立着一个皮肤黝黑的男人,只见他徒手把桨插进海底的红色砂砾里,小船就彻底不动了。这个男人身形高大,长着漆黑的头发和眼睛,双眼炯炯有神,肌肉发达无比。男人的头发似乎长时间未清洗,缠结在一起,而他穿的衣服也好像是几片破布拼成的,我更加坚定了他遇到过海难的猜想。

"真没想到在这片寸草不生的死亡之海里还能遇见别人!"男人看到我和卢瑙后喜悦地大喊道。

"我们也没想到。"卢瑙说,"请问你遭遇了海难吗?为什么独自一人在远离陆地的海域里划着小舟前行？"

"海难？"男人听到后大笑道，"没什么海难，我独自远行到这里罢了。"

"远行？你是个旅者吗？"我好奇地问他。没想到在我和卢瑙生活的年代竟然还有旅者。《大史诗》的第二部《萌芽》里，安淖交代大水后苏醒的孩子们去寻找柚木，第一个找到的成为祭司，第二个成为国王，第三个成为将军，如此排序下去，第十二个就是成为旅者。在古代，旅者是一个无比艰辛却又浪漫而受人尊崇的身份，他们没有家也没有钱，不工作也不休息，他们四处游走，享受没有终点的旅途，或在城市里，或在人迹罕至的荒野上，并将远方的讯息和故事带进城市或村庄，这是他们受人尊崇的原因。而生活在聚落里的人们也因此愿意为他们提供休息的场所和新的食物储备。但如今，由于科技的快速发展，远方的人们已经不需要旅者为他们带去消息了，伴随着生活条件的逐渐改善，也很少有人再愿意忍受独自在各地漫游的艰辛。

"你可以这么认为吧！"男人说，"其实我在寻找某样东西，这说来可就话长了。"

"不妨讲来听听？"我说，"也许我们能帮上什么忙呢。"

"我想不能。"男人回答说，"因为那样东西是不存在的。在我的家乡，人们都期望它存在于世，那时我也如此愚蠢地期望着。但是现在，我已经走过了一座大陆，划过了一片大洋，现在又已经快渡过这片死亡之海了。我见了太多的事，所以我已经明白，那样东西不过是存在于人们的幻想中罢了。"

"究竟是个怎样的东西呢?"我追根到底地问。

"那是人生在世最难解的疑问——生死的奥秘。"男人回答,"也许你们听来觉得这有些愚蠢,我看你们还年轻,会这么想也无可厚非,我年轻的时候也觉得这个问题愚蠢极了,人活着就要享受生的时光,何必去为死的事发愁?直到我的家人去世,我悲痛欲绝,才终于明白,死亡对于我们这些活着的人是多么残酷。由此我打算前往人们尚未涉足的海外,去寻找生死的答案。在我的家乡,我是一名首领,在我统治之下的人们也将此期望寄托于我。但是现在,我见了太多的事,我已经明白生死的奥秘是人类不能破解的,与其花时间研究如何永生,不如花时间研究如何将我们的意志传承下去。"

"我认为你想得非常明白,旅者。"我对他说,"为什么你还是眉头紧锁呢?"

"因为我所统治的人们却未必想得明白。我跨越了一座大陆、一片大洋,都快走到世界的尽头了才想明白。而我所统治的人们,他们居住在高墙垒筑的城市里,被禁锢在自己的小圈子中,没见过真正的世界,是不可能明白的。但也不能因为他们生活在自己的小圈子里,我就要像个暴君一样把他们蛮横地赶出城市,让他们去见识外面的世界。"旅人回答,"我找不到生死之奥秘的答案,也不能就这么回去,让他们觉得我无功而返,失去希望。我必须想个办法抚慰他们,然而我到现在也没什么主意。"

"旅者,我明白你的难处了。只讲结论人们是听不进去的,人们需要经历。而当经历也没有的时候,故事就派上了用场。"我说,"在我的家乡,有个传说跟你的经历很像,让我仿照那个传说,给你编个故事吧!"

"我洗耳恭听。"

"等你回到家乡,你可以告诉别人,虽然你没有找到生死之奥秘的答案,但是你确实在遥远的海外找到了一株药草,这株药草可以让死人复活,让活人永生,不过因为它实在太珍贵,一个萨尔才长一株,所以你摘完之后就没有了。你本打算带着这株药草回家,却在半路遭遇海难,药草也丢失不见。虽然没了药草,但你走过了一座大陆,划过了一片汪洋,已经明白人类无法破解生死的奥秘,但人类的意志却可以传承。"

旅人听到我的回答后沉思了片刻,说:"谢谢你的故事。虽然其中有一些纰漏,我家乡的人可能不会全盘相信,但确实给了我很大的启示。"

"我刚才听你说,你跨越了一整座大陆,请问你的家乡还有很多陆地吗?"卢瑙接过话头,单刀直入地问。

"这个问题也太奇怪了吧!真是比我的问题奇怪多了。"旅人惊讶地感叹道,"这个世界上除了海洋外不就是陆地吗?"

"看来你的家乡还有大片陆地。"我替卢瑙回答,"我们的家乡正在被海水淹没呢!不瞒你说,此行我们就是来寻找陆地的。"

"被海水淹没?这太可怕了。"旅人说,"你们从哪里来?"

"我们从宁泊来。"我回答,"你听说过宁泊吗?"

"没有,从没听说过。"旅人说。

"不过我倒是听说过在太阳升起的东方有一片神鸟衔沙堆砌出的大

陆,你们是从那里来的吗?"

"请问这附近有陆地吗?"卢瑙好像对旅人的故事毫不感兴趣,近乎偏执地追问着关于陆地的问题。

"没有大片的陆地。"旅人说,"不过驶出这片死亡之海后,倒是有几座小岛,可以做些补给。"

"谢谢你。"卢瑙说。

"好了二位,能见到你们实在很开心。"旅人说,"但我该重新出发了,让我们就此作别吧!"

"等等,我们就要这么告别了吗?至少告诉我们你的名字吧!"我失落地想挽留他。

"就像我说的,我在我的家乡是一名首领,这段旅途我是隐姓埋名的,即便你们从遥远的宁泊而来,恐怕我也不能告诉你们。如果可以的话,我也希望你们当作没有遇到过我。"旅人说着,把他插进海床里的桨抽出来,"小姑娘,谢谢你为我编的故事,如果有朝一日我们能在我的国家相遇,我会以应有的礼节招待你们。"

旅人说完,便划着桨向西北驶去了。卢瑙没有一丝留恋,起身去收锚了,我却伫立在原地,呆呆地望着旅人和他的小船渐渐远去,直到"金柚木号"也重新起程,最后那条简陋的小船化为黑点,消失在天际线里。

风向变了,卢瑙开始忙着收帆,我怅然若失地来到他身边,靠在桅杆上喃喃地问:"我们就这么让他走了吗?"

"他也不想再多留,不是吗?"卢瑙一边说,一边用力拽紧帆绳。

我上前帮他一起拉,接着问:"为什么不问问他的家乡在哪?他说他的家乡还有一整片大陆呢!"

卢瑙把帆绳固定住,解释道,"卢雅,我们要寻找的陆地是没有居民的陆地,这样的陆地才能让乌洛帕人移居。你觉得有居民的陆地会欢迎我们这些外来者吗?"

"好吧。"我噘起嘴说,"我知道了。"

"你饿了吗?我们到船舱里弄点吃的吧。"卢瑙提议道。

我跟着卢瑙到船舱里去拿罐头,几天前在陆地上打的野兔已经被吃完了,我有点后悔没多猎几只。罐头不管是什么肉做的吃起来都味如嚼蜡,我看到就有些反胃,但已经一整天没有进食了,即便我的舌头毫无食欲,肚子也饥饿得叫了起来。

天将黄昏,夕阳在天边烧出火一样的云霞,和整片"血珀海湾"连在一起,整个世界都是红色的,好像即将熄灭的烟草,焦灼而落寞。

我和卢瑙坐在船尾吃罐头,今天晚上又是我值夜班,虽然没什么胃口,我也决定多吃一点。卢瑙一言不发,我以为他太疲倦了,便没再说什么,独自一人沉溺在关于那位旅人的遐想里。我幻想着他来的地方,也不管有多不着边际,总之就是在脑中勾勒出一片风光旖旎的大陆。在辽阔而夐古的原野上,广袤的森林望不到边际,里面躲着数不清的野兽;大河犹如迁徙的野牛群般奔腾着,两岸的田野里,农作物疯狂地生长;城市乘高居险而建,倚靠着怪石嶙峋的悬崖和高耸入云的山脉,站在塔尖上便有鹰一样的视野……

"小妹,我有个问题想问你。"卢瑙突然开口,我的幻想便如同断弦的乐章般戛然而止。

"怎么了?"我望向卢瑙,他漆黑的眸瞳被夕阳的光彩晕染成绛紫色,里面闪烁着神秘的智慧。

"你觉得,基海到底找仙草了没有?"

"为什么突然问这个?"

"你下午给旅人编的那个故事,是根据基海寻仙草而不得的故事改编的,对吧?"

"没错,如你所言。"我说,"但我不明白你的意思。在《大史诗》里面写得清清楚楚,基海虽然没有寻得生死之奥秘,但世界尽头的不死者们却怜悯他,于是偷偷告诉他有一株能令死人复活的仙草藏在深渊之下。基海的确也摘得了仙草,只不过丢在了返乡的途中罢了。"

"《大史诗》里面这么写,但事实就真如此吗?"卢瑙说,"有没有可能基海就像那个旅人,他早就知道人类不可能寻得生死之奥秘,但迫于世人的压力,就编出了这样一个故事,给自己的人民一个交代呢?"

"卢瑙,你的问题都太刁钻了。"我说,"基海是乌尔王朝的统治者,距今已经三千多年了,那时候的首都乌洛帕克早已被海水淹没,我们甚至连基海这个人存在与否都没法确定,更别提他的故事了。《大史诗》可能本就是淖雅编出的寓言,重要的不是找没找到仙草,而是人类的命运并不靠'生或死'这两件事来决定。"

我想了想,又补充了一个更俏皮的说法:"如果你那么想知道的话,我们不如就趁这次远航,把船开到世界的尽头,直接问问不死者乌特淖和波雅,问问他们,基海到底有没有到达世界的尽头,而传世的仙草又到底是否存在。"

我以为自己的回答会像以往那样逗笑卢瑙,但这次却没有。卢瑙吃完最后一口罐头,沉默了片刻,神色凝重地说:"这个问题我得再好好想想。我有些累了,先回船舱里休息了。今天晚上你一个人没有问题吧?"

"不会有事的。"我对他说,"晚安。"

第三节 智者

　　收谷六日,我们刚刚在上午抵达这座海岛,暴风雨就降临了。乌云从西方卷着紫色的闪电一路狂奔,东边却还是一望无际的碧蓝晴天。指甲盖大小的雨点如同断了线的珍珠般倾泻而下,我不禁想起母亲的死,她死前的泪水就像这场大雨,止不住地流落,直到她停止呼吸,明明贵为王后,却好似受尽了人间一切磨难。我和母亲的关系并不亲密,从我记事开始,她的身体便一直抱恙,精神状态也不佳,常年独居在王宫的深处,终日以泪洗面。五年前,为了她的健康着想,父亲命人在王宫里建了一座温室,温室外墙完全用五彩的琉璃打造,随着自然光的角度不断变换,室内的光影也幻化出不同的色彩。温室里种满奇花异草,还养了许多歌声婉转的鸟类、皮毛五彩斑斓的野兽，可这些都提不起母亲的兴趣，她就好像一根在风中摇曳的残烛，美丽、羸弱而引人垂怜。很多时候，我甚至对她是因病去世这点抱有怀疑，每每想起她临死时的样子，我都觉得她放弃生命是出于自愿，是她自己强大的赴死意志让她患上了不治的绝症。

突然，一道银色的闪电从云层中射入大海，将整个世界撕裂成两半，随之而来的是惊天的雷鸣，将我的思绪从回忆拽回现实。

我和卢瑙正躲在一座古建筑的廊下避雨，这条已经坍塌的长廊，看起来好像乌洛帕文明的产物。但尚且不能盖棺定论，因为它已经被藤蔓和苔藓层层覆盖，只能看出大体的轮廓，我刚上岸的时候还以为它是一座由风化的岩石自然形成的洞穴。卢瑙将湿漉漉的长发扎起来，坐在地上整理最近绘制的航线图，我则忙于拧干衣服上的水分。

"金柚木号"随着汹涌的海浪上下颠簸着，它的身形在风暴中显得纤瘦无比。暴风雨在西方狂暴地呼啸，闪电掣动雷鸣，惊起二三十臂高的海浪，那气势好像要将所有陆地都吞没。而东方却仍旧是一片艳阳天，阳光激情而傲慢地舒展，向乌云宣示着自己对于天空的主权。风暴与晴空的交界处，十几道大大小小的彩虹此起彼伏地掩映在雨雾之中，形成一幅城市里绝对见不到的、波澜壮阔的宏景。

卢瑙似乎对这幅场景没有兴趣，聚精会神地收拾着航线图。他似乎已经过了最意气用事的年纪，犹如一个沉稳的中年人，只为理性的现实烦恼，而毫不为感性的美景动容。

到了中午，暴风雨过去了，海面重新归于平静，好像什么都没发生过，只有银白色海滩上散落着的零碎树枝能证明风暴曾经光顾此地。我和卢瑙背上装备，沿着从海滩旁起始的那条长廊，向海岛的深处进发。这座海岛看似被茂盛的原始森林覆盖，但草丛和苔藓之下却掩埋着许多砖石的碎片，有些植被稀疏的地方还能看到整齐的拼花砖组合成破碎的小径，上午的暴雨冲刷净附着在上面的泥土，露出十分精美的花纹。

大概走了二十步后，我们来到了一处较为开阔的林间空地，雨后的草坪上露珠四溅，不远处，一片神庙的废墟坐落在那里。外有开放式的高墙和立柱环绕，从海滩而来的那条长廊好像一位领路的神庙侍卫，笔直地通入神庙的内部。

"这好像乌洛帕文明的产物。"我对卢瑙说。

"确实很像。"卢瑙伫立在原地，紧锁着眉头，喃喃地回答着。

"太奇怪了，为什么在一座远离宁泊和大陆板块的孤岛上，会出现乌洛帕文明的遗迹呢？"

"无论如何，我们走近看看吧。"卢瑙提议道。

我和卢瑙怀抱着满心的疑惑进入神庙的废墟。环绕神庙主体的高墙已经完全褪色了，从远处只能看到一片发黄的白，等我们来到近里才发现，上面竟绘满海特达特，镶嵌其上的珠宝早被人洗劫一空，只剩下些寡淡的色彩还无力地依附在缀满水珠的墙面上，且难以辨识出其形态。

"小妹，你看这幅海特达特画的好像是卢加班达王。"卢瑙说着，举起登山杖在墙面上比画起来，"这个地方是头，这里是他的辫子，这里是眼……"

卢瑙一指，我立马就识别出来了这些要素，而后就好像开启了一个重要的机关，剩下的色彩也随之显现出了形状，我的大脑很快将它们拼凑在一起，组合成了这样一幅画面：一个姿态巍峨的男人高傲地伫立在战车上，右手握盾，左手持剑指向整个画面的右侧，剑所指向的地方，千军万马在平原上狂奔着。

"我看出来了！"我激动地叫出来，"是卢加班达王！只有'征服王'的威名能传到如此遥远的海外，四千多年前，他率领大军征服了这里，这座神庙一定是他为了纪念自己的功勋，并感谢女神南沐在征战中对他的庇护所建。"

"我也这么认为。"卢瑙说。而后，似乎是为了验证这个猜想，我们在另一面墙上找到了描绘"南沐庇护恩美加攻陷阿兰塔"这一传说的海特达特。

这个传说源自《王之典》中的一段记述，野蛮人的国度阿兰塔挑衅混血王恩美加的王权，谣言说安临都的王权已经堕落，阿兰塔的王受到南沐女神的启示，如果恩美加不归降于他们并每年上缴大量贡品，安临都将难逃毁灭的结局。当然，这一派胡言乱语并无法撼动恩美加的王权，真正的南沐女神托梦于他，让他派遣大使前往阿兰塔，劝告阿兰塔的人民，如果不收回谣言并归顺于恩美加的统治，他们的国土只会分崩离析。大使穿越了七条大河才到达阿兰塔，但他带来的口谕却遭到了阿兰塔人的嘲笑，大使本人也因此被俘。女神南沐再次托梦恩美加，告诉他阿兰塔的人们已经无药可救，大使被俘，野蛮人的军队正跨越七条大河向安临都而来，安临都必须率军迎敌,并取得战争的胜利。为了抵抗野蛮人的入侵,恩美加集结了一支一百万人的军队,向西进发。他们与敌军在七条大河的中点,一个叫作煞乌堡的地方相遇并交战。此地易攻难守,阿兰塔又有一百六十万大军,这本应对安临都人十分不利,但在南沐的庇护下,恩美加的军队如虎添翼,竟打得阿兰塔人节节败退,将战线硬是从煞乌堡推回了阿兰塔境内。阿兰塔人的气势也因此大挫,不等恩美加亲自砍下将军的首级,他们便溃散投降了。恩美加征服了阿兰塔,并用阿兰塔人敛聚的财富建造了一座"雅娜祖神庙",专门供奉南沐女神。从此往后,南沐在被当作众神之母和安淖的配偶祭拜的同时,也被乌洛帕的历代诸王视为征战野蛮之地的守护者。

确认完这件事后,我和卢瑙走进神庙的主厅。神庙的主厅高挑而空旷,虽然荒废了几千年,却比想象中要崭新许多,好像有人在这里进行定期的清洁和打扫。只剩了下半身的女神像亭亭玉立地站在祭坛的上方,不知是因为地震还是人为的损坏,她胸部以上的部分全部失踪了,不过仅凭下半身石刻上的裙褶,仍然可以想象她窈窕而纤瘦的身姿。乌洛帕克王朝时期的神像都是这样的体态,我也就更加确信了这座神庙的建造年代。

神像的旁边有一扇半掩着的石门,通往主厅以外的其他地方,正当我和卢瑙打算走上前查看时,一个严厉的声音在我们背后响起,打断我们的行动。

"喂,你们两个!"

我和卢瑙回过头,只见一个短发的青年站在那儿,手中举着一把连弩，正对着我，样子非常不友好。

"别激动！我们不是坏人。"我对他说。

"你们是谁，从哪里来？为什么闯进我的地盘？"

"我们也不知道这里有人！"我慌张地解释道，"你是乌洛帕人吧，我们也是乌洛帕人！"

青年伫立在那里与我对峙着，虽然因逆光而看不清他的脸，我仍然感到一束犀利而尖锐的目光紧盯着自己。突然，他似乎没了耐心，发动连弩向我射来，卢瑙的反应比我还快，他敏捷地行动起来，一个快步就将我扑倒在地。我被他的臂弯撞倒在冰冷而坚硬的地板上，浑身都疼痛无比。而后，我们正打算爬起身来躲避他的下一轮进攻，就听到青年大笑了起来。我扶着卢瑙跟跄起身，才发现青年根本就没有射箭，他放下手中的连弩，嬉皮笑脸地说："瞧把你们吓得，我要是真想袭击你们，早就从背后偷袭了，还特意叫住你们干什么？"

"这个玩笑太恶劣了。"我生气地说。

卢瑙比我警惕许多，他放下背着的猎枪，举了起来挡在我和青年之间。

虽然被枪指着，青年却丝毫都不紧张，他扔掉手中的连弩，说："不用这么剑拔弩张，我现在两手空空了，不会对你们产生任何威胁。很高兴认识你们，我叫尼塔，我自己一个人住在这里。"

"你姓什么？"卢瑙仍然不愿放松警惕，用枪指着他问。

"我没有姓。"尼塔说，"我算半个放逐者。"

"什么叫半个放逐者?"我问。

"我没犯任何罪,不能算真正意义上的放逐者。但由于我是被村子里的其他人赶到这座岛上生活的,所以实质上还是被放逐了。不过让我们坐下来慢慢说吧。"尼塔看了看对着自己的枪筒,提议道,"比起在这里紧张地对峙,我们还不如互相扶持一下。你们帮我收拾收拾暴雨之后的残局,作为交换,我带你们去找岛上的淡水,怎么样?"

"你怎么知道我们在找淡水?"我问。

"我看到你们的船了,航海者都需要淡水。"尼塔回答,"真是一艘好船,你们一定是从很发达的地方过来的。"

"对,我们从宁泊来。"我回答他,"你知道宁泊吗?"

"那是乌洛帕的首都,对吧?"尼塔说,"但对我而言太远了。"

卢瑙放下手里的枪,对尼塔说:"我愿意相信你,你最好别打什么歪主意。"

尼塔见状,向我们走来。他走近了我才注意到,他穿着造型简约的亚麻图尼克,额前绑着一块黑色的织物,遮住眼睛,因为跟头发的颜色很相似,刚才又逆着阳光,从远处看好像只是刘海遮住了眼睛。

"你的眼睛怎么了?"我问,"你是盲人吗?"

"我倒希望自己是盲人。"尼塔笑着说,"人们都害怕我的眼睛,这是我被放逐到这里的重要原因之一。"

虽然尼塔的语气很明快,但我却感到自己戳了他的痛处,于是便闭上嘴,不再多说了。

尼塔带我们走进位于主厅西侧的偏门,进入环绕神庙主厅的走廊。这条走廊的两侧依附着许多大大小小的房间,用于收藏典籍、打点供奉或神官们的生活起居。

"这座神庙的废墟就是我的家了。"他边走边介绍,"这间是藏书室,里面有许多古代遗留下来的经卷;那间是以前的圣童们的学堂,现在被我当成仓库用;这间是我的卧室——"

尼塔说着,撩开一层用剑麻织成的门帘,来到一间宽敞的起居室里。只见在巨石垒建起的房间里,墙上挂着装饰用的木雕,地上铺着用羊毛织的地毯,上面摊着许多古代的书本、纸张和几根芦管笔,一旁设置着祛湿用的火炉……虽然原始而简陋,却让人感到十分温馨而舒适。

"这里在古代是大祭司的住处,我花了半年的时间,最终把这里打造成了我自己的住所。"尼塔说着,为我们拿来两张藤编的圆垫子。

"不错的屋子。"卢瑙说着,卸下身上的背包,又把猎枪放在了一边,看来他已经放下了戒心。

我们三人围着火炉坐下。我看到火炉的案台上摆着一个鸟类的头盖骨,里面盛满紫红色的液体,便问尼塔:"这是什么东西?"

"那是凤仙花的汁液,我写字用的。村里面的人不是很想管我,我必须学着自给自足。"尼塔用很粗糙的木杯倒水来招待我们,看来神庙里的一切生活用品都是他手工制作而成的,虽然简单粗糙,却充满雅趣。

"那些是你写的吗?"我努了努下巴,指向那些散落在地毯上的稿纸。

263

"对。"尼塔给自己也拽了一张垫子,和我们坐在一起,"我喜欢写些诗歌之类的。"

"你写了好多啊。"我建议道,"也许你应该把它们出版。"

"出版?"尼塔愣了一下,"并不是什么大不了的作品,写写过去,再写写未来,打发时间而已。"

"你太看轻自己了。"我说。

"比起谈论我的诗作,不如介绍介绍你们。"尼塔绕开写诗的话题,"从宁泊来的航海者,你们叫什么名字?"

"我叫卢恩,她是我妹妹卢娜。"卢瑠说出我们提前准备好的假名字,"尼塔,你说你受到村民的歧视,所以被他们赶到这里,你的村子叫什么名字,它现在还归乌洛帕管辖吗?"

"卢恩和卢娜,我知道你们从大城市来,如果你们是可怜我,想帮我鸣冤的话,我表示感谢,但实在没有这个必要。"尼塔说,"我知道他们会害怕我,决定把我放逐到小岛上;知道他们虽然一开始许诺每个季度都会给我送来物资,但最终都会放弃,让我在岛上自生自灭;但同时我也知道,这座小岛不是我命运的终点,再过不久村民们就会需要我,然后将我接回去。"

"你说你'知道'是什么意思?有人告诉你这些吗?"

"没有人告诉我这些。但世间万物自有它们发展的逻辑和规律,我用我的眼睛看,用我的脑子思考,所以我知道。"尼塔回答,"这也是为什么村子里的人讨厌我,或者说,怕我,因为我不止知道水稻几时会丰收,女人何时会怀孕这样的好事,我还知道村长会被谁谋杀,几时虫灾会降临这样的坏事。"

"真的吗?"我忍不住挑衅他,"难道你也知道国王什么时候会去世,王朝什么时候会毁灭吗?"

"卢娜!"卢瑙生气地制止我,"你说的话太过分了。"

"得了,他只是在夸大其词而已。"我对卢瑙说,"参透事物发展的规律并以此推测出未来,这是大智者淖雅和神赋者希杜丽丝才有的能力,而他们都是传说里的人。"

"没关系。"尼塔却笑着说,"如果你确实想知道,我就可以告诉你。"

尼塔对我的质疑表现得泰然自若,我却害怕了。我问了两个太严重的问题,即便他是骗子,我也不想听到任何关于这两个问题的答案,因为那可是我的父亲,和卢瑙即将统治的王朝。但我又不想就这么低头,这么做一来会失掉面子,二来我也确实觉得他没那个本事,所以我对他说:"那两个问题也许太难了,我换个简单的问题吧,你知道我们此行的目的是什么吗?"

"你们在寻找新的陆地。"尼塔不假思索地说了出来,我看不到他的眼睛,只能看到他的嘴角带着自信的笑,仿佛在哂笑我的愚蠢——他知道自己说的是正确答案。难道在一座早已被乌洛帕遗忘的边境海岛上,真的住着可以比肩淖雅和希杜丽丝的智者吗?

我不相信,正如我不信安努达的口谕。所以我进一步逼问他:"这个问题太好猜了，海平面在上涨，乌洛帕在被淹没，很容易就能推测出我们出海是寻找新的陆地。不过既然你说自己知道安澜王朝何时灭亡，想必也知道我们此行的重点吧。那么我问你，尼塔，我和卢恩，究竟能否寻找到新的陆地，如果能找到，那么这片陆地在哪里？如果找不到，我们又会在多久的期限里返回宁泊呢？"

"小妹妹，收回你的问题吧，你不想知道它的答案。"尼塔嘴角的笑容消失了，语气变得十分严肃。

我们仿佛在下一盘棋。我觉得尼塔已经认输了，他说出这种话表明他已经开始搪塞我了，因为我的问题很具体，不是"能"或"不能"这样简单地二选一，他必须说出一个明确的地点或者时日。他可以随意编造，但我也可以顺势逼问他更多的细节，直到他答不上来为止。

我自认已经把尼塔给将死了，于是傲慢地说："你说错了，我非常想知道这个问题的答案。"

"那如你所愿。我可以告诉你答案，但我必须摘下眼罩来看清你们。隔着黑布，我只能看到你们模糊的身影。"

尼塔说完，将手绕过头颅，解下了蒙眼布，露出他的眼睛。他张大双眼看向我们，他的眼睛和普通乌洛帕人不一样，是蓝色的，但蓝得发黑，好像一片无际汪洋，里面沉着整个宇宙。他看向我，视线却穿过我的身体，我被这束视线禁锢住，动弹不得。我吓坏了，我从没受到过这样的威慑，无论是面对父亲、大将军或是大祭司安努达，他们是宁泊城里最德高望重的人，但面对尼塔的双眼，我却被彻底地恐吓住了，我拼命地挣扎，因为我知道,他真的看到了!他会说出我们航行的结局,而且就如他所说,我不想知道它的答案,因为我害怕,我害怕听到那个我们找不到陆地的结局。

"卢瑙和卢雅……"

尼塔开始说话,他正确地叫出了我和卢瑙的真名,验证了他的能力。我想制止他进行下去,但嘴巴却说不出话来,双手也使不上力。我说不尽地后悔,心跳和呼吸都急速加快,只听他接着说:

"你们航行的终点……"

尼塔在此停顿了一下,不知是在斟酌言辞还是看到了意料之外的东西,最后他说:

"在一个永远都不会被大水淹没的地方,那里也是人类命运的归宿。"

说完后,尼塔垂下了眼睑。

随着尼塔的视线从我身上离开,我的身体仿佛刚经历了一场意外的坠落,整个人都瘫软下来,张开嘴剧烈地喘着气。短短十几秒的话,仿佛持续了一整个萨尔。外面,清凉的海风和雨后新鲜的空气混杂在一起,引来鸟类愉悦的鸣叫,神庙内的气氛却凝结着。我意识到,自己浅显的愚见已经彻底臣服于刚刚所见识到的力量。如果是听别人说起这般经历,我会认为那是一场蓄谋已久的催眠术,但刚刚,我是如此近距离地与他面对面,因此切身地感受到那早已超越普通人的博学或智慧。我面对的仿佛是全知的神,他在我面前亲口降下谕旨,既道出了我早已被设定好的命运,又仿佛在那一刻才决定了它。

待尼塔将遮眼布重新绑在头上,卢瑙站起身对他说:"智者,我明白你的意思了。现在请带我们去找淡水吧。"

我却不明白:"那个地方究竟在哪里,我们又该如何找到?"

尼塔遮住眼睛,变回了那个有几分轻浮的年轻人。他并没有回答我的问题,只是站起身,拿上一根花梨木做的登山杖,带我们离开神庙,深入丛林的腹地寻找淡水。尼塔在前面带路,步伐轻盈而敏捷。我和卢瑙背着水囊和猎枪跟在后面。这座岛屿的植被异常茂密,其中不乏一些闻所未闻的奇异花草和色彩斑斓的昆虫。古代的石板路在草丛和树木的根茎下若隐若现,偶尔还能看到一面颓败的石墙,或刻有圣数符号的石碑伫立在密林之中。尼塔穿越层峦叠翠,带我们来到一汪幽静的古泉边。这汪古泉在一处绿荫婆娑的洼地里,泉眼被用象牙白的大理石修砌了起来,上面刻着一些已经模糊不清的朴素花纹,形成一座古雅的椭圆形池塘。满池的泉水从地势较低的一边涌出,在水池的边缘冲出凹槽,最后汇成一条溪流向下游延伸。

这池可爱的泉水却并没能让我的心情好起来,反而,我开始像卢瑙一样思考奇怪的问题。虽然我对尼塔的话深信不疑,但一种不可说的异样感却从我心底油然而生。"金柚木号"要寻找的,真的是一片陆地吗?

回程的路上又下起了蒙蒙细雨,回到神庙后,我在尼塔的房间里生起炉火,卢瑙和尼塔则去料理在神庙后面被雷电劈倒的一棵杉树。而后我们三人围坐在炉火前,一起享用燕雀和海贝炖成的美餐。卢瑙向尼塔讲起我们航行中的种种奇妙经历,尼塔则为我们吟诵一些古经里的歌谣,他同我们分享一种用椰子花酿制的酒，味道清冽绵长，喝到胃里暖而不灼。尼塔来了兴致，还即兴地为"金柚木号"创作了一段颇具古代风格的诗。

我们就这样愉快地聊到深夜，直到疲倦地倒在垫子上睡了过去。

第四节 先知

收谷二十三日,"金柚木号"离开尼塔独居的大岛已经快十天了。我们进入了一片辽阔而荒芜的海域,这里既没有岛屿,也没有礁石,更别说陆地了。

我和卢瑙驾船在这片枯燥的海域里孤独地前行着,每天只有乏味且无聊的日常工作,卢瑙总是专心致志地记录航线、写日志,我则研究如何利用从尼塔那里获得的陆上食材做出更美味的菜。偶尔天气晴朗且闲暇的时候,我们兄妹会坐在甲板上聊聊天。我喜欢回忆童年时的趣事,并推测宁泊宫里最近的状况。卢瑙从来不主导对话的方向,他总是静静地听我讲完,最后做出总结性的评价。我避免讨论任何关于陆地和未来的事，虽然尼塔说我和卢瑙会找到陆地，但不知为何，他的预言总叫我感到惴惴不安。对于卢瑙而言，尼塔的预言则像是一颗定心丸，在那之前的航行中他还偶尔会展现出对未来的疑虑，自从离开了尼塔的岛屿，他就变回了从前那个永远沉着冷静的长王子。

看到这样的卢瑙，我的情绪也安稳下来。我跟卢瑙开起恶劣的玩笑："如果你离开宁泊太久，父亲只好将王位让给二哥卢琛了。"他却总是无所顾忌地大笑道："卢琛不比我差，他能成为一代明君的，你不要对他有偏见。"

这样的日子一直持续到洪水六日，那天傍晚，一场暴雨临近我们的航线。我收起船帆，祈祷"金柚木号"能平安挺过这场风暴，不要受到太严重的损伤。

我躲进船舱里，只见天空很快就变成铁青色，山一样的乌云擒着疾风和雷电向"金柚木号"压来。在风暴面前，我们的大船就像一叶纸折的扁舟，根本无法掌握自己的命运，只得任凭对方摆布。

"我们能挺过去吗？"我抓住卢瑙问。

"一定可以的，还记得尼塔的话吗？这里绝不是我们航行的终点。"卢瑙拍拍我的肩膀安慰说。这时的我们根本料想不到，在"金柚木号"真正要面临的危险前，暴风雨不过就是一场嬉闹罢了。

卢瑙刚说完这句话，船身就突然发生猛烈的失衡，所有物品都向一侧滑去，我和卢瑙也摔倒在地板上。"金柚木号"似乎迎面撞上了一阵大浪，但奇怪的是，暴风雨还没真正降临，海平面也尚未掀起巨浪。

"你待在这儿,我到甲板上去看看。"卢瑙站起身说。

"我也一起去。"

"不行,你留在船舱里。"卢瑙穿上救生衣,又从掉落的物品里捡起一杆枪,声色俱厉地对我说。

我只得听从长兄的安排,并找出充气救生衣来穿在身上。

卢瑙刚离开船舱,船身便迎来了第二次失衡,这次失衡的幅度要小许多,但方向完全相反,紧接着,一阵断裂声从头顶上方传来,伴随着突然降下的瓢泼大雨和三次连续的枪声。我被吓了一跳,一种只在书本中读到过的恐惧席卷我的全身,令我毛骨悚然而不知所措。

猝不及防地,"金柚木号"开始逆着风浪疾行,速度奇快,几乎要飞起来,即便是在最轻快的东风下顺风行驶,它也根本达不到这个速度。

究竟发生了什么?为什么卢瑙还不回来?我拉紧救生衣,决定违抗卢瑙的命令,到甲板上去找他。可是还没等我打开舱门,就听见外面传来一阵尖锐而刺耳的长啸,好像有人吹起悲愤的军号,令我的大脑轰鸣,几乎跪倒在地。然后,我忽地感到失重,又突然升起,好像玩秋千时从制高点滑落而下又再次靠惯性腾空而起,但是浮在海面上的船怎么会忽地下落又上升呢?难道……有什么东西在海下拖我们?

我从地上爬起来,奔向右舷的小窗,此处已经快被没进水面下,而似乎是为了印证我的猜想,一条蓝紫色而布满丑陋斑纹的巨型触手顺着船底爬上船舷,将小窗完全覆盖,紧随其后的是第三次和第四次失衡。

我被这条可怖的巨型触手吓坏了,心脏止不住地狂颤。

只有古代诗歌里才会出现的海怪居然真的存在，这头怪物得活了多少年，也许有一个纳尔吧？面对这样的生物，我们怎么会有胜算呢？不过"金柚木号"好歹比完全木质的古代帆船要坚固许多，依靠强大的浮力和排水系统，这头怪兽没法一次就将它拉进水下，在它将船身碾碎或者用所有的触手一起发力把我们拖进海底之前，我们必须放弃大船，借助救生小船逃命才行。

得去甲板上救卢瑙。他一直没有回来，那三声枪响也没了后续，也许他已经被海怪的触手击昏了。我深呼吸着，试图让自己冷静下来。想要征服"金柚木号"，海怪一定会伸出更多的触手，我还有时间。

我试图在接连不断的失衡中找到一个能与其中和的受力点，往甲板上奔去。室外，风暴已经降临，雨点几乎是完全横向地拍在我身上，在失衡和狂风的双重席卷下，我每走一步都要离地而起。我眯起眼睛，抹去睫毛上的水珠，只见卢瑙倒在船首靠左舷的一侧，他旁边是已经折断的桅杆，我们在风暴前卷好收起的船帆已经散开，在飘摇的大雨中好像纱一样轻，被狂风撕扯着在半空中鼓动，而挡在这面前的，是两条如千年古树般粗壮的触手，从右舷贯穿到左舷，紧紧将船身抓住。

"卢瑙！"我一边大叫着一边跨越这两条满是黏液的触手奔向卢瑙。我必须将他唤醒，仅凭我一人之力，根本无法在这样的风暴中将比我还重的卢瑙背到救生船上。

又一次失衡突然袭来，即便是扶着船上的栏杆，我也踉跄着跌倒在地。船身向一侧倒去，甲板完全没进了水里，又突然升起。这一次冲击将我和卢瑙一起晃到了右舷处，我趴在甲板上剧烈地咳嗽。在被海怪拉进水下的那几秒钟里我看清了它的样子，它长得像一头章鱼，但触手上却并没有吸盘，它的头上布满毛发，眼睛和蜘蛛一样多。这些眼睛都散发着绿色的幽光，这才使我能在黑蓝色的海水中看清它的模样。

我扑到卢瑙跟前，他脸色十分苍白，几乎没了心跳。我连忙将卢瑙放平在甲板上，用力挤他的胸腔，他很快就吐出海水来，恢复了呼吸。我随即拍打他的脸颊，大声呼唤他的名字，突然，刚才那阵异常刺耳的鸣叫再次响起。我连忙捂住耳朵，并同时意识到一个奇怪的事实，即这阵鸣叫并非来自海平面下，而是天空中！

难道还有第二头巨怪吗？

我四处张望，果然，一个模糊的巨大身影正从雨雾中现出形来。我离开卢瑙，打算先去放救生船。然而在我将注意力完全放在空中那个巨型身影上时，完全没注意到海中怪兽已经将别的触手攀上了"金柚木号"。当我回过头时，已经完全来不及躲闪。我被这根桥墩般健硕的触手剐蹭到，立马晕了过去。

再次睁开眼时，我看到了卢瑙。

奇怪的是，他看着只有十五六岁。

"小妹，你还好吗？"他蹙着眉头问我。

"我还活着？"我看向四周，发现自己躺在光滑而洁净的琉璃地板上，而非"金柚木号"的甲板上。

"大家都在找你呢。"卢瑙说，"你大概是偷偷爬上这棵树，结果摔下来了吧。"

卢瑙一只手将我揽起抱在怀里,我才发现自己也变回了六七岁的小女孩儿。这太奇怪了,难道我从树上跌落,摔坏了脑子,才做了场诡异的大人梦吗?

正当我想着这些事时,卢瑙已经将我带到了一群人中间。这里有父亲、我所有的哥哥、王宫里熟悉的女官、重要的官员、我从小到大的玩伴……大家将我围在中间,好像正举行一个奇怪的仪式。

啊,我知道了,我要死了,这就是我人生最后的走马灯,我要和活着的人一一告别,去众灵的宇宙与母亲相见。

"小姑娘……"

一阵强光袭来,所有人都在这束强光里消逝,只剩下一个声音还在呼唤我,这里就是众灵的宇宙吗?

"小姑娘,醒醒!"

我忽地睁开眼睛,世界明亮得几乎要让我失明,我的喉咙和嘴唇都干涸得要开裂,皮肤上似乎也堆满沙子。很不幸,我活了过来,并不在母亲的琉璃花园内,而是在某处荒无人烟的海滩上。

我的视野仍旧模糊,只感到自己枕在一卷湿答答的卷轴上,而有人正将淡水往我的嘴里徐徐喂送。

我一口一口地将淡水咽下,伴随着遥远的涛声和海鸟的鸣叫,眼前的景象逐渐清晰起来。

我躺在几棵棕榈树下,这几棵树那么高,树干又那么细,以至于一只海鸟往上一停,它们的树冠就会摇摇欲坠地摆动起来。羽毛状的叶片在我的脸上形成摇晃的淡影,然而在午后的烈日下,这一点影子根本起不到任何遮阴的作用。

空气相当闷热,也没有一丝风,刚刚喝下的水似乎立马就蒸发掉了。我从砂砾中支起身子,才发现自己身上笨拙的救生衣已经被脱了下来。侧过头,一个陌生的老人出现在我的面前。

"你是谁?"我被吓了一跳,身体下意识地向后躲去。原来刚刚喂我淡水喝的人并不是卢瑙,而是这名陌生的老人。是他将我从大海中救起来的吗?卢瑙又去哪儿了?

"别害怕,小姑娘,我不是坏人。"老人友善地对我说。他身穿亚麻质地的长袍长裤,赤着脚盘腿坐在沙地里,他的身边堆放着许多我和卢瑙的行李,我四处张望,却只看到一片雪白的沙滩,以及和沙滩连成一体的白色泡沫,没有卢瑙的身影。

"是你救了我吗,老人家?"我慌张地问,"我大哥呢,你看到他了吗?"

"别担心他。"老人说,"他早就醒了,也没受什么太要紧的伤,现在正在你们的船上收拾残骸呢。"

"收拾残骸?难道我们的船触礁了吗?"我焦急地想要站起来,可小腿稍微一动就剧痛难忍。

"你的腿虽然没有骨折,但也伤得不轻。你最好还是在这里乖乖躺一会儿。"老人说着,从袖口里取出一根造型古拙的烟斗,用衣服仔细地擦拭起来,"你们的船造得非常坚固,只不过是断了一根桅杆,船舱里进了些海水,不用太担心。"

听到老人的话,我悬着的心总算落了下来。我躺倒在沙滩上,回忆着那一场惊险得有几分不真实的海难。老人擦干净烟斗后,又从袖子里掏出一袋受潮的烟草,他取出一些来,铺在炙热的砂砾上烘干。

"谢谢你救了我们。"我对老人说,"请问你叫什么名字呢?"

"不是我救了你们,只是你们命不该绝罢了。"老人回答我说,"你也不能知道我的名字,因为那个名字已经是属于死人的了。"

"什么意思?"我对老人的话感到迷惑不解,"难道你是个鬼魂不成?"

"我当然不是鬼魂,只是人们认为我已经死了而已,但我和你们一样,命不该绝,所以我们才会在那场海难中相遇。"老人告诉我,"如果你一定需要一个称谓,就叫我先知好了。"

"先知?"我惊道,"莫非你是一位先知吗?"

老人缓缓点头:"我是一名先知,这是命运对我的仁慈之处,却也是对我的残忍之处。"

根据《大史诗》的第二部《萌芽》所述,天神安淖在唤醒了从大洪水中活下来的孩童们之后,叫他们去寻找一棵柚木,并围绕着柚木建立起新的国度,也就是乌洛帕。而这些孩童们,也借由他们寻找到柚木的顺序而各司其职,第一个找到的成为神的使者,也就是祭司;第二个找到的成为国家的王;第三个找到的成为将军;第四个找到的成为医生;第五个找到的成为智者；第六个找到的就成为先知。

在古代，先知是非常受人尊敬的职业，将军开拓疆域，医生救人性命，智者授人智慧，先知则洞悉未来，给予那些站在命运十字路口的人们最诚恳的引导。然而在我父王飒尔隆特所统治的时代，在伟大的宁泊城，智者仍在学校里授人知识，先知却早就消失得无影无踪了。有人说先知的能力不过是古人的迷信，也有人说，先知的能力就是诸神的启示，是一种赐福，而随着虔诚的人越来越少，诸神也就自然不再会将尚未发生之事透露给凡人了。

无论如何，在乌洛帕，先知已经是属于古代的传说了，却没想到在如此遥远的海外，竟然仍有人拥有这种神赐的能力。

"为什么这么说？"我不解道，"先知的能力难道不是神赐的福祉吗？"

"喂——"一阵呼喊声突然将我的注意力吸引了过去。

是卢瑙，他正迈开大步，从远处的海岸边往我们这里奔来。见到我醒了，他异常兴奋地将我抱进怀里，完全没有昏迷过后的后遗症，看到他安然无恙，我也就和他一样开心地抱在一起。

"你可吓坏我了，小妹。"卢瑙说，"真没想到世界上竟然存在着那样的海怪。还有先知，谢谢你帮我照看妹妹。"

"这没什么，她本来就没有生命危险，只是昏迷过去了而已。"先知说着，将刚才放到沙地上烘干的烟草塞进烟斗里，用我们船上的点火器点燃，"你们的船还好吗？"

"桅杆彻底断了。"卢瑙说，"所幸除此之外没有大碍。不过话说回来，我刚才在北边的沙滩上发现了有趣的东西。"

"你发现了什么？"我问。

"是一座凉亭。"卢瑙说，"它隐藏在几棵棕榈树背后，上面长满藤蔓和藓衣，从远处看并不容易被注意到。"

建筑物的出现说明这座岛上有文明，或曾经有文明，而一座被藤蔓遮蔽的凉亭也可以成为我们三人纳凉和休息的据点。

"我们现在就去那儿吗？"我问卢瑙。

"这样再好不过了，空气这么闷热，我预感晚上可能还会有风暴降临。"卢瑙说。

先知也点点头，赞成卢瑙的提议。他从沙滩上爬起来，搀扶着我爬上卢瑙的背，并收起地上散落的行李，拎在肩上，我们一行三人就这样在孤岛闷热的空气里，缓慢地向卢瑙说的凉亭走去。

我舒适地趴在卢瑙宽阔的背上，就像小时候那样令人安心。离开被棕榈树遮挡的沙地，我们的视野顿时开阔起来。右手边，一座高耸入云的陡峭岩壁在逶迤而上的层林叠翠后巍峨伫立。悬崖的崖壁是红褐色的，它和地面形成接近九十度的直角，没有任何缓坡，也没生长什么绿植，好像木头刚被锯开的横切面，只有斑驳的纹理，没有任何突出的增生。一道狭窄而雪白的瀑布顺着悬崖的石壁倾斜而下，落进茂密而没有一丝缝隙的丛林里，它的源头和崖顶都被隐匿在了一层厚重的云雾中，从远处看，仿佛从天上而降。这很奇怪，因为我们右手边的天非常晴朗且没有一丝云彩，所

279

以包裹崖顶的这团云雾,就像是人工制造出来似的那样格格不入。

我们花了大概十分钟走到那座凉亭。期间,我时不时听到海鸟的鸣叫从远方传来。"金柚木号"停泊在凉亭附近的海岸边,它的桅杆断裂,船身斑驳,看起来疲惫不堪。"好好休息一下吧。"我在心里对它说。

来到凉亭后,卢瑙先是打扫出了一处可以歇息的地方,供我们席地而坐。先知找了个舒服的地方坐下,惬意地抽他的烟斗,好像身处自家的花园,而不是大海中某个未知的岛屿上。另一边,卢瑙则搀扶着我,站在荫蔽处研究起这座凉亭来。

"这座凉亭像是宏帆王朝的产物。"我仔细地打量了一遍凉亭用四根柱子支撑起的宽阔穹顶,对卢瑙说出自己的看法,"你觉得呢?"

听到我的猜想,卢瑙并没有立马回答。反而是坐在一旁抽烟斗的先知,突然剧烈地咳嗽起来。

"老人家,为了我们大家伙儿的肺,你还是少抽点烟吧。"我对先知劝说道,他的烟实在太呛人了。

"你们两个,是从哪儿来的?"先知放下烟斗,问我和卢瑙。

"宁泊城。"我靠在一根石柱上,回答他,"你听说过宁泊吗?"

"没有,完全没有。"先知摇摇头说。

"那你听说过乌洛帕吗?"我又问他。

"乌洛帕?"先知跟着我念了一遍,"那是你们国家的名字吗?"

"对,我们是乌洛帕人。"我告诉他,"先知,你又是从哪儿来的呢?"

"我?我不能告诉你。"先知说,"我说过了,我已经是个死人了。"

我不能被人知道我还活着，所以我不能告诉你。"

"好吧。"我撇起嘴，悻悻地想，这趟路途中怎么遇见的净是些隐姓埋名的人呢？

"小妹，我觉得你想得没错。"卢瑙打断我和先知的谈话，在我和先知闲聊的时候，他已经走到了我的对面。他拨开一片湿漉漉的藤花，对我说："你看这上面写的字。"

我和先知循着卢瑙的声音看去，只见那是两行形体敦厚的刻字：

宏帆历五百六十八年
纪念阿祖陛下远征七座孤岛

我盯着这两行字看了一会儿，恍然大悟道："天啊，原来这里是——"

"没错。"卢瑙点点头，"宏帆历五百六十八年，是'骏马'帕宇的统治年间，往前推一个巴尔（六十年），宏帆历五百零八年，也就是'恶枭'阿祖征服七座孤岛后返回乌洛帕的年份。虽然阿祖一生暴行无数，但他也确实扩张了彼时乌洛帕的疆域。这座凉亭便是为了纪念他征服七座孤岛的巴尔周年所建。"

"可这是那七座孤岛中的哪一座呢？"我问，"那七座孤岛在宏帆王朝末年以及千舟王朝就又陆续地失传了。"

"这座岛并不是那七座孤岛之一。"卢瑙笑了，"如果我的推断没错的话，这座岛的名字是'杜沙尼亚'，它是阿祖征服完七座孤岛后到达的第八座岛。"

"杜沙尼亚?"我惊讶地重复了一遍,"我在书中见过这个名字,不过,大部分人不都将'杜沙尼亚'认定成传说吗?"

"看来它不是传说。"卢瑙的表情又变得严肃了起来,他问我,"你还记得关于杜沙尼亚的故事吗?"

我点点头:"在阿祖杀死了第七座孤岛,也就是新温岛的首领后,他带领自己的船队和七座岛屿的俘虏,继续向未知的海域进发,可是行到第十天后,他们遇到一头凶猛的海怪,虽然阿祖王在年轻的时候就曾经屠杀过一头名叫阿卜的海怪,可这回遇到的比阿卜要恐怖许多。它有数十条腿,每条腿一踢,就掀翻一条船。阿祖王的船队敌不过这头怪物,便逃到了不远处的一座没有人烟的岛上,他们给这座岛取名为杜沙尼亚,因为……啊,我明白了!"

我大叫出声,如果不是我的腿受了伤,我此刻已经奔出凉亭外了。

"对。首先是杜沙尼亚这个名字,它的意思是'通天的石壁',说的正是岛上那座高耸入云的悬崖。"卢瑙解释说,"其次,虽然七座孤岛的地理位置在千舟王朝就全部失传了,不过有明确的史料记载,那七座岛屿全部有蛮族居住,在阿祖征服了它们后,也派遣了部队和移民,所以这七座岛屿一定是有人迹的。即便在未来的几百年里,这些人口全部流失掉了,也会留下明显的人类居住过的痕迹,但这座岛上没有。最后,我们同样也遇到了那头海怪。"

"天啊,这些故事原来是真的……"我喃喃地说,"我们竟然到达了失传的杜沙尼亚，还遭遇了传说里的海怪……不，最令我惊叹的应该是，在一千年前的宏帆王朝，人们竟然就已经有能力到达这样遥远的岛屿了。而且，他们竟然还能在那样的海难中活下来……"

"我也感到十分惊叹。"卢瑙说，"'恶枭'阿祖，虽然他有诸多暴行，令人无法认同，更无法原谅。但他竟能率领船队征服如此遥远的海外，并与那样凶残的海怪搏斗，并活了下来，带着战利品返回乌洛帕。继'征服王'卢加班达之后，在史记时代的诸王之中，他也确实称得上一代枭雄了。"

卢瑙说完后，我们都缄默不语，沉浸在历史的跌宕起伏之中。直到先知开口，打断我们的沉思："你们说的这些……"

我回过神来，看向先知，他的神情竟然比我和卢瑙还要凝重，他紧紧地皱着眉头，好像刚刚得知了一场骇人听闻的死刑案。

"你们说的这些，是乌洛帕的历史吗？"他问我。

"对。"我告诉他，"阿祖，他是个非常有名的暴君，他用强权来奴役人心，在他统治的年代，只要是跟他作对的人，都格杀勿论。但同样，他也确实扩张了乌洛帕的领土，推动了经济发展，为一个伟大王朝的繁荣做出了重要的贡献。"

"我听明白了，这真是非常令人感慨。"先知说着，他的神情越来越奇怪，突然，他竟然像个小男孩儿一样，哇哇大哭了起来。

我和卢瑙都被吓到了，连忙上前安慰他。

"怎么了，先知？"我问他，"你想起什么难过的事儿了吗？"

"我想起我的家乡啊!"先知呜咽着说,"我想起我的家乡,在我的家乡也有这样一个暴君,我就是因为他才背井离乡的,可我却不能对任何人提。因为我的名字已经前往众灵的宇宙了,只剩下一具躯壳和一个迷茫的灵魂在荒岛上徘徊……"

"你当然可以跟我们提,你的名字也好,你家乡的人们也罢。"我说,"我们没去过你的家乡,不认识那里的人。即便有一天我们航行到了你的家乡,也绝不会向他们提起你的。所以你就把你的故事告诉我们吧,当然还有你救下我们的经过。"

"小妹,你不该强求一个人做他不愿做的事。"卢瑙责备我,又对先知说:"老人家,与其憋在心里难受,不妨隐去那些人的姓名,只将你自己的主观经历讲给我们听,以及你究竟是如何漂泊到海上,又是如何将我们救下的。我想这段旅途中,应该没有不能提的人吧?"

卢瑙和我的诉求根本一模一样,只不过是换了个婉转的说法而已。我不满地看着他,先知却被他说动了,他用衣袖抹去自己的眼泪,说:"好,我希望你们能倾听我的遭遇。但是,就像这位青年所说,请你们不要过问里面的人物和细节。"

我和卢瑙点点头,在他对面坐下。

先知沉默了半晌,他摩挲着长着凌乱胡须的下巴,似乎在揣摩该从何说起,最后他开口,娓娓道出自己的故事:

"我出生在一个相当富裕的家庭,我父亲是个商人,他很早就发现了我预见未来的能力,希望能借助我的能力继续帮他发财,但是,我却预知到了他的破产。所以就像大部分先知那样，我发誓再也不看身边人的未来，当然，更不会看自己的。长大后，我靠先知的能力维系着稳定的生活。我娶了自己的青梅竹马，并和她育有两个孩子——就像你们俩，一个沉稳的男孩儿和一个活泼的女孩儿。我们一家在城市里过着很稳定的生活。

"渐渐地，我变得远近闻名了。而由于我在预知未来这方面确实有天赋，所以找我议事的人，也从平民百姓逐渐变成了贵族和知名人士。当先知不是什么安全的职业，虽然未来不可改变，可如果你为这些委托人看到他们不希望看到的未来，还是有遭到报复的可能。所以为了家人能过平静的生活，我都尽量拒绝那些麻烦的委托，或麻烦的委托人。

"就这样，还算相安无事地，我的孩子们都平安地长大成人了，他们各自离家而去，又组建了自己的家庭。我继续做着先知的工作，想再攒一点钱，就彻底退休不干，与妻子享受天伦之乐。然而天有不测风云，人也有旦夕祸福，没等到我的计划成真，我的妻子就罹病去世了。那时的我悲痛欲绝，我的妻子是非常善良而温柔的人，我从小就认识她，她既是我的爱人，又是我的朋友。

"所以，结束了妻子的葬礼后，我自己也像生了场大病似的，心力交瘁。我想安享天年，不想再看别人那些揪心的未来，我的孩子们也这么劝我。为了不让那些委托人再找上门来，我干脆离开了大陆，带着一个能干的小仆人，来到一座小岛上隐居。这期间，不时还有一些人专程坐船来岛上找我，想要我为他们预见未来，都被我给回绝了，直到去年的年中。

"在一个雨涝的夜晚,一位权贵的夫人带着自己的孩子来到我所在的岛上。我本以为她要我看那孩子的未来,就用以往的说辞回绝她,但夫人却说,她想委托我的,不是预测孩子的未来,而是帮她抚养孩子。我惊愕,因为这孩子的血统十分高贵,不应该交给我一介草民抚养。难道说这个孩子是夫人和其他男人偷腥的结果吗?我心想。可这位夫人高尚的人格是远近闻名的,她绝不会做出这种事儿。

"见我犹豫不决,夫人开口告诉我,孩子的父亲虽然很有作为,但对自己的子嗣却相当残酷,因为他自己就是在这样的环境里长大的。他若是看自己的孩子不顺眼,做出弑子这种离经背道的事儿也是大有可能。他出远门多年,尚不知道孩子的诞生。夫人不想自己的孩子受到威胁,所以在丈夫归来的前夕找到我,希望我能收养她的孩子。因为只有我生活的这座小岛,既远离腥风血雨的权力中心,又远离陆地和她丈夫的势力范围。加上岛上地形十分复杂,即便她的丈夫追查到这里,也不会找到孩子的下落。

"我做不出决定。因为一方面,孩子的父亲在我的家乡相当有势力,跟他作对的人都没什么好下场,所以我不敢偷偷答应夫人的委托,帮她抚养这个孩子;但另一方面,那位夫人实在是高洁而美丽,她就像我故去的妻子那样善良,而她的孩子也相当聪慧可爱,拒绝她我良心又受到谴责。我实在做不出选择,便决定偷偷看一看这个孩子的未来,让他必然到来的命运来引导我做出选择。"

先知讲到这儿,不禁感到口干舌燥,伸手去够我们的水瓶,我也就借此评价道:"先知,你说的这个权贵确实跟阿祖很像。不过阿祖要更残暴,他只要发现自己的妻子怀了孕,就要杀死她们。因为他自己就是靠弑父取得的王位,所以他总害怕自己的孩子做出同样的事儿来。"

"如果是这样,那你说的那个阿祖还真是坏透了。"先知喝完水,接着讲,"总之,我让我的小仆人带着夫人再在岛上转转,看看这里究竟是不是合她的意,并借故自己腿脚不好,留在居所里进行了预见。我像往常那样,在命运的迷雾中搜索。我先去找那个孩子的未来,很快我就看到了,我看到他将非常坚定而不容置疑地成为一个英雄;而后我去找那位夫人,很不幸,她竟然命不久矣了。最后,我又打破了多年的戒律,看了我自己的命运……我看到我答应了夫人的请求,收留了她的孩子,但我也看到一年后夫人去世,她的丈夫来寻找孩子。由于我已经看到了孩子的未来,自然不担心他被父亲杀害,所以我在孩子被带走的那天早上,就逃离岛屿,流落到了海上,以此避免了一场血光之灾。

"也许你们会问我,人类的命运就是这样既定的吗?即便我看到了自己的未来,难道也不能采取某种手段,将它逆转吗?关于这个问题,我们待会儿再讨论也无妨。先回到我的遭遇里,我自知无法逃脱这个结局——因为我深知,即便自己不去预见未来,也会做出同样的选择。我只是用这种方式坚定了自己的选择罢了。而从另一个方面来说,孩子之所以能在日后成为英雄,也是因为我收养了他,从小就引发了他对自我命运的思考。

"所以，在小仆人带着夫人回来后，我便答应了她的请求，让她的孩子留在了岛上。

"孩子在我的岛上居住了一阵子。在这期间，我潜移默化地向他灌输自我命运的认知，可能孩子自己没意识到，但这种思考模式却会烙印在他的心中。另一边，我遣散了我的小仆人，为了不连累他，我让他给我的两个孩子带了信，算是我最后的嘱托。他们已经是成年人，我无须多担心。而我自己呢，则开始训练起身体。我过了一辈子安稳的生活，年过半百后竟然要迎来人生的第一场冒险，起先我有点害怕，忍不住想去预知漂流的结果。但随着我的身体越来越强壮，所有的恐惧也逐渐消除，我甚至开始对这场海上漂流充满期待。

"就这样，时间来到了孩子被他父亲带走的那一天。虽然我知道无法避免，但还是嘱托孩子不要离开我们的秘密居所，而后就带着行囊离开了。我像自己看到的那样，准备了一条小木筏，向未知的海域而去，我平安地漂泊了九天，中途还路过了一座无人而安静的小岛。第十天，我遭遇了一场风暴，那场风暴相当骇人，乌云中雷电闪现，犹如天空发怒，大浪将我的小木筏击碎，我认定自己必死无疑了。

"我用绳索将自己、行囊和一块木筏的碎片绑在一起，在冰冷的海水里漂浮，突然，伴随着一阵军号般的鸣叫，一只大鸟，不，应该说是一头长满羽毛的巨兽，从云层中俯冲下来。这头巨怪和你们的船差不多大，它长着两对翅膀，羽毛的颜色像是焕发着七彩光泽的鲍鱼珍珠。它冲向我，将我从海中抓起，连带着和我绑在一起的行囊和木筏碎片，一起抓到了空中。

"我想它将我当成猎物,要带回自己的巢穴享用。巨鸟在雷电间穿梭,不久,我就看到了这座被你们称为'杜沙尼亚'的小岛,我想这里多半就是巨鸟的巢穴,正打算想办法脱身,巨鸟却突然改变方向,往另一边飞去。这时我才注意到你们的存在。从上空看得十分清楚,海中,一头巨型乌贼抓住了你们的船,正往水下拖。巨鸟俯冲而下,它的喙那么锋利,仅一口就啄断了乌贼的一只脚。乌贼渗出大量的黏液,它抽搐着,松开你们的船,以飞快的速度缩回了海面下。

"这根乌贼脚对巨鸟而言,好似是更丰盛的美餐,它的脚趾立马松开我,去抓那根乌贼脚。我摔倒在你们的甲板上,可跟我的绳子绑在一起的木筏碎片却挂在了巨鸟的两根脚趾间,好似船锚挂住了码头一样。巨鸟的翅膀虽然灵活,可爪子却非常笨拙,加之它已经用双爪抓住了那根来之不易的乌贼脚,也就更没法松开趾头了。

"我见状,立马将绳子的另一端绑在了你们船首的栏杆上,让巨鸟代替断掉的风帆,拖着你们的船往这座孤岛上驶去。等到船即将搁浅的时候,我立马用刀将绳子割断,巨鸟呼啸着钻进笼罩着那座高崖的云雾里,我想它的巢穴大概就隐藏在其中。风暴已经渐息,我看到你们倒在甲板上,虽然受了些伤,但都有呼吸,所以我就先把船锚在岸边,这时,这位青年从昏迷中苏醒了过来,之后的事他也就都知道了。"

先知终于讲完了事情的全部经过,他终于解开了心结似的,长舒了一口气。

289

"我看到你说的那只巨鸟的影子在云层里穿梭。"我告诉先知,"但是它去哪儿了?你不是说它的巢穴就藏在高崖的云雾里吗?如果是这样的话,我们继续在这座岛上停留,会不会很危险?"

"我想那巨鸟应该只在雨天活动。"先知说,"无论它是讨厌阳光,还是惧怕阳光,总之自从此地放晴后,我就再没听到它的鸣叫声。另外,你们也见到了那乌贼的脚有多么粗壮,我们三人加起来都比不过那根乌贼脚,那一根应该够它吃一阵子的了。"

"尽管如此,我们还是不宜在此地过多停留,或许那片迷雾里的巨鸟并不止一只。"卢瑙说,"我们在此备齐物资后就尽快离开吧。"

"真没想到,我们竟然能在两头史前巨怪的争斗中侥幸活命。"我感叹道,"不过,为什么关于杜沙尼亚岛的传说里,只提到了乌贼海怪的存在,却对岛上的巨鸟只字未提呢?"

"或许那个时候巨鸟还没有来到这座岛上定居,毕竟阿祖征服七座孤岛已经是将近一千年前的事了。"卢瑙猜想说,"也有可能因为船队到达这里后一直是晴天,所以巨鸟从始至终都未现身过。"

"我想,我们应该将这里改名为'巨鸟岛'。"我提议道,"这个名字对后来者比较有警示作用,'杜沙尼亚'听起来更像个度假岛的名字。"

卢瑙点头表示同意,又对先知说:"先知,我再次感谢你英勇地将'金柚木号'和我们兄妹二人救下。在这样遥远的海外,我们并没有什么礼物能送给你作为报答,只能邀请你跟我们的船同行了。如果你愿意的话,'金柚木号'至少能给你提供个舒适的海上居所。"

"这就是最好的礼物了。"先知说,"我讲完了我的遭遇,可以的话,我也想听听你们的。你们兄妹二人又是为何要驾船漂泊来这荒芜的海外呢?"

"我们在寻找陆地。"我诚实地告诉先知,"乌洛帕正在被大水淹没,我们出航已经六十多天了,却没收获令人惊喜的结果。虽然之前我们遇到了一个很厉害的智者,他说我们一定会找到陆地。不过即便如此,我们的航行可能还是会持续很久,短则一年,长则五六年,即使这样,你也愿意跟我们一起吗?"

"当然,从我选择踏上旅途的那一刻起,就已经有这样的决心了。"先知说,"如果你们愿意,我甚至可以帮你们预测那片陆地究竟在何方。"

"真的可以吗?"我惊喜之余带着几分顾虑。一方面,我确实很想见识先知的力量,但另一方面,回想起尼塔的话,我仍然感到忐忑不安。他说那里是"人类命运的归宿",这话到底是什么意思呢?

"当然可以。"先知说,"也许更多是出于我自己的私心吧,我心里有种预感,还没跟你走到旅途的终点,我们就会分道扬镳。所以,如果你们心怀顾虑,我不告诉你们那个未来就好。"

我看向卢瑙,他看起来并没有什么担忧,反倒是饶有兴趣地对先知说:"我也很想亲眼一见你预测未来的奇迹,毕竟乌洛帕已经没有先知了。我需要为你准备些什么道具吗?"

"我需要火光、一碗水和一种植物,还有跟你们两个有关的一点东西、头发、指甲,或者你们常用的物品、吃过的残羹剩饭都可以。"先知说,"不过水和植物我自己去丛林里寻找就可以,天已近黄昏了,你们不妨在海滩上生起篝火,准备晚饭,我会在天黑前回来。"

先知说完后便离开了。卢瑙扶着我走出凉亭,来到海滩上休息。他去捡拾用来生篝火的树枝,我则坐在被太阳烤得炙热的沙滩上冥思。此时,下午即将结束,夕阳挂在低垂的天边,将身后悬崖上的瀑布染成火红色,好似飞泻的岩浆。另一边,乌云自北方而来,那边虽然已经下起了瓢泼大雨,却在夕阳的映衬下显得暖意十足。

卢瑙很快就生起了篝火,并拿来了炊具和船上的储备罐头。在这样的美景之下,我实在不想吃罐头,但我们也确实来不及准备丰盛的晚餐了。

先知回来了,他抓了一大捧红斑蛇地丁,我只在母亲的琉璃温室里才见过这种珍稀草药,它微有毒性,可以入药,对生长环境的要求非常高,人工养殖也极难存活。为什么这里能抓到这么一大捧呢?

先知好像也很意外自己能找到红斑蛇地丁,他对我们说:"这里没有我平时用的植物,不过红斑蛇地丁更珍贵。我只在小时候见过一次,那时候我父亲还未破产,他用这种昂贵的草药泡酒。我想这里的土壤比较特别,有可能是巨鸟的粪便给予了它们特别的营养。"

总之,先知得到了他需要的东西,然后他用一只银色的铝锅舀了一锅海水后,回到了篝火旁。

"我们开始吧。一旦这个过程开始,无论我做出怎样奇怪的动作、说出怎样奇怪的话,都请你们不要打扰我。直到我告诉你们'我回来了'。"先知盘腿坐在沙滩上,兴致高昂地说,"你们准备了什么?"

我和卢瑙分别拽下一根自己的头发,递给他。

先知接过,并拿起一株红斑蛇地丁,把它们揉搓在一起,用点火器点燃。霎时,红色的烟雾腾腾升起,不知是因夕阳照耀而产生的视觉效果,还是这种植物独有的特性。

地丁和头发燃烧后的灰烬落进盛满海水的铝锅里,最后先知将植物仍在燃烧的残骸也一同丢进去。清澈的海水立刻变成浑浊的黑灰色。

先知用双手搅和这盆水,最后捧起一汪,开始洗自己的眼睛。

我有点被吓到了,这样真的不会把眼睛洗坏吗?我看向卢瑙,卢瑙却示意我相信先知,不要打搅这个过程。

当先知再睁开眼睛时,他的眼睛已经变得不太一样了。

起先他的双眼极度红肿,显然是被污水刺激的。但红肿很快褪去,先知的眼睛也由黑色变成了很淡的灰蓝色,好像海水一样。我不由得想起尼塔的眼睛。就和尼塔一样,先知虽然看向我们,但他的视线却穿越我们。他的视线穿越面前的篝火,穿越我和卢瑙,穿越我们身后的凉亭,穿越凉亭之后的雨林,穿越雨林之后的高崖,似乎随着浮起这座"巨鸟岛"的汪洋一起,到达了遥远的未来。

很久很久,先知都静静地坐在那里,他没有眨动眼睛,也没有说话。

我和卢瑙也就和他一起,犹如石像般静坐在原地。

又过去了许久,直到余晖都将消逝,风暴渐临我们的海岸。

"风暴就要来了。"我悄声对卢瑙说,"再过两分钟,如果先知还没有动静,我们不得不打断他了。"

卢瑙蹙眉看向乌云密布的北方,低声回应我道:"再等等。"

我满心怀疑地撇起嘴,但是当我再看向先知时,他的双眼已不知何时变成了金色。起先我以为那是倒映的余晖,但很快我就发现这其实是两个太阳的倒影。我越想看清这两个太阳,它们就变得越炙热、越具有吸引力,好像磁石一样,将我的目光牢牢吸住,无法移开。最后,我的眼睛里除了这两个太阳,就再容不下别的东西了。我被这两个太阳禁锢住,动弹不得。我感到自己的目光穿过这两个太阳,但又好似是它们穿过了我……

突然,只听先知大叫一声,同时闭上了眼睛。太阳的幻象瞬间消失殆尽,夜晚将我们笼罩,狂风扬起砂砾,海洋涌起波涛,风暴已经降临。

瓢泼大雨从天而降,先知捂住眼睛大喊:"水!给我淡水!我回来了!"

我立马摸过旁边的水壶,丢给卢瑙。卢瑙站起身拧开水壶,倾倒清水濯洗先知的双眼。

先知再睁眼时,他的双眼已经恢复了正常的颜色。他从沙地上爬起来,神情恍惚,他没跟我们说任何关于未来的景象,只是捡起地上散落的行李,招呼我们去凉亭里避雨。

"先知,你究竟看到了什么?"回到凉亭后,我急切地问他,"那两个太阳是什么?"

"我看到了,却又没有看到……"先知一边抹去脸上的雨水,一边说着支离破碎的语言,"我在一片迷雾中搜寻,我总是这样搜寻。起先我找不到方向,我就努力地找,然后我找到了,我看到你们的船在海面上划出波纹……我跟着波纹向前,很远很远很远,似乎直到众灵之宇宙的尽头。你们的船终于停了下来。但是在那里我却没看到你们,只看到两个太阳挂在虚弱的大雾后。我看那两个太阳,它们就将我禁锢。世界越来越亮,最后只剩下一束光,我什么都看不见。可即便如此,我却感到自己在燃烧,在一片熔岩汇成的汪洋之中。我想逃离那里,却越陷越深,直到它即将吞没我,我才终于挣脱出来……"

"什么?我不明白。"我不解道,"你没看到陆地吗?"

"陆地?对,有一片陆地。"先知说,"有一片陆地,还有三根柱子,将天空从陆地上撑起,但那陆地究竟是不是陆地,那天空又究竟是不是天空呢……"

"先知,只要是你在未来的迷雾中所看到之事,就必然会发生吗?"卢瑙一边问,一边打开我们的夜行灯,凉亭瞬间被温暖的灯光笼罩,"有没有扭转它的可能呢?"

"只要是我看到的事就会发生。但是,我并没有看到你们。"先知说,"这种情况时有发生,当我在未来的迷雾中找不到任何人,也就意味着预言失败。"

"为什么会这样呢?"我问,"难道是我们给你的头发太少了吗?"

"不,与那个无关。"先知说,"我听说一些天赋不足的先知偶尔会遇到这种状况。他们徘徊在未来的迷雾里,有时无功而返,有时则会被吞没其中,他们的意识迷失在时间的洪流里,再无法回归自我和现在的时间线。但我自认有天赋,在我预言过的几百个人当中,从没出现过这种情况。"

"那怎么会……"

先知思考了一会儿,反问我们道:"你们觉得,人类的命运是既定的吗?"

"在乌洛帕,古人都认为人类的命运在他们尚未出生之时,就已经被诸神决定了。"我回答,"但是现代,越来越多的人觉得,我们的命运其实是掌握在自己手中的。曾经我也这样笃定地相信着,相信我的命运可以完全由我自己决定。直到我们遇见尼塔,就是我说的那个很厉害的智者。在他告诉我'金柚木号'将寻找到陆地的那一瞬间,我有一种奇怪的感觉。我感到我的命运的确是被决定好的,只不过尼塔看到了它,将它说了出来。但同时,我也感到我的命运本是充满无限可能的,直到尼塔开口的那一刻,它才被决定。"

"这不奇怪,说实话,我总是跟你有一样的感觉。人类的命运似乎同时是既定的和被自己决定的。" 先知听完后点点头说,他的情绪冷静许多了,又找出烟草开始抽,"我经常觉得,就算不存在先知的能力,一个人的未来也是可以被计算出的,只不过影响运算结果的因素实在太多,其基数也许远超宇宙中行星的数量,只有很少数的天才智者能做到。因为没有能力计算,所以大部分人都选择相信命运是不可预知和不可被改变的,就像选择相信天空中星星是无数的那样。

"如果说命运是由我们自己决定的，那么请先知预测未来，请智者来计算未来，就不能被算作是一个决定未来的变量吗？有没有可能，一个人本来会成为商人，但因为他找先知预言，产生了一个变量，这个变量就让他成了水手呢？而如果这个先知看到了他成为水手的未来，并将这个未来告知他，那么到底是先知看到了既定的未来，还是先知和对方一起，在这一时刻一同决定了未来呢？

"所以我觉得，就像你说的那样，我们的命运既是被决定好的，又是可以改变的，两者同时处于同一状态，这种状态一定比我描述的更复杂。但人类的语言实在太简单，所以我既没法找到真正的答案，也没法将它说出来。"

先知说完这番话，长长地吐出一口烟雾，在被藤蔓遮蔽而无风的凉亭之中，这阵烟雾向上飘去，最终聚集在凉亭那宽阔而厚实的穹顶之上，那里雕刻着一支雄赳气昂的船队。船队被汹涌的波涛托起，甲板上是簇拥在一起的船员和层层鼓动的风帆，它们连成一片，远看去好像熙攘的云朵。在领先的船头上站着阿祖，他被刻画成一个英勇的巨人，不惧一切汹涌风浪和野蛮之敌。

为什么在"骏马"帕宇统治的时代，人们仍然将残暴的阿祖描绘成英雄呢？他的功名就如此不可替代吗？我想不明白。但在这个落难的雨夜，我透过先知吐出的团团烟雾，看向凉亭穹顶的浮雕时，仿佛自己也化身为了一名先知。这些烟雾不再是烟雾，而是先知口中的"未来的迷雾"。这迷雾又和"金柚木号"最初驶入的那片迷雾重叠在了一起。一瞬间，我竟感到自己穿越了时空，一种奇异的感觉弥漫我的全身：我究竟处在什么时代？我们来到这座"杜沙尼亚"，究竟是在阿祖征服这里后的一百年，一千年，还是一万年？

在这远离人类文明的海外，我怎样才能确定自己身处的是我父亲——飒尔隆特王所统治的时期呢？人类用时间作标杆来衡量自己的文明，但时间的概念又是基于文明才诞生的。如果时间的概念不复存在，那么关于命运的讨论也将失去意义。

命运的讨论。

命运是乌洛帕人亘古常在的话题。从小我就知道，我们的祖先将所有的名词分格，他们认为有命运的是生格，没有命运的就是死格。在说话和写作时，根据名词主语的格，补充句子的谓语、定语等也会随之改变。小时候，我常常将一些词的词格搞混，而引来老师的批评。

"卢雅殿下，'火''光''时间''神'这四个词都是死格，您已经第三回将它们当成生格来造句了。"

"我不懂。'衣服''尸骨''尘埃'这些东西既没有生命也不会动，你说它们没有命运，是死格，我能理解。但为什么'火焰''光明''时间'这些明明在动的东西也是死格呢？还有'诸神'，神明明是永生不死的，为什么也是死格呢？"我不解地问。

"这是非常好的问题，卢雅殿下。或许您听不懂，但我可以向您解释。"语法老师说，"虽然您说的这些东西都没有命运的概念，但前者和后者是有区别的。它们的区别在于，前者不具有命运，后者则是不受命运的束缚，简单来说就是超越了命运，自然也没有命运的概念。"

"什么叫超越了命运？"

"命运的概念基于时间的绑缚。"老师说，"比如说人类，人类的寿命是有限的，所以一个人行为的可能性也是有限的。而命运，就是对这种有限可能性的概述。永生不朽的诸神，他们不受时间的束缚，可能性自然是无限的。既然可能性是无限的，那就无法被概述，命运的讨论也就失去意义了……"

我六岁时听来无比困惑的话，在这一刻变得前所未有的清楚明了。以至于我的脑海中竟然产生了一个答案，关于为什么先知看不到我和卢瑙的未来。这个答案是如此无懈可击，同时却又荒谬得有些恐怖……

"小妹，我们吃饭吧。"卢瑙不知何时用开罐器打开了罐头，他递给我一个，制止了我继续那个诡异的猜想，"如果明天天气好的话，我可以跟先知到丛林里找些新鲜的食材。"

我接过罐头，将刚才的猜想抛诸脑后。我们三人就这么在雨声的陪衬之下，吃着简陋的晚餐。也许是因为今天见了太多新奇的事物，又听了许多难以置信的故事，吃完晚饭后，我们很快就倒在凉亭的地板上疲倦地睡去了。

第五节 女王

在巨鸟岛上停留了三天后,"金柚木号"离开了那里。一名新同伴加入了我们,许多事做起来都显得轻松多了。虽然离开宁泊前,安努达说"金柚木号"上除了我和卢瑙外,不能有多余的随行者,我和卢瑙必须独自出航寻找陆地。但他并没有说在途中不能有其他人加入。我想,如果安淖真的存在,也绝不会希望"金柚木号"将先知独自抛弃在巨鸟岛上的。

我的腿好得很快,重返航行后,我已经能自己走路了。虽然要随时挂着一根登山杖,但也总比让卢瑙背着我强。

"金柚木号"失去了风帆,只能依靠磁动机前行。

大概一个巴尔前,乌洛帕人在矿城苏尔帕克的附近发现了一种新的固体元素，它看起来很像铂金。所以在科学家们确定这是一种新元素后，人们将其命名为"海雅达"，意思是"神赐之金"。科学家们很快就发现，海雅达具有很强的延展性、抗氧化性和铁磁性，用海雅达制造出的磁铁性能十分强大，远超所有已知的人造磁铁和天然磁铁。

虽然海雅达磁铁的性能远超其他磁铁，但它仍然会产生损耗。"金柚木号"上的磁动机是最先进的，但只要连续运转一年到两年后，这些磁元件仍然会被消磁，必须更换新的才能继续使用。换下来的旧元件经过回收与冶炼可以重新被磁化，得到二次、三次甚至四次利用。但在"金柚木号"上并不具备这样的工业条件，所以我和卢瑙都很珍惜地使用。一旦风向好，我们就让"金柚木号"在海上随波逐流。

洪水十日，距我们离开巨鸟岛已经过去六天了。我终于能放下登山杖，独自行走，卢瑙也就允许我重新接任守夜的工作。夜晚，我独自一人坐在宽敞而温暖的船长室里读书。透过船长室视野开阔的大窗向外望去，可以看见一道朦胧的线将世界分割成两半，上面是天空，下面是海洋。这片海域空旷、异常平静而落寞，没有岛屿或礁石，没有会发光的水母群或歌唱的海豚，也没有偶尔掠过的海鸟。由于海面静得好像潭水，既没有风也没有波澜，我们只得让磁动机运转。

我在读一本海特达特的鉴赏画册。这本书对收录的海特达特做了相当细致的注解，包括它们所描绘的历史事件，它们的创作年代、创作者和创作因由。这让我不由得想起小时候的一些事儿。在众兄长当中，我从小就跟卢瑙最亲。因为他最博学，也最有耐心。他总是能包容我各种调皮的行为,而且能回答我所有奇怪的问题。小时候的我最讨厌去神庙做早朝拜,使女们只知道哄我,卢瑙却给我讲海特达特的故事,以此让我对神庙充满兴趣。

在众海特达特里,我最喜欢的是"至尊女王孔坝登遐图"。至尊女王孔坝是史记时代以来在位时间最长的君王,她活了一百一十四岁,统治了乌洛帕整整一百年。在她漫长的一生中,人们给她起了诸多夸耀的称号,但后世人听着都觉得欠妥,想来想去,只有"至尊"二字,简单明了又配得上她。

孔坝女王建立了千舟王朝,并让它成为自己的王朝。在千舟王朝,孔坝女王是比天神安淖更伟大的存在,她既是大陆上最有权势的人,也是最长寿的人。传说她用各种名贵草药与失传的外科手术令自己容颜永驻,直到一百多岁去世的时候,外表看起来都与二十多岁的女青年无异。孔坝女王是史记时代以来最接近"不朽"的人类,所以每到女王的诞辰日,各方民众都像朝圣的信徒一样不远千里来到乌尔港。女王会在这一天举行盛大的庆典和游行,接受子民的仰望、膜拜。

孔坝女王在生前被人奉若神明,她的离世则引来了数年的动荡,长生不老的神话就此破灭,而她缔造的盛世美梦也化作了一场泡影,就像她建的马诃特拉宫最终落进了海底那样,千舟王朝在经历了两个年幼的傀儡君主后迅速走向了灭亡。

"至尊女王孔坝登遐图"描绘的就是孔坝女王与世长辞的那个夜晚。这幅场面宏大的海特达特上一共出现了一千多个人,然而究竟是一千多少，各界学者仍有争论。最广泛的说法是一千八百七十九个，因为"1879"这个数字，首先是个代表混乱与不和谐的质数，象征女王辞世将引来的巨变；但同时，"1879"的二进制"11101010111"也是"风暴与变革之神"马尔达的圣数，预示着我高祖父的高祖父——"巨弓"飒尔加将率领起义军推翻腐朽的千舟王朝，开启新的时代。

　　神官们在绘制这幅"至尊女王孔坝登遐图"的时候，为了让它成为传世巨作，几乎把千舟王朝所有重要的、有典故的人全都画了进去。而这些人的表情又被描绘得如此传神，不需要做任何考据、学任何历史，光是看这幅画，就能知道这些人都是什么身份，在这场先王离世的变故中担任了什么样的角色，而他们的未来又究竟是光明的还是晦暗的。这幅海特达特是如此神奇，简直就像带领观者穿越了时空一样，这是我喜欢它的原因。

　　接近凌晨，我关上船头的巡航灯和船长室里的夜灯，世界原本的颜色开始显露出来。熹微前的天空浮现出一种带有暖意的红色，渲染了原本深沉的墨蓝色夜空，让它变得像葡萄酒一样神秘而甘醇。云影的背后是渐淡的星月，银灰色的残月美得如此虚无缥缈，月影倒映在远方无波的海面上，不禁让我联想到孔坝女王的马诃特拉宫。传说这座用水晶打造的王宫常年漂浮在乌尔港以西的海面上，后来它沉入海底，仍有许多人传说，在那附近的海域能

见到它灯光辉煌的倒影。后世人常用它来比喻镜花水月的梦,或不切实际的理想。我幻想出它的模样,渐渐地,我的眼前仿佛真的出现了阑珊的点点灯火。

我放下手中的画册,从座椅里站起身,揉揉眼睛,眼前的火光不但未消失,反而逐渐清晰了。周围晨雾渐起,我让磁动螺旋桨停止工作,离开船长室,来到甲板上。

途中我碰到睡眼惺忪的卢瑙,距离接班时间还早,他似乎只是想确定我没有遇到麻烦。

"出了什么事?"看到我急匆匆的样子,卢瑙瞬间醒了过来。

我什么都没说,只是将他拽到甲板上来。周遭一片寂静,"金柚木号"一动不动地悬浮在镜面般的海水上,好像一颗飘浮在外太空的孤独陨石。我带卢瑙来到船头,伸手指向远方,此时,那片火光已经从孤零零的几点变得灿若星河了,在熹微前黯淡的天空下,就像群星坠落进了海里那样令人叹为观止。但它们离"金柚木号"那么远,看起来那么虚幻,不像是隔着薄薄的晨雾,倒像是隔着好几座星系,我看到的其实是它们几万光年前的样子。

"那是一座城市吗?"我低声惊叹道,"还是海市蜃楼……"

卢瑙取下我腰间的望远镜,向前方看去,他对我说:"我看不清那里,雾越来越浓了……等等,有船在向我们靠近,是一条小船。"

他说着放下望远镜,往我们正前方的某一点指去。我接过望远镜,向他手指的方向看去,左右搜寻了一会儿,果然看到了一点蓝色的幽光,从晨雾的身影中显现而出。那点蓝色的幽光越来越近，最后变成一条巧夺天工的磁动小船，上面坐着一名贵妇和一个年幼的男孩儿，小男孩枕在贵妇的膝头安然睡着，似乎是她的儿子。

很快，这艘银色的小船就在"金柚木号"的面前停了下来。

"你们好，远道而来的旅行者。"贵妇微笑着对我们说，她的长相跟乌洛帕人不太一样，不，应该说跟任何地方的人类都不太一样。她的肤色比乌洛帕人要深许多，几乎要融入漆黑的夜色。她的头发是泛着冷色调的银白，一半贴着头颅盘成对称的发髻，一半垂到肩膀。她的额头上有五个凸起的小角，侧脸、手背的一些地方镶嵌着宝石。在幽蓝色的夜行灯下，她的双眼也焕发出一种神秘的紫色光泽，好像梦中的一片遥远星云……

乍看上去，这位贵妇的样貌会让人感到有些害怕和疏离，比起一个真实存在的人类，她更像是一幅海特达特里的角色，一个被用贵金属与宝石碎片装裱起来的形象。但她的声音却与普通的人类女性无二，甚至叫人想亲近，高贵却不狂妄，友善而不阿谀。

"你好，请问你是从那座城市来的吗？"我问这位贵妇。

贵妇回头望向那片梦幻般的灯火，又回过头，对我们说："他们说我是那里的女王，他们说那里属于我，但是谁又属于谁呢？"

她说这番话的时候，虽然面带笑意，但眼神里却是无尽的悲哀。

"那里还有陆地吗，女王陛下？"卢瑙问。

"没有了。"女王摇摇头说，"早就没有陆地了，只有一片汪洋和永无止境的争斗。"

"永无止境的争斗?"

"汪洋虽能覆舟,却是温柔的,这份温柔体现在它对所有人的平等。"女王说,"人类嘴上说着平等,背地里却总是厚此薄彼,食言而肥,唯利是图。我累了,我疲倦于相信他们,给他们第二次机会。曾经我以为那是宽容,现在我才明白那是愚蠢。所以我要离开了,让人们争斗去吧,最后玉石俱焚,谁都不会善终。"

"你要去哪儿?"

"另一个宇宙。"女王回答,"最后那些人类也会明白,能让他们不朽的终究不是永生,而是死亡。"

"什么?难道你要——"听到女王的话,我几乎要从"金柚木号"的甲板上翻下去,因为我知道,她说的另一个宇宙指的是"众灵的宇宙",她要去寻死!可卢瑙却抓住我的胳膊,制止我的行动。

"女王陛下,你虽然说着绝望的话语,但充满释然与无畏。"卢瑙说,"如果这就是你的选择,我愿意祝福你,让我们的大船——让"金柚木号"为你的最后一程保驾护航吧。"

听到卢瑙的话,女王笑了。她笑得无比纯粹而可爱,宛若一个懵懂无知的小女孩。

"远道而来的旅行者们啊,谢谢你们的好意,我叫海珊,请问你们的名字是?"

"卢瑙和卢雅。"卢瑙真诚而坚定地道出我们的真名。

"卢瑙和卢雅,能在最后与你们相识真是太好了。"女王说着,重新让小船顺水前行，"不过不必了，不必为我送行，因为名叫'金柚木号'的船，不应该在找到陆地前回头。"

"等等，海珊女王！你究竟是谁？你怎么知道我们在寻找陆地的事？你说的那些话又到底是什么意思？"我的腿还没完全恢复到从前的状态，只好扶着右舷，步履蹒跚地去追她，"告诉我们吧，如果你知道的话，'金柚木号'的终点究竟在哪里！"

但是海珊并没有回答我的问题，她最后说："人类注定灭亡，但毁灭他们的不是上涨的海水。大水毁灭不了人类，能毁灭他们的只有他们自己。"

我为海珊的话感到战栗和惊恐。但紧接着，她的小舟就和我们的大船擦肩而过，朝相反的方向驶去了。我最终来到船的后舷，目送她的背影。卢瑙紧随其后。

女王不再回头，她只是抚摸着儿子的头发，并轻轻哼唱起一首神秘而悠远的歌，好像任何一个唱着摇篮曲哄孩子入睡的母亲：

吾之众爱，为何踌躇至厄运纷至沓来时？
吾之众爱，为何惝恍于尘世浮生迷梦间？
太阳死去，海水漫延；
幻想尽失，美梦腐烂。

吾之众爱，何不刺瞎双眼，以不见世界已渐暗淡；
吾之众爱，何不割穿耳膜，以不闻灾厄渐临于世。

月亮陨落，陆地崩塌；

光明淡去，旧梦将尽。

吾之众爱，厄运和死亡已接踵而至；

吾之众爱，幻梦与纯真早随风而逝。

吻吧，吾之众爱，

拂去汝之泪水，折断汝之双手，扼死汝之脖颈；

吻吧，吾之众爱，

死在吾温暖的身下，而非冰冷的石棺里……

这首歌在升腾而起的晨雾和无波的海水间盘旋，最后和海珊以及她的小舟一起，消失在了天空和海洋交汇的界线里。

许久，我望着海珊消失的地方，那首歌的旋律仍在我的心头萦绕。一曲多么哀恸的丧歌，宛若她说的那些话，叫我无法释怀。

"卢瑙，不要再隐瞒我了。"我无力地说，"告诉我吧，既然你一直在记录'金柚木号'的航线，就告诉我，我们的船究竟航行到了什么地方？"

面对我的质问，卢瑙沉默不语。他既没有给我答案，也没有回馈以茫然。我不知道他究竟是陷入了思考，还是在等待我自己说出那个答案，或许二者皆是。于是我接着说："卢瑙，'金柚木号'并没有驶向遥远的海外，而是驶向了遥远的时间。海珊之所以知道'金柚木号'的事，正因为她是我们后世的人。我们也好，'金柚木号'也好，在这个时代，都已经成为历史了。这也是先知看不到我们未来的原因，因为我们已经脱离了正常的时间，自然也就没有未来可寻……"

我终于说出了落难巨鸟岛的那个雨夜徘徊在我脑海里的猜想，那时我觉得恐怖，不敢将它说出来，现在我说了出来，却感到如释重负。

"我说的没错吧。"我转过身，强忍住软弱的泪水，再次质问卢瑙。

"卢雅，乌洛帕人总说汪洋就像时间的洪流，它带来一切，也将带走一切。曾几何时，我像大部分人一样，只是单纯地将它当成先人们的比喻……"卢瑙终于开口，他没有看我的脸，而是看向东方的天际，暧昧不清的薄雾之中已经渐露晨光。他的眼中流露出无限的悲哀，我从没见过他露出这样的表情，被吓了一跳。但在朦胧的雾霭里，那似乎又只是我一瞬间的幻觉，下一秒，太阳洞破晨雾，将终年如一日的光辉镀上卢瑙的面庞。他是如此坚定而不可挫败，和我记忆中的别无二致。

"你说的不错。我早有预感，从我们种下第一棵柚木开始，我就感到我们的船并非驶向了遥远的海外，而是遥远的时间。"他回过头，用一贯严肃而可靠的语气对我说，"而我们在途中遇到的那些人，也并非异国他乡的旅客，只是过去的乌洛帕人而已。我们在'血珀海域'遇到的那名旅者就是基海本人；智者尼塔是书写《大史诗》的淖雅；先知故事里的权贵、贵妇和孩子也不是别人，正是征服了七座孤岛的阿祖、'太阳王后'伊莎沐苏和他们唯一的孩子，'骏马'帕宇……"

卢瑙一边说，我一边回忆起自我们出航来遇见的种种奇事，将它们与传说与历史的细节一一对应。我们找到的第一片陆地，正是洪水退去后新生的大陆，它年轻而娇弱，没有一棵树，却飞满树的绒絮。我们的第一棵柚木就种在基洪河旁——这个地方在宁泊的时代已经被海水淹没，无从寻迹，传说中被安淖唤醒的孩子们将寻找那棵树，围绕它建起乌洛帕。第一个找到的孩子成为神的使者。在《大史诗》里，那个孩子被称作"天命"安特萨尔，也就是"金柚木号"离岸时，我在迷雾中见到的小女孩儿。安特萨尔成了乌洛帕的第一位祭司，在古代，神庙的祭司都和她一样，全部是女性。而安特萨尔之后，第二个找到柚木的孩子则将成为乌洛帕的王。在《大史诗》里，他就是"筑城王"乌尔美希。乌尔美希建立了伟大的都城乌洛帕克，并用这个名字来命名他的王朝。乌洛帕克王朝，就是乌洛帕的第一个王朝。

然后，海浪将我们推送去了下一个时间点，彼时乌洛帕克王朝已经终结，我们来到了乌洛帕的第二个王朝，遇见了乌尔王朝的第二位国王——"英雄王"基海。他不甘于弟弟恩海的离世而前往世界尽头寻找生与死的答案。在《大史诗》里，他赢得了与太阳的赛跑，又游过了死亡之海才抵达了世界的尽头。显然，我们与他相遇的那片"血珀海域"就是传说里的死亡之海，那里寸草不生，也没有任何活物。

告别基海后，汪洋带着"金柚木号"再次穿越时间，不知不觉，乌尔王朝已经在"荒淫王"基美兰的统治下告终，我们来到了乌洛帕的第三个王朝，开陆王朝的第四位国王——"红鹰"埃卢的统治年间。埃卢统一了时间历法，令乌洛帕进入史记时代，而同一时期，一个叫淖雅的智者书写了被后人称为新经典的《大史诗》。我们在一座神庙的废墟里与淖雅本人相遇，他宣告了我们的命运，说我们的终点在一个永不会被大水淹没的地方。而后我们离开那里，前往了下一个王朝。

我们进入乌洛帕的第四个王朝——宏帆王朝。在著名暴君阿祖所统治的时代，我们遭遇了传说里的海怪，又奇迹般地被一位先知救起，让他加入了我们的航行。他就是史书中均有记载的"岛居先知"舒兰德，他收养了年幼的帕宇王子，并在"太阳王后"去世、阿祖追查帕宇时消失了。

"而后，我们离开了杜沙尼亚（巨鸟岛），跳过了孔坝女王的千舟王朝和我们生活的安澜王朝，来到了未来的某个时刻。卢雅，你说的没错，海珊之所以知道'金柚木号'的事，正因为她是我们的后人。"

卢瑙说完的时候，天空已经完全明亮了，不知何时，先知来到了甲板上。

"果然，你们已经知道了。"他平静地对我们说，"我就是舒兰德。在杜沙尼亚，我还以为穿越时间的人是我。"

"不，先知，我想你也穿越了时间，所以我们才会相遇。"卢瑙说，"如果巨鸟是存在于阿祖时代之后的话，那么在你被巨鸟抓住、与我们相遇之前就已经穿越了。"

"没关系，我不在乎了。"先知说，"我的命运将我带到这里，从我决定收留帕宇的那一刻开始，我就已经选择并接受它了。——别太难过，小姑娘，你们好歹有条船，可以想办法回到自己的时代。现在距阿祖的时代过去多久了？五百年还是一千年？这么漫长的时间，纵使我是能征服天牛的卢加班达，也没法用自己的双腿游回去啊。"

先知在安慰我，我却更加难过了。我想起我的父王，想起我们出航前他叫卢瑙把我平安地带回宁泊，想起那里永远熙攘而吵闹的人群。我再也强忍不住思乡的泪水，抱住先知哭了起来。

先知拍拍我的肩膀，卢瑙也过来安抚我，他说："我们先吃早饭吧。"

"会有办法的，也会有答案的。"先知也说，"是命运带我们来到了这里。它既是我们自己的命运，那只要我们向好，它就不会有多残酷。"

于是我们回到船舱里做早饭，一起沉默地吃完这顿饭，然后来到船长室，商量接下来的打算。我一夜没睡，此刻感到非常疲倦，但我根本无心睡觉，我感到自己的命运正敦促着自己找到关于它的答案。就像先知说的那样，也许"金柚木号"所寻找的，并非单纯的陆地，而是人类命运的出口。如果说汪洋就是时间的洪流，那么那个"陆地"实则是人类能超越时间的地方。

我将我的想法说出来，卢瑙表示肯定："你说的没错，淖雅也说，我们的终点在一个不会被大水淹没的地方，那个地方可能并非陆地，只是一个不会被水淹没的地方。比如一座不会被大水淹没的城市，或者一个让大水退去的办法。虽然先知看到了一个关于陆地的未来，但他并没有看到我们在那里。先知，你认为我们应该参考你的预言吗？"

先知摇摇头："不应该参考。我在未来的迷雾里跟丢了你们，可能到达了任意一个地方。更何况，通晓古今的大智者淖雅亲自为你们做了预言，我的预言也就更不具参考价值了。"

"或许我们与海珊女王的相遇就是一个警告。"我说，"她说不存在陆地了，只有一片大水和永远的争斗。这是不是意味着，我们应该将这个消息带回宁泊，叫人类永远不要争斗、浪费资源，并努力建设一座永不会被海水淹没的城市呢？"

"有一定道理。"卢瑙说，"小妹，你的选择就是想办法回到宁泊，并警告世人，对吗？"

卢瑙这么严肃地问我，我却迟疑了："我的选择……我不知道，我做不出选择。或许未来根本就改变不了，如果我们改变了未来，和海珊的相遇就成了悖论，这样说的话，人类注定争斗，人类也注定灭亡。但或许，海珊的话只是她的一家之词，人类的争斗只是短暂的，而在某个人类尚未抵达的遥远海外，也确实存在着不会被海水淹没的高地。"

"那么先知，如果是你的话又如何选择呢？"卢瑙又问。

"我的选择是跟着你们的船走，直到我遇见一个我认为可以下船的地方。"先知说，"'金柚木号'所肩负的，不仅仅是我们三人的命运，更是人类的命运。我做不出这个选择，也不该由我来选择。但是我认为有个关键的问题必须破解，为什么海水会上涨呢？在我的时代，虽然已经有人宣扬海水在淹没陆地了，但由于并没有造成实际的影响，所以大家只把那当成是孤岛上传来的谣言罢了。"

"有很多种说法。"我说，"神庙的祭司们坚称大水是神赐的圣泉，是不可避免的。但在我们的时代，大部分人都不信神了，他们更相信科学的解释，其中最广泛的两种说法是'冰山论'和'潮汐论'。"

"那是什么？"

313

"'冰山论'是假设在无人抵达过的海外存在一座巨大的冰山,随着人类时代的变迁,人口增多、二氧化碳排放增加等种种原因,导致了温室效应,这使得这座巨大的冰山融化,海水上涨;'潮汐论'则是假设天体的引力牵引潮汐往一个方向集中,淹没乌洛帕所在的大陆。但按照这个假说,此时必有曾经被海水淹没的陆地浮出水面才对。"我解释道,"可是截止到我们生活的时代,人类既没有发现过冰山,也没有发现过浮出海面的新陆地。"

"虽然有很多我没听说过的名词,不过我大概理解了,冰山或潮汐。"先知说,"淖雅的预言会将你们指向这两个地方也说不定。"

"先知说的没错,我们甚至还没找到这个关键问题的答案。"卢瑙站起身,"'金柚木号'必须向前才行。"

"我愿意听从你的选择,卢瑙,但在时间的洪流里,哪里才是人类命运的前方呢?"

"人类命运的前方,不就在我们眼前吗?"

我和先知顺着卢瑙的目光看去,只见船长室的大窗外,晨雾已经悄然散尽。在我们的正前方,空气在上午的阳光下变得异常纯净、通透,犹如毫无杂质的人造水晶。一座雄伟的城市组成玄铁色的天际线,从窗的这一头直到那一头,轮廓精密而硬朗,像拉链的链牙那样笔直地蔓延开来。凌晨时分还朦胧得似星辰般遥远,如今却清晰得近在咫尺。

是海珊的城市。

第六节 流民

用完早饭后,"金柚木号"重新起程,向那座未来的海中城市进发。

虽然现在已经没有记日期的必要了,但我还是在心里默默地重新数了一遍日子。按照出发的那一天算,今天是洪水十一日,太阳落下又升起了七十二次,距离我们离开宁泊港,也已经过去了七十二天。在这七十二天里,我们穿越了乌洛帕的七个朝代,来到了遥远的未来。现在是什么时候呢?我在心里思考,现在还是安澜王朝吗?还是已经改朝换代了呢?既然眼前的这座城市不是宁泊,也不是我见过的任何一座乌洛帕城市,那么想必已经是新的朝代了吧……

凌晨,这座灯火璀璨的城市在漆黑的夜幕下就像星河般壮观,能统治这样雄伟城市的海珊为什么要放弃它？她所说的争斗又是什么呢？是指物理层面的战争，还是权益上的争夺呢？我想着这些问题，眼见我们的船离那座城市越来越近。

然而，等我们的船来到这座海中城的跟前，眼前的景象却完全出乎我的意料。凌晨时分我见到的绚烂奇景真的就是一座海市蜃楼，在我们面前的城市里既没有车水马龙的街景，也没有对攻的炮火和军队。这里什么都没有，只有一片城市的海中残骸，寂静而落寞地死在那里。大部分高楼都被海水淹没了一半，小部分低矮的平房则完全被浸没在海底。上午的阳光将这片海域变成金色，这些遗骸就像是被树脂淹没的昆虫，变成了永久封存的琥珀化石。

"看来不知不觉中，'金柚木号'已经再次穿越了时间。"我对卢瑙和先知说，"凌晨时分，我们与海珊女王相遇的时候，这座城市还是灯火通明的鼎盛状态。"

卢瑙和先知都没有接我的话，我转过头去船长室的另一边找他们，发现他们都齐刷刷地抬头看向左舷前方的天空。我向他们目光的方向看去，起先还一头雾水，搞不懂他们究竟在为什么壮丽的景色而失语。但很快，我就跟他们一样愣住了。

"这是，冰山……"

起先我没有注意到，因为它比其他建筑高出那么多，又那么洁白，在晴朗的蓝天下，高不可攀得简直就像是一片云。

"冰山真的存在……"我又忍不住惊叹道。

几十分钟前还只存在于理论中的冰山竟然这么快就被"金柚木号"找到了。但我的心里却是惊大于喜。这座雄伟的城市为什么要依靠冰山而建？这座城市是被抛弃了，还是像沉入海底的乌尔港那样衰败了？人类又都去了哪里？

"这座城市可真雄伟，简直就像传说里的圣城安临都一样。"先知自言自语地说，"还有那座洁白的庞然大物，那真的是冰山吗？"

"这座城市应该已经荒废了。"卢瑙一边用望远镜四处巡视，一边对我们说，"或许人类建起这座城，就是为了能用某种办法阻止冰山的融化，但结果还是失败了。不过，既然能建出这样壮观的城市，人类也一定有办法建出像马诃特拉宫那样悬浮在海面上的城市吧。——无论如何，我们要先到那座冰山跟前一探究竟。"

我和先知都赞同他的提议，于是调转航向，朝着冰山驶去。这座城市里的建筑物鳞次栉比，一不小心就会让"金柚木号"搁浅。我们只好缓慢地，在密集如蜂巢的建筑物之间，努力找出一条通往冰山的宽阔水道。

突然，先知大喊起来："你们快看，那里好像有人！"

我和卢瑙连忙将船停下，来到他身边，只见在船身的斜后方，穿过两栋倾斜高楼的夹角，一条小船正追我们而来。船上站着一个短头发的青年，他拿着一只喇叭朝我们喊话。

在船长室里，我们根本听不到他的声音，于是我们三人就一起来到甲板上，此时这个青年的小船也已经来到我们跟前了。

他离我们已经很近，于是放下喇叭，直接对我们喊话说："快停下来吧!你们难道要靠近奇亚加阁吗?"

"奇亚加阁?"我问他,"那座冰山的名字叫作奇亚加阁吗?"

"冰山?"听到我的话,青年先是愣了一下,随后大笑起来,"你们竟然也把奇亚加阁当成了冰山。"

"你说'也'是什么意思?"

"前几天,有鲸拉的船和你们一样想要靠近奇亚加阁,那些人自称树民,应该不是你们的同伴吧?"

卢瑙说:"我们没有同伴。不过,奇亚加阁既然不是冰山的话,又是什么?你说的那些树民又是怎么回事?"

"这个,其实我已经好几天没吃饭了。"青年露出一副为难的样子,他似乎看出我们对信息的渴求,就打算用它们交换点实用的东西。

先知笑了,他对青年说:"上船来吧,小伙子,我们招待你!"

我和卢瑙立刻回到船舱里,打开"金柚木号"的舱门。青年登上我们的船,好奇地四处打量着。

"这真是艘好船。"他完全不把自己当外人,大摇大摆地穿越每个功能区,一边巡视一边啧啧称奇道,"那些树民的船甚至没有发动机,完全靠鲸鱼来拉。不过,即便是那样的船我们也已经造不出来了。"

"你叫什么名字?"我问他。

"我叫河滩。"青年说。

"河滩?这是什么怪名字?"我嗔怪道。

"这有什么奇怪的。"听到我的问题,青年粗鲁地大笑起来,"我是河滩季出生的,所以叫河滩。我爸爸叫西风,妈妈叫收谷,大哥叫大播种,二哥叫小播种,因为他们都是播种季出生的。"

"他们也在附近吗?"

"他们去淞马了,之前那些树民来的时候,说那里的人更多一点。"河滩说,"但我不想去,听着就感觉又远又累。"

卢瑙带河滩去洗澡,并给他准备了一套干净衣服。换上干净衣服后,河滩显得很开心,我们随即又招待他在厨房吃饭。先知做了红斑蛇地丁炖兔肉,他一边狼吞虎咽地吃,一边用好奇的目光打量厨房里的每一件物什。

"这座城市叫什么?"看他吃得差不多了,我问他。

"上都阿希坦。"河滩打了一个长长的饱嗝儿,"它曾经叫这个名字,但那已经是好几百年前的事了。"

"发生了什么事?"

"有好几种说法吧。"河滩挠挠头说,"大家普遍信两种,一种是说打了很多年仗,死了很多人,把资源都耗尽了;还有一种是说有人从奇亚加阁里放出了恐怖的病毒,杀了大部分人。"

"所以说,那座奇亚加阁,其实是一座生化基地吗?"

"究竟是不是呢?没有人确定,因为没有人敢靠近那里。"河滩说,"据说那附近的海水都已经被污染了,所以人们都离那儿远远的。当然,他们也害怕一个不小心,再放出什么病毒或更恐怖的东西。宁可信其有,不可信其无嘛。但是,或许有一天我会进那里去看看吧,等我觉得活累

319

了,差不多可以死了的那天,我就要去奇亚加阁里看看。"

河滩的话让我想起凌晨时分海珊女王的那句遗言:"大水毁灭不了人类,能毁灭他们的只有他们自己。"

这样说来,人类的结局果然被海珊言中了。

"不过,奇亚加阁究竟是谁建的?"我问河滩,"你知道海珊女王吗?是不是在她的统治年间发生过一场战争?"

"海珊女王?她好像是这里的最后一个王吧……"河滩思索了一会儿说,"对了,我想起来了,我爷爷说,就是她建了奇亚加阁,又在里面藏了灭世级的武器。"

"什么?"我大惊。

我想起凌晨时分同我们相遇的海珊,根本不相信那样的一位女性会做出这种事来。

"我爷爷说她疯了,她想获得永生,却发现那不过是天方夜谭,所以要拉所有人给她陪葬。"河滩满不在乎地回答,"不过,这些都是口口相传的故事。我连海珊女王究竟是否存在过都搞不清楚,没准儿她就是个虚构的人物呢。"

"口口相传的故事?"我不解道,"这难道不是你们祖先的历史吗?难道就没有史书之类的吗?"

"史书?"河滩再次轻蔑地笑起来,"你们这些外族人净说些可笑的东西。我长到这么大,只见过一本书,那是我爷爷的爷爷传下来的,不过到现在我都不知道那本书究竟写了些什么,因为里面全是字儿,一张图都没有。除了住在乌塔天神庙里的那一家人，没人识字。那一家人说他们有什么智者的血统，还是什么祭司的继承人，不允许任何外来者靠近神庙，因为所有没被损毁的古书都在乌塔天神庙里，他们害怕人家看见书就会将其偷走，做引燃物或生活用品。——我们当然不会做这种事，即便没人识字，书也是相当珍贵的。我的家人去淞马的时候，带走了我爷爷传下来的那本书，因为树民说淞马还有人识字，如果带着书去可以换更多物资。如果我是乌塔天神庙的那家人，我就带着神庙里所有的书去淞马换物资了。毕竟，书可不能煮来吃，你说对不对？"

我不知道该怎么回答他。我觉得他既无知又可怜，但又乐观得让人羡慕。我只好转移话题问他关于树民的事儿。

"那些树民，他们说自己从很遥远的西北而来，确认海外是否还有陆地存在。"河滩说，"他们说自己之所以叫树民，是因为族人们都住在树上，在海水将所有陆地淹没之前，他们就这样做了。我觉得他们在骗人，因为树都是小小一棵的。我家就有一棵番茄树，它的枝干还没我的手臂粗呢，怎么可能住人？树民说他们住的树比我的番茄树要壮几千、几万倍，他们的树深深地扎根在陆地上，已经长了好几千年了。海平面上涨，他们的树就长高，所以永远都不会被海水淹没。你说这话可笑不可笑？"

"这些树民后来去哪儿了，他们有告诉过你吗？"

"我不知道。难道你想去找他们吗？"河滩不屑地说，"这是白费工夫，依我看，陆地根本就没存在过，从头到尾就没存在过，陆地不过是古代人的美好幻想罢了。"

我想告诉河滩,陆地是存在的,从逻辑上讲陆地也应存在过。但跟他讲这些根本就是白费口舌,他一个字也不认识,没听说过《大史诗》和任何古代传说,甚至完全不了解海珊女王之前的历史。对于他而言,时间是从乌洛帕衰败、大水淹没了所有陆地后才开始的。跟他说陆地,就像跟井底之蛙说大海一样。我们彼此间隔着漫长的时间,和难以跨越的认知鸿沟,所以我选择以沉默相对。

到了中午,我们送走了河滩。他不太想离开舒适的"金柚木号",但也完全不想跟着我们的船走。我们给了他一些工具和衣服做礼物,并让他从船上挑选一本书带走。他挑了我凌晨时阅读的那本海特达特鉴赏画册,他说只有这本书全是图片,他才看得懂。虽然他甚至不知道海特达特是什么东西。最后,他又嘱咐了我们不要靠近奇亚加阁,才恋恋不舍地下了船。

我们将河滩送回小船。他就站在自己的小船上挥手送别我们的大船,不知是担心我们再靠近奇亚加阁,还是单纯的留恋。"金柚木号"向北行去,最后他的身影被淹没在层层叠叠的塔顶和建筑天台里,就像任何一个被淹没在了历史洪流里的平凡人那样,既真实而不可忽略地存在过,但又在浩渺的时间里,根本无从寻迹。

"他最后还是去了。"不知何时,先知和卢瑙来到了我的身边。

"去了哪里?淞马吗?"此刻我们已经离开了上都阿希坦的废墟,将那个时代远远地抛在了身后。

"不是淞马,是奇亚加阁。"卢瑙说,"刚才先知看了他的未来。他去了那里,并死在了那里。"

"什么?到底是怎么回事?"我有点始料未及,"那里面真的有灭世级的武器吗?"

"没有,没有任何武器。"先知说,"那里面是一座美丽的花园,花园下有一座研究所——在我的时代没有那种东西,卢瑙说叫作研究所——再然后是一个圣堂,那里有三道门,他进入了一道,里面漆黑一片,他一不小心摔死在了里面。"

"怎么会这样?我完全不明白。"我听得一头雾水,"如果是这样,那些关于奇亚加阁的恐怖传说又是怎么来的呢?"

"虽然没有灭世的武器,但那座建筑确实是海珊女王所建,花园里有她的海特达特。"卢瑙说,"我想它从头到尾就不是什么生化基地,而是一个避难所,为躲避大水的上涨而建。但是花园下的研究所被彻底破坏了,圣堂门后的区域也尚未完工。所以我想,就如同海珊女王说的那样,在她的时代发生了一场争斗,人类为了利益或其他事,不计后果地掠夺。或许有人想将这座花园占为己有,所以编造了那样的谎话,并散播出去;也或许是其他更漫长而复杂的原因。但归根结底,就像海珊女王说的那样,彼此争斗的人们最后玉石俱焚,谁都没有善终。"

卢瑙的话让我感到绝望,如果我们看到的是未来必然发生的事,那么无论我们是否返回宁泊,无论让人类怎样防范大水与斗争,都改变不了这个结局。

"为什么呢?"我愤懑地道出心中所想,"如果人类必将争斗并灭亡

323

的话，那我们选择的意义又在哪里？'金柚木号'又为什么要航行？我们改变不了人类的命运，诸神只是想让我们明白这一点，并回到宁泊，教导世人要像古代的混血王们那样供奉他们，才不会引来悲剧的结局吗？"

"不，绝不是那样的。信仰是引导世人，而不是奴役世人的。"卢瑙说，"我们现在所见的，或许就是一部分人的结局了。他们的命运我们无法掌握，但我们可以为他们提供机会。就像你说的，回到宁泊，告诫他们避免争斗，并建起堡垒。但他们是否会贯彻这个决心呢？即便回到宁泊，我们也无法活到这么久远的未来，所以后人们的选择我们决定不了，我们只是为他们提供机会而已。"

"既然他们必然放弃这个机会，我们又为何要给他们提供呢？"我十分无力地说。

"因为他们不是全部的人类。"卢瑙用安慰的语气说出笃定的话语，"河滩也好，他的家人们也好，还有那些选择争斗和灭亡的人也好，他们只是一部分人。难道那些驭鲸的树民不是人吗？难道'金柚木号'上的你、我和先知不是人吗？我们为什么不能将这个机会提供给自己和其他人呢？"

我望向南边的空旷海域，此时，上都阿希坦的身影已经消失得无影无踪了，就好像人类的文明也已经随它一起，完全被大水淹没，不争气地湮没在了时间的洪流里。

给我们自己提供一个机会吗？

我疲倦地思考着，却得不出答案。已经有了界限的命运，又该怎样去超越它呢？这样的事，只有诸神才做得到吧……

但是，我不信神，我又看向身边的卢瑙，想起他说的那些话。

我不信神，却相信卢瑙。我相信他，因为从小到大，一直在引导我的既不是诸神也不是祭司，而是卢瑙。

"好吧，卢瑙，我选择相信你。我至少可以选出一个我相信的人。"我露出苦涩的微笑，"那么，船长，我们现在又该去哪儿呢？"

卢瑙也笑了，但他笑得充满力量。

他对我和先知说："我们去找那些驭鲸人。"

第七节 鲸骑士

离开上都阿希坦的废墟，"金柚木号"往西北而去。我们没有明确的航向，但就像我们从宁泊离港时一样，虽然没有明确的航向，但我们知道我们在找什么，而"金柚木号"则会带我们找到它。

我想起基海，在"血珀海湾"告别后，他是否抵达了世界尽头呢？还是就此返回了乌洛帕，根据我说的故事，编造了自己的经历呢？淖雅究竟对这一切又了解多少呢？他所编写的《大史诗》，又有多少是史实，多少是他虚构的呢？

我想起《大史诗》里关于基海的故事。淖雅说他到达了世界的尽头，并向居住在那里的不死者乌特淖和波雅讨教生与死的答案。乌特淖并没有立马回答他的问题,而是给他布置了一个任务,他让基海整整七天七夜不睡,并告诉基海,如果他能战胜睡意,才有可能战胜死亡。可是,基海跨越了死亡之海,又赢得了与太阳的赛跑才抵达世界的尽头,他疲倦极了,根本无法战胜睡意,很快就睡着了。筋疲力尽的基海整整睡了七天七夜,然后他醒了,乌特淖告诉他,人类连睡意都战胜不了,因而根本无法战胜死亡。

我感到现在的自己就像是故事里的基海。我已经有三十多个小时没有合眼了,我仍伫立在甲板上,轻柔的海风从我耳边划过,像催眠曲一样敦促我进入梦乡。但我却不能睡,好像一场睡梦就会让我像基海一样,错失命运的转机。我必须保持清醒和警戒。我想起在"血珀海域"与基海道别后,卢瑙问起我关于基海的问题,我还跟他开玩笑说,不如去世界的尽头找乌特淖和波雅问个明白。事到如今,我们大概真要航行到世界的尽头,去向不死者们讨教答案了。

卢瑙和先知好几次来劝我去休息,我只好回到船舱里。但我不愿睡觉,就一直在船长室的大窗前静坐,看着海面沿着我们的左右舷向后退去。然而最后,我还是睡着了。

我做了一个无比真实的梦,在梦里,我认为自己仍然醒着。我先是听见一阵绵远而悠长的鸣叫,而后,几头脊背漆黑、肚子雪白的巨兽从"金柚木号"的左前方跃水而出,翻起骇人的巨浪。它们是如此庞大而动作灵敏,除了鲸外,别无他物。

我认定这些是树民的鲸,于是掉转船头追它们而去。我追了一阵子,突然，这几头鲸潜进了水下，我也只好驾着"金柚木号"潜进水下。当然，"金柚木号"实际上并无法潜水，但因为是在梦里，也就轻而易举地做到了。在水下，我看到了自我出生以来见过的一切人、物品、建筑，它们全部被海水尘封，变成远古的记忆。鲸们带着"金柚木号"穿过这些人、这些城市，来到最深的海底，在那里有一个大洞，里面泛着奇异的微光，好像一个不可思议的天体。鲸们穿过这个大洞，我也驾着"金柚木号"穿过它。而后，我们一同跃出水面，来到一个无比年轻的世界。在我的眼前，出现了一座郁郁葱葱的岛……

"是树民的聚落！一定是那里！"看到眼前的情形，梦里的我激动地大叫着，跑回船舱里去找卢瑙和先知。

此起彼伏的鲸鸣声在船舱外响起，我忽然从梦中惊醒，时间感被彻底打乱。

我抬起头，发现自己躺在睡舱天花板形成的阴影里，似乎是卢瑙将睡着的我背上了床。一束灿烂的阳光从小窗外投射进来，我不得不眯起眼睛。窗外，一个短头发、黑皮肤的少年正好奇地拍打我们的小窗。我冲他笑，他却如受惊的鱼一样钻进了水下。

我穿好衣服，来到甲板上，眼前的景象令我震惊：我们的船被几十头大大小小的鲸鱼包围，每头鲸的脑袋上都坐着三三两两的人，鲸鱼喷水，人类议论，"金柚木号"被笼罩在一片水雾、鲸鸣和热闹的围观里。而在这一切的背后，是一座壮观的绿岛。这座岛的规模比我在梦中所见的更为庞大，上面布满茂密的绿植，岛身高耸入云。但定睛一瞧就会发现，这座绿岛并非什么岛,而是由直接从海水中生长的树木团抱而成的"海上森林"。如果再仔细地观察,就会发现,这座森林竟然完全是由屈指可数的几棵巨树生长出来的。这些巨树是如此粗壮,简直就像大地的根系,它们彼此纠缠、依靠,在上万年,甚至有可能上亿年的岁月里,变得比磐石更坚韧,再不畏海水和任何灾难,成为与奇亚加阁一样的坚固堡垒。

一个多么壮观的自然奇迹。看来我们已经找到了人类文明最后的要塞,这是群鲸守护的边境之地——树民的聚落。

我跑向船头,卢瑙和先知正在那里与几个树民攀谈。也许是因为长期出海,这些驭鲸人的皮肤比乌洛帕人的更黑。在他们中,为首的是一名身材高挑的女性,她穿着一套铁黑色的金属铠甲,只遮住她的生殖器官,但她的四肢和躯干上都布满文身,远看上去好像穿了一件严密的紧身衣,大部分树民也是同样的打扮。不同于其他驭鲸人的是,这位女性还戴了一顶造型非常独特的头盔。我不确定那是头盔还是王冠,它和她穿的铠甲是同样的颜色,头顶和两侧盖住耳朵的地方分别生出三根两掌半长的金属柱,其外端镶着球形底座的尖刺,镂空的金属扇面将金属柱相连。

她看到我,就叫我的名字。其他驭鲸人也向我打招呼。

"你好。"我对她说,"这里就是树民的聚落吗?"

"对,这里就是古尔桑,边境之地,树民与鲸的家园。我的名字叫瓦奥卡,我是古尔桑人的鲸语者。"她回答我们,声音高昂而轻盈,好似鲸鸣。

"古尔桑?"听到瓦奥卡的话,我大惊,"这里就是天牛一度肆虐的古尔桑吗?"

瓦奥卡点头:"不错,这里就是天牛一度肆虐的古尔桑。'骏马'帕宇制服了天牛,为了报答他的恩情,古尔桑人一度归顺于他的统治。"

我还是难掩惊诧的神色。我一直以为古尔桑是个传说,而"征服王"卢加班达和"骏马"帕宇都征服过的天牛,也不过是一头比较强壮的野牛罢了。不过,既然我们已经遇见了"天命"安特萨尔、"英雄王"基海和大智者淖雅这些传说里的人,那么古尔桑和天牛又为何不会存在呢?

看到我们的表情,瓦奥卡说:"不必震惊,对于古尔桑人而言,乌洛帕和天牛也一样是传说。人类的寿命是如此短暂,记忆也一样。"

"乌洛帕也是传说?难不成——"

"乌洛帕已经灭亡许多年了。"站在瓦奥卡身边的一位身材矮小的老人说,他身上戴满鲸牙雕刻的装饰品,手拄一根金属拐。他紧闭双眼,似乎是个盲人,"乌洛帕人已经灭绝,古尔桑人也无法避免,就像你们的《大史诗》里所写的那样,世界必然迎来毁灭与新生。"

"你知道《大史诗》?你是古尔桑人的智者吗?"

"不,我也是鲸语者,我的名字叫阿库亚。"老人说,"帕宇娶走了智者希杜丽丝,娶走了古尔桑的智者血脉。古尔桑早就没有智者,也没有先知了。我们遗失了那些天赋,只好学鲸的语言,让鲸告诉我们一切。鲸是如此长寿而有智慧,它们知晓许多人类或已忘记,或根本无从知晓的秘密。鲸告诉我们,有一条船将载着穿越时空的旅者而来。所以我们在此等待,解答你们的疑惑。"

"请问你们还遇见过其他穿越时间的旅行者吗?"卢瑙问。

"人类当中非常少,我所知的那几个,只存在于古尔桑人的传说里。"阿库亚说,"但鲸类中却很多,或者说,这正是它们的种族天赋。它们总是能不畏时间的洪流,抵达命运的彼方。"

"我梦见鲸带我们的船找到你们。"我告诉阿库亚和瓦奥卡,"在梦里,我以为那是古尔桑的鲸,就跟着它们,它们带我驾船驶入海下。它们带我穿越一个大洞,就来到了这里。古尔桑的鲸语者们,如果你们知道的话,就请告诉我吧,究竟是否还有陆地存在?淹没陆地的大水从何而来?而人类命运的转机又潜伏在何方?"

"这是一个带有喻指性的梦,你却什么都不明白。"阿库亚对我们说,"看来乌洛帕人已经忘记了。忘记了人类为什么总说'汪洋是时间的洪流'。"

"那请你告诉我们吧。"我诚恳地请求,"在我和卢瑙生活的时代,人们一直在猜测海水淹没陆地的原因。我们认为海外有一座冰山在融化,或者是天体的引力在牵引潮汐淹没陆地。但这些说法都未曾得到证实。"

听到"冰山说"和"潮汐说",四周的古尔桑人都大笑起来,就连我们面前的两个鲸语者都忍俊不禁。

"原谅我和我的族人们认为那些是可笑的说法。"阿库亚说,"淹没陆地的大水究竟从何而来呢?曾经古尔桑人也忘记了,直到所有鲸骑士的英雄——伊帕卡进入了那里。"

"你说的那里,莫非是——"

"古尔桑人世代守护着一个洞,一个冥渊。我们的十二棵巨树就围绕那个冥渊生长。"瓦奥卡说,"曾经帕宇见过那个冥渊,但在他的时代,古尔桑人还像乌洛帕人一样,尚未想起它存在的原因,那时的人们单纯地认为它连通着大海。那个冥渊,我们称之为'淖垮',就是大水的来源。"

"我们能去见见它吗?"

"想要见到冥渊,就要进入古尔桑的聚落。"瓦奥卡回答,"但古尔桑人的聚落禁止外人入内,一旦进入古尔桑,就要成为古尔桑人。帕宇是唯一一个进入古尔桑聚落并离开那里的外族人,但后来我们一度归顺他的统治,又让我们最后的智者做了他的王后,所以他也不能算是彻底的例外。不过,就算你们进入了聚落,也没有办法见到淖垮。因为它在深深的海下,在地表上,只有鲸能去那里。能见到淖垮的人,全部是强大的鲸骑士。"

"那么至少告诉我们,冥渊里的水从哪里来,古尔桑人又为何要守护它?"

"这正是我要说的。"瓦奥卡回应道,"你们是否听说过阿兰塔这个名字?"

我当然知道阿兰塔,在淖雅隐居的岛上,我和卢瑠还见到了描绘有"混血王攻陷野蛮人城邦阿兰塔"的海特达特。

"阿兰塔是《王之典》中记述的一个蛮族。"我告诉瓦奥卡,"阿兰塔人谎称自己得到了南沐女神的启示,要挑战混血王恩美加的统治权,但在南沐女神的庇护下,最终还是混血王恩美加赢得了战争。恩美加征服了阿兰塔人,并用他们的财富建造了一座'雅娜祖神庙'来供奉南沐。"

"看来这就是乌洛帕人所知的全部了,接下来我要讲述你们完全不知道的故事。"瓦奥卡说,"就像乌洛帕人有《神之典》和《王之典》一样,古尔桑人也有两部旧经,它们的名字叫作《灵之典》和《死之典》。《灵之典》就像乌洛帕人的《神之典》,里面记述众神(我们的祖先称之为众灵)的故事,而古尔桑人和乌洛帕人所信仰的众神也是同一批神。《死之典》则像你们的《王之典》,它记述过去发生的大事,也就是那些死去之人的事。《灵之典》和《死之典》都为我们的祖先所书写,而他们的名字,就叫作阿兰塔。"

听到瓦奥卡的话,我们三个乌洛帕人的脸上无不显现出错愕的神情。

"但是,和《王之典》的传说不一样,阿兰塔人并不认为自己是蛮族。在《死之典》里,统治安临都的混血王们才是蛮族。我想只要把两族的经典放在一起对比,就会得出这样一个答案:阿兰塔人和安临都人虽然信仰同一批神,但他们所承认的主神却不一样。在阿兰塔人的《死之典》里,他们是'冥府之神'伊勒斯所创造的,伊勒斯主宰人类的命运;而在安临都人的《王之典》里,他们则是'天空之神'安淖所创造的,安淖主宰人类的命运。"

"啊,原来是这样。"我恍然大悟道,"所以阿兰塔人其实并没有说谎。"

"没错,阿兰塔人和安临都人大概都得到了南沐女神的启示,或许是他们所供奉的主神之间出现了矛盾,所以他们之间也必须展开一场对抗。"瓦奥卡说,"总之阿兰塔人输掉了战争,失去了大陆的主权。但这些都不重要。重要的是,我们的祖先阿兰塔人所供奉的主神是'冥府之神'伊勒斯,而非'天空之神'安淖。所以,我们古尔桑人才世世代代地守护着冥渊,因为它是一个入口,冥府的入口。"

瓦奥卡说到这儿的时候,我感到自己浑身上下的汗毛都竖了起来:"那么也就是说,淹没陆地的大水,其实是从——"

"是从另一个宇宙而来,众灵的宇宙。"阿库亚接过我的话,"这就是为什么我们说'大水是时间的洪流',因为它正是时间流动的象征。随着时间的推移,死去的东西越来越多,那个宇宙里的灵越来越多,它们将那边的海洋填满,大水就会顺着冥渊涌出来,灌溉我们这边的宇宙。生灵死去,海水上涨;海水上涨,生灵死去。直到有一天,所有的生物都回归众灵的宇宙,海水彻底将众生的宇宙淹没,世界迎来轮回。

"曾经古尔桑的人忘记了这件事,就像乌洛帕人那样。直到海水淹没了古尔桑附近的陆地,树民开始学习驭鲸。我们最伟大的勇士伊帕卡骑着鲸亲自进入冥渊,他的鲸带他抵达了众灵的宇宙,他才重新找到答案,冥渊'漳垮'究竟是什么,古尔桑人为什么要守护它,大水又究竟从何而来。

"所以,来自遥远时间的乌洛帕人啊,当年勇士伊帕卡怎样将这一切的真相告知了古尔桑人,我就怎样将它告知给了你们。这既是我们作为最后人类种族的义务,也是我们作为漳垮守护者的责任。乌洛帕人创造人类的奇迹,古尔桑人则守护自然的奇迹。你们要去何地寻找陆地或人类命运的出口,我们都不会阻拦。但我们不会让你们进入古尔桑。我们不会允许你们试图填塞淖垮,破坏宇宙之间的平衡,当然,你们也无力将它填塞。你们明白了吗?"

我明白阿库亚的话,却不明白现在的状况。我以为"金柚木号"会顺着时间将我们带去命运的出口,但一次又一次地推我们去无解的境地。乌洛帕人必将灭亡,所有的陆地必将沉没,时间的大水无法被制止……如果这就是命运的安排,那么事到如今,我们还能做什么去扭转它呢?我们什么都做不了,只能听之任之,束手待毙。在命运面前,人类简直就像是引颈受戮的羔羊那样无力,或许这才是这趟旅途要我们明白的。

我绝望地想着,卢瑙却说:"但是,还有一个地方,不是吗?如果那个地方存在,我们就必须前往。"

我抬起头看向卢瑙,看向我命运的向导。

"确实还有一个地方,那就是世界尽头。"瓦奥卡说,"只有世界尽头,时间的洪流无法抵达,也无法将它湮没。但是,我们并不知道该怎么到达那里,甚至不确定它是否存在。因为汪洋无法触及那里,所以鲸也不曾到过。有人说,自从陆地被淹没后,抵达世界尽头的路也被淹没了,也有人说,只有受到命运牵引的人才能找到那里。

"多少年来,古尔桑的勇士出发去寻找世界尽头,一半人无功而返,另一半人则失去了消息。在我们的传说里,上一个找到世界尽头的人是帕宇,彼时大水尚未淹没陆地,他在荒野里行走了整整八年才终于抵达。"

"什么?帕宇曾经到达过世界尽头?"我费解地问,"我们的史书里可没有这件事。"

"在你们的史书里,帕宇打败天牛后就回到了乌洛帕,在毗邻国境的那些城市里开始屯兵,并最终以武力战胜了暴君阿祖。"瓦奥卡说,"但在我们的史书里,帕宇打败天牛后前往了世界尽头,他在那里得到了不死者的仙草,并将它带回了乌尔港,献给阿祖。然而,这株仙草却没有令阿祖获得永生,而是令他当场死亡。乌洛帕人的祭司说这是天神安淖的惩罚,因为人类本不该超越死亡,获得永生,更别说是阿祖这样的暴君。所以帕宇选择将仙草封存进王陵,并隐瞒了真正的历史。不过,究竟谁的史书是正确的,我们已经无从知晓,就像《死之典》和《王之典》里所记述的事一样,我们无法辨其真伪,那些发生在远古大陆上的事,就连鲸也不得而知。"

鲸语者向我们诉说了许多难以置信的事,我却已经没有感到震惊的余力了。不过,自我们离开宁泊港来,见到的哪个人、遭遇过的哪件事不是难以置信的呢?

"我们会知道的。"卢瑙心意已决地说,"那些人之所以抵达不了世界尽头,只是因为他们没有目的地搜寻而已。他们尚未提出问题,就要知道答案,自然不会得到答案。但是我们不一样,我们既有所疑问,就会有所解答。就像帕宇能在荒野的漫游中找到世界尽头一样,'金柚木号'也会带我们找到那里。谢谢你们告诉我这些事,我们必须再次起程了。现在,请离开我们的船吧。"

卢瑙转身想要回到船舱,一直沉默的先知却叫住了他。

"等一下,我不想再向前了。"先知说,"卢瑙和卢雅,我非常高兴能在这趟旅途中遇见你们,并成为'金柚木号'上的旅客。但我不想再前进了。我为你们预言时看到的无人陆地,我深感那里就是世界尽头,我不想知道那里有什么,更害怕那两个使我熔化的太阳。请允许我在这里下船,进入古尔桑的聚落,变成树民吧。比起世界尽头,我更想学会骑鲸,去亲自见识一下那个连通冥府的淖垮。"

"当然,当然可以。"卢瑙说着,和我一起走上前拥抱他,"离别的时刻必将到来。鲸语者们,这位老人,他不属于我和卢雅的时代,而是来自帕宇的时代。他是曾经养育过帕宇的先知舒兰德。请善待他,让古老的天赋回归你们。"

"我们自然会善待他。进入古尔桑的人就是树民,我们将一视同仁地善待彼此。"瓦奥卡说着,走到先知的身边,"那么,让我们就此别过吧。或许我们也会再次相遇,在众灵的宇宙里。"

然后,围在"金柚木号"附近的鲸和人们都四散而去。平静的海面突然起了波澜,船身开始晃动,伴随着一阵足以撼动雷霆的鲸吼,一头如山峰般雄壮的巨兽浮出水面。我们看不到它的全身,只能看到它比"金柚木号"还大的头,它一喷水,周围就像下起瓢泼大雨。先知跟着鲸语者们直接翻越甲板上的栏杆,站到鲸的头上。它带着他们离去,还有刚才在此围观的那些鲸们、人们一起。最后,海面归于平静,蓝丝绒般的天幕下,只剩一片水雾和无数道彩虹。

我和卢瑙沉默地回到船舱,我们都深感命运的时刻即将到来,彼此心照不宣地沉默着。

卢瑙让船发动，往某个方向驶去，那里就是世界尽头的方向。

我静默地坐着，思考着关于命运最后的答案。或许卢瑙已经知晓，如果他告诉我，我也信任他。但这次，我选择自己得出答案。

我集中自己全部的注意力，静默地思考着，从小我就是个行动派，这是我第一次如此认真地思考一件事。我不知道自己究竟思考了多久，或许行驶在时间的洪流里，讨论这个问题本身就没有意义。总之，在我得出了答案之时，我们也抵达了那里。

我们将船停靠在岸边，踏上这片永恒的大陆。

天光非常虚弱，仿佛尚在沉睡，没有苏醒。土地很松软，草丛好像新生儿柔顺的毛发，苔藓在灰色的沙滩上蔓延。遥远的天边，有两个朦胧的太阳，在云雾的背后若隐若现。

"看啊，是先知看到的那两个太阳。"我对卢瑙说。这两个太阳很虚弱，和我在先知眼中看到的完全不一样。

卢瑙却并没有回应我的话，他已经跑去了很远的地方，那里有一片棉花地。

"没有，果然没有，除了这片棉花地。"卢瑙对我说。

"没有什么？"

"不死者们。"卢瑙说，"这里除了这片棉花地外，什么都没有。"

当然没有不死者，也没有神，只有人类在选择。人类选择创造，选择信仰，选择质疑，选择证明，选择自己的命运。

人类信仰诸神的形象，人类创造命运的概念。

那么，按照人类的概念，只有受时间绑缚的东西才有命运，那些不受时间绑缚的东西则突破了命运。先知之所以在未来的迷雾中只看到了世界尽头的模样，却没有看到我们，正是因为我们抵达了世界尽头，不再受时间的管束。在这里，我们的可能是无限的，是无法被捕捉到的。

从那一刻起，我们就共同选择了这个既定的结局。我们会抵达世界的尽头，我们突破了命运。

"世人们都说，因为乌特淖和波雅秉性虔诚，所以安淖让他们从大洪水中活下来，并给予他们永生的特权，让他们成为超越人类的存在。"我说，"然而，并没有神赐予特权，只有人类与生俱来的选择权。也并不是乌特淖和波雅成为超越人类的存在，而是两个选择突破命运的人类，成为乌特淖和波雅——人类所信仰的诸神形象。"

"既然你已经明白了，那么你的选择是……？"卢瑙问我。

"你呢？"

"我选择留在这里。"卢瑙说，"但是你尚有机会返回宁泊。我一直在记录航线，只要按着我的航图走，就可以回到宁泊的时代。"

"不，卢瑙，我很早就决定了，我选择追随你。况且，世人们并不需要抵达这里，不是吗？他们有别的疑问、别的向往、别的渴求，就像选择留在古尔桑的先知那样。"我说，"但是，需要到达世界尽头的人们也必然会到达，就像帕宇或者基海，一定还有更多人会到达这里。只不过在宁泊的时代，我们尚不知晓罢了。所以，让我们种起那三棵柚木吧。让它们生长，撑开天地间的罅隙。让它们创造出一扇连通两头的世界之门,为没有船的人也提供机会。然后,就像我们一样,那些将要到来的人,必将来到。"

卢瑙看着我,无言地笑了。他的眼中倒映出那两个太阳,它们变得像他的眼睛一样有智慧而温柔,明亮却不灼热。我看向他双眼里的太阳,看到历经了轮回的世界正在重生。

海水退去,陆地新生,人类找到彼此,创造信仰,书写文明,建立城池。而后海水漫涨,淹没陆地和城市,冲走人类的记忆。海水淹没了乌洛帕克,人们建起了乌尔港;海水淹没了乌尔港,人们建起了宁泊;海水淹没了宁泊,人们又建起了上都阿希坦。后来,海水又淹没了上都阿希坦,人类的文明湮没在了时间的洪流里。

尘世里的人都称我为波雅,他们认为我是逃脱轮回的不死者,是天神安淖给予了我永生的特权。

但我记得,在永不会被大水淹没的世界尽头,我的记忆永不会消退;我记得,我的名字叫卢雅,安澜王朝的飒尔隆特王是我的父亲,卢瑙王子是我的长兄;我记得,宁泊的人们建起"金柚木号",它带我们到达了世界的尽头;我记得,我是个人类,我们都是人类。

第四卷 安珀伊图之卷

万禧王朝末期

乌洛帕即将被大水淹没

序

洪水三日。

凌晨，我被惊天动地的爆破声吵醒。我坐起身，床正剧烈地抖动，紧急避难灯随之亮起，借着它微弱的蓝光，我看到屋内摆设摇晃的身影，许多摆件甚至因为震动而从橱柜上掉落在地。

外面，反叛军仍旧在与海珊女王的军队火炮对攻着。持续不断的炮火和上都阿希坦自身的光污染将夜空浸晕得犹如白昼。过量的光辐射让人无法通过肉眼观测到任何天体，仿佛所有星星都在这座城市的雄伟身姿前黯然失色。几年前，我还会因为夜晚的偷袭而紧张得难以入眠，但现在，我已经适应了这样的场景。

海水上涨，淹没陆地。人们说，大水就是时间的洪流，它带来了一切，又将带走一切。大水淹没了乌洛帕克，人们就建起乌尔港；大水淹没了乌尔港，人们就建起宁泊；大水淹没了宁泊，人们又建起上都阿希坦。而当大水淹没上都阿希坦，人们说，乌洛帕灭亡的时刻就要到来了。

我叫安珀伊图，是乌塔天神庙的大祭司。

乌塔天神庙的大祭司，就是天神安淖在凡世的代言人。天神安淖对大祭司进行"天启"，大祭司再将"天启"的内容昭告给世人。但我作为乌塔天神庙的大祭司，却听不到天神安淖的声音。我不知道是只有我这样，还是历代的大祭司都如此。直到我大祭司的身份被罢免，乌塔天神庙里再无人侍奉安淖，安珀伊图这个名字也随风而逝的那一天，我仍然不知道这个问题的答案。

但它并不重要，因为安珀伊图这个身份只是我人生中很小的一部分；而我，也只是人类的很小一部分。在此，我不想辩论神的存在与否，如果你有意探寻，不妨去乌塔天神庙，翻阅那里收藏的古代典籍，或前往世界尽头，向居住在那里的不死者们进行一番讨教。

在此，我不讨论神的事情，因为这是一个关于人的故事。

而在大水即将淹没乌洛帕之际，人的故事比神的故事更加伟大。

第一节 安吉尔

万禧354年，我出生于淞马城一个十分困难的家庭。我的母亲有着绝美的容貌，连神庙里的女神像同她相比都显得逊色。然而，这样美若神明的人，却因年幼时的一场病而落下了口吃，先天的完美和后天的残疾令她的人格产生了十分严重的缺陷。她脾气暴躁，酗酒、滥交，依赖廉价的劣质药品逃避现实，并时常对我们兄弟姐妹施以暴力。我有一个哥哥和两个姐姐，但我们都不知道自己的父亲是谁。

我五岁那年，母亲与他人产生争执而失手将对方杀害。她因此被关进了监狱，我们这些孩子则被不同的人收养。我被送进了儿童福利院，在那里，我受尽了大孩子们的欺负与凌辱。福利院的卫生条件很差，我经常食不果腹、疾病缠身，险些丧命。

我命运的转机出现在八岁那年。乌塔天神庙时任的大祭司安吉尔来到淞马挑选一名新的圣童。在古代，像我这样的孩子是绝不可能被选为圣童的，很多圣童可能出身贫寒，但绝不能是杀人犯的孩子。但现在，乌洛帕人的观念早已悄然改变，成为圣童对他们而言并非一种荣誉，反而意味着日复一日地学经、祷告，没有休息日和假期，一生不得结婚生子，更别提要和原生家庭永远分别。因此，正常的父母们都不愿意把自己的孩子送进寺庙当祭司。但如果不是这样，安吉尔也就不会来福利院，从没人要的孤儿里挑选圣童，我也就失去了扭转人生的唯一机会。

时至今日，我仍然记得被安吉尔从福利院领走的那天，天空碧蓝如海，太阳毒得叫我睁不开眼，神庙侍卫为我换上圣童穿的淑鲁克，将我抱上飞行器。我只有八岁，并不知道被乌塔天神庙的大祭司领养意味着什么。我很开心，原因只是能离开福利院了。但那些大孩子们知道，总有一天我也会成为大祭司，那时候，我将和贵族们平起平坐，每天都能享用奢侈的新鲜水果和蔬菜。如果在古代，连君王都要敬我三分，而他们则只能继续待在福利院里，每天只有咸臭、被污染的水产和人造维生素可吃，同时无望地等待一个有着较好条件且不会对儿童施暴的家庭将他们领养。所以他们对我投来嫉恨的目光。

我被安吉尔带回乌塔天神庙。在经过烦琐的封圣仪式后，我的原生姓名被废黜，成了安珀伊图。这个名字的意思是"水中的月亮"，所以人们又叫我"水月"。小时候，我一直很迷惘，安吉尔为什么从一百多个孤儿里挑选了我呢?我从经卷里了解到,在古代,对于圣童的挑选有着明确的标准,圣童必须身体健康,聪慧机灵,最重要的是需要有"神之象"。什么是"神之象"呢?经卷里有注解:所谓神象,乃根上大器,身法庄严,眸明藏星,凛如圣,慈如贤者也。

这些形容虽然含糊,但指向一点,那就是祭司是神在人间的代言人,所以祭司必须长得和神一样威严,才能让世人对他们信服。

我不觉得自己的容貌和神庙里的任何一尊神像有相似之处,那些神像都高大巍峨,体态丰盈饱满,脸廓硬朗坚毅,神情冷峻肃穆。小时候,我一直厌恶自己的长相,因为我在几个兄弟姊妹里长得最像我母亲。在我的认知中,这是怨妇、杀人犯和瘾君子的长相。而福利院里的孩子们之所以欺负我,很大程度上也是因为我长得像女人,让他们觉得我很弱小,所以我的容貌更不可能有任何威严可言。

那么根本没有"神之象"的我又究竟为何会被选为圣童呢?安吉尔在世时从未向我解释过这个问题,他去世后我无意间听其他祭司回忆起此事,才得知,原来那时他一到福利院就决定要选我了。他认为我的容貌虽不与诸神类似,但美得撼动人心,仿佛诸神亲手创造的杰作。

那一刻我突然意识到,我一直憎恶的生母,竟然以这样的方式,赐予了我命运的选择权。

回到安吉尔。

小时候,他既是我的老师,又是我的父亲。有外人在时他对我总是很严厉,但独处时他对我还算和蔼可亲。由于母亲是罪犯,又在福利院长大，所以没人教我识字，这个重担就落在了安吉尔和其他神官身上。成为圣童的第一年，我除了学习写字和阅读外什么都不做，这项学习听起来简单，实则非常繁重。我不被允许使用任何电子设备，完全用笔和纸手写，日复一日地誊抄《神之典》《王之典》和《大史诗》三部经典作为练习。上万行的长诗我抄了数十遍，拇指和食指磨出了一层厚厚的茧子。即便那时我根本看不懂这些经典到底讲了什么，但对书中的内容倒背如流。

到了第二年，安吉尔才开始给我讲经。当然，八九岁的孩子根本听不懂那些教义和信条，安吉尔就给了我一个本子和一支笔，告诉我，只要把他说的话原封不动地记下来，然后一遍遍朗读，直到背得滚瓜烂熟就可以了。他七八岁的时候也听不懂经，那时候的大祭司就叫他这么做。于是我便这么干了，对于抄了十几遍《大史诗》的我而言，这简直轻车熟路，直到现在，比起用电子设备打字，我都更习惯用笔和纸写字。当然，用纸是十分奢侈的事，作为乌塔天神庙的大祭司，使用特供的纸是我的职业便利，当年跟我一起在福利院生活的孩子们，可能到现在都没摸过一张崭新的纸。

除了学经以外，我还在一段相当长的时间里接受美学方面的指导，为学习海特达特的绘制技巧做准备。我十四岁的时候，安吉尔开始向我传授这项技艺。我非常享受制作或修复海特达特的过程，每当我独自工作时，便会沉浸于其描绘的种种古代传说里，将现世的烦忧全部忘却。我最喜欢的无疑是"王子帕宇勇救希杜丽丝"这幅巨大而壮观的海特达特。它被绘制在宁库尔主神庙大厅的顶部，由至尊女王孔坝在位期间的各神庙大祭司共十名作主绘师，据说耗时三十年，上千名神官参与。那时候我一有空就跑去那里，盯着这幅雄伟的巨作发呆，想象自己是画中强壮而勇猛的帕宇王子，能徒手与天牛搏斗。不幸的是，宁库尔主神庙在去年被反叛军的炮火炸了个稀烂，这幅传世巨作还没等到大水把它淹没，便就此消殒了。

海特达特只能出现在神庙与圣地当中，不同于普通的壁画，它存在的目的是展现神的威仪。旧经里说，神根据自己的形象创造了人，但没有人见过神。既然没有人见过神，不知道神长成什么样子，怎样才能让世人对他们的形象产生信仰和崇拜呢？石雕的神像固然高大而充满威严，但他们的脸会随着时代的审美而变化。神的形象在变化，伟人的形象却是不朽的，所以人们将他们绘制成海特达特，借他们的形象来展现神的威仪。而"海特达特"这个名字的意思也正是"神圣的图像"。

海特达特的工艺是如此烦琐复杂，为了体现对神之形象的尊敬，从颜料的提取到最后的上浆，整个过程都不能有任何机械参与，全部都要手工完成，并且一旦下笔就不能悔改。我学了整整六年才通过了考核，被允许主笔完成一幅真正的海特达特。

"安淖托梦安努达"，这是非常著名的历史事件，发生在安澜王朝第四位君王飒尔隆特在位期间。那时还有许多陆地尚未被淹没，乌洛帕的都城仍然在宁泊。安澜441年，飒尔隆特王的妻子"蝴蝶王后"阿涅莎璐，由于急性肝炎造成的肝细胞坏死不治而终。她死在了自己的泪水里，时任乌塔天神庙的大祭司安努达得知此讯后连夜赶进王宫，不是为了给王后的亡灵祈福，而是对所有人昭告自己得到的启示。他说，三年前自己便得到天神安淖的"天启",王后将罹患重病,命不久矣,如果王后死在欢笑中,那么飒尔隆特王必须再娶,死后将王位传给他的长子卢瑙;如果王后死在泪水之中,那么飒尔隆特王不能再娶新王后,且长子卢瑙必须带着他唯一的妹妹卢雅,驾船去往海外寻找新的高地。按照安努达的口谕,他们必须独自携带四根新鲜的柚木苗前往海外,找到一片大陆就栽下一棵柚木苗,不将四棵柚木苗栽完就不得返航。如果他们在十年内还没有归来,那么说明海外已经没有新的陆地了,乌洛帕人必须放弃宁泊,将都城向地势较高的西方迁移。

当然,所有人都知道这个故事的结局。卢瑙和卢雅再也没有回来,而当时和他们一起出航的"金柚木号"也一同消失了,至今仍未有人找到。卢瑙和卢雅离开的第二年,大祭司安努达就因年事过高而与世长辞了。后来,飒尔隆特王的二儿子卢琛继承了王位,在那个远离战乱的和平年代,一种绝望的情绪已经开始在民众间蔓延,争斗和逆反的声音此起彼伏,这一切都始于卢琛王计划按照安努达多年前的口谕,将都城西迁。

虽然宁泊彼时已经被海水淹得差不多了,但大部分人还是反对此项浩大的工程,因为乌洛帕人所生活的大陆本就是一片平原,即便迁往地势稍高的西方,也因海平面上升的速度而于事无补。既然如此,还不如赶快派更多的船只前往海外寻找高地,并调查清楚海平面上升的原因。有的人甚至散布起毫无根据的谣言,说卢瑙和卢雅并没有死,他们早就找到了高地,但因为资源有限,所以残忍地抛弃了乌洛帕的子民。顶着内外的巨大压力,卢琛还是开始了新都城的建设,并将新都命名为"阿希坦",意思是"雄伟的地方"。他招募来乌洛帕顶级的建筑师们，希望能打造一座可以被浸泡在海水里的城市，以此抵御海水的上涨。当时，大部分百姓，甚至很多建筑工程学的专业人士都认为他在做梦。毕竟那时，"海雅达"才被发现，磁动机的研究也才刚刚开始，海里的城市只存在于奇幻故事里。不过，人类的智慧总是远超越他们自身的想象。就结果来看，上都阿希坦的现状早已远远超乎"可以被浸泡在海水里的城市"了。这证明卢琛说的并不是假大空的设想，而是切实的未来。最终，这一极富前瞻性的固执抉择，让他在去世后获得了"英明王"的称号。

在上都阿希坦的伊卜苏神庙里就有一幅巨型海特达特，描绘"卢琛王西迁首都"这一伟大决定。这幅海特达特将卢琛勾勒成一个睿智而富有远见的谋士，正在大臣与工程师们的争执中沉思，一座海中城市在他的脑海中浮现，那就是上都阿希坦的原型。这幅海特达特为纪念卢琛的诞辰周年而绘制，在全国遴选了五名德高望重的大祭司作主笔，安吉尔位列其中，我作为副手也有参与。

绘制海特达特能让我进入一种心无杂念的状态，我享受这种全身心的平静，这既是我的工作，也是我的爱好。虽然安吉尔的辞世令我悲痛，但我也因此接任了他的工作，提早获得了主笔海特达特的机会。

安吉尔是五年前的年初去世的。那时，正值班图卡图的建设之初，人们在勘探地点时意外发现了宏帆王陵的所在。

班图卡图的最初规划可以追溯到海珊女王的祖父海古恩王所统治的时期，那时，海古恩认为大水的漫涨不可避免，人类必须寻求新的栖息环境。在当时的设想里,除了修建能阻挡海水上涨的海中堡垒外,还有建造地下堡垒和悬浮堡垒两个主要方案。当然,以一个巴尔前的科技水平,这三个方案哪个都行不通。直到海珊女王即位,她做的第一件事不是加大力度镇压反叛军,而是将"海中堡垒"的建设正式提上了议程。

万禧 376 年,人们在为班图卡图选址的时候,意外在阿尔特丘一带发现了宏帆王陵。通常情况下,我们这些神官不会允许人们去开启前朝的王陵。但安吉尔却反其道而行,主动跟海珊女王提议开启王陵,他甚至建议将王陵划为班图卡图的一部分,让人们尽可能地去挖掘、清点其中的宝藏。

我不明白安吉尔的用意,那一年他也不曾向我解释为何做出这样的决意。直到他临终前,将我一个人留在床榻旁。

他问我:"孩子,你知道我为什么要让人们开启宏帆王陵吗?"

"是为了能保护那里吗?"

安吉尔摇摇头。

"那么,是安淖向您进行了'天启'吗?"

"不,这是我个人的决意。伊勒斯在召唤我前往众灵的宇宙,所以现在我要将这件事交代给你。"安吉尔说,"你了解'骏马'帕宇的故事吗?"

"当然。"我说,帕宇勇救女智者的海特达特又在我眼前闪现,仿佛它不曾在战火中消殒,"帕宇是'恶枭'阿祖的独子,他年轻的时候遭到阿祖的废黜,流落到民间。他因此深刻体会到百姓的困苦,并决心推翻自己父亲的残暴统治。他来到乌洛帕西北的边境开始屯兵,并无意间发现天牛竟然还在世间肆虐。他从天牛的巢穴里救起了女智者希杜丽丝,又驱逐了天牛,由此获得了古尔桑人的支持。历经十年的艰辛磨难后,他带着军队回到了乌尔港,凭借武力和民心战胜了阿祖,开创了宏帆王朝的盛世时代,他也因此在去世后获得了'叛逆王'的称号。"

"你说的很对,正史就是这样记载的。"安吉尔说,"那么,你又知道安尼加吗?"

"安尼加?"我愣了一下,因为这不是个有名的历史人物,"安尼加,应该是帕宇统治年间乌塔天神庙的大祭司吧。"

"对,他是阿祖和帕宇时期我们神庙的大祭司。"安吉尔说,"你不确定也很正常。因为安尼加在职期间并没有做出任何贡献,只是依附于暴君的统治,趋炎附势罢了。"

我不明白,既然安尼加是位平庸的祭司,安吉尔又为何要在临终前提起他的名字。

"难道这位安尼加大祭司跟宏帆王陵有什么关系吗?"我问。

安吉尔点点头:"我们的图书馆里收藏了从神庙建成之初,直到现在的所有经卷,各司手账、日记,以及其他珍贵文献,数量超过八百万卷。经卷我们常去查阅,但那些如星般繁多的各司人员档案、季度结算、工作手账,或许已经在此保存了一个纳尔,都没有人将它们重新翻看。但是,混杂在无足轻重的数字与报表当中的,还有数不清的古代秘密。如果说,我们作为乌塔天神庙的祭司,确实有高于普通人的权利的话,那么,就是我们对这些古代秘密的知情权。

"有些秘密,只是无足轻重的王室八卦或神庙的内部丑闻;但有些秘密，却能赋予人类命运新的转机。在我无意间读到安尼加的手账之时，就发现了这样一个秘密。"

"难道说，在宏帆王陵里——"

"没错，在宏帆王陵里，埋藏着基海的仙草。"安吉尔说的话令我瞠目结舌，他的语气却相当平静，"或许你也读过类似的野史，那就是阿祖晚年时执着于对永生的追求，并曾多次派人前往海外寻找基海的仙草。"

"怎么会这样？如果能令人永生的仙草真的存世，又被阿祖找到了，那么他应该得到永生了才对，仙草又为什么会被埋藏进王陵呢？"我困惑地问。

"因为，在安尼加的手账里，讲述了一个与正史完全不同的故事。"安吉尔解释道，"根据他的记述，帕宇并非被阿祖废黜，而是被他派出去寻找基海的仙草。在离开乌尔港的第二年，帕宇来到了乌洛帕西北方的边境，在那里赶走了天牛后，他就踏上了前往世界尽头的旅途，寻找生与死之奥秘的答案。他花了许多年才抵达世界尽头，取得仙草，并将其带回乌尔港，献给阿祖。但谁也未曾料到，这株仙草竟然让阿祖当场暴毙，尸骨无存。帕宇因此才阴差阳错地继承了王位。

"安尼加写到，那时，许多人都认为这是帕宇的一场计谋，那株仙草也不过是一种珍贵的毒草而已。但安尼加作为乌塔天神庙的大祭司，相信那是真正的仙草，因为它的样子与《大史诗》中的记述别无二致，并且，即便没有水、没有土壤、没有空气，它也能一直存活，凡世里没有这样的植物。安尼加认为这是安淖对人类的告诫，他惩罚阿祖的暴行，并同时警示人们，人是无法获得永生的。所以他建议帕宇将这株仙草埋藏进宏帆王陵，并隐瞒真正的历史，抹除仙草的存在，让它重新成为一个传说。"

听完安吉尔的话，我的双手都在发抖，他要将这样一个危险的秘密交付给我，年轻的我却不知该如何承担。我问他："大祭司，我不明白您的用意，既然古人认为仙草是神的警示，是不可能让人永生的，我们又为何要去开启宏帆王陵，让乌洛帕人重蹈覆辙呢？"

安吉尔并没有回答我的问题，而是质问道："水月，告诉我，我们祭司，到底在做什么？"

六年前，二十二岁的我尚不明白这个问题真正的答案，所以我回答："我们服侍诸神，并让人们信仰他们。"

听到我的答案，安吉尔说："孩子，世人见不到诸神，也听不到他们的声音。他们只能见到我们，听我们说话。所以，真正在引导世人命运的并非诸神，而是我们这些祭司。"安吉尔说，"我们是如何引导的呢？我们并非告诉他们该怎么做，而是让他们明白，自己拥有选择的权利。现在，埋藏在宏帆王陵里的仙草，就是选择的权利。一千多年前的人没有这个权利，面对一株长得像仙草的毒药，他们只能选择将它公之于众，或者，藏起来。

"但现在不一样了，人们的技术能让我们知道，它为什么能不腐不烂，它的剧毒又从何而来。"安吉尔抓住我的手，"我要走了，所以我将这个秘密托付于你。如果在宏帆王陵里果真发现了那株毒草，并且它还活着，就说明它是真正的仙草。人们可以研究它，用它永生的基因来抵抗人

355

类的衰老。也或许人们不想这么做，但至少他们能拥有这个选择的机会。而你的任务，就是引导他们，让他们了解自己的选择权。"

"那您怎么办？"我回握住安吉尔的手，他曾经强有力的手，在临终前就像是一具空壳那样轻飘飘的，"您就要这样错失这个机会吗？"

"不，我的基因已经被保留了。"安吉尔说，"如果人们能得到仙草，并破解永生的秘密，将它用于人类的话，那么死亡对我而言不过是个暂停。到那时我会再次苏醒。所以不要悲伤，孩子，我们之间只是短暂的别离而已。我们终会再次相见，不是在这个宇宙以活人的身份，就是在伊勒斯的冥府，以死灵的身份。"

安吉尔说完后，就合上了眼睛。在我的手掌间，他的手慢慢失去了温度。

安吉尔去世后，宏帆王陵的挖掘与班图卡图的建设就被关联到了一起。我接任了大祭司的工作，并按照安吉尔生前的嘱托，时刻注意王陵的挖掘动向与出土文物。

王陵的开启相当顺利，而且，就如安吉尔说的那样，阿祖王的棺椁里也确实没有任何遗体，只有一株剧毒的"仙草"。它被单独锁在一只手掌大小的水晶棺里，一千多年来，在没有光线、空气和养分的阴暗地宫里仍如同刚采摘来那样新鲜，焕发着蓬勃的光彩。仙草缺损了一块，缺损处与人的齿痕相吻合，似乎也更加证实了安尼加手账的真实性——帕宇并没有举兵谋反，而是早年奉阿祖之命前往世界尽头寻找仙草。他带回了仙草，却没想到，这株仙草竟然是致命的毒草。暴君阿祖吃下它后当场暴毙，帕宇才因此继承了王位。

如同安吉尔的猜想，由于仙草的出土，女王成立了专项组，开始对仙草进行一系列的研究，试图从其中提取出抗衰老的物质或基因。然而却有一件事不在我的意料之中，那就是"神骸"的发现。

没有人曾料到"神骸"的出现。她沉睡在比王陵更深的地下，如果不是运用了现代的勘探技术，发现了她的心跳声，谁也不会知道她的存在。

人们认为她是"神骸"，因为她的肉体达到了不朽的状态。她的诞生早于海平面的上升、早于宏帆王陵、早于乌洛帕，甚至早于所有的人类。

但是，肉体的永生真的能令人类不朽吗？每每凝视着"神骸"那被长发包裹的美丽身躯，我都会产生相同的疑虑。在我看来，她只是一个不死的小女孩罢了。她既没法向人们展示全能的威仪，更无法向人们传达她的旨意。"神骸"甚至不具有意识，在与她进行了意识共享的特殊"天启"后，我获悉了这一点。

成为这样一具不死的空壳，真就是人类的向往与归宿吗？失去了思维，再不能选择、行动，也就不再拥有命运的概念，如此，和死亡又有什么区别呢？

我没有将这样的想法传达给其他人。正相反，我顺着大部分人的意思，伪造了与"神骸"意识共享的内容，声称她具有高度的智慧，赞同他们将抗衰老基因的研究对象从仙草变为"神骸"，并开始设计一系列的海特达特，以回应人们心中那永生的愿景。

为什么呢？当时的我明明有这个机会，否认"神骸"存在的合理性，引导人类去思考不朽的真谛。为什么我没有遵从自己的内心,而是趋附于大部分人的观点呢?

我放下笔,看向神庙的大窗外。氤氲的硝烟中,新一轮的炮弹射进海水里,伴随着巨响和户外的警报声,激起层层巨浪。水雾在城市灯火的辉映下,幻化出数不清的彩虹。探照灯的狭长光线从各式各样的飞行器上落下,时而照进我的大窗,照进我的瞳孔里。

强光中,我仿佛看到了安吉尔的身影。大祭司的长袍仍穿在他身上,他问我同样的问题。

"我感到人类的命运压在我身上。"我回答他,"它太沉重了,而我害怕承担责任,所以我顺着大部分人的意愿来。"

"人类的命运压在每个人身上。"安吉尔的幻影说,"而你所说的大部分人,其实也只是阿希坦宫里见过'神骸'的那一小部分人罢了。你曾了解过反叛军和普通民众的意愿吗?"

我惭愧地摇了摇头:"或许我也只是出于一己私欲,希望您能获得重生。——但是,即便我后悔当初的选择,现在也已经晚了。'神骸'专项组的成员们在她的消化道内发现了一种红色果实的残片,那是'神骸'永生不死的关键。他们称它为'神之果',并将它培育成树苗,栽培在了班图卡图的上层庭院里。总有一天,'神之果'将重新结出红色的果实,'神骸'将成为人类的结局。"

"或许那将是一部分人的结局吧,但你尚有选择的机会。"东方吐白,安吉尔的幻影在真实的天光中逐渐消散,"在你仍生为活人,而且意识尚未消亡的今天,你自然还有选择的机会。"

黎明到来了。属于夜晚的灯火消失殆尽,却看不到熹微的曙光,整座上都阿希坦都被硝烟染成灰白色。

我从书桌前站起身,把房间里掉落的东西收拾一下,待会儿该去安息礼堂为新战死的士兵们祈福了。

第二节 努辛克

如果我生在千舟王朝或以前,我起床后将会迎来一场盛大的仪式:年轻的女祭司要赶在黎明降临前起床更衣,在神庙前诵经,以送别将逝的晨星;而后她们要和未成年的圣童们一起服侍我起床,用纯银的水盆盛从远方运来的最洁净的泉水,供我洗漱,用纯金的托盘放象牙或玛瑙打的发篦,供我梳妆;被选为下一任大祭司的圣童为我披上祭司袍,戴上各种各样的头饰、耳饰、手镯和肩带。做完这一切后,熹微之时,我会在众人的簇拥下来到神庙主厅,带领神庙里的所有人一起做早祷,赞美神的全能和威仪。这时,如果当权者足够虔诚,那么他就会带着众贵族和亲信来到神庙,加入我们的朝拜队伍。直到太阳当空,国王和贵族们回宫后,我们这些神职人员才能一起用早膳。

因为大祭司是神的使者，是神在众生之宇宙的代言人，所以在古代，人们怎样供奉神，就要怎样供奉神庙里的大祭司。

当然，现在的乌塔天神庙早就没有这样的仪式了。

清晨五点半，我在自己的房间里洗漱完毕后，神侍马哈尔带着一名普通祭司和两名圣童来到我的寝室，他们为我换下寝衣，换上沉重的祭司袍，并佩戴一系列饰品。而后我们五人一起在大厅里做个简单的早祷，就可以去吃早餐了，几乎和普通人的生活无二。

吃完早饭后，圣童们留在神庙里上早课，文司们开始处理神庙的种种事务。马哈尔则和我一起乘飞行器去安息礼堂，为战死的士兵祈福。平日我们都是先在神庙里等一批朝拜者来做祷告的，但自从战争爆发，我的时间表也因此发生了更改。一个季度（二十三天）里有至少六天要去做集体葬礼的司仪，这在过去是绝对无法想象的。

早上七点半，天空已经大亮，我乘上飞行器，它同往日一样载着我们跨越刚刚苏醒的上都阿希坦。马哈尔在整理我今天的日程表，我则靠在飞行器舒适的靠椅里，透过飞行器的水晶外罩向外看去，只见阿希坦广阔的身姿在灰蓝色的海水以及弥漫的硝烟中若隐若现。我们穿过这层烟雾，太阳出现在我们的左前方，它的光芒在飞行器的外罩上闪烁，折射出几道狭长的光束，好像一座能发射出橘黄色激光的信号台。我闭上眼小憩，想到待会儿要见的遗体的主人都是年纪尚轻就战死沙场的士兵，这场本应轻松而短暂的飞行也难免变成沉重的煎熬了。

飞行器在安息礼堂的工作通道外停下,接待我的是那个叫赛娜的小姑娘。她穿着通体雪白的丧葬工作服,这套衣服的轮廓和我穿的祭司服相仿,上身都挺括而修长,下身带摆垂到脚踝,前者的版型更简洁而现代,其主体完全用昂贵的重磅真丝缝制,令人感到庄严、肃穆而不容侵犯。赛娜向我道早安,她说话的时候,我只听到声音,看不到嘴唇在动,因为她的脸被外套的立领遮住了一半。这是丧葬工作服独有的设计,它遮住工作人员的嘴,以防他们在逝者家属前露出不严肃的神情。

赛娜走在我和马哈尔的前面带路,我们进入安息礼堂洁净而宽敞的内部通道里,不知道是不是心理原因,我总觉得这里面特别冷。赛娜的工作靴也是特制的,走路时发不出一点声音,只剩下我和马哈尔的脚步声,一重一轻地在走廊里回荡。虽然走廊里如此寂静,我却知道,大厅里的人们已经在等我了。在安息礼堂这种地方,无论是空无一人,还是有许多人聚集在一起,氛围都是永恒的沉寂。

赛娜带着我和马哈尔来到大厅后的休息室,在这里做最后的休整。马哈尔为我摘下大祭司平日必须佩戴的头箍、额环、耳坠、肩带、腰衣等一切有颜色的饰品,在逝者面前,我的装束必须是全白的。最后我换上一双和赛娜一样的无声白靴,离开休息室,独自来到大厅中。

大厅的东侧是一面巨大的玻璃窗,早晨的阳光洞破弥漫的硝烟,从大窗外投射进来,洒在上百具士兵的遗体上。他们身穿崭新的军装,上面别着或多或少的勋章,被雪白如海浪的纸花簇拥。身穿白衣的来宾们有序地从他们面前走过,作最后的默哀。一旁,合唱队正吟诵《大史诗》的最后一节《新年》里的段落，这节说的是旧世界的崩毁和新世界的诞生：

……

它在虚无之中，

它在混沌之外，

它可长于最恒久之山脊，

它亦短于最单调之生命，

它可将有名之荣耀吞噬，

它亦将有冕之英雄击溃，

它既要吃下所谓之永恒，

我又怎好从它手中逃逸……

在大窗的正对面，靠近墙壁的地方有一尊高大的"图拉与塔拉像"。《神之典》里说，图拉与塔拉是一对雌雄同体的双子神，他们从南沐的精元中分离，并和南沐一起诞下了最早的一批神。如果说南沐象征的是万物的共生母体，那么图拉和塔拉象征的就是事物发展的因果与轮回，也就是命运。安息礼堂中的这座"图拉与塔拉像"是乌洛帕现存最大的，图拉的左手和塔拉的右手一上一下，组合成一个不闭合的圆，在那中间，有三个漆黑的金属球在磁力的作用下规律旋转，象征着旧经里所说的三个宇宙：众神的宇宙、众生的宇宙和众灵的宇宙。

在最后一批来访者结束默哀后，我在两名护卫的引路下来到"图拉和塔拉像"的前面,众遗体的后面,脚下的地板上刻着连续不断的"101"的圣数符号作为装饰花纹,它的意思是"轮回"。合唱队停下《新年》的咏唱,等待我朗读一段准备好的悼词,以追悼这些年轻战士做出的牺牲。我朗读这份腔调十分官方的悼词,在隔绝了一切噪音的大厅中,只有访客席上零星而压抑的抽泣声做我的背景乐。在这些到场的来宾里,我不知道有多少是死者家属,多少只是来参与吊唁的群众,但在死者面前,他们的身份都是平等的生者。

生者的命运究竟是由自己决定,还是完全受诸神掌控呢?这个问题在几千年来引得百家争鸣,并至今没有盖棺定论。但既然死者的生命已迎来终结,就意味着他们一定失去了命运的选择权。乌洛帕人也由此将名词分格,他们认为拥有命运的东西,诸如人类、太阳、动物,都被分为生格;他们认为没有命运的东西,诸如空气、时间、火光,则被分为死格。

朗读完官方的悼词后,我要将右手的食指、中指和无名指放在每一位逝者的额头上,为他们做最后的哀悼。在我身后,合唱队继续咏唱《新年》的节选:

它将雪峰推倒,

它将海洋喝尽,

它可将熔岩化为泡沫,

它亦将磐石碾成齑粉,

它可将大厦高楼摧毁,

它亦将文明信仰斩断，

它既邀我去彼方之乐土，

我又怎敢辞它这番执意……

通常，只有王室成员的葬礼才需要乌塔天神庙的大祭司出面，但在战场上殉难的士兵必须拥有最高的礼遇。当然，我不在乎自己悼念的是乞丐还是国王。我担任这项工作已久，就如病患在医生面前不分身份高低贵贱一般；在一名葬礼司仪面前，死者的身份也同样没有三六九等。

当仪式进行到最后一项时，来宾席上开始不断有人控制不住自己的情绪，放声大哭起来。最早主持集体葬礼时，我会被这种气氛影响而不禁猜想，这些悲痛欲绝的人究竟是哪些死者的家属，他们生前又有着怎样的故事，有时候我甚至会想起过世的安吉尔。

安吉尔的葬礼是我参与主持的第一场葬礼，那场葬礼是伊亚主神庙的大祭司羽图沐做司仪，我当副手。即便如此，我还是差点在葬礼上哭出来，作为祭司，这是最不应该的。但安吉尔是我的至亲之人，他不但是我的老师、我的父亲，还是改变我命运的恩人，所以他的过世令我既悲痛又无助。虽然他尽其所能地将他的智慧传授给我，可我却还是禁不住为自己以及神庙的未来担忧。对于我而言，比起乌塔天神庙供奉的安淖，安吉尔才更像是神。那时的我深感引导我命运的是安吉尔，而并非我所侍奉的诸神，所以失去了安吉尔的我，就像是突然失去了信仰的朝圣者，或突然忘记了目的地的旅者一样，满心的迷茫与不安。

当然，现在的我早已经度过了那段彷徨岁月，今天凌晨的那场幻觉，也不过是我借用安吉尔的口吻，对自己发起的一场审问罢了。

我深知，乌塔天神庙不但是一个重要的圣所，更是在此就职的神官们的家，而我则是这个家的家长。外面的孩子一旦成为乌塔天神庙的圣童，就不再属于他们的原生家庭了，神庙将成为他们的全部。所以，即便只是为了这些孩子，为了神庙的这些神官，我也必须坚定自己的信仰和立场。

我有点神游了。每次进行这种沉重而冗长的工作，我的思绪都会不知不觉地飘到另一件事上。不过，好在即便我的心思不在悼词上，舌头也能将正确的段落背出，就像我小时候无数遍地抄一段经文一样，只要抄的遍数足够多，哪怕脑子已经忘掉了，手也能正确地将它复写出来。

我回过神来，只听合唱队已经唱到了《新年》的结尾：

它将我咽下肚，

我在无尽之黑暗中徘徊，

它将我吐出来，

我在有际之含混里弥留。

我于是等待，

一个巴尔眨眼便晃过，

十个纳尔微风就吹过，

百个萨尔弹指又划过，

我伏在绝望之下，

伺寻无名之希望，

等待有名之重生……

  我开始专注眼前的工作，可这个痛苦的过程却没有因此而加速。前几天殉难的士兵实在有点多，不知是氛围太肃杀，还是为了防止尸体腐烂，大厅必须将温度调到很低，我的手不觉开始发抖。由于小时候在福利院总吃不饱饭导致的营养不良，我的体质一向比他人羸弱。我强忍着这种不适直到葬礼结束。当家属们次第离席，工作人员开始将遗体运走焚化，我才疲惫不堪地坐进一张访客席的椅子里。

  马哈尔来到我的身边，为我递上热毛巾和兑了葡萄糖溶液的水。

  "谢谢。"我用颤抖的双手接过，"今天上午还有别的行程吗？"

  "要去班图卡图的建筑工地督查海特达特的完成情况，大人。"马哈尔说，"除此之外，今天就没有其他外出事宜了。"

  "好。"我喝完杯子里的水，从椅子里站起来说，"那咱们赶快去吧，别把事情拖到下午。"

  我将毛巾和杯子递给马哈尔，正准备离去，却感到自己的祭司袍被挂住了。我以为是刚才起身的时候不小心夹在了椅子的某个接缝处，转过身想去整理，才发现原来是一个蹲在椅子背后的小男孩用手拽住了我的衣摆。

  小男孩看起来六七岁，歪歪扭扭地穿着一套尽力清洗、缝补过，却还是显得肮脏且边角开线的白色运动服。他的头发和脸倒干净整洁，但手上却有许多新旧不一的伤痕，指甲断裂而缺乏养护，像是经常干各种粗活儿。养尊处优的家庭无论怎样放任小孩子调皮,都不会让他们的手变成这样,所以我看一眼就知道,这是个穷人家的孩子。

这孩子是从哪里冒出来的?我和马哈尔面面相觑,他是来参加葬礼的,还是混进来玩的?难道他一直躲在椅子下面玩耍,并没注意到访客们都已经离去,因而跟自己的家人走失了吗?

马哈尔伸手想要叫工作人员,我制止了他。

"小朋友,你的家人呢?"我蹲下身问这个孩子。

"你就是大祭司吗?"小男孩并没有回答我的问题,而是用沙哑而轻柔的声音问我。他说话的时候,露出一嘴残缺不齐的乳牙。

我点点头:"我是乌塔天神庙的大祭司,我的名字是安珀伊图。"

"大祭司,我想问你一个问题。你可以回答我吗?"小男孩怯生生地说,他似乎是鼓起了很大的勇气,才敢在我刚才起身离开的一瞬间抓住我的衣摆。

"当然可以。"我露出微笑,试图让他感到友善。在大部分人眼里,这或许不是个讨人喜欢的孩子,所以马哈尔才会想叫来保安人员驱逐他。但在我眼里,这个孩子却令我想到了童年时的自己,我们都穿着永远洗不干净的旧衣服,对那些衣冠整洁的大人感到既害怕又好奇。

"大祭司,我们每个人都会死吗?"孩子瞪着迷茫的大眼睛问我。

我点点头,试图用简单的语言向他阐释:"我们每个人都会死,但死亡并不可怕,死亡只是把我们带到一个没人去过的地方而已。"

"那是什么地方?"

"那个地方被称作'众灵的宇宙',所有死去的人、动物、植物都会在那里,等待一次重生。"我一边说,一边指向正对大窗的"图拉和塔拉像","你看图拉和塔拉手中三个正在旋转的黑球,其中有一个代表的就是'众灵的宇宙'。"

"所有活着的动物和人都会死吗?"

"是的。"我肯定道,"在'众生的宇宙'里,所有活着的动物和人都会迎来死亡的那一天,在死亡面前,所有生灵都是平等的。"

"可是,既然所有人和动物都会死,为什么我们还要生呢?是谁决定了我们的生呢?如果我不被生出来,就不会这么伤心了。"

小男孩一连串地问出跟他年龄毫不相符的问题,我一时语塞。乌塔天神庙的信徒里,几乎没有这个年龄的孩子,对于受过教育或拥有人生阅历的成年人提出的问题,我们可以用社会事件作为辅助解释。而神庙里圣童们的授课,也同我年幼时那样,即便难以理解,只要死记硬背便可。

我考虑了一下措辞,或许六七岁的孩子听不懂,但我还是对他说:"是诸神创造了我们,让我们生。但是,并不是我们为了什么而生,而是我们的生可以为了什么。"

孩子果然露出疑惑的神情,他还想问问题,但马哈尔却打断了他:"安珀伊图大人……"

马哈尔似乎并不希望我继续与这个衣衫褴褛的孩子浪费更多时间,也或许是研究中心的人已经在向他询问我的下落了。我点点头,对男孩儿说:"孩子,我必须走了,如果你有更多问题,可以每天傍晚五点去乌塔天神庙请示那里的文司,他们会带你来见我。你叫什么名字?"

"我叫努辛克。"男孩儿回答我,但脏兮兮的手仍然抓着我的长袍不放。

突然,我明白了。这个孩子根本不知道自己刚才在问我些什么,也不在乎我能回答他些什么,他只是在用这种方式来挽留我,因为我回答了他的问题,而别人都赶他走。

我又问了他一次:"努辛克,你还有其他家人吗?"

"我有一个哥哥。"努辛克说,"但是,我刚刚看见他被人抬走了,别人告诉我他死了。大祭司,你说死了的人都会去'众灵的宇宙',那么,我该怎么才能去那儿找他呢?"

我愣住了,一瞬间,我仿佛回到了二十四年前,在母亲离开后的某一天,福利院的人毫无预兆地闯进我家。我抓着大哥的手不放,但人们将我们强行分离,然后,我又抓着每一个大人的衣服不放,生怕他们像母亲一样又把我丢掉,可即便如此,这些大人还是一个接一个地,将我的手从他们的衣服上拽开,将我丢给其他人,直到最后一个人把我丢到福利院的小床上,和其他脏兮兮的孩子们一起,在那里,我只能抓着陈旧的白被单,在夜晚偷偷哭泣……

自从继承安淖大祭司的称号,成为乌塔天神庙,乃至整个国家里头衔最高的人以来,我关于童年的记忆从未像今天这样清晰。

我对努辛克说:"孩子,活着的人都没法到达'众灵的宇宙',你也不应该为此而死。但是,你可以跟我一起去乌塔天神庙,像我一样成为一名祭司。在这个过程中，你会学到很多知识，或许有一天，你可以自己寻找到问题的答案。努辛克，你愿意跟我去乌塔天神庙吗？"

努辛克露出渴望的神情，他用力点了点头。

我站起身，用手护住孤儿的肩膀。

马哈尔似乎才反应过来我刚才说了什么，他用十足惊异的眼神看着我："祭司大人，你难道要……"

我没有诉说理由，只是像个安淖的大祭司那样点点头，对他吩咐说："把这个孩子带回神庙吧。"

努辛克有点害怕地抓住我的手，他的手很热，对比我毫无温度的手指，努辛克的手就像块燃烧的炭。我牵住他的手，感到大厅好像没有那么冷了。

我牵着努辛克的手，在马哈尔的陪同下带他离开安息礼堂。外面起了风，将我的祭司袍吹得犹如船帆般猎猎作响。这阵风刮走了凌晨时积攒的硝烟，令天空变得晴朗而万里无云，就像多年前安吉尔带我走的那天一样。

马哈尔先将努辛克抱上飞行器，再为我让道。我的祭司袍在空中腾飞起来，我将它揽回身边，卷在一起，正准备踏进飞行器狭窄的舱门，突然，风向一变，我一个不留神，抱在怀里的祭司袍又像蒲公英的种子那样在空中四散开来。这阵突如其来的怪风就好像洋流突然拐了个弯，形成了一个小小的漩涡那样，将附近散落的一些轻物都卷了起来。大部分是凌晨突袭时落下的弹壳、武器碎片，还夹杂着几张宣传单。

这几张宣传单差点糊在我的脸上。我抓住一张，马哈尔也抓住一张，

371

还有几张落在了飞行器和地面形成的夹缝里。

我看向这张宣传单，它的印刷十分劣质，上面画了一个丑陋如怪兽的女人，她戴着王冠，穿着浮夸的衣裙，表情猥琐。一边，几头身着华服的猪正围绕着她。图片下方的配文写道：你效忠的是女王还是禽兽？

毫无疑问，这东西属于反叛军。自从他们单方面宣战以来，这种不管内容还是制作都相当低劣的宣传单我见了很多次。武器上比不过，他们就比口舌。他们紧抓海珊女王不放，对她的形象做出各种诋毁，从疯子、精神病，再到禽兽、妓女，竭尽所能地诽谤她、污蔑她。

我将这张纸折起来，递给马哈尔，他气得差点把纸撕碎。

"这些人真是卑劣到骨子里了。"马哈尔愤慨地说。

我能理解马哈尔的愤怒。只要跟海珊女王接触过，就能了解她的温柔和善良。说她是整个上都阿希坦里最宽厚而慈爱的女性也毫不为过，可是，她的仁慈却没有为她带来对等的回报。因为她生在权力的中心，又遇上这样一个矛盾的时代，人们都说，如果她无法变得像阿祖或孔坝女王那样残酷而强硬，就只会沦为政治的傀儡和牺牲品。

"把这些传单收集好，回头丢进循环造纸机里吧。"我没有对马哈尔的话做出评价，只是冷静地吩咐道。

马哈尔点点头，他先等我登上飞行器，然后协调飞行员挪动位置，以回收所有的传单，最后才攥着这些质地粗糙的劣等纸，愤懑地坐进我旁边的靠椅里。努辛克紧张地看着他，他大概认为是自己的存在惹怒了马哈尔，毕竟刚才在安息礼堂的大厅里，马哈尔对他的出现表现得很没耐心。

我摸摸努辛克的头,以安抚他的情绪。

我们的飞行员也对努辛克的出现表现出诧异,但他没有多问,只是向我确认应该回神庙还是去班图卡图。

"先送孩子回神庙,然后再去班图卡图。"我说,"马哈尔,通知文司来安排努辛克的事吧。"

我以为自己的安排会让马哈尔暂且忘记传单的事,然而,当他开始用通信设备与文司进行联系时,眉头却皱得更紧了。

"怎么,神庙那边出事了吗?"我问马哈尔。

"不,不是神庙的事。您看。"马哈尔说着,将通信设备递到我面前。

看到上面的讯息,我也不禁皱起了眉头:"那必须取消今天去班图卡图的行程了,无论如何,先回神庙吧,安排加兰娜来接努辛克。"

"好。"马哈尔忧心忡忡地说。

努辛克不再关心我们大人的谈话,自从飞行器平稳升空后,他的注意力已经完全被窗外的风景所吸引了:硝烟在风中散尽,上都阿希坦在明媚的阳光下熠熠生辉,它如此壮美而真实,在这座人类耗费了数百年时光才建造起的奇迹面前,所有海特达特上的珠宝都黯然失色。

美景令航程变得短暂,我们很快就回到了神庙的停港。加兰娜在等我们,她的祭司袍在风中鼓动,从半空中俯视,她好像一朵盛开的白莲。

加兰娜来乌塔天神庙工作快四年了,她是神庙编外的文司。在古代,神庙的各司的神官们必须是圣童出身,但现在,由于圣童越来越少,所以允许神学系的学生或研究人员在神庙里就职,挂文司的头衔、做文司的工作,但可以保留自己的俗名,可以结婚,也可以做手术改造身体。他们不属于神庙的编内人员,享受的是公务员或研究人员的待遇。

加兰娜负责管理神庙里的古卷和电子文库,偶尔她也会接待年纪较轻的信徒来访。在古代,掌管图书的文司都要面掩白纱,以免凡世的俗尘玷污他们的双瞳。现在我们早不这么做了,编外的文司不出现在公众面前,甚至可以穿自己的私服。不过加兰娜喜欢穿祭司的白色长袍,而她穿这身衣服也确实像个古代的女祭司。

我将努辛克的手交到加兰娜的手中。但孩子不愿同我分别,我只好答应下午一回来就去看他。

回到飞行器上,我收起了和蔼的笑容。

"我们不去班图卡图吗,大祭司?"飞行员问我。

"不,我们去阿希坦宫。"我用严肃的语气对他说,"我收到了女王的紧急传召。"

第三节 海珊

"安珀伊图大人,那些传闻果然是真的吗?"起飞后,马哈尔悄声问我,"听说海珊女王的精神状况越来越危急了,她现在必须靠高强度的药物才能维持情绪的稳定。"

"那些只是谣言罢了。"我说。

"可是四天前的那场宴会……"

我摇摇头,打断马哈尔:"我明白你担心女王的状况。但这不是你的工作,作为神庙侍卫,你也不该去偷听宫娥间的闲话。"

听到我的话,马哈尔哽住了。

"是,大祭司。"他停顿了片刻,最后谦卑地说。

马哈尔相当尊敬我,作为大祭司,我也必须提醒他与信徒们的私事划清界限,但实际上,我心里明白马哈尔说的是对的。女王的精神已近崩溃,她必须召我去王宫,却不能来到神庙找我,大概就是因为她的状况实在不容乐观,以至于时刻都处于严格的看护下,根本无法离开王宫半步。

马哈尔说的那场宴会,多半就是压垮女王的最后一根稻草。

我回想起那场宴会。

那是一场极尽奢侈的内部宴会,目的是宣布班图卡图的第一批入住居民名单。此时,班图卡图的工程项目已迎来最后一步,就是居民区的内部建设。在班图卡图的设计蓝图里,那个巨大的空间应当形成一个完美的仿生环境。天花板上,全息的星云和种种天体将旋转、变换,模拟真实的昼夜变化,其下方是一片拥有沙滩的人造海域,里面畅游着会发光的海洋生物。在这周围,花团锦簇的阳台将铺满整个空间的内壁,形成错落有致的住宅区,并配有学校和休闲设施,可同时容纳几千人居住。

当然,班图卡图的住宅区只是一个模板,日后,若有更多的海中堡垒建成,其居住区在仿照第一座建设的同时,容量也将扩大许多倍。

女王已经视察过居民区的样板间,一旦那里建成,班图卡图就将正式开放给人们使用。这本该是件大快人心的事,所有的投资者、政要、核心研究人员(包括我)都将在其中得到一席之地。当然,他们有自己的府邸、房产,而且暂时没有被淹没的威胁,所以并不会过去居住,但能拥有班图卡图的入住权是一种荣誉、一种特权的象征。更别提那些知道"神骸"和永生果培育项目的人,他们难掩喜悦的表情,仿佛自己已经成神了。

一切都顺利而愉快，直到女王念完那份冗长的名单后，又提出了那个建议。

她说，她希望在场的各位能将班图卡图的入住权让给反叛军和因战争流离失所的人们。毕竟对于阿希坦的权贵们，班图卡图尚不是刚需，但对于那些没有家的人却是。现在，人类的威胁是上涨的海水，而非同族的彼此。人们应该停止战争，互相原谅。未来，人们将建起更多的海中堡垒，所有人都将搬进去居住，她作为领导者绝不会厚此薄彼。

让反叛军先住进班图卡图？这当场就引来了一些人的批评、谩骂，场面突然就变得混乱起来。

事实上，让敌人先住进班图卡图的言论虽然听起来可笑，却是海珊一直以来的意向。与达力古尔的反叛军火拼，是海珊一直反对的事。最早开始镇压他们的是先王海淖，而自先王辞世以来，海珊都一直在议会里争取与反叛军谈和的机会，哪怕反叛军以自爆的极端方式谋杀了她的丈夫，她都愿意原谅他们。然而在议会里，海珊的话其实并没有什么分量，所以她想与反叛军谈和的心愿，对方根本就无从知晓。

无论周围人怎样恶言恶语，海珊女王永远是如此善良，甚至到了天真的程度。从海珊第一回独自来到乌塔天神庙朝拜，我以圣童的身份与少女时的她聊天时，我就知道，她的天性就是纯真而甘于奉献的，叫她去恨谁，就像叫暴君阿祖去爱谁一样难。其他的祭司也经常私下跟我说，如果海珊不是出生在君王之家，一定会成为新时代的"天命"安特萨尔，她这种无瑕的天性会感化许多人，让他们重拾信仰。但在政客们的眼里，海珊只是个理想派的小女孩,他们认为她在深宫大院和过度的保护中长大,根本不懂战争的残酷和大水的威胁,这种时候,与其发表自己的意见,还不如乖乖扮好高贵的女王形象。

海珊想借班图卡图的建成与达力古尔言和,让反叛军先入住,因为她认为,反叛军之所以集结,就是因为多年积攒的阶级矛盾已经达到了饱和点。当像她一样的人在上都阿希坦享受着新鲜的蔬菜、水果,在海底的花园里栽培起一度灭绝的珍奇花草时,在那些贫穷的地方,有些人一辈子都没见过一棵树,没吃过一颗番茄。对于这些穷人而言,陆地和土壤是一种传说,他们只在广播里听过,就和其他故事里虚构的事物无二。在他们面前,只有被严重污染的海水和廉价的添加剂食品。

所以,当达力古尔站出来呼吁推翻万禧王朝时,有那么多人愿意追随他。而无论他们自己的武器有多简陋,他们都不会停止这场反叛,直到全军覆没的那一刻。想要平复这种情绪,就必须让那些穷人先住进班图卡图,让特权阶级的人放下他们的特权,这份矛盾才有可能得到化解。当然,毫不夸张地说,整个王宫里或许只有海珊一个人是这么想的,剩下的人们,一半认为达力古尔根本不可能赢得战争,他们是必将在自然选择中被淘汰的弱者,将有限的资源分配给他们纯属浪费;而另一半人则觉得自己已经成神了,达力古尔他们还是人,神不用管人的死活。

这听起来确实很过分,不过一旦战争开始,讨论对错就已经晚了。人们接连不断地死去,越是这样,战争就越不可能停止。想想早上牺牲的那些年轻的战士,想想那些哭得泣不成声的家人,他们怎么可能原谅反叛军呢？像海珊这样甘于奉献和原谅的人毕竟是屈指可数的。如果真让反叛军先住进班图卡图，那些被反叛军伤害过的普通民众又会怎么想？在矛盾和恨意的驱使下，只会诞生出第二个、第三个达力古尔罢了。

女王究竟是高尚还是幼稚，我无法定论。但是，这种同时来自外敌和王宫内的双重否定，一定会对她的内心造成相当大的打击。

我想着这件事，等我回过神来的时候，飞行器已经进入了阿希坦宫内部的海底隧道。

在上都阿希坦兴建之初，大水还没有将这里淹没，但设计师们早已做好了这天到来的准备。他们让阿希坦宫可以完全浸入水下，并让它被海水浸没后仍可以获得足够的自然采光，且无法从上空被窥视到。现如今，人们又用先进的手段为它增加了更多防护系统，反叛军的导弹永远找不到它的位置，除了班图卡图外，这大概是大海中最安全的地方。

飞行器穿越狭长而透明的海底隧道，进入王宫的中庭。这里是一座寂静的花园，风格很像班图卡图的上层庭院，不过多些草甸，少些流水。另外，在阿希坦王宫的花园里有许多鸟，因为女王喜欢鸟，这些鸟和外面飞的野海鸥不同，它们从出生起就在这座海中王宫里长大，从未去过外面的世界，不知道什么是陆地，什么是海洋。这些鸟都美丽、洁净，性格温顺又近人，我们的飞行器刚在停港上降落，它们就热情地围上来鸣叫。

花园里有许多高低不同的停港，通往王宫的不同区域，按照提示，我们来到了比较高的一座新港。虽然我是第一次来这里，但我知道它通向一座名叫"雪林"的室内花园，我的好友流萨伊·林胡曾告诉过我，那里正

379

是他的设计。

飞行器停稳后,我独自下机,一位额头上植入了紫水晶的使女正在等我,她的皮肤做过漂色,看起来像煮熟的鸡蛋清一样光滑而洁白,她的头发黑得发蓝,眼球也被文成了完全的黑色,叫人难以判断她的目光究竟锁定在何处。这种超人类的审美不知何时开始流行的,等我终于关注它时,乌洛帕的新贵们都开始这么装裱自己了,似乎他们更想当海特达特里那些不朽的形象,而不是真实存在的人。

我不想对这种风潮作任何评价。无论如何,作为安淖的大祭司,我的身体被认为是神的所有物,我不能剪头发,不能进行任何手术,更别提这种改造了。

这位使女带我离开花园,来到王宫内部。我们慢步行走在开阔的水廊道之上,两边是令人眼花缭乱的声悬浮隔断,无数水珠在声波的作用下被固定在空中,随着声调的改变,水珠也上下浮动着,组合成变幻莫测的圣数符号。午后的烈阳穿过海水和天花板上几道特殊设计的狭窄缝隙,垂直打到这些起伏不定的水珠上,顿时反射出数不尽的光斑,涟漪一样层层叠叠地布满整条走道和水渠的底部,让人乍看之下根本分不清自己究竟是走在平地上还是水面上。这些光斑的形状好像绽开在浪尖上的水花,或泡沫的倒影,谨循着某种深奥而难懂的自然规律,富有周期和动感地跳跃着,永无止息。

我随着使女穿越整座宫殿,来到"雪林"的大门前。

"雪"是一种只能通过人工手段才能观测到的气象。古代的学者们认为当云层中的水蒸气与温度极低的冷空气相遇时，就会降下这种名叫"雪"的晶体，并将其描述为"固体的雨"，或者"绵软的冰"。但由于乌洛帕的自然温度无法形成理想中的寒冷空气，所以"雪"这种气象，长久以来也只存在于人们的理论和幻想当中。直到安澜王朝后期，工业制冰技术和冰片粉碎技术趋于成熟之时，"下雪"这种幻想里的绝美气象才最终被呈现在了人类眼前。万禧 314 年，为了庆祝上都阿希坦建成的雅尔周年，海珊女王的祖父海古恩建造了一座与城市同名的室内雪场，并在其中进行了连续一个季度的人工降雪，这场声势浩大的降雪活动在二十多天里为雪场带来了近百万次的人流，许多游客不远万里来到上都阿希坦，只为一睹"雪"的真容。乌塔天神庙的朝拜者据说也因这场"雪"而猛增，甚至有人对神官提议，应该在《神之典》里加一个"雪神"才对，当然没有神官会理睬这种玩笑式的谏言。但这件事也还是被列进了"乌洛帕史上的百大趣闻"，在各种报道和虚拟读物上广为流传。

普通的造雪机造出的雪只是没有形状的冰屑而已，林胡受到冷藏室里带有尖刺结构的冰花的启发，认为雪片也应该有美丽的形状。为了女王的室内花园，他设计了一种复杂许多的造雪机，这种设备的运作方式与理论中自然雪的形成方式更加接近。据林胡说，普通的造雪机只是将冰块粉碎成冰屑后再喷洒到空中，但他为"雪林"设计的造雪机是构造出较为理想的条件，令水蒸气在室内以自然的方式凝华成雪花。这套设备同时能改变冰晶形成后受到的饱和水汽压，通过控制冰晶凝华的方向和曲率，来达到创造雪花形状的目的。

在使女的语音指令下,封锁"雪林"的两扇巨门缓缓开启,我的思绪被带回现实。一阵沁入骨髓的凉意从门的那边扑面而来,我的精神也为之一振。虽然曾多次听林胡谈起,但这是我第一次走进"雪林"。

"大祭司,陛下在林中空地等您。"

使女说完便退下了,留我一个人在这片纯白的秘境前。我沿着眼前的小路,向"雪林"深处走去,小路两边栽满形态瘦长的云杉,成簇的针叶上落满雪花,好像一层洁白而绵软的羊绒。

细密的雪片飘落在我的头发和肩膀上,我伸出手来接住几片,靠近它们观察。果然就如林胡告诉我的那样,这里的雪不是人造雪场里那种用冰片粉碎机刨出的普通晶体,"雪林"里的雪,每一片都有着独特的形态。它们大致呈六边形,以中心为轴,有规律地向外生长,有的就像水仙一样长出形状圆润的花瓣,有的则生出杉树一样尖锐的针叶。它们是如此小巧而精致,还没等我记住它们的样子,就在我的手心里化成了水滴。

如果诸神真的存在,那么在他们的观测下,人类的一生是否就像雪花在人类的手中这样美丽却转瞬即逝呢?

我掸去又接连飘落在我手心上的雪花,继续向前走去。很快,我来到了"雪林"的中心,这里是一小片形状不规则的林中空地,女王就在我不远处。她背对着我,有几只和雪一样白的燕雀在她面前扑腾、欢叫着,似乎正与她嬉戏。

"昨天晚上,我梦见一片陆地,在太阳初升的遥远东海上漂浮着的大陆,那里存在着真正的雪。"

察觉到我的到来，女王转过身，燕雀们都四散而去。

看到她的脸，我不禁倒吸了一口凉气。几天前的宴会上，她穿着雪白的礼服，还如同镶嵌在铂金里的黑珍珠那样闪耀、夺目，简直就像天上的珠宝。但现在，她是如此憔悴，双手颤抖，嘴唇煞白，额上露出青筋。她看起来多日未经保养，原本如星河般绚丽的银发已经光彩不再，变得干枯而掉色；而她那黑珍珠般光泽、细腻的皮肤，也因为缺乏护理而褪色、粗糙，变成跟普通乌洛帕人无二的褐色。

距我上回见她不过短短几天而已，怎么会变成这样？我的推测果然是真的，海珊女王已经饱受精神上的摧残，不过在外人面前，她用尽医美手段，拼尽全力维系出一个坚强的样子罢了。

"水月大人，真不该以这副模样见您，请求您原谅我。"女王挤出苦涩的笑容。我至今对她的这份恭敬感到不习惯，因为她比我年长，更比我有威仪。虽然作为安淖的大祭司，所有人都该对我表现出崇敬的态度，但大部分年长者都只是在公共场合装装样子，私底下并不会这样。

我想女王对我这么尊崇是因为她一直将安吉尔当父亲来敬仰，在他去世后，我就顶替了这个角色。我不习惯，但我配合她。让一个人有所信仰，这就是我的工作。

"陛下，你的健康状况叫我担心。你的嘴唇发白，是这里太冷了吗？"我假装对她的状况没有了解，不将尖锐的问题直接甩出来。

"这是唯一叫我平静的地方。"女王说，"外面是那么酷热，让我焦躁难安，尤其是人们的话语。我感到我将自己的爱尽数奉献给世人，却只遭到了恶毒的鞭挞。"

"陛下,你既将爱奉献于世人,世人也定将爱回报于你。"我试图用中庸的话语去抵消她的焦虑情绪,"你应善于洞察世人对于你的敬爱,一如世人应善于明白你对于世人之博爱。只不过有些人是背弃者,他们背弃了信仰,也背弃了你的爱。根据安淖的教诲,身为一国之君,你应当忍受背弃者的指责与辱骂才是。"

"曾经,我用宽容回应污蔑,但现在,我深感那些污蔑总有一天会成真。"女王说,她的声音十分虚弱,眼中却闪现出一种叛逆的光,"但是,水月大人,我今天并不想与您讨论那些污秽的话语,它们是那样恶臭,不该出现在这洁白的'雪林'里,更不该出现在您高贵的耳中。如果可以,我想让您脱下祭司的外衣——不是这件,而是您心里的那件……"

我本以为女王要找我诉苦,但听到她的这番话,我却摸不着头脑了。

正当我思索女王的意图之时,没有任何预兆地,她突然靠近我,用那双改造得如鸟爪般嶙峋而纤长的手抓住我的双手。她的手非常冰冷,如雪一般,在我的手心里就像要融化了似的。

女王抬头看向我,眼中闪现出某种决意,这种决意是如此的坚毅而固执,好像已经怀抱了必死的觉悟。这种几近疯狂、仿若飞蛾扑火般的决意我偶尔见过,从执迷不悟的死刑犯,或尚未出世的天才眼里。此时此刻,女王眼神里的这种疯狂却与她的智慧、博学交织在一起,显得那样理性而不容置疑。

我被吓了一跳,我从没见过女王露出这样的神情。

"告诉我吧,以一个朋友,而不是祭司的身份。"海珊又重申了一遍,"告诉我,诸神究竟是否存在?我们究竟为了谁而信仰,又为了谁而选择?"

通过她的手,我感受到她沉重的心跳。果然,即便她的手冷得像金属外壳,即便她将自己装裱成一个如神的形象,即便她努力去贯彻那些仁慈的道义,她也是一个人。

她首先是一个人,然后才是一位王。

我找到了问题所在。

"陛下,你的信仰迷失了。"我握紧海珊冰冷的双手,非常自信地说,"但我可以帮它重新找回道路。"

"陨落的月亮难道还能重新升起吗?"女王瞪大无辜的双眼,失意地问。

"女王陛下,你的月亮不曾陨落。"我说,"你一定听说过进化论吧?"

"我很了解它。但信仰,跟物种的进化有什么关系呢?"

"当今,许多人质疑神的存在,因为进化论指出,所有的物种都有一个共通的起源,一些物种经过长期的自然选择和演化,就会进化成新的物种,这一点已经在许多动物的身上得到了证实。所以有些人相信,人类也是这样进化而来,而不是神所创造的。"我说,"但是,有些人执着地相信人类是由神所创造的,也是因为进化论。化石和一些尚存的古老物种为许多物种的进化提供了佐证,可直到今日,我们都缺少过渡化石来佐证人类也是这样进化来的。生物学家将生物的各个种族进行分类和划分,却找不到与人类亲缘关系相近的动物。

"曾经人们假设出一种名为'猿'的生物，是一种低能的人类，它们像狐狸那样长着毛，但像人那样，手和脚的趾头都是分开的，并且大拇指灵活，会使用工具。如果这种物种存在，就能填补进化史中人类的那段空缺。然而，至今为止都没有人找到类猿的动物或类猿的化石。人类是如此的独立而孤独，就像凭空从大陆上出现的一样。"

"您在用进化论来佐证神的存在吗？"女王问，"如果有一天，我们发现了'猿'的化石呢？"

"那不重要，陛下，我只是想借此引出一个事实：在乌洛帕，相信神的存在和拥有信仰并不是一回事。即便你相信人是由低端物种进化来的，而不是神创造的，你仍然可以拥有信仰。"我说，"一个人相信神的存在，不等于他就拥有了信仰。相反，在近现代，我们这些神官将这种情况称为'假性信仰'。"

"假性信仰？我从未听过这个词。"

"有时我们也叫它'绑架性信仰'。"我向女王解释，"什么叫假性信仰呢？举个例子，一个人信仰诸神，其实只是害怕诸神因他的不信而降下惩罚罢了。——你一定知道混血王恩杜姆的故事吧。"

"当然，恩杜姆是《王之典》里记述的最后一位混血王。"女王回答，"但在他统治的时代，人类荒淫无道，惹怒了安淖，所以他降下大水，淹没了所有的人，只留下仍纯洁的孩童，在大水退去后，安淖指引他们建起了新的国家，也就是乌洛帕。"

"你说的不错，但有一点，你说得还不够准确，那就是安淖惩罚混血王恩杜姆的原因。"我说,"虽然《王之典》中明确强调了恩杜姆荒淫无度,但真正让安淖惩罚他的原因却不是这个。混血王恩杜姆的荒淫无度体现在他用所有的财富来享乐,而不再修缮神庙、供奉诸神,他的统治时间也超出了安淖给他规定的时长。违抗诸神的旨意,这才是安淖惩罚恩杜姆和人类的原因。这也就是两部旧经的核心思想——人类的命运由神来掌控,如果人类违抗他,就会遭到惩罚。"

"我明白了,也就是说,'假性信仰'指的是那些因害怕神的惩罚降临于身才信仰的人。"女王将我的话补充完。

"陛下,你的信仰是这样的吗?"

"当然不是,您说的是一种绑架,而我的信仰是自由的(至少曾经是自由的)。"女王坚定地否决道,"旧经和《大史诗》一样,都是人类所写。人写那些故事,只是想引起人类对诸神的敬畏而已。诸神从不奴役人,他们引导人的命运。——安吉尔大人在世时如此教诲我。曾经我也如此坚信,但现在我不确定了。我感到迷茫。我认为世人皆为背弃者,没有人得到了神的引导。"

"陛下,你非常博学而聪慧,在乌塔天神庙的众多朝拜者当中,你绝对是颇具天资的一个。但今天,我必须纠正你,因为你所信仰的,从头到尾就不是诸神。"

听到这话,女王将手从我的掌心中抽出:"水月大人,如果我先前信仰的不是诸神,那又会是什么呢?"

"如果你信仰的是诸神,相信他们对人类命运的引导,那么你并不会因为目前的状况就迷失了信仰。因为众人的行为皆出自诸神的引导啊,不管他们做出怎样的行为,你都不应该怀疑这份引导。"我说,"所以,你一直以来所信仰的,只是人类本身罢了。"

"我信仰的只是人类?"女王的话中带着愠怒,"大祭司,恕我愚昧,我实在不明白您的话,它听起来像一场诡辩。"

"没关系,我会告诉你这其中的逻辑。你不要太惊讶,因为这份对于人类的信仰并非没有根基、不值得考验的虚假信仰。恰巧相反,如果对我们的信仰溯源,就会知道,我们对诸神的这种信仰,其实正是我们源于对自身形象的崇拜。"我说,"你还记得在旧经的描述里,人是怎么来的吗?"

"《神之典》里说,人类是被天神安淖创造的,他根据自己的形象创造了人。"女王回答。

"对,神根据自己的形象创造了人。"我说,"但神为什么要这么做呢?——我知道你现在怀疑诸神的存在,但我们现在假设他们是存在的。诸神为什么不把人类创造成其他模样呢?"

女王思索了片刻,给出答案:"旧经里说,神不但根据自己的形象创造了人,还让人类模拟他们的社会建造城市,或许这是他们对人的一种爱的体现,就像孩子长得像父母那样。"

"这是一种古人的解释。但在近现代的祭司们普遍认为,神之所以用自己的形象来创造人,是因为他们想叫人反思。"

"反思?"

"对,人类是一种渺小的、必死的神的形象。这个定论,如果我们将它反过来说，就可以得出这样一个判断句：神，其实是一种伟大的、不朽的人类形象。"我缓慢地、一字一句地说，"你明白我的意思吗？"

果然，听到我的话后，女王愣住了。她略带愠怒的表情凝固在脸上，但是很快，她的表情就像被海浪冲垮的沙堆那样崩塌、破碎。她瘫软地跪倒在雪地里，泪水噙满她的眼眶。

我俯下身，抹去她的泪水。

她哽咽着问我："水月大人，告诉我，神真的存在吗？"

我将女王从雪地里搀扶起来，她浑身都在发抖，眼中的疯狂渐渐淡去。

我用笃定的语气说："神当然存在，我听到他们的声音，传达他们的旨意。我从'神骸'那里得到了'天启之蓝图'，你不记得了吗？——陛下，'信'的反义词不是'不信'，而是'怀疑'。你切不可怀疑。"

"那为什么神不让所有人都听到他们的声音呢？"

"这个问题我们刚才不是讨论过了吗？信仰应是自由的，而不是绑架的。"我再次强调，"如果神向所有人证明自己的存在，那么人必将恐惧于神的力量，从而因害怕惩罚而选择信仰，这不就是我们刚才说的'绑架性信仰'了吗？所以神不向世人证明自己的存在，让人类在一片怀疑中去选择相信，才是真正的、自由的信仰。"

"我明白了。"

"我希望你真的明白，所以让我把话说完吧。——不过你刚才太激动了，让我们一起在'雪林'中走走，你必须冷静下来。"

女王点头，我就牵着她的手在松软的雪地上散步。我边走边说："神是一种伟大的、不朽的人类形象。神引导人类的命运。我们把这两句话放在一起，是不是可以说，引导人类命运的其实是一种伟大的、不朽的人类形象呢？"

"我明白您的意思。"女王说，"这种伟大的、不朽的人类形象，有时存在于历史当中，有时就在我们身边。我的祖父海古恩、父王海淖、过世的安吉尔大人，就是以这样一种伟大的人类形象在我的记忆中存在。"

"陛下，你是幸运的。你的身边皆是这样的伟人，他们让你有所崇拜，有所信仰。现在，他们的肉体逝去，只留下光辉的事迹存在于你的记忆里。他们成了真正的伟大形象，并再无失格的可能。而在现实世界里，你的身边又不曾出现能比肩他们的人来接替这一形象，让你有所崇拜，有所信仰。所以，你会认为世人皆为背弃者，自己的信仰也迷失了，这是可以理解的。"

"水月大人，我一直相信，您也会成为和他们一样的伟人。"

"或许你今天召我来'雪林'，就是为了确认这一点吧。但人类的一生，必须等他们死去、命运走到终点时才能评定。"我揭露女王的意图，"不过没有关系，即便我有一天也变成了背弃者，即便像先王和安吉尔这样的人永远不会再出现，你也至少该为了一个人去信仰，去做出命运的选择。"

"那是谁？"

"那就是你自己啊。"我对她露出和蔼的微笑，"为了海珊而信仰，为了海珊而选择吧，这就是我作为朋友给你的答案。"

女王停下脚步,她看着我,破涕为笑。她眼中的疯狂终于消退,只剩下无尽的哀伤。

她究竟为谁而笑,又为谁哀伤呢?是那些逝去的伟人,还是她自己?我不知道。

"谢谢。"女王再次抓起我的手,笃定地说,"水月大人,如果是您的话,一定会支持我的选择吧。"

"当然,为你自己做出选择吧。"我拍拍她的手,"陛下,由于你临时召我,我急匆匆地赶来,而未完成今日神庙的工作。因此,或许我们今天不得不道别了。但我希望在未来的日子里,每次看到的都是你快乐坚强的样子。如果你感到迷茫的话,不妨随时来找我,把乌塔天神庙当成你的第二个家。"

"我早就将神庙当成自己的第二个家了。"女王拉着我的手往'雪林'的大门处走去,"让我亲自送您到王宫中庭吧。"

"我想还是我自己回去比较妥当。"我推辞道。让别人看到女王现在的样子,只会徒增谣言。

女王似是才想起自己憔悴的模样,有点难为情地说:"您说的对,我这样子实在不该见人,我们就此作别吧。"

说完,她最后亲吻了我的手,目送我走出了"雪林"的大门。

离开"雪林",我疲倦地穿越长廊,回到王宫中庭。说得难听点,我全程都在骗女王,因为我根本听不到安淖的声音。我无法证明神是存在的,神在引导人的命运也更是没有根据的假设。我方才做的,只是将所有牢记于心的教义和观点进行汇总、整理，选择那些能支持女王的，为她那些本无解的问题编出一个能自圆其说的答案罢了。

但这又有何妨？无法证明的东西，只要让人们相信，那就是事实。

就像人类的命运一样。尚未发生的事，人类永远无法证明，只能笃定地相信着，并坚毅地做出选择罢了。

我觉得自己的工作完成得很好，如果安吉尔在世，也会为我感到骄傲。但我却根本没有想到，这是我最后一次见海珊女王。

第四节 流萨伊

从阿希坦宫回到乌塔天神庙时已经是下午了。我急匆匆地吃了饭、沐浴更衣,开始处理内部事务,直到傍晚六点半,接待访客的时间结束。我忽然想起努辛克,去王宫之前,我原本答应一回神庙就去看望他,结果繁忙之中把他的事彻底忘了。

我吩咐马哈尔帮我处理最后剩下的一点杂务,独自来到圣童宿舍找努辛克。

在我的任职期间,乌塔天神庙一共有五名圣童,我上任以来没有特意去挑选过圣童,现在神庙里的这些圣童,有三名是离职神侍的孩子,还有两名和努辛克一样是孤儿出身,由其他神庙的祭司引荐,来到乌塔天神庙。晚上七点,是圣童们的晚课时间,宿舍里只有努辛克一人。事务司的人已经帮他洗了澡、理了头发,换上了由洁白的细羊毛织成的淑鲁克,他正在阅读一幅巨大的海特达特图卷,看起来不再像一个孤儿,聚精会神得反倒像一个小王子。

我进门和努辛克聊了会儿天。他显得愉快而兴奋,并对神庙里的种种物什都好奇不已。我跟他讲了自己被安吉尔从孤儿院接回神庙的故事,直到快八点,其他圣童要下晚课的时候。

我跟努辛克道了晚安,离开圣童宿舍,打算去图书馆查阅寻找一个适合他的祭司名字,却遇到了迎面而来的加兰娜,她抱着厚厚一沓文件和古经。

"啊,安珀伊图大人,您来看努辛克吗?"看见我的到来,加兰娜停下脚步问。

我点点头:"对,我跟他聊了聊天,他的适应能力很强,不用特别担心。——你对他做过考察了吗?"

在成为圣童前,每个来到神庙的孩子都需要进行一系列的考察,以确认他的知识储备和对信仰的认知水平。

"他认识不少字,不过却对旧经和新经里的故事一无所知,甚至不知道什么是《大史诗》,我想他的原生家庭应该是完全没有信仰的。"加兰娜说,"我还要对他的心理状况做一些考核,或许明天吧,今天有点晚了。"

"好,有你在我就放心了。我还要去图书馆,得给这孩子选定合适的名字才行。"我说。

"已经决定仪式的日期了吗?"加兰娜问。她说的仪式,是指废黜努辛克的原有姓名、赐予他新名字并由此成为圣童的仪式。

"没有，战争期间做这件事实在不妥。"我说，"况且这孩子的哥哥刚刚在战场上牺牲了，现在就消他的俗名，于情于理都不合适。"

"确实，我感到形势越来越严峻了，尤其是昨天晚上的那阵突袭……"加兰娜担忧地说，"对了，我听说今天您被紧急召到王宫议事，女王的状况还好吗？"

"女王的状况很好，只不过遇到了一点小问题。"

"那就太好了，我听到了一些非常不好的传闻，还一直担心呢。"

"非常不好的传闻？"

"实在不该跟您说这些话，但我憋在心里也挺郁闷的。我有一个在王宫做礼仪的表亲，她告诉我说女王在前几天的那场宴会后曾自杀未遂。加上昨晚那场突袭，我总害怕上都阿希坦随时都要沦陷了。不过，那果然只是宫娥间无聊的戏言罢了。"加兰娜松了一口气，"我真是瞎担心，既然女王一切安好，那就再好不过了。"

加兰娜的话让我的心咯噔地跳了一下，但还是故作轻松地对她说："嗯，上都阿希坦是不可能失守的。你快去忙吧，不用担心这些。"

女王自杀未遂？

我揣摩着加兰娜的话，心事重重地来到图书馆。我的眼睛在经卷间游走，却看不进去一个字儿，只看到女王满目疯狂的决意。明明我离开"雪林"时，她的情绪已经平定下来，我的心为何仍然惴惴不安呢？

突然，一个恐怖的猜想涌上我的心头，它那么合理却又那么疯狂，简

395

直叫我脊背发凉。

晚上八点,我独自驾着私人飞行器离开了神庙。此时硝烟已经完全散尽,天空和城市间不再有隔阂,高塔上的信号灯和夜空中的星星连成一片,飞行器仿佛在太空中飞行。传说在安澜王朝,也就是卢瑙王子的时代,由于磁动技术还非常落后,人类依靠燃油获取能量,导致城市总是被烟霾笼罩,看不到天空。

这会是人们信仰逐渐陨落的原因之一吗?我的脑海中又产生了奇妙的联想。乌塔天神庙一度是大陆上离天空最近的地方,人们认为这里也是离天神安淖最近的地方。而当烟霾遮住了天空,也就好似是乌云蒙蔽了众人的眼睛,让他们再感受不到天空的壮丽。人们不见神的威仪,自然也就失去了信仰。

当然,人们并不会因为城市被烟霾笼罩而失去信仰,这只是我自己突发奇想的比喻罢了。

我的飞行器在靠近王宫的海底隧道时被拦截了。

"大祭司,今天的访问时间已经结束了。"王宫的护卫传讯我说,"请您明天再来吧。"

"我有非常要紧的事,请务必帮我请示陛下。"

"陛下已经休息了。"对方过了好一会儿才回复道,"需要我帮您预约明天的访问吗?"

"不,不用了。"我说着离开王宫。

"陛下已经休息了",不知为何,这句本应让人感到安心的话,却叫我更加忐忑难安了。

离开王宫后,我驾驶飞行器在城市的上空漫无目的地兜着风,不知不觉间就来到了上都阿希坦的边缘,这里的海域比起市中心要空旷许多,有一座通体银白的四方形建筑,孤零零地漂浮在漆黑的海面上——是流萨伊·林胡的家。

流萨伊·林胡是我的好友,也是班图卡图的主要设计者。在班图卡图的设计之初,由于出土了"神骸",所以女王希望他能对我进行一场特殊的"天启",她希望专项组的人让我与"神骸"实现意识共享,并以此得到一份"天启之蓝图",作为班图卡图的设计模板。

当然,由于"神骸"根本就没有意识,所以我也并没能通过意识共享得到"天启之蓝图"或任何有用的信息。不过,所幸我是安漳的大祭司,专项组的成员乃至女王本人都没有权限查看意识共享的备案,我才能用模棱两可的语言糊弄了事,并将最后制作视觉化模型的任务完全交给了流萨伊。他本就是班图卡图建设项目的主要成员,只是没有权限知道"神骸"的事。然而,我和流萨伊交好多年,一直当他是亲兄弟,所以整件事的前因后果我都对他和盘托出,并委托他自由地创作这份"天启之蓝图",毕竟我根本不懂建筑,更不懂设计,而流萨伊则是这方面的天才。

我认为这事交给流萨伊准没错,而事实也证明我的选择是正确的。即便没有神的启示,班图卡图的设计仍配得上"天启之蓝图"的称谓。

既然来了,就去找流萨伊聊聊天吧。我想着,向那栋银白色的建筑飞去。

宅邸的安保系统直接将我放行，我将飞行器停在了建筑顶部的露天停港上。这座停港的四周，也就是住宅的顶部，是一片宽阔的露天水池，里面畅游着各种发光的海洋生物。这里的设计和阿希坦宫类似，从外部观察，水池的底部是银白色的，但在建筑物内部看上去，天花板却是透明的，抬头仰望就会看到这些奇幻生物畅游在夜空中的奇景。

我乘停港中心的电梯下行进林胡的工作室，这片宽敞而没有隔断的空间里安置了许多大型的机器、设备，乍一看有点像是实验室。

流萨伊坐在一张椅子里微微出神，在他面前有一件三维打印出的样衣，旁边，虚拟成像机投射出的三维效果影像正在缓慢而无声地旋转。

察觉到我的到来，流萨伊回过头，跟我打招呼："是你啊，水月，我还以为是助手。"

我和流萨伊认识已有十多年了。那时我尚未成为大祭司，他作为艺术院校的学生来乌塔天神庙见习，寻找做调研的灵感。我们简直就是一见如故。这很奇怪，因为我和他无论是社会身份还是家庭背景都相差甚远。我和流萨伊唯一的共同点就是我们的原生家庭都不富裕，但流萨伊的家庭至少是幸福而温馨的，我一度十分羡慕。

我们对于彼此似乎都存在一种微妙的谦卑。从前我总是在流萨伊面前感到自卑，因为我认为他能成为女王的御用设计师，靠的是自己的才华；而我能成为乌塔天神庙的大祭司，靠的不过是一张脸。如果没有这张美丽的脸，安吉尔才不会挑我做圣童。但后来我才知道，流萨伊竟也对我抱有同样的感受。他说自己一度在我面前感到自卑，因为他觉得自己能走到今天无非是靠一种天赋、一种灵感。他沉不下心去钻研任何复杂的技艺，总觉得有那工夫不如交给助手来做。而我则能耗费多年时间只潜心于一幅海特达特的绘制，不在乎收入，不在乎名誉。在他眼里，我是脚踏实地的匠人，他自己却是个爱走捷径的懒蛋。

当然，我们这些想法都是妄自菲薄的。我和流萨伊的交情来之不易，所以我们都很珍惜彼此。

"我打扰到你了吗？"我问流萨伊，他通常是下午和晚上工作。

"打扰？你的话永远不算打扰。"流萨伊点上烟说，"正好我手头的事也有点进行不下去了。你有什么烦恼吗？你看上去忧心忡忡的，是因为今天的传单吗？"

"传单？"我想起下午在班图卡图拾起的那几张污蔑女王的传单，"不，不是那个。虽然也挺叫人生气的，但污蔑女王的传单不是每天都有吗？"

听到我的话，流萨伊大笑着从一沓待回收的废纸里翻出一张传单，"才不是女王的传单，喏，看看我捡到了什么。"

我满脸疑惑地接过那张传单，这是一张典型的污蔑传单，可与以往不同的是，这张传单上出现了个少见的人物。

"我？"我难以置信地说。

这张传单上面画着我的肖像，似乎是根据我的官方照片画的，但脸上充满邪恶，显得无比猥琐。肖像的下面写了一行字：疯王海珊的希卜什·南那。

希卜什·南那是至尊女王孔坝的引路人。在古代，海水尚未淹没陆地，君王们都喜欢在底下修建复杂的王陵与地宫，在其中囤积自己生前的财富。由此，诞生出"引路人"这个职业。他们是唯一能找到王陵所在地的人，为防止他们泄露先王们的秘密居所，引路人会被割断舌头和双手，并一生都幽居在王宫深处。直到君王辞世，引路人才能离开王宫，带领送葬的队伍穿越复杂而充满机关的地下迷宫，抵达王陵的深处。

希卜什·南那是颇具争议的历史人物，名义上他是至尊女王的引路人，实则是她的男宠。诗人们都写他美得犹如天上的珠宝。为了希卜什·南那，至尊女王大肆修建行宫，并不问朝政，整天寻欢作乐。当然，希卜什·南那不过是至尊女王的爱宠，他既没有双手，也不会说话，根本无法乱政，千舟王朝的陨落跟他没有任何关系，但后世人都用这个名字来喻指那些亡国的诱因。

被比作希卜什·南那，我真不知道自己是该高兴还是该难过。

"太可笑了。"我对流萨伊说，"我跟女王在公共场合几乎没有交集，他们说你是希卜什·南那还有点说服力。"

流萨伊大笑："我长得这么丑，连希卜什的边儿都沾不上。"

"亏你笑得出声。"我斥责道，"今天下午，女王将我召去'雪林'了。"

流萨伊收起嬉笑的表情："因为四天前的那场宴会吗？"

"那场宴会不过是压倒她的最后一根稻草罢了。"我说着，将下午在"雪林"发生的事尽数告知了流萨伊。

听完我的话，流萨伊陷入了沉思。他沉默许久，最后说："我明白你的意思，你觉得女王的纯真和善良完全来自她对于自己所信仰的伟大形象的模仿。为了维持这种伟大形象，或向它们靠近，不管他人对她怎样污蔑，她都微笑以待，并甘于为他人做出奉献和牺牲。她的本性既非善良亦非纯真，脱掉那些外衣，她也是一个普通的、有负面情绪的人类。虽然你的话是想让她重拾信仰，但在她听来，或许就是在暗示脱掉形象的外壳，回归纯粹的人类，信仰自己，为自己做出选择。"

我肯定道："你说得对，而且我怕她做出恐怖的事情。"

"恐怖的事？"流萨伊挑着眉问，"比如向反叛军投降，或凭一己之力炸掉上都阿希坦？"

我点点头。

"不，不可能。你怕女王脱掉自己圣人的外衣向世人们复仇，但即便她有这个心，也没这个能力。你知道的，她其实并没有什么实权。"

我叹了口气："我也希望自己只是瞎担心。"

"你的工作太紧张了，就别再给自己太大压力了。"流萨伊安慰我说，"你虽是安淖的大祭司，但你并不用为女王的命运负责，更不用为人类的命运负责。你给予他们建议，这是你的工作，但最后怎么选择，是他们的事儿。就算女王真的向他人寻求报复，也跟你没关系。那么多人污蔑她、逼迫她，如果她做出可怕的事，那么该负责的也是那些人。你已经尽力了。"

"谢谢你。"我苦笑道。

"虽然如此,我还是想问你一个问题。"流萨伊顿了顿说,"如果,我是说如果,反叛军真的打进了上都阿希坦,你打算怎么办?"

流萨伊把我问蒙了,因为我从没思考过这个问题。我想过反叛军赢得战争,但我没有思考过到那时我该怎么办,因为如果那一天真的到来,一定是现在的我无法预料的状况。

我思考了片刻,最后对流萨伊说:"这种问题大概也只有你敢问了,而且你问得非常犀利。但是说实话,我不知道,如果你硬要我回答,那么就是脱掉祭司袍,拿起枪来跟他们拼命吧。"

"拿起枪来拼命?"流萨伊大笑道,"别傻了,如果反叛军能打进上都阿希坦,躲到班图卡图里面去才是我们唯一的活路。"

我以为他在开玩笑,于是也玩笑般地回应道:"我看到时候就不会有你的位置了,毕竟女王想让反叛军先住进班图卡图。"

"我说真的。"流萨伊的表情变得严肃起来,"昨晚的突袭之后,我就没再睡着,然后认真思考了这个问题。虽然可能性很小,但你想想,如果反叛军赢了,占领了上都阿希坦,他们会给你我活路吗?我们必须给自己准备条后路才行。"

我沉默了。我明白流萨伊的意思,在反叛军的眼中,神职人员和艺术家都是特权阶级的走狗。如果他们赢得了战争,我们不但会失去现在的社会身份,还会受到严厉的责罚。

"可如果反叛军真的占领了上都阿希坦,难道他们不会连班图卡图一并占领吗?"我反问道。

"我知道偷偷溜进样板间的办法。"流萨伊压低声音说,"那个地方几乎是个密室,施工的时候我就注意到了这点,所以留了一手,只要从样板间内部卡住入口的开关,从外面就进不来。也就是说,只要我们躲在里面,就是绝对安全的,除非反叛军将整座班图卡图炸个底朝天。"

"可是,那个样板间里不是只有七间房吗?"

"对,所以我只把这件事告诉了你。你也不要告诉别人。"流萨伊说,"很多人知道样板间的存在,但他们不知道偷偷进入的方法。之前我发现通风系统的设计上有一个漏洞,可以让人从外部的维修通道爬进去,但只有我这个设计者才能做到,否则一不小心就会被卷进风机里抽成肉干。我明天要再去探一探那条路,回头也带你走一遍。这样就算我出了意外,你也能安全地躲进去。"

"等等,流萨伊,你有这份心我很感激,但我可能不太想这么做。"我皱着眉头说。

"你觉得躲进班图卡图里很可耻吗?"听到我的话,流萨伊质问道,"虽然可能性很小,但我还是要提醒你,如果反叛军赢了战争,我们作为女王亲近的人,很可能变成战犯,一辈子都别想翻身。"

"那躲进班图卡图里又有什么区别呢?"我坦诚地说出内心想法,"乌塔天神庙是我的家,我不会丢下我的家独自躲进班图卡图的样板间里。而你呢,躲进班图卡图之后也没法搞任何创作,这和当战犯有什么区别?"

"这不叫躲,这叫避难。"流萨伊为自己辩护道,"'班图卡图'这个名字本就是'堡垒'的意思,而在灾难到来时,你我作为它的缔造者,进入其中避难是理所应当的。不，倒不如说，如果我们不进去避难，我们建它的意义又何在呢？"

"恕我不能苟同，这不是避难，只是一场孤独的自罚而已。"我摇着头说，"我们建班图卡图是为了抵抗自然的灾难，而不是抵抗人类自己。"

"嗯，你还记得班图卡图的项目究竟是什么吗？"

我想开口回答他，流萨伊却不给我回答的机会，接连反问："你还记得我们在里面修建了基因库吗？你、我、安吉尔的基因全在里面，你还记得吗？班图卡图要传承人类的血脉，要避免人类的灭亡，所以，哪怕那里面只住了一个人，哪怕是最后一个人，那它也物尽其用了。——你真的觉得自然的灾难能摧毁人类吗？"

"你到底想说什么？"

"自然的灾难摧毁不了人类，能摧毁人类的只有他们自己。"流萨伊的眼中闪现出诡秘的光，和我下午在海珊女王眼中所见一般，"大水淹没了乌洛帕克，人们就建起乌尔港；大水淹没了乌尔港，人们就建起宁泊；大水淹没了宁泊，人们就建起上都阿希坦。现在，大水要淹没上都阿希坦了，人们就建起了班图卡图。大水摧毁不了人类，人类总会有办法，但前提是他们团结在一起。"

我没有回应流萨伊的话，但我确实想到最近有一个谣言在神庙的信徒间流传，他们说当大水淹没上都阿希坦之时，人类灭亡的时刻就要来临了。这些信徒只是上都阿希坦的普通民众，他们不了解班图卡图的项目，更对里面的基因库和永生树一无所知。

"……人口在锐减。"我回过神,流萨伊仍在自顾自地演讲着,"因为战争,当然了,但在战争爆发之前,生育率就在断崖式地下降了。大水在上涨,但大水不会让人类绝育。人类在争斗,他们的繁衍意识在减弱。人类确实在抵抗他们自己。"

"好吧,流萨伊,我无意与你争吵,为了这个大概率永不会发生的状况而破坏我们的友情。"我说,"感谢你邀我去班图卡图里'避难'。如果这是你的决定,那我尊重你的选择,不会用大祭司的口吻来劝导你放弃它,也不会把这个秘密透露给别人。但是,恕我不与你同去。我现在拥有的一切都是乌塔天神庙给的,如果我保护不了神庙,我也不能抛下它,抛下神庙里的人独自去'避难',这是我的选择。"

流萨伊怔怔地看着我,眼中尽是失落和悲哀。我们是亲如手足的朋友,我能理解他。可即便如此,我们的观念在某些时刻仍然相差甚远。

"我明白了。"最后他点点头,"忘了这场谈话吧,今天已经很晚了,我送你回神庙吧。"

我谢绝了流萨伊的好意,独自驾着飞行器回了神庙。后来,我对自己这天的态度和选择感到后悔不已,因为和海珊女王一样,这是我最后一次见到他。

第五节 马哈尔

这天晚上回到神庙后,我做了一个奇异的梦,在梦里,大水淹没了上都阿希坦,淹没了乌洛帕,淹没了整个世界。大水淹没了乌塔天神庙的基台,漫过了我的床。我在梦中醒来,世界寂静得可怕,仿佛人类已经灭绝,轮回之日即将来临。

我脱掉睡袍,在冰冷的海水里行走,四处寻找其他人,但整座神庙里却只剩我一个人。

我来到神庙的主厅,诸神们的面庞在清冷的月光下显得冷酷又无情,仿佛正是他们降下大水,意图惩罚失信的乌洛帕人。这也难怪,他们只是古人雕刻的塑像而已,本质上是一块块石头。我意识到了自己在做梦,但却没有因此而醒过来。

难道这并非一场梦,而是一场"天启"吗?

我来到安淖的神像面前。他被雕刻成威严的老者,额头宽阔,鼻梁挺立,下颌饱满。深邃的眼窝中,鹰一样的双眸睥睨着我。我爬上祭台,这里尚未被海水淹没。我在安淖的神像前跪下,抬起头仰望他,问,这究竟是一场真实的梦,还是他对我的"天启"?如果这不是梦,而是"天启"的话,那么他究竟要向世人昭告些什么?

许久,我跪在神像面前问他这些问题,为什么我身为大祭司却听不到他的声音?旧经和新经里写的那些故事,究竟是真实发生过的事实,还是古人写给后辈的寓言?淹没世界的大水究竟从何而来?而人类命运的掌握权又究竟在谁的手中?

但是许久,在乌塔天神庙的大厅里,诸神像只是如石头般缄默不语。

我心灰意冷,正打算离开,却听见一个声音从神庙外传来。

那是一个女性的声音,我感到熟识,却又想不起来是谁。她呼唤我的名字:"安珀伊图,大祭司,你在吗?"

我以为是南沐女神临世,就连忙离开祭台,蹚过冰冷的海水,来到神庙主厅的大门口。

果然,这里有一位姿态如神的女性坐在小船里,但她并不是南沐女神,而是海珊女王。她端坐在一条磁动小舟里,旁边睡着她唯一的儿子海泽。她不再是我下午见到的憔悴模样,而是变回了往常那个尊贵的形象。

"女王陛下?你怎么在这里?"我惊讶地问。

"大祭司,我来向你道别。"女王对我露出十分温柔而恬静的笑容,"我就要离开了。"

"你要去哪儿?"我问她。

"我要去寻找自我命运的归宿。"女王说,"大祭司,虽然你说诸神存在,而你也听得到他们的声音,但我最终意识到,我作为一个人,从始至终只受到人的影响罢了。引导我命运的并非诸神,而是我的父王海淖,是安吉尔,是书写《大史诗》的淖雅,是反抗我的自由军,是总骂我幼稚的内阁大臣们,是所有无名或有名的人,是你,也是我。"

"这样听来,你命运的归宿就在上都阿希坦啊。"

女王没有解答我的疑问,只是反问我道:"大祭司,你命运的归宿在上都阿希坦吗?"

"我想是的,对我最重要的人们都在这里。"我告诉她。

"但对我重要的人已经悉数离去了。"女王说,"除了我的儿子海泽,我在这里再没有挂念。"

"可你是乌洛帕的女王啊,你不能光希冀他人来引导你,你要去引导别人的命运。你知道自己的离去会引发什么吗?就算反叛军占领上都阿希坦你也不在乎吗?"我严肃地质问她。

"如果世人的意愿便是如此。"女王说,"我留给人们机会了,在永不会被海水淹没的班图卡图里,永生树总有一天会结出红色的果实。只要人们愿意,他们就会得到它。但或许有一天,他们会和我一样明白,让人类不朽的并非永生的肉体。——人类从始至终都是不朽的,靠的不是永生的肉体,而是伟大的城市、绚烂的文明、璀璨的历史,它们在记忆里长生,在陆地上长存。而这一切,是死亡所不能否定的。"

"那死亡也不能成为它的佐证。"我说,"死亡之时,就是我们的命运终止之时。只有活着,我们才有选择和创造的机会。"

"大祭司,我不是来与你辩论孰对孰错的,我只是来告诉你我的选择,而我心意已决。"女王说着,让小舟发动,"别了,如果我们还能在众灵的宇宙相遇,到时我们再就这个问题进行讨论吧!"

女王说完,就头也不回地驾着小舟离开了乌塔天神庙。我追她而去,却一脚踩空在海水里。我试图游泳,但越游却越往下沉,好似身陷泥潭,越挣扎就越无法从中逃离。我拼了命地划动四肢,可最后还是没逃过被大水淹没的命运。

而后,我醒了过来。凌晨五点,我平躺在自己卧房的被褥中,四肢却因为梦中的挣扎而沉重不已。一缕微光透过窗帘的缝隙照在我前方的墙面上,没有炮火的声音,四下是久违的寂静和安宁。

我坐起身,闭上眼,刚才的梦还清晰地倒映在眼帘里。我突然觉得梦中的自己很愚蠢。既然已经知道那不是现实,是一场梦,又为什么要在海水中挣扎呢?被海水淹没不就意味着苏醒吗?而到头来,我会做这样一个梦,还是因为我对昨天在"雪林"里发生的事放心不下。

我一边起床洗漱,一边计划着今天上午再抽空去趟王宫,丝毫没觉察到一场剧变已经在城市中悄然发生。直到五点半,马哈尔和圣童来为我更衣。我们一起去早祷、吃饭,就像往常那样,只不过今天的气氛比平日都欢快许多，一是因为努辛克的加入，二是因为昨天晚上没有突袭，大家都睡得很好。

今天没有主持葬礼的任务，所以早餐结束后，我立马来到图书馆继续昨天傍晚被中断的工作，即为努辛克挑选合适的新名字。加兰娜去为那孩子做更多的考核了，所以图书馆里只有我一人。

我坐在被古卷环绕的磁浮升降椅上，翻阅了一会儿古代的祭司命名辞典，所见的音节都晦涩而绕口，与现代人的发音习惯相差甚远。正当我在脑中权衡到底该让努辛克叫什么的时候，马哈尔突然火急燎地闯进了图书馆。我被他吓了一跳，险些从浮在半空的椅子上跌落。

"大祭司，终于发来了！"他激动地说。

"什么发来了？"我操作升降椅，让它缓缓降落在地上，困惑地问。

"帕宇的手稿。"马哈尔说着，递给我一个磁盘，"终于被修复出来了。"

我愣了半晌，才反应过来马哈尔在说什么，我的记忆随之将我带回四年前，班图卡图建设之初，那场震惊所有人的"两王空棺"的发现。

那是安吉尔去世，我刚接任安淖的大祭司一职，宏帆王陵的挖掘项目刚刚启动之时。

在宏帆王陵的十九位君主里，人们最期待的就是阿祖王与帕宇王的棺椁了，因为这两王所统治的是宏帆王朝的中兴时代，也是最富有、最鼎盛的时代。他们是史记时代最传奇的帝王，他们的棺椁里究竟躺着怎样的尸身，又藏着怎样的稀世珍宝？这是所有人都最期待的环节。

但令所有人惊愕的是，阿祖和帕宇的棺椁竟然都是空棺。当然不完全是空的，只是没有遗体和任何价值连城的陪葬品而已。阿祖的棺椁中有仙草，帕宇的棺椁中则只有一沓手稿。

阿祖的棺椁里没有遗体我早有预见，如果安吉尔给我讲的故事是真的，那么阿祖就是在吃下剧毒的"仙草"后化成了一摊血水，他的棺椁中不可能有遗体。但为什么帕宇的棺椁也是空的呢？

安吉尔去世后，我并没有将"帕宇从世界尽头带回仙草"的故事大肆宣扬，因为我不确定那个故事的真实性。而当人们打开阿祖那没有遗体的棺椁，让仙草重现于世之时，我虽然确定了这点，却仍然没将真相公之于众。科研队兴奋了一阵子，讨论着阿祖和帕宇的空棺，猜想他们或许是吃下了仙草，获得了永生，所以王陵里才只有棺椁而没有遗体。但很快，他们就发现那株仙草只不过是自己能永生罢了，吃下它的生物只会化成一摊血水。

这时，他们也就明白为什么阿祖王的棺椁里没有遗体了，根本不需要我的故事。而我所知的故事也无法解释为何帕宇的棺椁里也没有遗体，因为留下这个真相的大祭司安尼加先于帕宇去世。虽然后来我也查阅了诸多神庙里的古卷、祭司手记，但没有答案。帕宇的葬礼在各种史料里都被描述得前所未有的宏大，享有整个王朝最高的规格。不过显然，既然他能将自己即位的真相从正史中抹去，想隐瞒自己的最终去向也是轻而易举的。

唯一的线索指向他棺椁里的手稿。然而，这摞手稿写在古老的草纸上，在淤泥的浸染中已经完全粘连在一起，根本无法阅读。

手稿被保存了起来，和其他出土的文物一起等待工作人员的修复。人们在王陵的上方建起一座研究所，以便清理这些出土的文物，以及开发上层庭院的无土栽培技术。直到"神骸"的出现，原先的工作人员都被遣散、回到自己原本工作的学校，研究所的功能也变成了培育永生树。

这个变动导致班图卡图项目的重点发生了一百八十度的转变，文物工作者们分散、回岗，文物清理的进度一下子慢了许多，帕宇的手稿直到现在才被修复完毕。我都把这件事彻底抛到脑后了，马哈尔却还记得。作为乌塔天神庙大祭司的贴身侍卫，马哈尔在安吉尔去世前就开始担任这份工作了，他了解帕宇的故事和仙草的真相，并一直对这些事怀抱强烈的好奇。

我很久以前就跟马哈尔探讨过帕宇遗体的去向，"如果我是帕宇，我也不会让别人把我埋进宏帆王陵里。"我说，"我打败了天牛，走到了世界尽头，娶了世间最聪明的女人为妻；我让王朝走向鼎盛，穷人爱戴我，贵族敬畏我。我是至尊的，怎么能跟其他无足轻重的王埋在一起呢？"

"所以，您觉得他给自己修了个至尊的王陵吗？"马哈尔问。

"或许吧，他的宝藏都埋在那个秘密的至尊王陵里，所以宏帆王陵的棺椁里才空无一物。"我想了想说，"你觉得呢？"

"如果我是他的话，就在自己快死的时候回到世界尽头永生。"马哈尔畅想道。

马哈尔的想法叫人眼前一亮。确实，按照安尼加的笔记，在帕宇抵达世界尽头后，不死者们曾邀请他留在那里，和他们一起永生。帕宇彼时并不知道仙草其实是有剧毒的，他最终选择将仙草带回尘世，造福人类。

可是，如果帕宇确实打算在死前回到世界尽头永生的话，那么他的选择可就自私远大于高尚了。因为在安尼加的笔记里，世界尽头不过是一片荒芜的原野，除了乌特淖和波雅外没有任何人。这样的话，留在世界尽头只能当一个孤独而不为人知的不死者；可如果将仙草带回人世，就能成为英雄，让自己名垂青史。对于本就是王子的帕宇则更是如此。虽然帕宇最终没有作为"带回仙草的英雄"而留名史册，但他仍然坐上了王位，荣华富贵一辈子都受用不尽。显然，比起青年时代就留在世界尽头永生，先回到乌洛帕享受人生，等老了再回到世界尽头永生才是最划算的选择。

当然，世界尽头多半并不是想去就去的，但帕宇可以这样认为：既然自己能找到那里一次，为什么不能找到第二次呢？

同样是放弃永生，将仙草从世界尽头带回人世，帕宇究竟是出于利己还是奉献才做出如此选择呢？我永远都无从得知。

但是作为神庙的大祭司，我必须相信，是诸神在引导人类去奉献。利己的人无法找到世界尽头，反而会被仙草毒死，就像阿祖那样。

"无论如何，读完修复的文件后我们就会知道真相了。"看到我陷入了沉默，马哈尔说。

"这么说可能会叫你心灰意冷，但是，我觉得我们并不会得到真相。"我对马哈尔说，"如果帕宇真的在这份手稿里表明了自己最后的归宿，那么做修复工作的研究员应该不会沉默吧。"

马哈尔的眼中流露出万分失落，跟他闯进图书馆时的兴奋形成强烈的对比。

"不过,就算没有直观的真相,也会有新的线索。"我安慰他说,"你帮我把磁盘里的文件投射出来吧。"

听到我的话,马哈尔再次振作起来,他重新接过我手中的磁盘,并将其中的内容用全息设备投射出来。

手稿虽然被进行了仔细的修复并录刻进了磁盘里,但仍然有许多段落因为遭到了永久性的破坏而被标记成了空白。我们从第一页开始阅读,古代人书写并不分段落,也没有任何标点,所以我们看到的是密密麻麻的小字和标注挤在一起:

如今我就要死了 大水淹没了乌洛帕克 人们建起了乌尔港 终有一天大水也将淹没乌尔港 人们将建起新的都城 我仍年轻的时候 便有预言说 ——[无法修复]—— 这一天终将来临 因为我知道 就如同 ——[无法修复]—— 永流不息 我叫帕宇 "恶枭"阿祖是我的父亲 阿祖自称乌洛帕最伟大的国王 除了 ——[无法修复]—— 在他统治的年代里 亦无人敢提出反驳……

我花了大约半个小时才阅读完第一页。这一页记述了"太阳王后"伊莎沐苏在生下帕宇后将他偷偷藏到一座小岛上的事,有大概百分之四十的内容无法修复。虽然如此,却已经能让人断定,这是帕宇死前写下的自传了。所以,即便我知道它并不能解答帕宇遗体的去向之谜,我还是抱着它可能会藏有相关线索的心态,直接往后翻去。

我急切地找到帕宇在世界尽头的这一部分。和安尼加的记录一样,帕宇的手稿里写了他在世界尽头遇见乌特淖和波雅的情形。他说他们都相当年轻,这也难怪,毕竟他们是不死者,在世界尽头也不会变老。手稿里记载了帕宇在世界尽头所见到的种种奇景,包括乌特淖用来计时的白布,两个刺眼的太阳,还有一艘造型奇特的大船。

只有一点和安尼加的笔记不同,或者说,是安尼加的笔记中所没有的。在帕宇的手稿里,他写道,不死者们曾告诉他,他们是自己来到世界尽头,并选择留在这里的,并非像《大史诗》里所述,是诸神给予了他们特权。由此,才引出了不死者们让帕宇选择是留在世界尽头,还是带着仙草回乌洛帕。而在安尼加的笔记里,只是粗略地写到不死者们让帕宇做出选择,这部分就这样结束了。

看到这里,我的脑海中不禁闪现出某种诡异的联想:一艘孤独大船,年轻的男女,遥远的旅程……

一瞬间,我仿佛想到了什么,却听到一阵急促、刺耳而不合时宜的声音从图书馆外传来。

我和马哈尔同时愣住了。

"那是枪声吗?"我脑内的联想被这阵奇怪的声音打断,只剩下一片空白,在神庙内部怎么可能听到枪声?可除了枪声,我实在想不出那阵声音会是什么。

"我出去看看。"马哈尔对我做了个靠后的手势,示意我在图书馆找地方躲藏,而后就独自离开了。

对于他的行为我没有异议,因为神庙侍卫的工作本就是紧跟大祭司,协助大祭司处理各项事务,并保护其人身安全。在古代,神侍都是武司出身，不过宏帆王朝之后，神庙就取消了武司这个部门，取而代之的是从军队里挑选年轻人来担任神庙侍卫一职。

神侍几乎是大祭司的贴身侍卫，全年无休，工薪待遇非常高。所以虽然工作辛苦，竞争却相当激烈。在现代，这个职位很特殊，因为在神庙的编内人员里，神侍是唯一被允许结婚生子的。但这件事必须得等到他们的工作期满、正常离职后才能进行。所以为了保障神庙侍卫能拥有普通人的选择，他们最晚到二十六岁就必须退休，之后可以重新回到军队里服役，也可以在神庙的引荐下去做其他工作，回归普通人的生活。

马哈尔从六年前开始担任乌塔天神庙大祭司的神侍一职，那年他二十一岁，上任神侍期满离职，安吉尔从应征的三百多名年轻士兵里挑选了他。

马哈尔离开后，我继续阅读帕宇的手稿。我翻去下一页，但没读两行，又一阵类似枪击声的噪音从图书馆外传来。

接着又是一阵，同时有人在大叫。

我连忙用图书馆的固定通信设备联络马哈尔，但几十秒过去了，他没有响应我。

一种非常不好的预感在我的心头浮现。

我关上全息设备，离开图书馆。走廊里非常宁静，户外晴朗而无云，上午的阳光穿过神庙狭长的窗口，投射到绘制在墙面上的无数幅海特达特上，金箔和各种宝石随之绽放出魔幻的光彩，我仿若置身天界。我向窗外看去，寻找炮弹或飞行器。然而，天空中什么都没有，与上都阿希坦每个和平的白天相比，别无二致。

虽然如此，不祥的预感却并没有减退。我焦急地穿过走廊，来到一条相对宽阔的主廊道上。在这里，我发现了马哈尔的尸体。

他倒在一根粗壮立柱的阴影里，脖子和胸膛上全是弹孔和血污，他的眼睛半睁着，毫无生气。他垂到一边的手里拿的不是神庙配备的电枪，而是一柄制作粗劣的突击步枪，上面满是伤痕并溅满血液。他平时用的电磁枪掉落在不远处的地面上，那里有一个趴在地板上的男人，他也中弹了，但还活着。这个男人穿着反叛军淡蓝色的制服，他用左手和双腿向前匍匐，右手攥着一柄步枪，和马哈尔手中的枪型一样。听到我的脚步声，他竭尽全力地侧过身，试图举起手中的步枪向我射击。但他太虚弱了，那柄劣质的步枪又太重，所以当他回过头，发现我只是个手无寸铁的祭司时，也就直接丢掉了手中的枪，用两条胳膊并行向前匍匐，试图离开我们所在的走廊，身下拖出一道斑驳的血迹。

这些事听起来发生得很快，但实际上，在我看到马哈尔尸体的那一刻，时间在我这里就变得相当迟缓了。我从马哈尔的手中抽出那柄步枪。他的四肢还是温热的。我首先想到的是他十天前曾向我请示过离职的事。他已经二十七岁了，早已过了任职的期限，但因为战争，政府禁止了神庙在军队的招募，我们只好游说马哈尔继续从事这份工作，直到战争结束。马哈尔对留在神庙继续担任我的侍卫没有任何意见，但他的家人无不希望他能赶快结束这份劳累的工作，找个姑娘结婚。

步枪的弹匣空了，这或许是马哈尔死在对方枪下的原因。我将它扔在地上，捡起旁边的电磁枪，犹豫了几秒，最后只是用较弱的电压将士兵击昏了过去。

到底是怎么回事？难道是前天晚上突袭时潜入城内的士兵偷偷溜进了神庙里吗？我混乱地思考着这个问题，突然有点后悔将士兵击昏了过去，应该先将他拷问一番才对。但事已至此，当务之急是去拉警报系统，并确认神庙里其他人的安危。

我急匆匆地向神庙主厅的方向走去，然而，刚走过一个转角，就感到有个冰冷而坚硬的枪口抵住了我的后脑勺。

"不准动。"我背后的声音说，"你是祭司吗？"

"对。"我说，"你们是谁？"

"把枪丢掉！"那个声音没有回答我的问题，只是厉声吩咐道。

我照做，并突然回想起昨晚在流萨伊的家里和他进行的那场不愉快的对话。

我们说的那些不可能的事全部成真了，反叛军占领了上都阿希坦，是这样吗？我想起我对流萨伊说的话，"如果反叛军打进了乌塔天神庙，我就拿起枪跟他们拼命"，然而作为大祭司，当我真的将枪口对准一个活生生的人时，却根本没法下手。即便作为一个普通人，我也做不了这件事，因为我最怕成为和母亲一样的人，在我心底，成为杀人犯是比死亡更令我抵触的事。这一刻我十分恨自己，马哈尔死了，我却没法让凶手血债血偿……

等一下，会不会我还在梦中根本没有苏醒呢？我还在那场海珊女王来向我道别的诡异的梦里……

我胡思乱想着,直到背后的声音打断我:"你叫什么名字?"

"安珀伊图。"我告诉他,"我是神庙的大祭司。"

"我知道!"背后的声音恼怒而紧张地说,"不许多说话!现在双手高举过头,向前走,去文司的办公室,不许有小动作!"

他用枪口使劲撞了一下我的脑袋,强烈而真实的痛感让我绝望地意识到这不是一场梦。我踉跄了一下,向前走去。与此同时,有广播声从神庙外传来,它听起来遥远而模糊,但尚可辨清其内容:"上都阿希坦的民众,由达力古尔领导的自由军已经取得了这场战争的胜利,腐朽的旧王朝倒塌了,但自由军会带领你们站起来。请你们不要恐慌,放下武器,不要反抗,配合自由军的检查……"

第六节 阿苏加

我恍惚地往文司办公室的方向走去，脑内一片空白，因为眼下我所经历的事让我感到逻辑断了线。反叛军（现在应该叫他们自由军了）拿下了上都阿希坦，海珊女王输掉了战争，马哈尔死了，乌塔天神庙被占领，这一切都发生在不到半天的时间里。

我身后的士兵用枪顶着我，穿过神庙一道道雄伟而寂静的走廊。途中，我路过主厅，瞟见大部分祭司、圣童和工作人员都被集中在这里，他们都抱着头蹲在地上，有大概十个士兵在看守他们。几个安保人员的尸体像牲畜残骸一样被堆在安淖神像的背后。洁白的神像上溅了些血污，旁边散落着弹壳和地板碎片。

这一幕诡异的场景稍微让我的大脑转动了起来。我不禁好奇,从乌塔天神庙被建起直到现在,安淖的神像是不是第一次染血?我想了足足一分钟,似乎是在用这件事去逃避对现状的思考,最后当然没有得出答案。

我终于来到文司办公室的门口,这里平时异常沉闷,现在却变得无比热闹。我想不明白这件事,反叛军到底是什么时候占领这里的?此刻距我和其他祭司一同吃完早饭不过短短一个半小时,可是看周围人有说有笑的样子,仿佛他们才是这里的主人,乌塔天神庙不是为侍奉诸神,而是为侍奉他们而建的。

"找到安珀伊图了。"押我而来的士兵对其他人说。

听到我的名字,周围嬉闹的士兵们都安静了下来,我发现他们其中有几个正在将墙上用玛瑙拼成的圣数符号当靶子打枪玩,还有的正在将镶嵌在海特达特上的珠宝抠下来揣进自己的口袋。

"把他押进里屋去,少将要见他。"一个蓄着大胡子的男人说,他的衣着和其他士兵不太一样,似乎有着较高的军衔。

我以为自己会在这里遭到一番凌辱和虐待,因为昨天在流萨伊家看到的那张传单。我既然被比作亡国的希卜什·南那,那么在成为战俘后,就算不像流萨伊说的会遭到枪决,一番羞辱还是无法避免的。小时候在福利院里,我经常遭到大孩子的羞辱,所以在进入文司的办公室前我就做好了心理准备,可周围的士兵看到我后却什么都没说,只是用异样的眼光盯着我,等大胡子男人说完后,押我的士兵就换了人,我被两个人同时扣住,双手扭到背后,头被按向胸口。

这两个士兵以这样的姿势押着我，往文司办公室的内间走去。这间套在文司办公室内部的房间原本是大祭司，也就是我的私人办公室。

士兵推开办公室厚重的双开门，我佝偻着身体走进去。办公室里相当安静，似乎只有一个人。伴随着开门声，我听到他从我平时坐的椅子里起身，走到我跟前。我身后的士兵们用力地将我的脖子往下压，我看不到对方的脸，只能看到他斑驳、陈旧却擦得干净的军靴。

这个人大概就是士兵们说的少将。少将是自由军里第二高的军衔，仅次于他们的首领达力古尔。突然，我意识到自己对自由军的了解其实相当匮乏，我大概知道他们中一共有五名少将，但我叫不出他们中任何一人的名字。

我悲哀地发觉，自己其实和上都阿希坦里那些不问世事的腐败贵族是一类人，除了神庙和安息礼堂的日常工作，我醉心于海特达特的创作。我不希望发生战争，可谁都不希望发生战争。我根本就没关心过究竟是谁在打仗。

"蒂格尼斯·努门？"

我回过神来。这名少将在叫我，我愣了半晌，因为他叫的是我的俗名，这个名字已经有二十多年没被提起过了。

"对。"我承认道，"那是我出生时母亲给起的俗名。"

"你母亲叫什么？"

"莎尔莉莲或莎尔莉娜。"我说，"也可能都不是。我四岁就离开她了，记不太清楚。"

"你父亲呢？"

"我不知道父亲是谁。"我告诉他，"海珊女王还活着吗？"

"不许问问题！"背后士兵用枪柄狠狠地敲了一下我的头。

"无妨。"少将却说，"海珊死了。你还有什么问题吗？"

我愣了愣，说："我请求你们放过神庙里的其他人，他们只是每天诵经、祷告而已，没为海珊的军队做过任何贡献。神庙收的奉纳也相当有限，神官们都很清廉，如果你们要杀鸡儆猴的话，请全部冲我一人来。没有其他问题了。"

我等待士兵们的羞辱，但什么都没发生，他们甚至没有嘲笑我的话。沉默了片刻，少将吩咐士兵们松开我的臂膀："你们都离开这里吧，我单独审讯他。"

士兵们在听到命令后松开了对我的束缚，他们离开办公室，只留下我和这位神秘的少将。

我抬起头来看他。他三十五岁左右，穿着破旧却洗得很干净的浅蓝色军装，身材高大结实。他黝黑的脸颊上蓄着整齐的短胡须，五官宽厚而坚韧，好像海特达特里那些形象伟岸的古代国王。

许久，他用黑曜石一样的眼睛看着我，却没有任何行动。

我也看着他。他的双眼中有一种我从未见过的复杂情绪，我读不懂它，不由得感到十分紧张，好像自己面对的不是人类，而是一头虎视眈眈的黑豹。

我的心怦怦地跳着，身体难以克制地向后退去，以寻求躲避。

看到我的动作,少将眼里的情绪突然变得单纯了,只剩下失落。他说:"果然,你已经不记得我了。"

我实在没料到他会说出这句话,心中的恐惧全部化为错愕。

"你曾经来乌塔天神庙朝拜吗?"我问他。

"不,这是我第一次来乌塔天神庙。"少将说,"但不怪你没认出我来,毕竟我们已经二十多年没见了。"

我愣住了。

"难道你是——"

"对,我是阿苏加啊。"少将颤抖地说,"我终于找到你了,兄弟。"

他说着,将我拥入怀中。我感到他在低声哭泣,或许他想遏制住自己激动的情绪,因为他是身经百战的老兵,是军衔仅次于自由军首领达力古尔的少将,他绝不应在归降自己的敌人面前哭泣。但最后,他还是归降于自己原始的情感,就像我归降于他的士兵一样。

在阿苏加的怀抱里,童年时的回忆犹如潮水般涌来,将我淹没其中。那是模糊如梦境的遥远回忆,在古城淞马那座塌败而即将被海水淹没的低矮公寓里,房间被大厦的阴影笼罩,终年不见天日。阿苏加带着我和两个姐姐在那里生活。我们的母亲很少露面,偶尔回家时,有时会留给我们温柔的叮咛和一点钱,有时则只有一顿打骂。

我们没有父亲,但是长兄如父,所以母亲不在身边的时候,阿苏加就担任起了照顾我们的责任。虽说如此,但他自己也只是十二三岁的少年,又怎么能照顾得了三个小孩子呢?

母亲留的那一点钱根本不足以维持我们的生活，他只好出门偷讨些食物来填饱我们的肚子。在我的记忆里，阿苏加总是在挨打。有时因为他偷了别人的东西，有时则仅仅因为他是阿苏加。

人们打他，因为他的名字，"阿苏加"，在乌洛帕，只有王族和神职人员的名字才能以元音开头。母亲说给阿苏加取这个名字，是因为他的父亲就是一位隐姓埋名的王族成员，他是王族的后裔，自然也应该这么取名。大家都说我们的母亲根本是痴人说梦，或被骗了，怎么会有王族看得上她呢？但由于我们这几个孩子都是没有身份的黑户，不曾经过国家相关机构的批准和审核，所以也就这么叫下来了。

后来母亲失手将人杀害，被关进了监狱，我被带到福利院，与哥哥还有姐姐们彻底失去了联系，直到今天。

万禧 382 年，上半年洪水四日，自由军结束了万禧王朝的统治，达力古尔赢得了战争。我不再是乌塔天神庙的大祭司，不再是安珀伊图，从这天开始，乌塔天神庙再没有大祭司。阿苏加哭完了，我则迷茫地失着神，因为我不知道，如果我不再是安珀伊图，那么我该是谁呢？

我该是蒂格尼斯吗？忘掉大祭司的身份去当少将的弟弟？那马哈尔的牺牲又算什么呢？蒂格尼斯只是我生命中的一小部分，在乌塔天神庙这二十年的生活才是我人生的大部头。

安吉尔从没教过我这些，新经和旧经里也没有类似的内容。

我就像八岁那年刚被安吉尔领回神庙时一样不知所措。

看到我呆滞的神情，阿苏加的眼里再次流露出几分失落，但这回只是闪现了一下,他说:"对不起,蒂格尼斯,我们是以这种方式再次相见的。很多时候,命运是相当残酷的,而且已发生的事我们也无力改变。现在,我能做的就是给予你庇护。我希望你接受我的好意。"

"我不明白,阿苏加,你为什么要为我做这些?你不该为我做这些,我从八岁开始就是神庙的人了,我属于这里,我是你的敌人。"

"你或许是自由军的敌人,但不是我的敌人。"阿苏加说,"我有两个心愿,一个是推翻海珊的统治,一个就是找到你们。我一直悔恨不已,福利院的人来的那天,我没把你们藏好。这么多年来,我的内心一直充满愧疚。"

阿苏加说的"你们"是我和我的两个姐姐辛兰雅和浪卡。

我想对阿苏加说"我不恨你",但我说不出口。我不怪他让福利院的人把我领走,因为那时他也很小,他没法当我们的监护人。但他的手下杀了马哈尔,杀了神庙的工作人员,我没法原谅这件事。这么多年来,我把神庙当成自己的家,把祭司和圣童们当成自己的家人,马哈尔当安吉尔的神侍一年,当我的神侍五年,他对工作尽职尽责,对我们则是掏心掏肺。我和他朝夕相处的时间甚至超过了我与阿苏加相处的时间。

比起阿苏加,我想我更恨我自己。我恨我竟然不屑于流萨伊的建议,没能把神庙里的人都带去班图卡图的样板间里避难。所以我只能说:"那你找到辛兰雅和浪卡了吗?"

"辛兰雅夭折了,在她十一岁的时候。"阿苏加说,"但她很幸运,因为她被一户相当富裕的家庭收养,他们对她很好,那时战争也尚未爆发，她死在和平而幸福的时代里。"

"那浪卡呢？"

"我没找到浪卡。"阿苏加顿了顿说，"我只调查到她辗转去了好几家福利院，一直没有被领走。你还记得吗，她的智力有点问题，或许是因为这个。最后一家福利院说她失踪了，在一次空袭疏散演习里。"

我不知道该说什么好。我拼命回忆辛兰雅和浪卡的样子，但只有粗略的片段。辛兰雅长得很漂亮，母亲最少打她，她说她长大了能卖个好价钱，所以不能打破相。我记得她有一头亮而卷曲的黑发，她很爱惜自己的头发，所以阿苏加每天早上要帮她清洗干净，再扎出各种造型复杂的辫子。浪卡的头发很短，因为她有点笨，总会把食物吃到头发上，母亲一生气就把她的头发剃得跟小男孩一样了。她有时候会把我当玩具，我不喜欢她，因为她身上总有股酸臭的口水味儿。

"阿苏加，你能告诉我自由军是怎么在这么短的时间内占领上都阿希坦的吗？"我转移走这个话题。

阿苏加笑了："我能告诉你的是，自由军很早就已经从内部占领了上都阿希坦，王宫内外尽是我们的人，万禧王朝的崩塌、海珊政府的倒台是必然会发生的事。这是墙倒众人推，否则你觉得凭自由军表现出的战斗力，怎么可能赢得战争的胜利呢？"

阿苏加的话让我一阵目眩。如果是早些时候，我绝不会相信这种事。我以为我作为乌塔天神庙的大祭司，洞悉民众所不知的一切秘密，但实际上，我和流萨伊根本离权力的中心差着十万八千里，而海珊作为名义上的女王，实则早就被架空了。

"你知道海珊一直想跟自由军谈和吗？"我问阿苏加。

"当然。"阿苏加说，"但她不能出来谈和，她的任务是扮演不被世人理解的'疯女王'。挺可惜的，我们本来给她安排了不错的归宿。"

"什么意思？"

"海珊或许没有死，她失踪了。"阿苏加说，"当着其他人的面我不能提这件事。昨天晚上，她突然和自己的儿子海泽一起失踪了，我们一直在找他们，但没有任何线索。听说你昨天曾被她召进王宫议事，她跟你说了什么？"

听到这个消息，我竟感到一阵宽慰。我多希望海珊是逃到安全的地方躲起来了，或者真的如我梦见的那样，去找寻自己命运的归宿了。我在心中最后一次祈祷，如果天神安淖真的存在，那么愿恶毒而苛刻的世人们永远不要找到海珊和她的儿子。如果这场战争的结果是他对乌洛帕众多不信仰的人，以及我这个意志不坚定的祭司降下责罚，那么海珊是唯一可以免受惩戒的人。

"她是个很虔诚的人，经常来神庙做朝拜。昨天也只是将我召去王宫问些关于神的问题而已。"我如此告诉阿苏加。

阿苏加盯着我的眼睛，我想他觉察到了我在对他隐瞒一些事，但还是说："我知道了。"

"那你知道班图卡图的计划吗？"我接着问。

"嗯，你知道的所有'机密'，我全部知道。阿祖的仙草、'神骸'、专项组培育的永生树，还有满载你们这些建造者DNA的基因库。我今天来神庙的一个主要任务就是要转移、销毁神庙里所有关于这些机密的资料。"

我沉默了半晌，以消化这些事实。而后又问："那班图卡图呢？你们会继续建设那里吗？"

"就在你来之前，我得到消息说班图卡图被毁了。"

"什么？什么时候？"我难以置信地问，"达力古尔为什么要毁掉那里？在里面进行的研究是可以造福所有人的啊。"

"达力古尔想要继续里面的研究。"阿苏加说，"是'神骸'的专项组干的，他们销毁了研究所里的设备和文件，又摧毁了永生树生长的浮岛。我想他们是不愿把自己的成果拱手让给自由军，才做出了这样疯狂的选择。所以我想班图卡图应该会被封锁一段时间吧，直到达力古尔做出下一步的决策。"

"乌塔天神庙会怎么办？"

"神庙这个机构不会再存在了，达力古尔的政府不会承认任何神职人员。现在，你必须剪短自己的长发，你应该知道，长发对自由军而言是不用劳动的特权阶级象征，要想保护你我必须得这么做。接着我要带你出去见神庙的其他人，希望你能引导他们放弃抵抗，剪掉长发，听从我们的安排。"

我想起昨天下午，海珊在"雪林"里也对我说过类似的话，她叫我脱掉心里的祭司袍，那时我客套地搪塞她，现在我则必须这么做了。

我拿起阿苏加放在办公桌上的军刀,递给他说:"作为安淖的大祭司,我的身体是他的所有物,我不能做手术,不能剪头发。一旦我这么做了,就是亵渎了神的财产,不再是神庙的大祭司了。我自己做不了这件事,你来帮我吧。"

达力古尔颁布了一条禁止蓄发的法令,无论男女老少,头发的长度都不能超过肩部。拒绝剪发的人会被当成极右分子抓起来。所以和我一样,乌塔天神庙原先所有的神官都剪了短发,像加兰娜这样的编外人员、圣童和其他工作人员都恢复了原有姓名,被赶回家里,那些家人还在世的神官们也是如此。最后神庙里只留下我和努辛克,因为只有我们是孤儿。

乌塔天神庙成了战后收容所和阿苏加的据点,我则变成了这里的工作人员,日常工作是照顾无家可归的老弱病残和打扫阿苏加的办公室。

和海珊一样,流萨伊也失踪了,我曾经请求阿苏加派人去打听他的事,但没有任何回复。我希望他成功地躲进了班图卡图的样板间里。

虽然阿苏加说,海珊政府的倒台是必然的事,但达力古尔的政府也并没有赢得人们的认可,暴动持续不断地发生着,来到神庙的难民越来越多。我负责接待这些人,为他们安排食物和住宿。起先,我善于安抚他人的情绪,毕竟作为大祭司和安息礼堂的司仪,我熟知该对那些痛失家眷的人说哪些话才能让他们好受点。但是渐渐地,我开始变得沉默寡言。我终究接受了自己不再是大祭司的事实,我丢失了自己认同的身份,陷入对命运的怀疑中。我的情感和身体都渐渐变得麻木起来。我感到自己失去了对于自我命运的掌控权,它的意义变得虚无,从生格变成死格,就如同死了一样。曾经有人引导我的命运,伴我左右,这些人尽数离去了,只剩下努辛克。这个我一度相信应该被引导的孩子,成为我现在唯一的寄托。

至于阿苏加,我在日常生活中很难见得到他,他相当忙碌。在外人面前,他时刻都维持着冷峭而威严的少将形象,我也尽量远离他,他的存在只让我感到矛盾和痛苦。

努辛克成为神庙里跟我最亲近的存在。在达力古尔政府的安排下,他必须和其他同龄的孤儿一起接受教育,神庙曾经的圣童宿舍也就改成了孤儿们的教室。大学的志愿者们每天教他们最简单的算术和写字。达力古尔认为,旧经和新经都是应该被废黜的迷信,孤儿们的课堂里自然不教这些。但我会偷偷地给努辛克讲《神之典》《王之典》,还有《大史诗》里的那些故事。他很喜欢这些故事,尤其是基海去寻找仙草的故事。

我认为努辛克是富有慧根的,尤其是上了一阵子文化课后,他那远超同龄人的辩证思维愈加凸显。对于基海去寻找仙草的故事,大部分孩子只会提出"后来有没有人找到仙草?"之类的问题,努辛克却问我:"为什么让人永生的药是长在水里的海草,而不是结在树上的果实呢?"

"因为汪洋孕育了生命。"我告诉他,"长在水里的海草是神赐的,而结在树上的果实则是人种的。"

"那,有人种出了永生的果实吗?"努辛克又问。

我点点头:"有的,而且我见过那些树,只不过,它们需要很漫长的时间才能结出果实来。"

"那些树在哪里?"

"在一个人们建起的、永不会被大水淹没的地方。"我说。

"如果是这样的话，那我觉得，人类要比诸神伟大得多。"

"为什么这么觉得？"

"你想想，同样是在不会被大水淹没的地方种出不死药，诸神又是天空，又是汪洋，简直无所不能；人类却只有两根胳膊、两条腿，必须呼吸氧气，住在陆地上。这样来说，人类岂不是比诸神要伟大得多吗？"

努辛克的话不由得让我失神。我想起海珊在我的梦中临别时说的那些话，她说人类从始至终都是不朽的，死亡不能否认这点。

这样的日子持续了好几个季度，直到下半年的河滩季，一个谣言在神庙收容的难民间传开。努辛克告诉我说，和他一起上课的孤儿们也在传这件事。无知的民众们给班图卡图取了个新名字，叫"奇亚加阁"，意思是"禁忌之地"。他们说那里是海珊修建的军事基地，里面沉睡着一种非常危险的生化武器。海珊本想用它来对付自由军，但没想到自由军以闪电般的速度赢得了战争的胜利，于是她在自己临死前（自由军对外宣称，海珊是在他们占领上都阿希坦的前夜，带着自己的儿子自杀了）启动了里面的某种机制，如果进入奇亚加阁，且不小心开启了它，就会放出生化武器，招致全人类的灭亡。换言之，她要拉所有人跟自己陪葬。

我想再次进入班图卡图去看看里面的状况，阿苏加答应了我的请求。

第七节 蒂格尼斯

西风十六日,阿苏加亲自带我去了一趟班图卡图。建筑物外围的各入口受到自由军严密的看守,并到处都设置着"军事重地"或"生化基地"之类的警示牌。

"怎么会这样?"我满心疑惑地问阿苏加,"那些关于班图卡图是生化基地的谣言,原来是自由军散布出去的吗?"

"这是对它最好的保护了。"阿苏加说,"现在上都阿希坦的局势非常不稳定,很可能再次发生暴乱。班图卡图里的东西太珍贵了,达力古尔不希望它受到二次破坏。等这段日子过去,我们会重新招募科研人员继续里面的研究。"

我跟着阿苏加,穿越建筑物外围万花筒般的水道长廊,最后一次进入班图卡图,在静谧如远古森林的庭院里漫步。我本以为这里受到了大面积的损坏,但实际上,专项组的人只是砍掉了永生树,并让其生长的浮岛从半空中坠落,掉在了支撑它的磁悬浮基座上,并导致连接上下层庭院和研究所的主电梯断裂,下层庭院中的几幅海特达特倒塌而已。

人造晶体天花板仍如往日那样拟造出最清澈的光源,让庭院里的景致显得幽远而富有几分神性。郁郁葱葱的林荫下,伴着人工瀑布的叮咚水声和树丛中光彩如神迹的海特达特,外面的世界就是一场噩梦。

我看着庭院里这几幅海特达特,它们全部以海珊女王为主人公,描述了她继承王位、主导建设班图卡图的项目、培育永生树和建造水神航母基地四件事。我回想起从最初设计它们,到精心挑选最优质的贝母磨制颜料,挑选最珍贵的石材作为底板,而后打磨、起稿、描线、上色、镶嵌、烘干。当然,还有位于"神骸"周围的十二幅,当我和其他的十几位祭司一同创造它们时,无一不对其中所描绘的场景怀抱强烈的情感。我也曾怀疑,或许永生树不会结出红色的永生果,或许它能结出果实,但我们都活不到那一天,或许人类永远无法迎来不朽的结局,但我绝对没想到,这一系列愿景的崩塌会来得这么快。

海珊女王失踪了,自由军封锁了班图卡图,永生树被自己的栽培者所砍伐,而宁浪基地的宇宙航母……

"少将,乌塔天神庙发生爆炸了!"随行的士兵突然说。

什么?我的大脑一阵轰鸣。

"我知道了,我现在过去。"

阿苏加的态度显得十分冷漠而从容,似乎对这件事有所预知。

"这怎么可能?神庙怎么会爆炸呢?"我颤抖地问。

"乌塔天神庙是我的据点,此事必定是有人刻意为之。"阿苏加说完,又对一旁的士兵吩咐道,"我现在要去神庙,你们把他带去安全的地方。"

"我跟你去神庙!"我心急如焚地说。

"你跟他们走。"阿苏加冰冷而不容置疑地命令道,随后便快步离开了庭院。

阿苏加离开后,我便陷入了一种混乱的无意识状态,仿佛在经历一场恍惚的梦游。等我回过神来的时候,自己已经被强行带离了班图卡图。我想自己是实在难以接受这个噩梦般的消息,才陷入了那样恍惚的状态。阿苏加的手下将我带到了他们在上都阿希坦的另一处据点,这里远离乌塔天神庙和喧闹的市中心。我被关在一间没有任何通信设备的房间里,直到第二天,我从电视里看到昨天下午在乌塔天神庙发生爆炸时的录像,才不得不接受了现实。滚滚浓烟从主厅里冒出,人们往外运送伤者和受难者的遗体,现场有形形色色的护士、消防人员、记者和士兵。

同时,新闻上也在不停更新着受难者的名单,我在其中找到了努辛克的名字。

我身处的据点忙成一团,没有人监管我的行动,但我无心离开那里了。我陷入一种前所未有的绝望之中。神庙的毁坏和努辛克的遇难对我造成了太大的打击,我感到引导我的人也好,我想引导的人也好,全部已经离我远去，我的生命彻头彻尾地失去了意义。

直到四天后，我才再次见到阿苏加，他似乎一直都没有休息，双眼中满是血丝。他说这是自由军内部极左党派发动的一场叛变，他们要取代达力古尔的领导，而乌塔天神庙作为亲达力古尔的阿苏加·努门少将的势力据点，才受到了这样严重的打击。

关于乌塔天神庙的爆炸，自由军对外宣称是一场因军用物资管理不当而造成的意外。虽然如此，大规模的暴动却还是在上都阿希坦开始了，就像阿苏加先前说的那样。乌塔天神庙遭到了废弃，我也被禁止去那里。我被禁止去任何地方，阿苏加命令我待在这个安全的据点，直到暴动结束。

我继续住在那间没有通信设备的房间里，每天靠电视新闻了解外界的动态。没有书，也没有任何可以沟通的人。渐渐地，我不再想接收任何关于外界的信息，似乎这样就建立起了一座精神上的班图卡图，只要待在一个封闭的小世界里，那些自己所不知的事情就是不曾发生的。

我不再是祭司，不再遵守曾经朝五晚九的作息，也不再关注自己的仪表。在密闭的房间里，我开始像自由军的青年们那样，放任自己的胡子生长。我做了许许多多的梦，一个连着一个，我梦见安吉尔，以及其他已经故去的人，很多时候我会梦见自己变回十四岁，在金光璀璨的乌塔天神庙里进行着关于海特达特的学习。越是做这样的梦，我就越不想醒来，直到有一次，我梦见自己变成了帕宇，我在世界尽头的海岸边，这里有两个太阳，还有两个年轻人。

这两个年轻人一男一女，我知道他们是传说中的不死者乌特淖和波雅,但不知为何,我在梦中认定他们是驾驶"金柚木号"去寻找陆地的卢瑙和卢雅。我认定他们将船开到了世界尽头,并留在了那里,所以在我的梦中,世界尽头的海岸边上停靠着一艘大船。

波雅(或者卢雅)递给我一样植物,我以为那是仙草,但她张开手,却是红色的永生果。这很奇怪,因为永生树已经被砍伐了,我在海特达特上描绘出的永生果只是一个虚拟的形象,我并没有见过真的永生果,按理说不该梦到它。但梦本来就是这样,而且在梦中,我并不因波雅递给我永生果而感到奇怪。

我认定自己是帕宇,所以接下来,不死者们应该叫我选择是留在世界尽头,还是将永生果带回乌洛帕造福人类,但乌特淖(或者卢瑙)却只是让我自己做出选择,是吃下永生果,还是不吃。

"只是这样吗?我不明白。"梦中的我困惑地说,"不用为了其他人,只为我自己做出选择吗?"

"你必须先为自己做出选择。"波雅说。

我惊醒了过来。我连着睡了二十多个小时,本该感到意识昏沉,实际却无比清醒。这个梦就像自由军占领乌塔天神庙的前一晚,我做的海珊来找我告别的那个梦一样,如真实的回忆般印刻在我的脑海中。

我坐起身,迷茫地看着自己的双手,仿佛手心里真的有波雅(或者卢雅)递给我的永生果。当然,那里什么都没有,我不禁开始迷惑,梦中的自己究竟做了怎样的选择呢?为什么明明这个梦这么清晰,我却唯独忘了这一段呢?

我坐在床上，茫然地思索着。可是突然，我明白了，我明白自己在梦中的选择其实并不重要，重要的是我必须做出那个选择。而我之所以从梦中惊醒，就是因为梦中的我做不出那个选择。这一刻，我幡然醒悟，回忆起自己的人生，我从来都是在依靠他人的引导，或者通过引导他人来获得自我身份的认同感。我有哪怕一次，单纯地为自己做出过选择吗？

我开始在脑内酝酿一个计划。

极左派的暴动持续了整整四个季度，直到第二年上半年的播种十九日，才以其头目被击毙而告终。上都阿希坦遭到了严重的破坏，甚至远超在先前战争中受到的损伤。班图卡图的外围被炸得稀烂，碎石堵住了入口而无人清理。关于它是生化基地的谣言在难民中越传越广，文化程度越低的人对此越深信不疑，他们只看到班图卡图外围的破损，就认为其中的生化武器已经被释放了出来，有人说那是一种致命的放射性污染物，也有人说是一种前所未有的恐怖病毒。

许多人逃离了上都阿希坦，去往西北部的大城市寻求新的生活。

自由军的首领达力古尔在这场暴动中遭到暗杀，阿苏加被推选成了新的上将。第二年的太阳季，他为所有在暴乱中牺牲的民众举行了一场盛大的悼念典礼。我参加了这场典礼，以普通民众的身份。主持典礼的人变成了曾经在此的工作人员，他们脱下了雪白的长袍，换上了和自由军制服类似的简洁装束。这套衣服终于使他们的脸公之于众，不过就像我一直认为的那样，他们训练有素，就算没有高挺的领子，他们也不会露出轻薄的神情。

"那天我应该带努辛克一起去班图卡图。"典礼结束后，我对阿苏加说，"他是个非常聪明的孩子，他的哥哥在战争中牺牲了，我把他领回了神庙，就像二十年前安吉尔将我领回神庙那样。那时，我希望努辛克能继承我的衣钵，成为下一任的大祭司。大祭司是不能结婚，更不能生子的。所以我把努辛克当成自己的孩子，就像安吉尔把我当成他的孩子一样。"

"我很抱歉，我没想到他们连孩子都不放过。"阿苏加说，"不过你现在不是祭司了，你可以结婚，也可以拥有自己的孩子。怎么样，今天来参加典礼的姑娘里，有你心仪的类型吗？"

阿苏加说的来参加典礼的姑娘，要不是自由军里年轻的女兵，要不就是老兵的女儿。

"我不能跟她们结婚，我不会爱她们的。"我对阿苏加说，"我不想再说任何引发仇恨的话，但是你明白我的意思。"

"那你有感兴趣的工作吗？"阿苏加略过这个话题，又问，"你受过相当良好的教育，我可以给你找一份老师，或者军队里文职的工作。"

"你不用给我安排这些。"我摇摇头，"我只有一个请求。"

"你有什么想要的，尽管跟我说。"阿苏加真诚地望着我。

"带我回趟淞马吧。"我接过大哥的眼神，淡淡地笑道。

东风季的第一天，阿苏加驾驶飞行器带我离开上都阿希坦。我们沉默无言，只是望着开阔的天空各自出神。阿苏加放起一首我没听过的歌：

不屈的桅杆，傲骨的桨；

黑夜里，我的船离港。

我唱汪洋的歌，梦一片陆地，
大陆上，自由的鹰在翱翔。
它带我的船腾空，飞上星宇，
无穷的宇宙，我宁死在这里。

梦醒，海浪将船拍在礁群上，
我挣扎、反抗、满心绝望。
我后悔，溺水的耳中尽是
母亲的叮咛，姊妹的欢笑。

她们都说，陆地是个梦想，
世间从来只有汪洋，但我说
我的桅杆和桨永不返航，
直到搁浅在世界尽头的海角。

黄金的桅杆，柚木的桨；
黎明前，请带我的船出航……

这是一首相当凄美的歌，唱歌的女声空旷而遥远，歌词则讲的是一个固执的水手在无尽的汪洋里寻找陆地。我想让这首歌在自由军中广传，因为歌中的水手就像那些即将远征的士兵，他们临行前一定许下诺言，不赢得战争的胜利就绝不返乡。

"你觉得这首歌好听吗？"阿苏加突然问。

"嗯，这是首非常美的歌。"我坦诚地告诉他。

"这是我妻子的歌，叫作《星》。"阿苏加说。

"我不知道你结婚了。"我惊讶道，"她叫什么名字，是哪位有名的歌手吗？"

阿苏加并没有回答我的问题，只是摇摇头说："那曾经是她的梦想。我们二十岁的时候就结婚了，那时战争还没爆发，我们都是无名小卒。"

"你们是怎么认识的？"

"我在她唱歌的酒吧打工。"阿苏加淡淡地说，这本应是甜蜜的回忆，阿苏加的脸上却没有笑容。

"我很爱她，也很爱她的歌，我想让她成为有名的歌手。但我没做到。她患有喉癌，还背着父亲的赌债，根本买不起昂贵的保险。为了救她，我四处求借，向各种慈善机构、政府部门寻求帮助，但最后一无所获，只发现他们拿着本该给人救命的钱去进行各种荒淫的娱乐。那时的我相当愤世而鲁莽，我收集了证据要去揭露这些贪污的人，结果却被以诽谤的罪名关进了监狱。而等我被放出来的时候，她已经去世了，只留给我这首歌。我听人说她是主动放弃治疗的，她用最后的那点积蓄雇来专业人员录了这首歌。"

"或许你明白我为什么要推翻那个王朝了。"阿苏加继续倾诉道,"说白了,加入自由军打这场仗只是我自私而极端的复仇而已,没有一点为全人类着想的伟大情怀在里面。但是,蒂格尼斯,'人类'这个概念对我们每个人而言,意味的也不过是我们身边的那些人罢了。剩下的那些人,我们既不认识他们,更不了解他们,我们说'为了他们''为了所有人'这种话,难道不是假大空吗?"

"告诉我,阿苏加,这些都是你设计的吗?"等阿苏加说完,我终于忍不住将藏在心底的疑问和盘托出,"散播班图卡图的谣言,煽动极左派发动暴乱;施以苦肉计,炸掉自己在乌塔天神庙的据点,明确立场,最后趁机铲除达力古尔,取代他的地位。"

对于我的质问,阿苏加既没有承认,也没有否认,他的脸和平时一样冷峻而严肃,看不出内心的波动。他沉默了片刻,最后说:"看,我们到了,淞马古城,我们出生的地方。"

我看向飞行器的西北方,只见几层薄如蝉翼的云从眼前划过,平坦的海面上露出一片丝绒般的陆地,不像上都阿希坦,这片陆地上没有那么多炫目而耀眼的高楼大厦,更多的是低矮、敦厚的公寓住宅,以及散落在树丛间的古建筑遗迹。

"这么多年来我第一次回淞马。"壮丽的风景将我所有的问题和负面情绪一扫而空,我俯视古老的淞马城,激动地说,"小时候我从没发现,它原来这么美。"

阿苏加笑了:"淞马可是跟乌洛帕克始建于同一时代的古城,但是大水淹没了乌洛帕克,淹没了乌尔港,淹没了宁泊,淞马依然屹立不倒。——我希望,当大水淹没上都阿希坦的那天来临时,淞马依然屹立不倒。"

他说着,让飞行器下降,逼近城市。在低空中盘旋了几分钟后,降落在了一片远离城市中心的建筑物的废墟上。我认出这里是我们小时候住的地方,大概是几年前在某场战役中被摧毁的,现在已经被清理干净,只剩下断墙勉强支撑起倾斜的天花板,墨绿色的藤蔓填满建筑坍塌后形成的缝隙,野鸥在其间做窝。

"这里是我的起点。"我对阿苏加说。

"这里是我们的起点。我恨妈妈,但我感谢她生了我们,她给予了我们命运的选择权。"

"不,我是说,这里将成为我新的起点。"

"你想留在淞马?"

"不,我要离开乌洛帕了。"

"离开乌洛帕?"

"嗯,我要去你妻子的歌里唱的地方。"

"你要去找世界尽头吗?"

"不,另一个地方。"

"宇宙?"

我点点头:"所以我想最后来一趟淞马,看看我们长大的地方。然后我要回上都阿希坦,去发射海珊留下的宇宙航母。"

"可是据我所知,那几艘航母只不过是某种原型机罢了,它们根本没法上天。"

"那我就要完成它们。"我说,"或许我做不到,或许我能。或许我即便进入了星辰之海,也终究会死在那里。但那又怎样?我获得了自由,在这一刻,我掌握了选择的权利。我受到先人的引导,现在做出选择,首先为了我自己,其次为了给他人提供机会。人类由此掌握自己的命运,并由此证明他们的伟大。"

听到我的话,阿苏加沉默了。他用锐利的目光凝视我许久,似乎在确认我是在开玩笑还是在空讲大道理。我也凝视着他,回以严肃而坚定的目光。

"好,我明白了。我祝你旅途顺利。"

阿苏加没再说什么,他打开舱门。我们离开飞行器,外面风很大,和上都阿希坦的风不一样,淞马的风里充满泥土和生命的气息,好像班图卡图庭院里的味道,只不过更加狂野而自由。

我们沉默无言,只是各自游走,搜寻着记忆与现实的连接点。

在光、影和风的交错中,时间开始凝滞、黏稠,世界变得神秘而古朴,天空和安吉尔将我从孤儿院领走的那天一样蓝得发紫,叫人无法直视。在炫目的阳光之下,一切感官都趋近于模糊,它化作一条脐带,将这个垂暮的世界和我紧密相连。过去、现在和未来重合成一个点,我自己也仿佛和生命中遇到的形形色色的人们重叠。我无比恍惚,一瞬间,甚至分不清自己到底是谁,是蒂格尼斯,是安吉尔,是海珊,是流萨伊,是马哈尔,是努辛克,是阿苏加,是卢瑙,是卢雅,是帕宇,还是"神骸"。我好像是所有的人类,又好像"所有的人类"都只是我一个人。

我分不清楚这个,但有一点我却非常明晰,那就是人类是否会灭亡根本不重要,重要的是,他们要伟大地灭亡,和他们缔造的乌洛帕一起。

而这项命运的壮举,由人类一手成就。

附 录

表1 书中出现的国王名称

名字	原型	备注
《王之典》时代		《王之典》中共记载九位王。
阿卢	阿卢利姆（Alulim）	《王之典》中记载的第一位混血神王，父亲是陆神伊亚。
恩美加	恩美卡（Enmerkar）	《王之典》中记载的第六位混血神王，父亲是日神乌图。恩美加率军击败了与安临都对立的文明阿兰塔。
恩杜姆	/	《神之典》中记载的最后一位王，因忤逆诸神而遭到废黜，人类也为此受到惩罚。
乌洛帕克王朝	Unug	乌洛帕克王朝共三位王。
筑城王乌尔美希	/	乌洛帕克王朝的第一位王，建立了乌洛帕的第一个王都乌洛帕克。
立法王乌尔姆	乌尔那姆（Ur-nammu）	乌洛帕克王朝的第二位王，颁布了法典。
征服王卢加班达	卢加尔班达（Lugal-banda）	乌洛帕克王朝的第三位王，制服了天牛伊图恩，统一了大陆，传说统治乌洛帕1200年。
乌尔王朝	乌尔（Urim）	乌尔王朝共八位王。
众王之王卢加萨加		卢加班达的去世引发了他九十八个儿孙对王位的争夺战，卢加萨加平息了这场战争，并开始了乌尔王朝。

续 表

名字	原型	备注
英雄王基海	吉尔伽美什（Gilgamešh）	乌尔王朝的第二位王，因杀死了安淖的神宠受到惩罚，其胞弟恩海被夺去了性命。为了复活恩海，基海前往世界尽头寻找仙草，但无功而返。
荒淫王基美兰		乌尔王朝的最后一位王。
开陆王朝		开陆王朝共十三位王。
廉洁王"红鹰"埃卢		开陆王朝的第四位王，在他统治的时代，淖雅写了《大史诗》。
宏帆王朝		宏帆王朝共十九位王。
智慧王"精明的"穆督特浪		宏帆王朝的第七位王，他统一了古代乌洛帕的历法和混乱的度量单位。
专制王"恶枭"阿祖特浪		宏帆王朝的第十三位王，乌洛帕历史上最有名的暴君。"骏马"帕宇特浪的父亲。
叛逆王"骏马"帕宇特浪		宏帆王朝的第十四位王，本作第二卷的主人公。
千舟王朝	基什（Kish）	千舟王朝共三位王。
至尊女王孔坝	库格巴尔（Kubaba）	千舟王朝的第一位王，统治乌洛帕整整一百年。乌洛帕史记时期在位时间最长的统治者。
安澜王朝	阿万（Awan）	安澜王朝共十四位王。
自由王"巨弓"飒尔加	阿卡德的萨尔贡（Sargon）	安澜王朝的第一位王，他推翻了衰败的千舟王朝。
仁爱王飒尔隆特		安澜王朝的第十一位王，卢淖和卢雅的父亲。
英明王伊卢加特		安澜王朝的第十二位王，规划了上都阿希坦的建设。
万禧王朝		万禧王朝共十三位王。
革新王海古恩		万禧王朝的第十一位王。
勤政王海淖		万禧王朝的第十二位王。
末代王海珊		建造了"禁迹"奇亚加阁与宁浪宇宙航母基地，乌洛帕的最后一位王。

447

表 2 书中出现的神的名称

名字	圣数	原型 / 词源	备注
原生神			
南沐	101	Namma/Nammu	
图拉	0		
塔拉	11		
其他神			
安淖	1001	An/Anu	天空之神，掌管诸神的宇宙。
安基	11011	Enki	汪洋之神。
伊勒斯	1111	Ereshkigal	冥府之神，掌管众灵的宇宙。
伊亚	100001	Kur	陆地之神。
伊卜苏	111111	Abzu	淡水之神。
宁库尔	1001001	Ninḫursaĝ	高山之神。
马尔达	11101010111	Amar-utu	风暴之神。
乌图	1111111	Utu	太阳之神。
神宠			
洪巴	/	Humbaba	海怪，安淖的宠物，被基海和恩海杀死。
伊图恩	/		天牛，伊亚的宠物，先后被卢加班达与"骏马"帕宇特浪击败。
阿卜	/		海怪，伊卜苏的宠物，被"恶枭"阿祖特浪击败。

表3 书中出现的其他人名

名字	备注
乌洛帕克王朝	
"天命"安特萨尔	传说中第一个找到柚木的孩子,乌洛帕的第一位祭司。
乌尔王朝	
恩海	基海的弟弟,因与基海一同杀死了天神安潭的神宠洪巴遭到天罚而被夺去了性命。
开陆王朝	
"大智者"潭雅	书写了《大史诗》的智者,俗名为"尼塔"。
辛库宁	开陆王朝的著名剧作家、诗人。
宏帆王朝	
安尼加	"恶枭"阿祖特浪王统治时代,乌塔天神庙的大祭司。
"太阳王后"伊莎沐苏	"恶枭"阿祖特浪的王后,"骏马"帕宇特浪的母亲。
舒兰德	隐居浪涛屿的智者,曾抚养年幼的"骏马"帕宇特浪。
波海	"恶枭"阿祖特浪统治时代的大臣。
辛娜	"太阳王后"伊莎沐苏王后的侍女。
尼姆洛特	"恶枭"阿祖特浪统治时期,乌尔港王宫的护卫队长。
督姆海	"恶枭"阿祖特浪统治时期,乌尔港王宫的御用智者,"骏马"帕宇特浪的老师。
图尔加	古实的村长。
兰冬	希什城附近的云游艺人。
许加	贵族,"骏马"帕宇特浪的幼年玩伴。
杜姆沙鲁	贵族,"骏马"帕宇特浪的幼年玩伴。
恩加特	贵族,"骏马"帕宇特浪的幼年玩伴。
阿曼库尔	贵族,"骏马"帕宇特浪的幼年玩伴。
千舟王朝	
"陨月"希卜什·南那	千舟王朝的引路人,至尊女王孔坝的男宠。
安澜王朝	
卢潭	飒尔隆特的长子,驾驶金柚木号前往海外寻找陆地。本作第三卷的主人公。

续　表

名字	备注
卢雅	飒尔隆特的幺女，驾驶金柚木号前往海外寻找陆地。本作第三卷的主人公。
安努达	飒尔隆特统治年间，乌塔天神庙的大祭司。
"蝴蝶王后"阿涅莎露	飒尔隆特的王后，卢淖和卢雅的母亲。
万禧王朝	
安吉尔	海淖王统治时期，乌塔天神庙的大祭司。
"水月"安珀伊图	乌塔天神庙最后一位大祭司，俗名叫蒂戈里斯。本作第四卷的主人公。
赛娜	伊勒斯丧葬中心的工作人员。
努辛克	孤儿，与"水月"安珀伊图在葬礼上相遇并被后者领回了乌塔天神庙。
加兰娜	乌塔天神庙的文司。
流赛·林胡	阿·伊的设计者之一，"水月"安珀伊图的好友。
海泽	海珊的独子。
宁丹·古达	参与宏帆王陵开启项目的研究人员。
达力古尔	自由军的首领。
阿苏加·努门	自由军的上将。
辛兰雅·努门	阿苏加的妹妹。
浪塔·努门	阿苏加的妹妹。
末世时期	
河滩	卢淖和卢雅在航行到"上都"阿希坦时遭遇的末世人。
伊璐嘉尔	世界上最后一个人，本作第一卷的主人公。
古尔松	
"神赋者"西德里斯	古尔松最后一名智者，"骏马"帕宇特浪的王后。
汉卡	古尔松的勇士，"神赋者"西德里斯的哥哥。
瓦奥卡	古尔松的鲸语者。
阿库亚	古尔松的鲸语者，失明的老人。
伊帕卡	古尔松传说里的鲸骑士。

表4 书中出现的地名

名字	原型／词源	备注
城市		
"神都"安临都	埃利都（Eridu）	《王之典》里的神启之都，传说中是人类最早的城市。
"古都"乌洛帕克	乌图克（Unug）	乌洛帕的第一个首都，兴建于乌洛帕王朝。
"新都"乌尔港	乌尔（Urim）	乌洛帕的第二个首都，兴建于开陆王朝。
"雾都"宁泊	尼普尔（Nibru）	乌洛帕的第三个首都，兴建于安澜王朝。
"上都"阿希坦	亚述（Aššūrāyu）	乌洛帕的最后一个首都，兴建于安澜王朝。
"高城"淞马		乌洛帕西北方的古城，最后被大水淹没的地方。
"边城"希什	基什（kiš）	"恶枭"阿祖特浪统治时期，乌洛帕边境的城市。
乌兰	埃兰（Elam）	
埃汉		
巴鲁特		
"矿城"苏尔帕克		人们在这座城市附近发现了海雅达。
重要建筑名		
乌塔天神庙		乌洛帕人最重要的神庙，供奉天神安湔。
雅那祖神庙	E-ana	恩美加击败阿兰塔人后建造的神庙，供奉女神南沐。
"禁迹"奇亚加阁		
比尔图·卡布图／班图卡图		
安息礼堂		
水神航母基地		
其他陆地地名		
古实	古实地（Cush）	乌尔港附近的村子。
基洪河	基训河（Gihon）	乌洛帕人的母亲河。
树门提尔		天牛曾经肆虐的地方。
浩尔达森林		乌洛帕边境的森林。
"古战场"煞乌堡	Šubur	恩美加率军与阿兰塔人交战的地方。

续　表

名字	原型／词源	备注
其他海上地名		
"天洞"潭垮	Naqābu	古尔松人守护的圣地。
浪涛屿		先知舒兰德曾隐居的地方。
血珀海湾		传说中的死亡之海。
雾戈岛		"恶枭"阿祖特浪征服的七座孤岛中的第三座。
新温岛		"恶枭"阿祖特浪征服的七座孤岛中的最后一座。
杜沙尼亚岛	Dušia	又称巨鸟岛。

表5 乌洛帕的计量单位换算表

单位	换算标准	参考	备注
时间单位			
1分			
1时	=60分		
1昼	=12时		乌洛帕人的时令不随季节的变化而变化，因为他们本来就没有春夏秋冬。
1夜	=12时		昼从早上6点开始，夜从晚上6点开始，一个昼夜是一天。
1季	=21-23天		除了河滩季是上半年21天，下半年22天，其他的季均为23天。
1轮	=8季	=半年	
1年	=16季	=365天	
1巴尔	=60年		
1雅尔	=360年		
1纳尔	=600年		
1萨尔	=3600年		
重量单位			
1食		≈450克	
1鼓	=6食	≈2.7千克	
1均	=6鼓	≈16.2千克	
1仓	=36担	≈半吨	
长度和距离单位			
1指		≈1.5厘米	
1掌	=12指	≈18厘米	
1臂	=60指	≈90厘米	
1杉	=60臂	≈54米	高度专用单位。
1湾	=60臂	≈54米	地面距离专用单位。
1堤	=60步	≈3.24千米	地面距离专用单位。
1节		≈1.85千米	航行距离专用单位。
1海柱	=6节	≈11.1千米	航行距离专用单位。

宏帆王朝以前，乌洛帕人计数以十二进制和六十进制为主，十六进制为辅，十进制几乎不出现在日常生活中，是宏帆王朝的革新王欧姆忒浪统一了所有计量单位，规整了历法并推行了十进制。除此之外，乌洛帕古代的测量单位混乱且互相没有关联，一指、一掌、一臂之间不存在进制关系，一食、一鼓、一均之间也不存在任何进制关系。是欧姆忒浪将同类型的单位全部用规律的进制联系在了一起。

"海柱"是乌洛帕特有的测量单位，乌尔王朝的水手发明了"节"，开陆王朝的埃卢王鼓励海港的建造，并发明了海柱，在开辟航线时于海底打入金属裹木心的柱子，每六节打入一根，不同的航线金属外壳上的花纹也不相同，为水手辨识发挥了非常大的作用。虽然乌洛帕的世界观里没有经纬，在海上没有必要用与陆地上不同的单位，但由于海柱的发明在欧姆忒浪统一计量单位之前，并且一直使用着，海上的计量单位就这样保留了下来没有再更改。

乌洛帕的节气历法

乌洛帕人没有四季的观念，因为乌洛帕处于一个恒温的地区，他们有自己的日历，这个日历是按照收割庄稼以及潮汐涨落的时间确定的。

乌洛帕的季节一共有8个，一季21天到23天不等，8个季节转一轮是半年，转两轮就是一年。由于一个季节一年要过两轮，所以必须搞清楚是上半年还是下半年。古代的时候，一些地方的人们将一年当两年计算，导致很多时间上的记载出现错误。所以通常情况下，人们说日子的时候会明确说明是上半年还是下半年，记日记时为了方便，只会记播种是上半年还是下半年，因为只要确定了播种季，后面的季节都可以推算。

表6 乌洛帕的计量单位换算表

节气	播种	太阳	东风	河滩	西风	收谷	洪水	月亮
原型/词源	zemü	umušu	saartum	barim	maartum	linan	giriba	arhum
天数	23天	23天	23天	21/22天	23天	23天	23天	23天
图像标识	𖢳	✲	ᕃ	🝮	ᔓ	🌿	ᨒ	☾

图书在版编目（CIP）数据

乌洛帕之歌/吴博谦著.--宁波：宁波出版社，2023.10
　　ISBN 978-7-5526-3051-0

Ⅰ.①乌… Ⅱ.①吴… Ⅲ.①长篇小说－中国－当代 Ⅳ.①I247.5

中国国家版本馆CIP数据核字（2023）第124912号

乌洛帕之歌
WULUOPA ZHI GE

作　者　吴博谦

出版发行	宁波出版社
	（宁波市甬江大道1号宁波书城8号楼6楼　315040）
选题策划	宝琴文化
编辑统筹	赵　卓
特约编辑	邱洪斯曼　郭　舒
装帧设计	昆　词
责任编辑	孙秀秀
责任校对	秦梦嫄　陈　钰
印　刷	河北赛文印刷有限公司
开　本	880mm×1230mm　1/32
印　张	14.75
字　数	250千
版　次	2023年12月第1版
印　次	2023年12月第1次印刷
标准书号	ISBN 978-7-5526-3051-0
定　价	68.00元

本书版权归属于宝琴文化传播（北京）有限责任公司

（版权所有　翻印必究）